刘焦莉 著

因《红楼梦》而生的跨国恋情

当代世界出版社

图书在版编目(CIP)数据

梦话／刘焦莉著．—北京：当代世界出版社，2012.1
ISBN 978-7-5090-0499-9

Ⅰ．①梦… Ⅱ．①刘… Ⅲ．①长篇小说－中国－当代 Ⅳ．①I247.5
中国版本图书馆CIP数据核字（2011）第271782号

书　　名	梦话
出版发行	当代世界出版社
地　　址	北京市复兴路4号（100860）
网　　址	www．worldpress．com．cn
编务电话	(010) 83908403
发行电话	(010) 83908410（传真） (010) 83908408 (010) 83908409 (010) 83908423（邮购）
经　　销	新华书店
印　　刷	北京天正元印务有限公司
开　　本	710毫米×1000毫米　1/16
印　　张	19.75
字　　数	254千字
版　　次	2012年1月第1版
印　　次	2012年1月第1次印刷
书　　号	ISBN 978-7-5090-0499-9
定　　价	36.00元

目　录

一　恋在中国

玛格丽特·露茜做梦也没想到她会成为这个出访中国的代表团成员。她喜出望外地憧憬这次北京之行，上帝会帮她让她见着三十年来她老是做梦梦见的那个人吗？就在飞机落地前，她还在心里兴致勃勃虔诚地祈祷：上帝，让我见着他吧。

当她们一行来到前来迎接外宾的中方工作人员的队前时，她那双湖蓝色的大眼睛禁不住一亮，朝着站在队前的瘦高个中年男人轻声且激动地喊："张宪成？！"

张宪成一愣，马上回过神，也用同样激动惊喜的声音喊："露茜医生！"两人喜出望外地使用一种不须翻译而且面面相悦的手势表述相见的喜情。

"上帝，天下就有这么巧的事。"露茜激动得无可比拟。

张宪成点点头笑说："可巧！真比虚构还奇妙。"

露茜微笑着朝张宪成点点头，目不转睛地看着张宪成沉静喜悦的大眼出其不意地问了个谜语般的问题："他还好吗？"就在露茜等答案的瞬间，她神情谨饬，形容牵念急切。

"还好。"张宪成心领神会地说。

登时，露茜脸上露出无限的轻松喜悦。她朝张宪成默默赞许地点了点头。她没想到几十年来她一直想知道却无法知道的消息，竟会在机场短短几分钟的迎宾仪式上顺利地得到答案。真有他和她的。不难猜，当中一定有一段故事。

忙完大事正事，当中隔了三天，张宪成陪露西来到Z州去见她谜底中的“他”。露西一想到马上就要见着她几十年来只能在梦中才能见到的他时，不禁思潮翻涌。她从包里掏出本褐黄色棉纸竖排版汉文《红楼梦》，端详书皮上醇厚稳练的字迹，见字如见人。时隔三十年，人会变老，可心和心里的梦依然停在他们相识时的二十来岁，怎么都不肯老，只要一梦见他，不是在Z州福音堂就是在K地或是峨眉山或是……她想他肯定也是老梦见她，能确信这一点几乎是她的全部愿望。想到这儿她的面容竟像个恋爱中的女孩子，手不停地画着“张书奇”仨字。

露西问张宪成Z州的福音堂还有没有？

“有。”张宪成肯定干脆地说。

“太好了！在福音堂见张书奇，行吗？”露西用征询的口气问张宪成。

“好！”张宪成认真爽快地答应。张宪成对于这件外交事务外的个人私事，抱的态度是按客人的意思办。

而昨天刚从监狱出来的张书奇在他Z州上街的家里是屋走院院走屋，像出笼的鸟，展翅享受自由的滋味。可他脑里不停地想自己因何提前获释？

昨天，当狱头说放他出来时，他愣半天才回过神，他好奇地问那个办他案的王审讯官，为什么提前放他？那人嗔瞪他一眼，又嗔责他，说他是死脑瓜。他苦说他想弄清楚。王审讯官压低声说这年头是糊涂人管清楚人，你去哪儿弄清楚？亏你还是高干！

张书奇想来想去想不出缘由，他索性丢下这个想法，开开东屋门，一股潮湿陈味扑脸而来，他扫视尘灰覆盖的“福音堂”，心中充满惆怅。时隔三十年，物是人非，“福音堂”的主人在哪儿？他自己对自己说：在他的梦里。他老是梦见她，三天两头。可每次梦她，她不是不理他，就是他远远看到她，可等他跑到跟前却又不见了她。不过，他总是拿梦和现实是反拍的这个没有证明是否管用的说法来安慰自己。只要能梦见她就是上天的恩赐了，哪还敢奢求相见？凭直觉，她的那半《红楼梦》早译完了。一想起译书这档事，他不由得摇摇头叹了口气，心说这辈子圆梦，怕真的是梦了。掐指算来，都五十多了。他走到钢琴前，轻轻掀开落满尘灰的墨绿色丝绒钢琴罩，无声的钢琴奏出肖邦的夜曲，直敲他的耳鼓。

啪，啪，啪……礼貌而有节奏的敲门声惊断他飘渺茫然的思绪。开门一看是董仁义，他既吃惊，又惊喜地看着老同事。董仁义悄悄告诉他说，有人在福音堂那里等他。张书奇惊慌地转着眼睛想谁会在那里等他？就在他愣的一瞬间，董仁义骑上洋车丢下他走了。当张书奇从愕然中回过神，不由得捶了下自己的头说："傻！住监都住傻了。这傻可不是装出来的。监狱就是个要把精人变傻，傻人变精，最后把人变得傻精傻精的地方。"张书奇疑惑不安地在心里念诵福音堂，他听见福音堂就像被蛇咬过的人看见井绳一样惊恐意乱。他若有所思地锁起刚展开的眉头，两眼茫无目的地瞅着地，缓缓转过身，两手背在身后轻轻关上斑驳的黑漆木头街门，寻思着福音堂会有啥名堂？

张书奇仰脸看了看天，约摸九点来钟。他心说："早去早回。再说好多年没去过福音堂了。"

一出门，张书奇让明晃晃的太阳光晃得睁不开眼。狱中这几年他感觉跟过阴间差不多，这猛一来到"阳"世，也不知现在是几月？咋还这么热？他突然想起昨天听监头跟一个人说立秋几天了，对，秋后有一伏，秋老虎余威也唬人。张书奇左手给眼搭凉棚挡着刺眼的光线，左胳膊酸了换右胳膊。由于心急天热，再加之几年来蹲监狱不活动，还没走多远就一身汗，身上的圆领白汗衫贴在身上，整个人，原形几近毕露，比 X 光照片所强的一点就是骨头上有瘦肉。人虽清瘦，但他眉宇间流露着自尊与体面，通身飘逸着儒雅、沉郁、自信的气韵，透露出挡不住的魅力。

来到福音堂，他一头钻进离门口不远的黑槐树浓阴下，从裤兜里掏出叠得方方正正的方格小手巾，边擦汗边喘息边环顾静悄悄的院落，只有树上的知了一声接一声地“知了——知了”。他无意识地仰脸想瞅瞅藏在树叶间的知了，可知了尿了他一脸，像毛毛雨一样凉刷刷的，他赶紧往一边挪了挪，用手巾抹了抹脸，自嘲地说：“这算啥名堂？”

他若有所思地打量着这座当年和美国人建的华美医院、意大利人办的公教医院并称 Z 州三大欧式经典建筑的福音堂，而今房旧屋破，像被抄了家似的一幅凋弊败相。时间真能磨去世上万物的光华，可有一样东西磨蚀不去，那就是“爱”。而此刻的张书奇脑海里被他和露茜的爱占得满满当当。露茜离开这里三十多年了，漫长？短暂？

他心说的话还没结束，就见刚才给他传话的那个年轻人微笑着走到他跟前，客气而有礼貌地对他说：“张书奇同志，教堂里有人等。”那人说时侧身指了指身后破旧的教堂。

张书奇疑惑地眨了眨眼，耳朵半天转不过“同志”这一称呼，心里嘲讽说：“狱里狱外两重天，昨敌今友变川脸。‘称呼’易变心难变，纵有千面也枉然。”

他没有表情地跟着年轻人朝教堂稳稳重重地走去。快到教堂门口，年轻人往前紧赶几步给他拉开油漆脱驳露出黄色木头的洋式门，人麻利地闪到一边，礼貌地向他摆了个请进的手势。

张书奇表情淡然，不卑不亢，好奇地走进他过去常来听课的洋教堂，心说倒要看看屋里究竟有什么洋名堂。张书奇从屋外的强光猛地走进光线稍弱的室内，还没等眼睛适应过来，张宪成赶紧走到张书奇跟前，拉着他的手轻轻拍拍他的肩膀激动地说：“老同学，你看谁来了？”张宪成指着站在他侧面的露茜对张书奇说。

张书奇使劲眨了眨眼，明亮的大眼一亮，惊讶忘情地喊："露茜！？"

"书奇！"俩人几乎同时喊出对方的名字。露茜上前扶着张书奇的胳膊，眼睛在张书奇的脸上瞅来瞅去，像打量失而复得的心爱之物。

"书奇，这不是梦吧？上帝，赶快喊醒我吧！"话音没落，她笑着的脸上泪水潸然而下。张书奇就像三十年前一边哄她一边轻轻抹去她白皙脸颊上晶莹涟涟的泪珠，说："好露茜，不是梦。"

张宪成和董仁义悄悄退出门外。

露茜像听话的小姑娘似地点点头，嘴里小声说："不是梦。"露茜的长睫毛上挑着晨露般透亮的泪花，迷蒙的泪眼看着张书奇，哽咽着说："做梦老是梦见你，每次做梦醒来胸口又沉又闷，像压块石头，心里一遍遍祈祷：梦想成真。书奇，你肯定也常梦见我。"

"三十年，一万来天，我梦里的舞台上你天天亮相，幕幕是主角。"张书奇看着露茜的眼语调沉闷而激动地说。

"好梦万岁！"露茜压低声喊说。

"我们为梦尽职。"张书奇拍拍露茜的扁肩膀说。

"看，老了呀。"露茜抚摩张书奇额头上浅浅的皱纹说，"书奇，你的样儿——脸色熏白，眼泡微肿，光头上刚刚拱出齐刷刷的花白头发茬像刺猬，你怎么像……"露茜话虽没出口，但张书奇知道她说他怎么像刚从号里出来。

张书奇心说：可不是刚从号里出来么？号里人身上特有的标记跟平常人不一样。张书奇心里斗争跟露茜说不说自己就是刚从号里出来。他转念一想，觉着刚见面就说这叫人扫兴的事不妥，再往深处说原因又是因她而起，那会叫她更不安宁。不高兴的事独吞才是男人。张书奇极其自然地把话岔开，淡淡一笑说："只要心不老。"

露茜嘴里重复"心不老"三字，眼却看着张书奇说："你说的跟我心里想的一样。青春在心不在貌。"

“一千多年前李商隐就对咱们说了‘心有灵犀一点通’。哪怕多少年不见，心里不离不弃，时间无法改变我们的心。”张书奇神情自信，语气柔和地安慰说。他看着露茜泪光盈盈的笑脸像秋日带露的玫瑰，虽没了夏天浓烈的芬芳，但花香依然袭人，最叫张书奇喜爱的是她那一如从前的扁扁的肩、扁扁的腰、扁扁的黑带袢皮鞋里套着的扁扁的脚，还有她身上穿的红灰白格格上衣，洋气大方有品位。张书奇喜欢露茜穿格格衣裳的喜好和审美。张书奇清楚地记得头一回见露茜，她穿了件绿白相间的格格翻领上衣，那绿是绿中泛着黄白的绿，那件叫人看了就不会忘记的格格衣裳，罩着她线条流畅柔软的腰身，衬得她人如花萼，含蓄清丽，浑身洋溢青春活力……张书奇的记忆一下掀到三十七年前在这里初识露茜的那一页。

——1933 年 4 月上旬一个星期天的早晨，省邮务管理局邮务长凯特带张书奇去福音堂找女传教士露茜医生给张书奇补英语。凯特和张书奇随前来听课的人鱼贯走进教堂。

他俩刚坐稳，就见露茜神情轻松，笑容可掬地走上讲台。张书奇在台下目不转睛地打量着年轻貌美的露茜。她身着绿白相间的格格衣裳，神情优雅，浓密的长睫毛像花瓣上缓缓扇动翅膀的蝴蝶，湖蓝色大眼睛清纯明丽，张书奇心里叹说：“天哪，这可是双叫人过目不忘的眼睛。”

只听露茜用流畅的汉语说：“西国有医院，分为内科、外科、女科、儿科。医院对医生要考试其能否，品第其高下。所以西国医术，精过中土。尝见欧罗巴洲，如古之罗马，埃及希腊等国，两千年以前医书，不及近代精详。然所论大概确凿有据。惟中土医书，悉皆游移影响，欲将西国医法流传中土，大是难事。华人偏信本国古书，西国医理，非所习闻，每多不信，此一难也。泰西所用药品，各国皆同，中土未能通行，此二难也。西国医书，未经翻译唐文，中土人不能遍读，此三难也。中土医学，官吏不加考察，人皆墨守古法，不知集思广益，此四难也……”

张书奇张着嘴听呆了。他心想她说的“唐文”不就是汉字吗？汉字唐文，张书奇突然想到汉字并不是汉朝才有的，可为什么叫汉字？这当然是刘邦建立的汉朝厉害。不管是中土人还是外国人，总好用唐朝代表中国，这足以说明唐朝在世人心目中的地位有不可替代的永恒。“唐”字好听，和善亲美。“唐”字平稳厚重如山。“唐”，大唐帝国傲然屹立在历史的长廊，几千年唐韵犹存，就像一位过了不惑之年而风韵尚在的美丽女子一样，时光消磨不去昔日的风华。

张书奇禁不住心里畅想，倘若唐后的皇帝都跟唐太宗那样，现在世界通用字怕是汉字唐文了。说不定他张书奇跟这位美丽的英国女传教士一样，可在世界各地传播中国五千年文明。事实证明国强文强，国弱字弱。不过，能叫美丽的洋姑娘讲唐文真是汉字的福气。与汉字唐文相媲美的“汉唐雄风”刮起的“脏唐臭汉”的气味，也呛得人掩鼻。“汉唐雌风”不但某种程度压倒了雄风，还颠倒了“龙凤”次序，从而书写了“男女都一样”的历史。男皇帝能办到的事，女皇帝照样能办到，置面首，养男宠，如此母仪天下，天下男女之事不管怎么做都不算出格。

张书奇正放纵思绪穿古越今漫无边际地联想着，忽听露茜说：“昔英国有名老巴者，年一百五十二，十数年前，犹能生子营作。英王召见，赐以美食，奄忽而逝。医者割视脏腑无病，但因饱饫太过而死。此中土所称考终命者也。……”听到这儿，张书奇禁不住心说，这英女王成了个杀害寿星的刽子手。不过能死在女王手里，做鬼也情愿。不管怎样，落个撑死鬼总比饿死鬼强。七分饱是不可颠覆的长寿真理。人来世上所带口粮是有数的，早吃完早结束。东西方人虽皮色相异，但内脏功能一样，上天造人还算公平。

只听洋老师又说：“上古人寿有逾数百年者，中古百年为度，近世人寿愈短，大多因嗜欲思虑劳苦疾病所致。中年以后，不必有因，而亦日衰乏，衰极则死。虽有良工，不能与造化争权。使人有生无死也，惟体质壮健，善于调养者，终身无病，全其天年。”

接下来洋老师讲她在卫地加拿大传教士办的惠民医院、Z州意大利传教士办的公教医院和美国人办的华美医院所碰到的临床病例宫外孕用西医治疗效果如何的好，西医做手术很快从根本上解决问题，倘或用传统中医止血调理会大大误事。西医的应用价值最终会让东土人认识和接受，将来西医与中医平分秋色。她说下节讲《妇婴新说》，接着下课。她朝教室里的人微笑点头，那一笑美得就像花努嘴般绽放。

听课的医生陆续散去，凯特和张书奇从座位上起来伸伸懒腰长长身，他俩对了个眼色，朝还站在讲台上收拾书的美女老师走去。

露西走下讲台，微笑着迎着凯特。凯特迈开长腿潇洒地走到女老师跟前，“露西老师，辛苦了。今天把补课的学生给你领来了。”凯特指指他身边的张书奇。露西朝张书奇点头。凯特对张书奇说：“这就是玛格丽特·露西老师。我们英国的才女。”

张书奇上前朝露西鞠躬说：“学生见过老师。我叫张书奇。弓长张，书是书本的书，奇是奇怪的奇。”张书奇说完才直起身，用尊敬的眼神看着老师的眼睛。

露西微笑着上下打量张书奇。凯特拍拍张书奇的肩，对露西说：“张书奇是我的副邮务长，我的好助手，也是我在中国最好的朋友。麻烦您了。用心教。”

凯特指着露西对张书奇说：“你的老师说一口标准的伦敦英语。”

露西不好意思笑说：“甭戴高帽了。”

凯特笑对张书奇说：“那就拜师吧。”

张书奇后退一步，对着露西边鞠躬作揖边说：“请老师受学生一拜。”

露西一看张书奇这架势，也赶紧弯腰还礼，伸开两手虚接，笑不迭地连说："免了免了。用你们中国的话说'教学相长'。"露西激动的脸颊绯红，一双湖蓝色的眼睛也笑弯成月牙。

凯特看着张书奇拜师的样儿也不由抿着嘴儿笑，侧眼打量张书奇说："张书奇，真看不出你还有这套本事，你拜师的动作像中国的皮影。"

张书奇指着地上自己的身影笑说："皮影一张。前天刚看过皮影《拜师》，这就派上用场了。"

凯特哈哈大笑说那皮影不似这皮影。凯特夸露西中文学得好，并玩笑地说可别"邯郸学步"。

露西耸了耸肩笑说："母语是生命之语，想忘都忘不掉。就像你想忘掉你的初恋一样难。其实你教张先生英语不也行吗？"

"噢，我的乡音像长在了舌头上，怎么也改不掉。要学就学地道的伦敦英语，将来他去伦敦进修，过不了听力关，怕影响交流和学习。"凯特很认真地跟露西交代说。

"能遇上你这样负责任的上司或同事，真是前世修来的福。"露西充满敬意地看着凯特说。"放心吧，不辱使命。"露西爽快承诺。

张书奇趁着露西和凯特说话，目不转睛地看着她的眼，他想近实远虚，近看比远看更美。他心想玫瑰花估计就是比着眼前这位美貌姑娘长的。青春活泼，举手投足都是按照淑女课程来的，看得出从小就有良好严格的家教。露西老师的美颠覆了张书奇心中只有中国古典美女才算美的固有观念，也彻底打破他一向认为传教士都是木着脸讲人的前生来世的洋老妪洋老翁的观念。世间事真的是百闻不如一见。他也看到她身上有股不安分的勃勃生气。看着看着他就不自觉地用手空画露西的眼型。

一眨眼一幕。思绪比时间快。三十年前那朵带露玫瑰跟他眼前一脸秀丽沧桑的露西一比，心里慨叹"眼睛一眨，小丫变'老鸭'"，但他心里的露茜永远止于初见。

“书奇，咱们初识情形就在眼前。”露茜语气肯定地说。

“是。你带来了我所有的记忆。”张书奇百感交集地说。

“这么说我把你的心带回来了。上帝，我没白来。”露茜微一仰脸语气兴奋地说。她转过身弯腰吹了吹身后连椅上厚厚的浮灰，又从包里掏出两张纸垫在连椅上，伸手示意张书奇坐下。

“现在中英通行了？”张书奇边弯腰坐下边急切地问说：“你怎么来了？”

“快通了。”露茜语气中带着喜悦地说。“你可能不知道，我们的首相换成希思了，他一上任就着手英中建交的事，这次我来中国，没想到这么顺就见到你了。”露茜激动地说。

“天空出虹（jiàng）了！”张书奇说时不自觉地仰脸看着窗外的天。

“对，我就是沿着虹过来的。”

“太意外了。这些年我以为太阳底下一件新鲜好事都没有。这下可好，这下可好。”张书奇兴奋得两手绞在一起在胸前折来折去。话都说不好了。

“可不是嘛。做梦也没想到还能见着你。梦魔把咱们的梦劈成两半，一别就是三十年。”露茜说罢这句话环视三十年前自己在这里向中国医生像布道一样讲西国医学的洋教堂，其景其情如在眼前，她仿佛看见自己昔日充满朝气年轻的身影，听见自己讲课的声音，想到这儿，她欢欣地说：“书奇，走进这屋我就像回到过去，我心里一直把你定在来学英语的那天。你呢？”

“跟你一样。”张书奇像个孩子似地说。

“当你有那种感觉的时候，常常会遇见跟你有同样感觉的人。”露茜慨叹说。

露茜眼前回放她给张书奇上第一课的情景：

——1933年4月中旬一个星期日的一大早，张书奇来到福音堂，一看教室门还锁着，他就在门外来回踱步。这时露西从外边散步回来，见张书奇站在教室门外，惊讶地说："程门立雪？"

"想得真传学真本事嘛。"张书奇看着洋溢青春气息的露西笑答。

"咱们先上课。"露西走进教室，坐在第一排靠门的课桌前，并伸手示意跟在后边的张书奇坐在她对面。露西翻开莎士比亚的《哈姆雷特》中国王回勒替斯的一段话，露西说她念一句张书奇跟她念一句："我们所要做的事，应该一想到就做，因为人的心理是会随时变化的，有多少舌头、多少手、多少意外，就有多少踌躇，稍一迟疑就会遭遇种种迁延阻碍。到那时再谈该做什么，只不过等于毫无效用的长吁短叹，惟有伤身而已……"她要求张书奇自己念，并要求他二十分钟背会，并写一篇不少于两千字的感想。用英文写。

背东西是张书奇的强项，加之这篇是他从心里喜欢的文章，背得更快，只用十分钟就背会了。露西心里暗暗赞赏。接着他铺开纸，胸有成竹地动笔。他说这段话说得他心服口服。生活中，类似的事常发生。最叫他不能忘记的事是有一回，他在地摊上碰见一本好书，犹豫一下，心说等回来买，可等回来再来买时，啥也没有了，他怅然若失，心里悔不迭地拍着自己的头交待自己记住这个教训。人是在教训中长进的。还有孝顺之事不能等，因为"今天脱了鞋，明天还不知道穿不穿"的俗话中透示着人对未来无常的担忧。因此，要一想到就做。读到这么好的一段话，叫他心里豁然通达，他感叹大家就是大家，只有大家才会告诉人些什么。绝境中能给你勇气和力量的东西就是好东西，迷乱时能叫你清醒的书就是好书。他感谢露西老师给他选了这么好的文章，也感谢凯特给他找了这么好的老师。

张书奇像考生答考卷一样全神贯注，露西坐在一边看书。张书奇偶一抬头，瞟一眼她手里的书是汉字，再一细看是《红楼梦》。张书奇心里一惊。

张书奇把感想恭恭敬敬交给露茜。露茜双手谦虚接过文章，一看凤颜大悦，点头称赞。文章立意新，事小情大；文笔从容淡定，语言流畅，从而看出这大男生肚里喝有几瓶墨水。难怪凯特这么赏识他还要派他去英国进修，能得到以挑饬出名的省邮务局长的赏识可不是一般人所能的。想到这儿露茜不禁重又细审张书奇：一副中国人心中最理想的天庭饱满地阔方圆的长相，高额下一双亮晶晶的双眼皮黑眼睛闪着平静且睿智的光，白黄色的肤色透着健康红，高挺方直的鼻梁端端正正，嘴棱角分明，差不多一个城北徐公。

上完课，张书奇随意问露茜："英国距中国这么老远，一个女孩子也敢来？"

"那有什么不敢？中国女孩子也有在西国学习的。"

"敢出国做事的女孩子都心存大志。"

"不全是，也掺杂好奇心，比如我。"露茜用手指着自己说，"我在伦敦医学院读书时，我的一位教解剖学的老师大讲特讲中土文明。当时有好事者从中国偷偷带到英国一只熊猫，轰动伦敦。有一天说到熊猫，老师禁不住在黑板上用汉字写'中国有熊猫，有我们英国人喜爱的瓷器，丝绸，茶叶，还有了不起的《红楼梦》'。黑板上的汉字叫我稀罕的了不得，世界上有这样美妙的文字。我就比葫芦画瓢把黑板上的一行字抄了下来。就是那堂课，我心里萌生了去中国的想法。晚上就做了个梦飞到中国，梦醒后，去中国的愿望更强了。我决定去梦中的中国寻我的中国梦。之后，我就叫老师教我认汉字。我问他的汉字是跟谁学的？老师说他在北平的协和医院跟一位漂亮的中国女医生学的。说到女医生，老师用眼睛宣布他温柔的爱情。我把我想去中国的想法跟老师一说，老师又是赞赏又是鼓励也有担忧，他担忧汉字不好学，当然跟不好学不一样。前头的'好'字读三声，意思是容易；后边的'好'字读四声，意思是喜好爱好。并说花时耗神。我说我压根儿好挑战自己。"露茜说到这里挑衅性地把头一抬，俨然挑战胜利的姿态。张书奇看着露西的神情，用分析的口吻说汉字并不像您那解剖老师说的那样难，是吧？女生天生就是为语言生的，个个巧嘴八哥似的。张书奇礼貌地伸手示意露西接着刚才的话往下说。她说："大大前年政府选派学妇产科的医生来中国，我参加考试，一举考中，取得资格。如梦所愿。我在心里感谢上帝善解人意，心里着实美了好长一段时间。我来到中国没多久，就从一位老传教士手里找到一本《红楼梦》，书页里方方正正的每一个汉字就是一朵花，一首诗，一个哲学命题，一个鲜活的生命，一个动听的故事。"她湖兰色的眼睛望着玻璃窗外耷拉的爬山虎，若有所思地说，"我在 Z 州意大利人办的公教医院妇产科当医生，每托起一个男娃娃，家里人就喜不自胜，外人道贺称'弄璋之喜'。而生女娃娃的家人就不那么喜幸，只道谢说'弄瓦之喜'。生'璋'生'瓦'决定女人在家中的地位和待遇，只生'瓦'不生'璋'的妈妈在家矮人一截。我听了很是愤愤不平，我说生男生女可不怨女的。可这些母亲盲目地把生'瓦'不生'璋'的责任归咎于自己，叹着气怨自己没成色命不好。"

年轻的露西医生把开导盲目生育的中国女性当成自己的使命。张书奇也从露西身上看到她做事的执着和心态。张书奇对露西说老师您说得很对。露西微微一笑，故意眨巴下眼说："跟我说话时把'您'字下边的'心'去掉。"张书奇心说这个洋老师对汉字细微之别很清楚啊。但他心里还想试试她的中文水平到底有多深多浅。于是他用谦虚的口气跟露西说："老师说的'璋''瓦'我略知一二，可不知为什么这么说。"

露西看了张书奇一眼，见张书奇脸上没有考她的嫌疑，这才忽闪着那长睫毛慢腔说："乃生女子，载寝之地，载衣之裼，载弄之瓦；乃生男子，载寝之床，载弄之璋。"露西拿出平时念经的语调念完后，目光落在张书奇脸上，意在问他对否。张书奇欣然点头称赞。他略一沉思说："生男孩还有一种叫法叫'悬弧大喜'和'闾左挂弓'，老师知道意思吗？”张书奇问露茜。露茜把笔和纸递给张书奇说：“写下来。”露茜拿起纸皱着眉头念，摇摇头说：“不懂。那么生女孩的叫法呢？”并用乞望的眼神叫张书奇往下说。

“生女孩‘设帨于门右’，这个叫法体现古代人尚武习俗。”张书奇面带笑意解释，但他心说洋老师的汉语水平不过尔尔。于是他在刚才那张纸上写了“錫、荼、壶”三字，并小心恭敬地推到露茜眼前。露茜用她那修长细白的食指点着这三个字，想了想说：“锡、茶、壶。”说罢看着张书奇的眼，意问对不对？

张书奇故意迟疑一下，没有表情地拿过露茜的字典。他把翻到的字叫露茜看，露茜耸耸肩摊开两手来，排解不懂装懂念半边的尴尬。露茜拼读“yang tu kun ”。

“三个字读错一对半，真不好意思，在鲁班门前弄斧。”露茜脸带微愠地凝视张书奇，眼里透出他有意考她的疑问。但她还是有风度地说：“一字之师，更何况这是三字，你是三字之师。”

“上帝也有不知道的时候。”张书奇宽慰她说，“老师先别疑虑。汉语作为我们的母语，念半边，读偏旁，猜音意，闹笑话的多了去了。更何况你是有才学的洋人，别介意。”张书奇指着她手边的《红楼梦》说：“曹雪芹笔下的薛蟠就把‘唐寅’读成‘庚黄’，弄得贾宝玉怎么也想不起来‘庚黄’是哪朝代的画家，薛蟠这个蚂蚁尿书上不湿（识）几个字的人，哪里懂历史，往往不是读半边就是读‘相去不远’的字样的音。不奇怪。”张书奇引用《红楼梦》中的例子，也是想试探她对这书了解多少。

露茜听得睁大一双本来就大的眼，只见她匆匆翻开手里的书，她是刚刚看到这一点的。《红楼梦》在她忽闪来忽闪去的长睫毛瞳仁里出没闪现。“对，就是这一点。”露茜点着书说，“我还没弄懂这唐寅和庚黄是何人。这正好，你给我讲讲。还有，书中有唱不完的戏做不完的诗，戏里诗里有不计其数的典故，还有类似典故但不是典故却又是历史上名人制造的花絮什么的，我都读得半生半熟。比如说红拂是何人？贾母在清虚观打醮时点的《南柯梦》是怎样一出戏，'杏花村'怎么一定要配酒幌，黛玉诗中说的燕子楼百花洲都在哪里等等等等，干急读不懂心里闷得慌。”露茜欣喜地像碰上知音一样，一口气问了一串她不懂的问题。“真没想到，来中国这么久，今天终于碰上了个知音。”露茜兴奋的脸上飞起红晕。

张书奇心里重复“知音”一词，美丽的英国女孩爱读此书，怪不得她讲课时的半文言半白话说得恁好，原来是个用功用心之人。

张书奇回过神来指着露茜手里的书说：“读此书费神。中国读者如果对历史上的典故不了解照样读不懂。就像书中说的唐寅，是明朝的一名画家。汉语字形相似，有的仅一画之差，很迷惑粗心人。书中说的'红拂'，是个'慧眼识英雄'的典故。红拂是传奇《虬髯客传》中的人物，也姓张，一千多年前我们是一家。”张书奇说罢一脸自豪。露茜则微笑讥讽说你的玉皇大帝也姓张，也很厉害的。张书奇说洋老师开始诙谐了，连说是是，天下张姓人再也不应该想当皇帝了。他说红拂是隋朝大臣杨素的家妓。李靖参谒杨素时，她慧眼识英雄才略，毫不犹豫与之私奔。路中见虬髯客言行不凡，便结为兄妹，终于帮助李靖建功立业。张书奇的娓娓讲述使露茜眼里生出诧异和敬意。“京戏有《红拂传》，京剧明星程砚秋演红拂，那28尺长的水袖程砚秋玩得功夫了得，侯喜瑞饰虬髯公，张春彦饰李靖。可惜这戏来不到这里。如果老师想看，学生愿陪老师上京城去看这出戏。”

“真的？太好了！书中恁多戏不知能看几出？你们张家前辈有红拂这么一位了不起的女子，应该夸口。”露茜一脸羡慕地说。张书奇得意洋洋地说：“说热闹算了。”

张书奇又说：“《南柯梦》这个典故，我们妇孺皆知，你会知道的。”

“'杏花村'与酒幌，多数外国读者无法在头脑中建立二者的关系，但中国读者会很自然地联想起杜牧《清明》诗‘借问酒家何处有，牧童遥指杏花村’的诗句。古代的酒店都挂酒旗幌，所以一说旗幌就知道是酒店。”张书奇不紧不慢地说。

“杏花村一定是个开满杏花十分美丽的地方。”

“肯定了，但美不过黛玉咏絮诗中的燕子楼和百花洲。”

“在哪儿？”

“在那儿。”

露西意味深长一笑说：“‘哪’‘那’只一口字旁之别，但意思令人玩味，汉字呀……”

“汉字着实有学头。”张书奇把露西“呀”字后的感叹续接完整。接着讲她问的黛玉《唐多令》“粉堕百花洲，香残燕子楼”中的百花洲指的是姑苏西城下胥盘二门之间。“传说吴王夫差常携西施泛舟游乐于此。明代高启还作有《百花洲》诗一首：‘吴王在时百花开，画船载乐洲边来。吴王去后百花落，歌吹无闻洲寂寞。’你想想看，那时有很多茂密的柳树，暮春时节，柳絮纷飞，百花盛开。但在寄人篱下的林黛玉眼里却是百花凋零、孤寂愁悲的景象。而燕子楼是一座美丽著名的楼，相传有个名叫关盼盼的美丽女子在里面住过。黛玉联想自己的潇湘馆荣华无常和对未来那十分不确定的担忧，担心将来也会跟燕子楼的主人一样弄得个花落人亡楼空的下场。她微妙的内心情感，有谁能说？只能写进诗里。”张书奇边喝水边嘴里咕噜。“美人的一言一行一不小心就会成千古佳话。如果燕子楼里住的是位其貌不扬的女子，楼与人就会如尘世灰尘，后人不可能记着的。是不是？”张书奇自答式地问。

“大观园中一群美丽的女孩子诞生在曹雪芹笔下，真是福气。”张书奇笑着对露西说，“凭老师的美将来定会跟燕子楼的关盼盼一样给福音堂留下美丽的故事。”

露西一听坐直身体，憋着笑小心问道：“老师美吗？”

张书奇抿嘴笑说："学生由衷地赞美老师的美！我的眼不哄我，只是不太懂女孩子。"张书奇晃晃身不自然地笑，"平生头一回面对面夸女孩子美，希望老师笑纳。"张书奇一脸诚恳，心里叹道："才貌双全"四个字难得。他心里盘算他将来要有个像老师这样的女孩子当伴侣……

露西惊讶地耸了耸肩，连说带笑地，"啊噢！笑纳你对我的赞美？厚重的礼物。"露西两手做了个掂量的动作，突然站起来朝张书奇鞠躬作揖，说："请学生受老师一拜，从今天起跟你学中文，听你讲《石头记》。"

露西的拜师动作来得太突然，叫毫无思想准备的张书奇猛地从椅上立起来边朝她鞠躬作揖边伸手阻拦，谁知他躬腰时屁股往后一撅撅着身后的椅子，身体随着惯力往前一送，差点碰着露西，嘴里连说："不敢不敢。学生受老师的拜，确实是件稀罕事。既如此，学生听老师一句话，对我这半瓶子晃荡的卖弄千万不能当真，咱们师生间应是你刚才说的教学相长。"

露西坐回到桌前，若有所思地说："真没想到，今天碰上个能跟我说《石头记》的人，'真是天上掉下个张哥哥'。"露西指着张书奇笑说。"老师，这书里我要问的还很多。"露西又指着她手里的《红楼梦》跟张书奇说。

张书奇微微一晃他一头黑光油亮的头发，不好意思笑说："既然受了'学生'一拜，老师我也没推的了，肯定是知无不言。至于称呼嘛……"张书奇一沉思说，"咱互为老师，互为学生，看场合喊吧。"

露西听了拍手走到讲台一边放着的小主柜前，拿出个白底蓝花瓷杯，拧开精制的茶筒边往杯里倒茶叶边说："上好的铁观音，慰劳有功人。"说着掂起褐黄色的竹外套热水壶往杯里倒水。"老师用的不是'锡茶壶'！"张书奇看着露西手里的竹套暖水壶讥诮说。

"学生手里提的'不开壶'装的温开水。"露西半嗔半喜地还击张书奇。张书奇抿着嘴嘿嘿一笑，打趣说："哦，英国也有'不开壶'。"

“有人的地方就有，只是没有这里的多。”露茜绷起薄嘴片笑时拿眼嗔剜张书奇一眼。

她翻到她早折好的那页，把书倒放在张书奇眼前，用她那如葱细长白嫩的食指倒指着念给他：“……但那一包人参，固然是上好的，只是年代太陈。这东西比别的却不同，凭是怎么的好，只是过了一百年，就自己成灰了。如今这个虽未成灰，然已成了糟朽烂木，也没有力量的了。……”她读得熟，熟得就像指头读盲书似的。“请问老师，你说这书中的人参隐喻何意？”露茜抬起眼看着张书奇正在思考的眼睛。

张书奇心说她问的这个细节读时一带而过，经她这一问倒是觉着人参在这里暗喻贾府的现状。贾母拿出个上好的参给她最待见的王熙凤配药，不料偏就是个外头好，里头腐朽不能再用的人参。这人参是不是暗喻贾府到了腐朽不治的地步？曹翁笔下一个不起眼的小人物都不虚设。想到这儿，张书奇的思维来了。他用探询的口气说：“人参贵为植物精灵，贾母和凤姐是贾府众人中的人参，再好的人参也架不住时间的消磨，百年人参的腐朽暗喻贾府外强中虚不可挽回的败衰之势。第五回警幻仙姑说‘今日原欲往荣府去接绛珠，适从宁府经过，偶遇宁荣二公之灵，嘱吾云：吾家自国朝定鼎以来，功名奕世，富贵流传，已传百年，奈运终数尽，不可挽回。’这百年人参是作者衬影贾家百年之喻。恕学生乱解。”

露茜若有所思点头说：“有道理。”但她言犹未尽地说：“第十三回秦可卿托梦王熙凤时说：‘如今我们家赫赫扬扬，已将百载，一日倘或乐极生悲，若应了那句树倒猢狲散的俗语，岂不虚称了一世诗书旧族了？’不管是荣宁二公的灵魂还是秦可卿托梦所提到的一百年，都与这百年人参相映相吻，意指荣宁二府的百年命运气数已尽。更何况人参是从荣宁二府最高活牌位老祖宗贾母手里毁掉的，就更有一层含义。”露茜说着说着思维打通了，她还说又影射清王朝看上去完好而内囊却糟朽的现实。作者不敢明说，只好委婉达意。露茜说到这里收住话，拿眼问张书奇。

张书奇表情诧异地说：“高见。”露西笑说如果有高见，也是叫高人激活了思维。她说她的解释就像庸医下药，治不了病，也治不死人。张书奇说“中（zh ǒ ng）”。全世界的年轻人都爱思考探究些什么。

除了想还要做些什么才是。露西说时若有所思地看着张书奇，眨巴下眼。张书奇心说这洋老师心里盘算什么？露西神秘一笑，她说她刚刚萌生了要和他一起译《红楼梦》。

露西说罢绷紧嘴，眼睛不眨地看着张书奇的眼睛。

张书奇惊讶地望着露西，张开的嘴半晌才说：“老师是说笑话吧？”

“凯特手下绝无胆小鬼。”露西平静的语气夹着激人的意味。“不过，放谁猛听到这话，都会心里一震，觉着我发呓怔说梦话。”露西认真分析说，“尽管咱们这是第一堂课，可我觉着在哪见过你，跟你熟，就半点也不眼生地向你提出这么一个只有很熟才会说的事情，你心里没有准备是对的。但就是因为第一堂课，我从你做的英文作业中看到你的英文学得很好，况且你讲《石头记》亮出你扎实的汉语功力和深厚的文学积累。于是，我就……”露西没把话说完，张书奇就截着话说：“你就萌生了突发奇想，是吧？”张书奇困惑地耸耸肩，仿佛肩上压着很重的超过承受能力的担子似的。露西点点头说：“我英文学得好，我这可不是自夸。我热爱汉语，这是条件一。二呢，爱读这书。”露西指着手里的《红楼梦》说，“我认为这是最好的基础，也是天下最好的翻译组合。这会儿你不会再对我的话感到唐突了吧？三呢，就是莎翁说的‘对于想要做的事，应该一想到就做的话’在时时敲击我，所以说，虽说是头一堂课，我不想把我的想法往后推。有些时候，错过那个时刻，激情就没了。激情需要激情来刺激。”

张书奇深切地点点头，表示赞同露西的说法。但他有点儿为难地说：“我吃几块馍，喝几碗汤，老师你并不清楚。”他语气一顿，说他是个好读书不求甚解的人，今天说的这些是瞎猫逮个死老鼠，浮浅地泛谈。露西不以为然地说泛谈就很好了，如果再精谈会是什么样？张书奇苦笑说："译书是大事，更何况是这本旷世奇书，中国有句话是'没那金钢钻，不应揽那瓷器活'，我手里没有金钢钻。"张书奇摊开两手表示空空如也。

"什么金钢钻银钢钻，只要心和意志是金的，没有做不了的事。"露西眼里澎湃着激昂和鼓舞人心的神色。

张书奇从露西身上看到英国人身上不安分的勃勃生气。张书奇低着头看着杯里沉浮的茶叶说："《石头记》可不是好玩的神石，没几下子搬不动，即使勉强搬起来，怕会蹶腰砸脚。"

"临事而惧的人往往是做事稳妥叫人放心的人，这样的人在我心里比那当面拍胸打肚表示能做但日后做不到的强一万倍。"露西半开玩笑半激将地说。

张书奇腼腆一笑，像是自言自语又像是对露西说："你深谙请将不如激将。扚上去，抽掉梯，都不怕，我就怕情感的天空倾斜。"张书奇把书托在手上，掂了掂说，"沉甸甸一部大书，想译好得皓首穷经，如果倾注了情力，投入了精力，消耗了体力，费尽了心力，倘或结果不能如愿，那……"

张书奇话没说完就叫露西截挡着："那也比不做强。"露西语气强硬并夹着明显的批判，"顾虑太多就如给脚套上沉重的镣铐，只管译，只有敢挑战自己的男人才是大男人。"

张书奇心里感觉自己的脸红了，并在心里重复露西"大男人挑战自己"这句话。心说是呀，大男人竟连一个女孩子也不如？被看扁的难受使张书奇再也不能忍受，他心说怕什么？没什么好怕，跟她译书不失为最好的学习，学中译，译中学，两全其美，何乐不为？想到这儿张书奇表情坚定起来。他看着露西的眼说："老师叫咋就咋。叫上天摸忽雷，我立马造天梯。"

露茜笑说这就对了。

露茜平静下情绪说："你可能不知道，从前几个翻译这本书的人之所以译得不好，就是因为他们的汉语学得不好，致命的失败是没跟汉语功力深厚的人合作。比如英国皇家学会约翰·大卫在1830年译的第三回，他是第一个把这本书译成英文的人。但敢为天下先的就很了不起了。第二个译此书的人是英国驻宁波领事罗伯特·汤姆1846年译的第六回。第三个人是海关税务司保罗1868年译的第八回。之后还有一位叫琼的英国驻澳门领事译过几十回，一位叫王良志的译的宝黛爱情，还有我们不知道的译家，总之他们都没有囫囵译作。现在我读了原文才知道从前那些译本的译者就没弄懂，单就书本字面去译没有想象力，须得有像你这样的行家讲解才能学活。"她感叹学好语言，除了语境，还得有悟性，还得热爱，还得用功。"两年前，德国人库恩用德文译，将一百二十回缩短成五十回。不读原著认为差不多，一读才知道不对劲，并且很不对劲。因此，我心里想，我有一天译这本书，要比他们译得都好。我们是要向西国人介绍一部完整的《红楼梦》，让西国人知道中国的《红楼梦》堪与莎士比亚的戏剧相媲美。再者也展示我们英国的强大，要使英国人大吃一惊。"露茜绷紧嘴仿佛下定决心去征服这座山峰似的。她说话的口气和神情给人一种挑战般的刺激。

"脂粉豪杰。"张书奇朝露茜竖起大拇指说。张书奇这才明白她译《红楼梦》未雨绸缪了很久，暗地里一直在物色人。张书奇心里揣摸露茜所说的"强大英国"与译书有怎样的联系。张书奇微皱眉想，国强人强，全世界这么多英属国家都改学英文，实在以强欺弱，可谁又有啥法哩？张书奇看着一脸霸相和一身霸气的露茜，除了羡慕就是感觉自己酸溜溜的，按说一个女孩子站在别国的土地上应该谦虚些才是，可她反而跟在自己家一样说话没有丝毫的谦虚。张书奇心说不能叫一个洋丫头片子看扁中国男人，他决定让她重新调整对中国男人的看法，他征服她的决心就像她征服《红楼梦》一样，在心里酝酿成酒。于是，他看着露西的蓝眼睛郑重地说："中！"

露西激动得眉飞色舞，边拍手边说个"中"中，耐听，中听。中，这才像个沉着、厚实、干脆、成熟、必胜的中国男人。中，刚柔相济，轻重相适。"心中有'中'，事事都中。"露西学张书奇多少带些怀音说。

她眨着眼睛思考说咱们分分工，用你们中国珠算口诀说的二一添作五来分，你译前六十回，我译后六十回，谁先干完谁帮谁，将来合二为一，意下何如？露西用征询的语气问说。

"学生听老师吩咐。"张书奇恭敬地朝露西点头答应。

"一言为定。"

"一言为定。"露西说时伸出右手小指要跟张书奇拉勾。张书奇只笑不伸手。

露西伸出的手指停在半空。她疑惑不解一脸诧异地问："你怕？怕什么？不敢？不想信守诺言？"

张书奇摇摇头，嗫嚅着笑说："我不是不想拉，而是——"

"噢哦，想起来了，是授手不亲。"露西恍然明白地一笑，握起她玉雕般的小指，嘴里连说"一诺千金"。露西像是安慰张书奇又像是激励自己："即使天倾也无悔，总比不为强。另一面，人得需要常鼓励，要不也会迷茫。克服最大的劲敌——信心发生动摇的时刻，仍然不屈不挠地艰苦斗争是最重要的。"

张书奇心底大振，情不由己地说："老师不但有颗自信的心，还有自信的外表。"

"我对翻译《红楼梦》的自信来自我对这书的喜爱和对你的信任。今天咱们共进午餐庆贺庆贺。"露西兴致勃勃地说。

张书奇不好打消她的兴头，点头浅笑来掩饰心中的不情愿。因他中午跟他在 Z 州分局的张宪成几个约好了在一起吃饭的。这可好，张书奇在心里怨自己多嘴逞能，恨自己考人家的汉语水平，没想到"庚黄”引出话外话。话又说回来，能跟花一般的洋老师一起译书也是可遇不可求的美事。他对她如实说了他中午的安排。她抬腕看了下表说：“那好，我跟你们一起吃。”话音刚落，只听院里有说话声，张书奇懂声，对露西说他们来啦。张书奇介绍双方认识，并指着张宪成对露西说，俺俩在学校时同一个寝室并且床挨床，睡觉俩人头对头，脾气也相投。说马绥成是他的下铺。可几年下来混得结果却不同，马绥成还是个职员，跟张宪成差几级。当然跟张书奇差得更多。张宪成和张书奇也多次想帮他，可马绥成自己没把开头弄好，不说是扶不起来的阿斗，但运气不顶，几次都还差点叫凯特撵走，急得他俩是干着急用不上劲。可马绥成心里总认为他俩不够义气，心里多有怨气。他恨不得立马叫凯特滚蛋，叫张书奇接班，他的事得以好办。因为从大趋势看，张书奇接班是早晚的事。

因为从 1922 年英、美、法三国在华邮局全部停闭后，名誉上说各处的邮务大权归中国政府了，可实际上直到眼下 1933 年的十一年间，邮务长这把交椅牢牢把持在英国人手中，稳如磐石。与过去所不同的是正副邮务长和视察员不再是清一色的洋腔洋貌，副职里出现个把黄肤色的中国人，张书奇就是这寥寥星辰中的一颗星。他作为凯特一手提起来的星，在中国人眼里就分外耀眼。尽管眼下他看不透凯特的心思，但从凯特的用心上多少能嗅出些味道。张书奇是他实现愿望的捷径。马绥成把希望寄托在张书奇和张宪成身上。水路不通走陆路。小虫尿尿，各有便道。

张书奇向露西介绍张宪成、马绥成和 Z 州分局的董仁义，并向他们通报他和露西准备合译《红楼梦》和露西请他吃饭的事，他们几个表情不一。露西和他们一一握手。当露西跟马绥成握手时，她心说这人的大鼻子与西欧人的鼻子有一比。但这鼻子长在黄肤色脸上不协调。

张宪成对他俩合译《红楼梦》极力赞赏，他拍着张书奇的肩背郑重地说：“译《红楼梦》可是件名垂青史的大好事。”然后两手抱拳向张书奇和露西说："恭祝你们早日译书成功！梦想成真。"心里却想，这译书必定演绎出跟《红楼梦》一样的故事来。但他嘴里说："他在德华街有天饭店订好餐了。"

张书奇与露西的眼睛离开张宪成一对视，脸上露出决不辜负重托的神情。

张书奇关切地问露西："老师吃中国餐行不行？"

露西感激地看着张书奇连说："行，行。"她喜欢他对她的殷勤风范。

出了福音堂，只见云低雨霭，张书奇望着扯天扯地丝丝绵绵的雨线，满心喜悦，禁不住连说："好雨好雨。今天骑车淋雨，闻闻空气中的泥土味儿。"

张宪成知道张书奇好淋雨，就说："今天骑车专为雨来。"

张书奇问露西说："老师你撑把伞，坐学生的后车架上如何？"

露西愉快地笑说："好，好。我这人随和。"

"随和好。随和叫人待见。"张书奇赞赏说。

他们骑车如穿雨飞燕。从车轮转动的节奏就能看出骑车人活力四射，青春勃发。张书奇的事业更是如同刚刚开头的春天，满目生机，再加之今天与露西译书的事，他心里的阳光开在眼前的雨天。当他们往德华街拐时，突然从德华街窜出辆骑车骑得飞快的穿邮政绿的邮递员，张书奇洋车闸捏得哽哽叫，但邮递员的车速惯性还是碰倒张书奇的车，张书奇因带人不好拐把，就连人带车翻倒地上。张书奇回身一看露西歪坐在车轮上，车轮平躺着还转个不停。张书奇本能地伸手去拽她，她自然地也伸出手给他，就在手与手要握一起的一刹那，张书奇的手像叫热水烫着似的猛将手缩了回去，露西伸着的手停在半空，趔个腰苦笑说："嗳，一个地道的旧式男人。"

露西麻利地站起来，两手揪住衣后襟往前拽，脖使劲朝后扭，一看衣裳上沾有一点泥土，一边拍打一边笑说："我知道，你和别的女孩子也不会随便拉手的。”

路南边一个钟表店门口传来女人捂着嘴咯咯乐幸灾乐祸的笑声。他们循声望去，只见店门口站着三四个年纪约摸三四十岁的女人，她们见中国男人骑洋车带着个洋闺女招摇过市，就在心里判定那洋闺女不是地道货，而这突如其来的翻车西洋景实在是给她们凑了一个放声窃笑的机会。

张书奇用Z州口音夹他老家怀腔拖着长声说：“春雨贵如油，下的可街流，摔倒张老爷，笑成一窝猴。”

张宪成和马绥成听见张书奇用打油诗奚落她们，禁不住哈哈大笑。张书奇就是张书奇，任何场合即兴打油诗嘲笑讥讽恶心惹他不满的人。嘴不吃亏，话不吃亏。大街上几个像样男人肆无忌惮的笑声很带威慑。

那几个刚才咯咯笑的女人，赶紧敛起不怀好意的笑容，为了掩饰没趣和尴尬，相视而笑，就当她们自己一直跟自己说笑一样。

露西瞟了眼那几个被张书奇奚落一顿表情不自然的女人，个个头发盘在脑后勺，一个鬓际插着朵粉色小布花，身穿绿底红黑花旗袍；一个头上别着大红色的中不溜布花，身穿棕色底白花绸缎旗袍，但小腹都鼓得圆溜溜的。也只有这样的女人才敢在大街上笑路人，就像《红楼梦》中贾宝玉憎恨的那种一经男人挨身就变得可恶的女人。露西见一个皮肤发黄的女的脸蛋上擦些红胭脂，还咧开雷公嘴露出一口黄牙，连连眨眼哧哧讥笑，露西心说这人长得还真像猴，这女人在露西意念里迅速变成猴，变成人，人猴猴人变个不停，像快镜头似的。露西好不容易才忍住没咯咯笑出声。她心里佩服张书奇的眼力以及即兴的形容，她由此更看出张书奇的汉语功底和机敏。她赞赏自己没有看错眼，更欣赏他化解尴尬的应对能力和风采。她心平气和地掏出白手帕要给张书奇擦去他深蓝毛料西装底边粘的湿泥。

张书奇摆摆手笑说：“不擦不擦，湿泥不能擦，越擦泥片越大。泥干自掉。不过，冲你这举动我也得谢谢你。”

那邮递员一边扶车，一边胆怯地连说“对不起”。

马绥成暴躁地插嘴说：“慌什么慌？！”

张书奇赶忙拦住说：“好了好了。他也不是故意的。”

“碰上我们几个算你走运，要不然你可走不了。”张宪成板着脸说。

邮递员眼瞅着地连连点头，像个做错事的孩子。

“用你们中国话说这叫大水冲了龙王庙，对不对？”露西笑着问张书奇。

邮递员赶忙抬头惊慌地看着露西，用眼问她：“龙？”

露西却拿眼盯着张书奇。邮递员心里也明白几分，他知道撞翻的人肯定是他的顶头上司。看样子是大上司。他心说官越大越没事，县官不如县管。但邮递员表面怯懦着，拿捏出十分尊敬和真诚的态度朝张书奇施礼道歉。继而挨着朝几个人连连躬身谢罪，磕巴着说：“真，真不是故意的……”

张书奇摆手宽慰他说：“没事，走吧。”

露西目不转睛地看着温厚宽容大度的张书奇，神情庄重，目光沉稳，一身大度。她心说她喜欢这种集真情童趣和幽默于一身的男人。但最叫她着迷的却是他窘境中不失风雅的从容。想着想着她意味深长地看了张书奇一眼，那是一双神采奕奕的眼睛，里面内容丰富，但看上去自我控制力很强。

三十年前的一件件往事清晰地就像刚冲洗出来的相片。露西看着隔了三十年才相见的张书奇，她才知道她对他的爱从来没变过。而此刻的张书奇经不住她目不转睛地凝视，不自在地双手捂住脸叹口气说：“不如从前好看了。”说罢低下头看着青花砖墁地小声说，“回忆叫心年轻。那‘锡茶壶’你就不能把它忘了？！”

“不能。那是我珍贵的记忆。”

“1933年4月16日，对，就是那天，你教会我认‘锡茶壶’仨字，从此‘锡茶壶’就像刻在石头上标时间的钟磨不去。”露茜说着把他捂脸的手拿开。

“这‘锡茶壶’三个字从你嘴里出来，听起来像是挖苦讥笑。”

“但不排除一见钟情，是不是？那一天和那一天的‘锡茶壶’是上帝安排的。”露茜绷着嘴笑说。

“上帝一插手就麻烦了。”张书奇用脚蹉着地砖笑说，“那一天……”

——张书奇的神思吆一声就飞回三十年前的那一天。

中午在有天饭店，四个人推杯换盏，海阔天空。张书奇回到K地已是下午4点，接着喝了杯蜜水解解醉，深深睡了一觉，醒来浑身舒爽。坐在桌前，翻开《红楼梦》，思绪万千。他心说：《红楼梦》呀《红楼梦》，万没想到，今天因你我像做梦一样过了一天。

他在日记上写道：“这是个印刻在生命心碑上的，跟人的生日，金榜题名，提拔同等重要的日子。我没想到我对《红楼梦》的一番浮浅诌解，竟把洋女郎给镇住了。但我心里喜忧参半，喜的是跟她一起翻译就是逼自己学到地道的英文，忧的是译书可不是吹糖人的事。人贵有自知之明，我知道自己不是吹毛立断的钢刀，现在的水平，还是一口钝铅刀，但钝铅刀也是刀，身为刀就得有一割之用。‘铅刀贵一割，梦想逞良图’，张书奇用左思的诗来安慰自己。今儿遇上露茜这样胸有大志勤奋肯干的洋女孩，也是人生一件重要的事情。她的激情唤醒我心中对《红楼梦》潜藏的热爱，她把我的怕和懒逼得无处可藏，走投无路，最后缴枪投降。但我乐于向她投降，因为这事是正事。正气生喜气。”

“小时在家读《红楼梦》，父亲就发脾气，所以就偷偷读。晚上学习罢点起煤油灯，把书竖起来挡着光，看入迷时，连父亲进来都不知道，父亲有时进来站在一边，一脸不悦，就慢声慢气地说：‘那书是吸铁石吸着你的眼了？唉，这书长到八十读都不迟，可正经考试的书，过了这年龄怕就要误功名了。’父亲说罢慢慢转身走出我的里间。我望着父亲的背影，不安地说：‘儿子知错。’我欣赏贾宝玉的叛逆，但我学不起，我是凡人，孝为先。再说父亲也不像贾政那样‘假正经’因宝玉不读书动辄往死里整的人。后来我以第一名考到J县初中后，父亲还提醒我假期可以读《红楼梦》。我心里真有说不出的高兴，心说我有这样理解人的父亲，真是前世修来的福。”

“我和《红楼梦》的感情，打个不恰当的比喻，就像贾宝玉和林黛玉。读时并没有想太多，情感随书中人悲而悲，喜而喜。没想到今天派上用场。能为自己喜欢的书做点事儿心里高兴，就像《红楼梦》开篇第一首诗‘顽石偈’中说‘无才可去补苍天’，那石哀叹没法完成自己，我也为父亲不叫考大学感觉没法完成自己而生了几年的闷气，这次我要译书弥补这个遗憾。可译书是件难事，但青春的词汇里，没有失败一词。”

“路在我的前面。一不做，二不休才能往前走。”

张书奇合上日记本。翻开《红楼梦》，感觉书中的字像有生命似的，每个字都活蹦乱跳，会哭会笑，还能听到字的呼吸声，字在书页里跟他眨眼。啊，读过几遍的书，今天看来竟有全新的感觉，当人一旦用心注意的时候，眼前熟悉的一切就跟之前产生本质的区别。此时，张书奇眼里的汉字不由自主地蹦出相对应的英文。当他看到“神仙”一词，英文一连串蹦出几个词，从内涵意义来分，中国人心中的神仙跟西国人说的神不一样，永生不死，凡人经过修炼也说成神仙。而英国人心中的神仙是指住在奥林匹克山上的众神。这些神仙具有凡人的感情，但凡人不可能成为神仙，人神不通。英文“immortal”和“salvation”都是神仙，“divinty”也有表示神的意思，英文不像汉语神就是神，仙就是仙。困惑和困难开始了。他交代自己无论如何不能打退堂鼓。不耻下问嘛，多好的学习机会。他看了下表，九点半，不迟。于是他打电话找洋老师请教。

电话里露茜的应声激动兴奋。

张书奇把他刚才看到的英文表示神仙的单词以及跟汉语的差别一一跟露茜详说。露茜说不管是“immortal”还是“salvation”都不能尽汉语的意思，但两个词意思接近，有时只好意译。

张书奇接着问：“女娲和警幻仙子是女神，英语 goddes 指的是女神，这样译西国人该容易理解的吧！”

露茜说：“是。”

张书奇若有所思地边哦边说：“洋人以洋释中，汉人以中释洋。东西方文化的差异会使读者迷懵，看来只有加很多注释才中。比如，中国人说的‘老天爷’这个谁也没见过，但好像老天爷从来住在每个人心里一样，人处绝境或心灵需要救助时，往往不由自主脱口呼喊老天爷。用“God”能尽其意吗?

露茜电话里语调兴奋肯定并给人鼓励。

“不用说上帝就译作‘divinty’了？”

“《石头记》中有没有‘上帝’？我读时没用心?我觉得上帝只有我们有。”

“有。”张书奇毫不妥协地说，“第七十八回，宝玉祭晴雯的《芙蓉女儿诔》里‘……始知上帝垂旌……’、‘……始信上帝委托权衡……’”，张书奇心里不以为然地愁，这洋老师霸道得连上帝都不许别人用。接着，他用另一个例子来证明中国有上帝，他语气婉和地说：“《商书·汤誓》里‘夏氏有罪，予畏上帝’。还有后来的《醒世恒言》里‘两县令竞义婚孤女’一篇中月香父亲托梦给钟离公时说：‘上帝察其清廉，悯其无罪，敕封吾为本县县隍之神……’，‘上帝’一词老早就出现在我们的古书里。”张书奇电话里不慌不忙娓娓辩来。“我们的上帝和你们的上帝应该是弟兄俩，一个管东，一个管西。”张书奇想像着替露茜解围。

“让我翻书查查。我得向你学习读书仔细。”露西歪着头用脖压着话筒，手里小心翻着绵软书纸，嘴里说：“弄不好真是兄弟。不过管西方的是洋上帝。”

“土、洋是相对的，你对我们来说你是洋，翻过来，我们对你们而言也是洋。手足情不分土洋。”张书奇口气缓慢而坚定，没有丝毫让步。

就算是弟兄。“神”或“天”在英文中指基督教最高神祇，那就是上帝“God”。

“‘天’跟‘天’不同，自然的天自然用‘Heaven’。如刘姥姥在第六回中说‘谋事在人，成事在天’。这个天译成‘Heaven’。”

“噢，英文听由老师您说了算。”张书奇用听话学生的口气说。“汉语不用说您说了算。”露西接着问，“嗯，对啦，还得请教老师一个问题。第二回中说‘政老爷试他将来的志向，便将世上所有东西，摆了无数叫他抓……’，‘抓’是什么意思？”

张书奇说：“‘抓’，就是‘抓周’的简称。‘抓’，顾名思义，就是用手抓东西，这好理解。关键是‘周’字，‘周’有年之意，地球绕太阳一周是一年。周岁，年龄满一岁。小儿周岁时，陈列各种玩物任他抓取，从他抓的物品上来预测他将来的志向和兴趣。”

露西若有所悟地说：“哦，太有意思了。能未卜先知？”

“对对对，但跟你们玩扑克牌占卜大相径庭。”张书奇连连肯定说。

“这是谁发明的？准吗？你小时抓过吗？你抓的什么？现在人还抓不抓？”露西一口气连问了五个问题。

“谁发明的我不知道。我小时抓过没有，没听家人说。至于现在有没有，叫我说肯定有，至于抓周灵不灵，从人们乐此不疲的做法能想出几分，我想是个精神寄托吧。”张书奇思忖着说。

“书中说贾宝玉抓的是脂粉，可最后贾宝玉不是照样功成名就吗？”露西说。

“此间的贾宝玉可真的是看见脂粉就糊涂成不要命的人了，后四十回不是曹雪芹写的，难说。”张书奇答道。

“我很想看看抓周。”露西说时语气像个孩子。

“那倒不难，问问谁家的小孩抓周喊你看，但看结果有点难。因为抓周过后要等十几到二十年甚至还要更长的时间才能出结果，没有耐性或不在身边跟踪怕得不了结论。最好的办法就是将来自己……”张书奇没说完的话后头藏着不言而喻的意思。

“半句没好话，好话没半句。”露西话里夹带讥诮。

“没说出来就不能认为话不好，我这绝对是好话，没有半点邪意，说到半截突然收住，是想到老师是女孩子，贾宝玉说‘女孩子是万不能唐突的’。”张书奇坦率解释。

“对听者不易的话能算好话？老师替你说出‘将来’后边的话，就是等我生个小娃娃，亲历他（她）抓。对不对张书奇？”露西嗔怒带笑说。

张书奇摇摇头嘿嘿笑说：“老师就是老师。因为文化背景不同，恕学生说话忘了我是学生。该掌嘴。”

“那就朝脸上掴几巴掌叫我听听响算惩罚。拍巴掌可不算事。”露西笑着怂恿。

张书奇说：“老师梦里听响好了。”说罢笑着放下电话。可他心里翻来覆去琢磨中国的“老天爷”与西国的“上帝”是什么关系，又是谁给他们取的名？谁见过他们？他们是怎样成为人世间信仰领袖的？想来想去，还是难以致知格物。

他掀开袖口看了下手腕上的表，时针指着十点。他不得不放下手中的书，开始考虑下周工作，考虑工作就是考虑生存。上周一的例会临结束时，凯特说张书奇所负责搞的“改善传统邮政工作尝试”在实际应用中收效大，受到总局的表彰和肯定，并要向各分局推广。凯特说时脸上放光，像抹了层金。说罢从文件包里掂出一个红包，双手递给坐在他右边的张书奇，旨在说明谁为这个集体脸上贴金，就用金奖给谁。会议室五位正副邮务长十只极有素质的眼睛都笑着鼓励。对张书奇来说最主要的是面子。人，就是活个面子，尤其是男人，每一个小成就就是一个大的面子。面子是用雄辩的数字做的，凭谁也无法颠覆。绝对的凯特特色，也是西国人的特点。他们用数字说话，一是一，二是二，丝毫不含糊。

西国人眼里那几个干枯无味的数，像万花筒转出万般花样。凯特就是一个爱数字胜过爱自己国家的人，凯特掌管这幢英国人砌在中国土地上的邮政大厦，大小事件件心里有数，张书奇的认真很合凯特的心意，凯特独独赏识他。

这不得不从七年前邮务局招人说起。作为主考官的凯特给张书奇出的题目是“定于一”。张书奇用流畅的英语把这个影响中国几千年的“定于一”以及束缚人的思想所造成的后果，剖析得清楚而又深刻。而作为严厉挑剔出名的主考官凯特听了张书奇的陈述当场宣布张书奇成为他的职员。可张书奇听了凯特的宣布，却不像别的人有求之不得的兴奋和激动，而是一脸困惑，迷茫的眼神里似乎透出不稀罕不情愿。

张书奇听了凯特的宣布，他心里恨英国人，恨他们办的邮局，恨他们办得好，恨他们的薪水高，也恨自己为什么没把题答错。想到这儿他摇摇头，因为自打上学他就是个想答错都难的学生，他习惯正确了。父亲逼他考邮局，他来考是给父亲考的。因而他对凯特的宣布不稀罕。后来凯特亲自跟他谈，才明白其中原委。凯特更加另眼相看。

张书奇对自己不喜欢的工作竟做得出人意料得好，并把同批进来的 K 地人甩得远远的，这叫马绥成很是不解。因为考试那天张书奇愁眉苦脸从考场出来，马绥成则笑得大鼻子皱出如湖水一样的波纹。他问张书奇有啥不痛快时，张书奇说后悔没写错，马绥成眨巴眼不解地问说：“什么什么？你来考试，怕考上？听不懂，听不懂。”马绥成迷惑地直摇头，哪个来考试的人不想考上？你怕考上而发愁。嗨！天下什么愁都有，人与人愁的不相投。不过，说来也是，对你是屈才。马绥成突然内心渴望他不要考上才对，因他一想到一辈子跟张书奇在一起，心里就不安起来。他知道他跟张书奇在一起，就不会有他的风景。他太知道他不是张书奇的对手，他也知道张书奇也从来没把他当成对手。张书奇的对手是他自己。

张书奇就此成为邮政局的职员，用“既来之，则安之”来安慰自己，“定于一”把他定在凯特的重用名单上，从基层干起，一年一个台阶，有时一年蹦两个。张书奇做事出于他骨子里的习性——胆大心细，没有闪失。在凯特高标准严要求下，张书奇一天天成熟，处处显山露水，他成为他们这批新进的人当中提拔最快的一个。起初，那些资历老他一代的人对他颇有看法但无微词，因为用放大镜找他的毛病竟连一个瑕疵也没见到，渐渐就习惯他比他们强的现实了，也心服口服了。而张书奇心里清楚将来要有所担当，在充满变数的世事中只有时时谨慎处处小心翼翼，才能使那些居心险恶，执意想使他垮台的人没缝可钻。

怀才人遇上爱才人，生命事业必定撞出火花。张书奇感激凯特，更感激他给他找了位不光貌美，连心地、灵魂都美的英文老师，她要他跟她一起译《红楼梦》，这事说起来像梦……

“像梦！”露茜重复说，“除了时间，场地、人都没变。我一进这屋感觉梦就从墙上款款走下来，从地上的砖缝里拱出来，从房顶飞下来，一个接一个，是不是书奇？”露茜转着头寻找自己留在这里的梦。

“时间？自打第一次上课，我的爱表上的时分秒三针相叠静立，再没往前嘀嗒过一下。”张书奇看着露茜笑吟吟的蓝眼逗说，“我做梦老听见大教堂回荡你悉心讲授西方医学的声音。讲台上你穿了件藕红色格格连衣裙，如亭亭而立的水上莲，清纯曼妙，时间也停在那儿了。永远。”

“第一次上课的情形永远定在脑海。”说罢，露茜环视教室墙两边贴的“阶级斗争一抓就灵”和“将革命进行到底”等标语，不由嗳了声，仰脸凝视黑板上方贴的“马克思、恩格斯、列宁、斯大林、毛泽东”的肖像，说前几位是中国人的“洋领袖”。

“洋领袖，洋主义，洋为中用。”张书奇说了个十分时髦的词。

露茜开心地往后一仰身体笑说：“这个位置早先贴的是耶稣。”

“都是‘洋像’。”张书奇毫不犹豫地说。

露茜捂嘴笑并白了张书奇一眼，用手把跑到脸上的一缕头发轻轻掖到耳朵后。耳后洁净细白皮肤上的茸汗毛耐看也耐人寻味。“这几十年来只有做梦时才跟你一起大笑，一笑就笑醒，但醒来心里却难受得要命。总想此生就真的只能在梦里听见笑？啊，没想到。书奇，咱这不是梦吧？”

“咱们的笑有分贝。”张书奇自信地说，“洋像下的福音是上帝安排的。”

“刚才说到你那天晚上打的电话，其实那是我心中渴望的‘福音’。那天一听出是你的声音，激动得我心跳由七十变为一百四十，好半天才平静下来。放下电话，你不知道，我胳膊手指僵硬得半天都缓不过来，但心里感觉像喝了杯热酽茶，兴奋。躺在床上，辗转反侧，眼睛虽闭上了，可大脑里的眼怎么都闭不上，眼前全是你张书奇，耳边一遍一遍回放你电话中的话。思如潮涌，彻夜未眠。你知道在昼夜相等的寂寞春夜能接到自己最想接的电话，跟风趣幽默通透的老师聊自己最想聊的《红楼梦》，不能不说是件最最可心可意的事。”露茜畅快回味。

张书奇支起耳朵，像孩子听故事一样看着露茜。他抿嘴笑说：“你的小脑瓜还是这么好使。哦，再加上手勤，你的‘感情档案’肯定记有几箱了。”

露茜知道他说的感情档案是指日记。就叹说：“日记——没图的相片，无声的电影镜头，没有唱腔的戏。”

“没有图画的小人书。”张书奇跟了句。

“我最喜欢记日记。春天闻着花园里的花香，夏天听着树上的蝉鸣，秋天的雨淅沥敲窗，冬雪夜拥被而坐，心情宁静恬淡，寂静中才能听到自己所听到的。”露茜神情悠然自得。

“我赞同，我欣赏，我喜欢。”张书奇一副陶醉的神情。

“精神佐料，供老时有话说。这果然就用上了。”露茜说。

“你还记不记得五月上旬周六晚上，你打电话说星期日有事不能来上课。当时我在电话里给你布置作业叫你写篇曹雪芹‘补天医人的方剂’。”露茜提醒说。

张书奇嘴里一笑说：“记得。还有一样作业是你要吃《红楼梦》中藕粉桂花糖糕，还有鸡脯子肉和香菌、新笋、蘑菇、五香豆腐干包的饺子或包子。”

“哎呀，一说吃就听你在电话里吸溜馋水。”露茜讥笑说。

“那是真性情。流馋水的人才是正常人。”张书奇笑着摇头说，“我还说 K 地没有不要紧，咱们去《红楼梦》中吃。”

“对，你说你邀我去你梦里吃。”露茜纠正说，“还交代我睡时可千万支好牙。”露茜蓝眼睛笑吟吟的。

——5 月 12 号，露茜去 K 地给一位英国商人的妻子出诊。完了，她让英国商人把她送到邮务局。她站在大楼前，心想，之前没少来 K 地，怎么就没想起朝这儿来？可自打认识张书奇，就不由自主地来了？感觉自己让一种奇怪的感情攫住了，她自己也不知道怎么就来了。

大门上挂着块长方形木板，白底黑字，用汉英两种文字写的“省邮务管理局”。她边往里走边欣赏这座 1917 年由省邮务管理局邮务长英国人阿良西和会计长丹麦人光器格负责，由英国在华的建筑公司修建的青石基础、红砖清水墙。看着这幢耐老的像美人一样的邮政大楼，心里生出别样感觉。她听凯特说过，这幢大楼所用的材料中，除了水泥是从安徽运来的外，其余如钢材、木料、砖瓦均从遥远的国外运来。勒角设计，建筑工期历经五年，一座长 48 米，宽 24 米，8 级石阶的西式大楼于 1921 年落成，为九朝古都平添了十二分的洋气。这座坐西向东，面迎朝阳的大楼，诠释"日不落"帝国的涵义。如今十几年过去了，当年盖楼的英国人阿良西回国了，大楼的主人也换了几届，但从来都是英国人主持。想到此，露茜禁不住一脸洋洋得意——上帝笑看大英帝国播撒福音的印记。她感觉自己就像站在英国的土地上一样泰然从容。

笑容可掬的门岗问她找谁？她说找张书奇。门岗赶忙给她说几楼几号。露茜礼貌地说谢谢。她转身瞅着北边宽阔整洁的大院，一溜雄雌相间高大茂盛的胭脂树默默映衬大楼的年岁。昨晚一场雨，潮湿的青砖墁地上几条红褐色的蚯蚓从院当中花坛的土里无畏地爬出来在地上茫无目的地蠕爬，有几条已遭遇上几只黑蚂蚁，蚯蚓被咬得在地上不停地翻滚，挣扎着想甩掉死死咬住不放的蚂蚁。

露茜停在花坛前，一株株不同花色竞相争妍的月季，露茜禁不住俯身，凑上秀丽的鼻子，鼓动鼻翼，深深吸气，清香宜人。花坛里的花，叫她想起家里的花园：月季姹紫嫣红，玫瑰清香袭人，米兰、白兰、含笑、茉莉四大香花依次而开。花丛中美丽的蝶儿伴着蜂儿的嗡嗡鸣唱翩翩起舞。父亲工作之余总要在花园里给花锄草浇水施肥。妈妈看蜜蜂正在采花。露茜心里像花一样，涌起一股暖意。

楼角北边几棵大楝树，春意阑珊时节紫楝花飘散着浓浓的苦香，花间没有蜂蝶光顾。露茜见当地人走亲戚时挎的礼篮上总要盖几枝楝叶儿，使嗅觉敏感的苍蝇闻着竹篮里香甜的麻糖怏怏无奈。冬日雪天，灰麻鹊飞落一树，边吃着又苦又粘人闻了恶心的黄楝籽儿，边愉快地欢叫——"好吃好吃"。鹊闹楝虽没有闹梅好，但也是雪中景。楼角南边几棵枣树飘逸幽幽花香，野蜂家蜂恋着青黄的小枣花嗡嗡哼唱甜蜜的歌，时而飞抵与枣花相邻的红花闹绿叶的石榴花蕊间。

露茜按门岗说的来到张书奇办公室。对着虚掩着的门弯起右手食指关节，哒哒哒有节奏地轻叩三下。屋里传出张书奇“请进”的应答声。露茜推门一看张书奇在伏案疾书，她没有惊扰他，而是径直走至他桌前。张书奇以为是本局人来说工作，头也没抬，嘴里说：“先坐，马上好。”露茜就静静地站那儿看。突然，张书奇闻见一股熟悉的清香，他身体本能地从办公椅上弹起来，动作生硬得像木偶。他说：“我的鼻子有记忆。”他怔怔打量眼前的露茜——头戴宽边琥珀色遮阳帽，乳白色帽带在下巴处系成一个绳花，帽沿下额头和鬓角露出深栗色微微鬈发，蓝眼睛含情脉脉，静若仙子。他心说天生丽质一词套在眼前美丽的洋姑娘身上再合适不过。露茜身上穿着亚麻羊毛混纺与鸭绿相间的格格连衣裙，清纯的美真像西方小说中的天使。张书奇半天才从喜悦中回过神，笑说：“今早刮的是东风。”张书奇边说边往南墙根的沙发上让露茜。

露茜慢慢环顾办公室，一字一顿地笑说：“我——的——风——我——当——家。”

张书奇赶紧掂壶沏茶，双手捧着小茶碟端到露茜坐的茶几跟前：“老师请用茶，你最爱喝的铁观音。”

“老师这壶不用问就是‘锡茶壶’喽？”露茜看着张书奇手中的暖水壶故意讥诮说。

“你讲话，不开壶。”张书奇轻轻放下手里的紫砂壶，坐在露茜对面的沙发上，笑问：“老师不跟学生打个招呼，好叫迎接。”

“出诊。顺路拐个弯儿看看学生，说说作业。”露茜边说边转头环顾室内。

“老师不是专程来看学生的，没劲儿。”张书奇笑着绷紧薄嘴。但他心里说，别找借口了洋丫头，任何理由都有漏洞。这是情感冲动。

但露茜说：“我这一心二意胜过一心一意。”露茜年轻的眼睛里另有一番解释，人与人之间确实会发生磁力作用——露西与张书奇间爱情运动的起源。她的蓝眼睛停在书架上竖放着的一把二胡上，眨眨眼，像照相机按动快门。她指着二胡疑惑地问：“那叫什么？”张书奇顺着露西手指的书架上看：“二胡。”露西用西洋腔调学说的“二胡”听起来像“二姑”。张书奇笑着一边正音，一边用手在茶几上倒着画出二胡两个字。露西看着咖啡色茶几上张书奇写的“二胡”两字的印迹，边用手跟着描摹边读，像发现什么新景象似地说：“咦，你会倒着写字？”

“倒写是为了叫老师看着好看。”

“哦噢，真本事。我这老师有福气。”露西一脸美意地说，心悦面悦。“去年秋天，我去德华街，见一个盲人就用跟你这个一样的二胡拉出刚健挺拔、坚强沉稳、深情柔美、憧憬未来的《二泉映月》的曲子。那次我都听迷了，心说世上有这么好听的音乐。奇！两根弦的奇迹！我给那盲人丢了好几张钱，围看的人则把目光齐刷刷地投在我身上，弄得我还不好意思。”露西回忆说，“唉，老师，给老师拉拉那首《二泉映月》听听。”

张书奇起身拿下二胡，说：“《二泉映月》是二胡名曲，我会拉，可惜我拉不出灵魂深处的韵味。”张书奇挪坐到椅子上，顺手掂了张报纸铺在左腿上，将二胡放在纸上，摆好架式试弦，神色静穆，意到音到——苍劲、坚强、厚实凝重、掷地有声、朴实无华，大有屈大夫江边“问天”之豪气……露西神色凝重，雕塑般的寂静，蓝眼睛流露出欣赏喜悦的神情。看着人曲合一的张书奇，露西禁不住自言自语：“流水高山。”

“知音？！”张书奇小声惊喜直呼，神情就像小时看到春天土壤里拱出来的嫩绿的小苗似的激动。“刚才你对那盲人虽没说几个词，我就知道你是知音。”张书奇语气恳切。

“想知，可没那通透与悟性。高山流水，万万年万万人才出一对。

我这凡人，哪能解这琴声心意？”露西试探说。可她心里却不得不承认张书奇是她遇到的最懂她的人。

“也是，‘说破兴亡多少事，高山流水有知音’，着实可遇不可求。”张书奇畅然一笑。但他心说狡猾狡猾的洋姑娘，听懂你的弦外音。“老师试试。”张书奇把二胡递给露西。露西挪到椅子上，将琴放在腿上，弓与弦摩擦出“叽——呷——呷——叽”像杀鸡又像公鸭感冒的叫声。露西摇摇头笑说：“算了算了，糟踏耳朵。这不是一时半会就能学会的。还得拜师。”露西把二胡递给张书奇，同时朝张书奇微微鞠躬。“学会回家给我的家人演示，让他们听听这是怎样的神奇之声。”

张书奇忙站起来：“唉哟，这个……能为洋老师出力效劳，是九生有幸。有一点我得给你说清——”张书奇指着二胡说，“人称‘叫花子’乐器，你再考虑考虑。这两根弦，凭你的资质，学会不难，凭我的经验，学精不易。”

“我就喜欢这个‘叫花子’乐器。我觉着很奇。”露西语气肯定地说，“在中国要学的东西太多了，这也想学那也想学，眉毛胡子一把抓，怕什么也抓不着。”

“不枉来中国几年。能在这里生根开花结果，能学你想学的，也一定是个中国通。”张书奇联想着撺掇鼓动，其言外之意露西听得明白。

“生根开花结果？那也不是不可能。《尤利西斯》上说‘哪里生活得好，哪里就是祖国’。我的父亲就是从意大利移民英国的。”露西直爽袒露心扉。

张书奇用一种假装淡定的目光看着她，握着的手指甲掐进手心，抑制内心的激动不形于色。他微笑点头说：“通了《红楼梦》就意味着通中国了。”露西心说，别给我绕弯儿，东土人的心思像豆芽菜一样弯，不，更像曲拐针。她含蓄一笑。

张书奇拿着几页稿纸对露西说：“老师布置的作业草稿出来了，既然老师来了，就看看吧。文章还是初笄女，头未梳成不许看。”

“靡不有初，鲜克有终。”露茜开导说。张书奇展开稿铺在露茜眼前。

露茜边看边鼓励说：“英文书写比以前好看多了。”

“进步归老师。”

“多会奉承？”露茜半开玩笑地说罢低头看稿。

“世间人最想得到的东西是什么？回答是，爱。可在爱的万花筒里，人最害怕的东西是叫病‘爱’上。”

“贾府三百多号人，不定哪个吃停食，哪个伤风头疼——大病小恙须请大夫把脉开方。因而，翻开《红楼梦》，病字是书中最活泼的字，药香常常弥漫荣宁二府。”

“贾府所请到的都是太医级大夫，他们分别是胡君荣、张友士、王济仁、王君效、鲍大夫和毕大夫。他们几个出入荣宁二府，展示妙手回春的医术，暴露医德缺失用药害人的卑鄙。手法不同，但所用药相同——都是中药。书中出现的中药约八十五味。”

“贾府里头第一个患病不治而亡的是秦可卿。她感觉身体不舒服时，前后请了几个大夫为之诊脉，有的说是喜，有的说是病。看不透病，药方肯定不能对症下药，病人吃药自然不见轻。当冯紫英从贾珍那里了解到情况后，向贾珍推荐了一位堪称深通医学的张友士，最后费了不小的气力才算将大夫请到府上。高手一出手，就知有没有。张大夫把过病人脉后，进行一番病症分析：‘病非一朝一夕。病理水亏火旺。中医讲究五行。肾属水，心属火。按照五主五藏，心主脉，肾主骨，心藏神，肾藏志，脉、骨、神、志出现症候。也就是先天之本染恙。而金、木、水、火、土五运之气，如环无端。其太过不及，就会侵犯自己的不胜之气。思虑伤脾，脾不运水导致火旺盛，只有火没有水，皮毛不生。’张太医针对秦可卿症候，开出了‘益气养荣补脾和肝汤’的方子，用来调理秦氏及贾府虚亏火躁之症。”

“起初，秦氏病的症候与有喜的症候相似，人容易往好处上想。由于大夫诊断失误，错把病当喜，大大耽搁了治疗，错过治愈的最佳时间。当张太医说罢病症，肯定说‘非喜’时，秦氏贴身伏侍的婆子说：‘真正先生说得如神，倒不用我们说了。’张大夫惋惜地说病是叫众位耽搁了！要是初次行经的时候就用药治起，只怕此时已痊愈了。但对于只有三分治的病人，张大夫开出最对症的方子，贾府人佩服地称为医缘，生的希望全寄托在张大夫的药方上。药方虽好，‘任凭他是神仙，治了病救不了命’，秦氏话外话既是对自己大病不治的失望，又是对贾府情势的预判。”

“‘治了病救不了命’，是善思疑虑的秦可卿对治病希望的渺茫和治好治不好都无所谓的内心独白，她心里清楚，有些时候致命于不治的恰是心病，心病还须心药治，别的药不管用。秦氏的心病就是担心贾府的未来，她清楚地看到，照眼下锦上添花，烈火烹油的弄法弄下去，要不了几年，就撑不下去。尽管如此，她的忧虑没人理会，这就使她的心病一天比一天重。秦氏有扁鹊识桓公病情的能力，可没像扁鹊那样尽到心，你不听话，我也能放下心坚决走开不管的心气。秦氏尽心提醒王熙凤，在她看到王熙凤把她的话当成耳旁风时，秦氏心目中‘忠厚传家久，诗书望族长’的美好愿望眼看一天天化为泡影时，她的‘病’越来越重。失望地吐出了‘治了病救不了命’的绝望心声。”

“秦可卿在临终的那一刻还抱着一线希望找到凤姐，对似睡非睡的王熙凤说：‘月满则亏，水满则溢。’如今我们家赫赫扬扬，已将百载。自古荣辱周而复始，岂人力所能常保的。她接着对她的婶娘点出了贾府人‘目今以为荣华不绝，不思后日的现状症结’。”

“秦氏诊断贾府这棵朽树的病，就像张大夫诊断她的病源那样清晰准确。秦可卿像啄木鸟，用锐利的目光和尖锐锋利之喙，啄出贾府这棵外表看起来枝叶繁茂、而树干里却成灾的害虫。并善意地为贾府开出救命的‘药方’——‘但如今能于荣时筹划下将来衰时的世业，亦可以常保全了’。并婉转地劝诫她的婶娘别把即将到来的可称为烈火烹油，鲜花着锦之盛的非常喜事（即没多久元春选为凤藻宫之喜），当成贾府救命的稻草，那其实是回光返照。她更进一步提醒王熙凤，这瞬息的繁华，一时欢乐的背后是‘盛宴必散’的结局。此大症候最终是枉称了一世诗书旧族。说罢，这个对贾府‘用心太过生生累死’的秦可卿放心不下地走了。”

“第十回‘张太医论病细穷源’是作者思绪中互不相容的爱、恨、喜、忧感情冲突的道白。”

“俗话说：‘穷不离卦摊，富不离药锅。’贾母和刘姥姥就是作者笔下生存环境迥异而使身体状况大大不同的两个人物。第三十九回，贾母问刘姥姥多大年纪了，刘姥姥起身答道：‘我今年七十五了。’贾母向众人道：‘这么大年纪了，还这么硬朗。比我大好几岁呢！’这时贾母又问刘姥姥‘眼睛牙齿还好’？刘姥姥道：‘还都好，就是今年左边的槽牙活动了。’还有在去黛玉的潇湘馆时，刘姥姥走青苔咕咚一跤跌倒，也不等人扶自己麻利地爬起来。粗衣粝食的刘姥姥的皮实与锦衣玉食的贾母乃云泥之别。从来没有出汗机会的贾母往往是上顿没消化完，下顿就又摆好了。食滞易导致食热，热招风，伤风感冒头疼脑热常相伴，也就得常常请大夫开药调理。年年月月，循环往复，重复的病重复的药，听多了自然就记住了。这跟久病成医表现形式虽不同，但道理和结果一样。药锅里的苦汤有学问。近药者药。”

“贾府富而好礼，礼数周到。像刘姥姥这样的穷亲戚只要张口，绝对有求必应。刘姥姥要的几样药，凤姐叫平儿一一备齐。第四十二回，刘姥姥临走时，平儿就把‘梅花点舌丹、紫金锭、活络丹、催生保命丹’等药按方子包好，喜得刘姥姥念了几千佛。在她心中，这些药是菩萨施舍的救命之药。单说‘催生保命丹’，能保刘姥姥屯里多少母亲平安生下孩子，顺利渡过‘鬼门关’，这是多大的造化。这些药是凤姐白送刘姥姥的，但这药可不是白出现的，此乃作者别有用意与安排，正如第七十七回，宝钗劝王夫人说的‘这东西虽然值钱，总不过是药，原该济众散人才是。'"

"第八十三回，贾琏请王大夫为黛玉开方治病，贾琏看着药方就问医生柴胡使得吗？像贾琏这么一个纨绔子弟，能准确质疑药方中不适合病人病情的药，那么其他有学问的人就不用说了，那得用'更'字来形容懂药的深厚积累。人吃五谷杂粮，不可能不生病。但作为贾府家中的富贵闲人，一旦有点小病小恙，先要请大夫看病，尔后的吃药可视为空闲中的小插曲。甚至还把配药吃药当作生活中一大乐趣。像宝钗'冷香丸'的制作，好家伙，任何一个人听了那药的配制要求，都不由得会啧舌，因为除了花常开，但花的颜色限制人，白牡丹白荷花白梅花也不好碰，难怪宝钗说是'可巧'二字，如果不巧，怕是多少年都难配齐的。配出来的香药不过是养颜美容罢了。"

"与贾府一样，薛宝钗家中开设学堂，宝钗从小就跟他的哥哥们一起读书，该读好书的薛蟠书没读好，不该读好的宝钗，偏就读得好。还有宝钗极高的悟性，还有富家不离药锅的环境熏染，懂药识药实在是常事。当薛姨妈叫金桂气得肝气上逆，左肋作痛时，宝钗叫人买了几钱钩藤，煎了一碗，吃了略好。秀才学医，笼中抓鸡。"

"春天，黛玉犯病，宝钗去看她时说：'昨儿我看你那药方上，人参、肉桂觉得太多了。虽说益气补神，也不宜太热。依我说，先经平肝养胃为要。肝火一平，不能克土，胃气无病，就能吃东西。'宝钗的医理辩症准确精深，以及对药性掌握与运用的见解，绝对比给晴雯看病的胡君荣强得多。"

"宝钗的冷香丸，着实叫喜欢香味的宝玉当成好吃的东西。而他的宝姐姐说药不能混吃。倘或宝钗对宝玉说出方子为春天白牡丹蕊、夏天白荷花蕊、秋天白芙蓉、冬天白梅花各 12 两，配以白露这天的露水 12 钱，霜降这天的霜 12 钱，小雪这天的雪 12 钱丸成丸，用黄柏水煎汤喝下去。着实叫补天医人大开眼界，叹天外有天，人外有人，方外有方。最奇的是配黄柏水喝服味香药甜的丸药，嘴里口感有说不出的滋味暗喻宝钗前甜后苦的命运。似药非药、似方非方配制的冷香丸，治似病非病的病。”

“《红楼梦》第一女主人公林黛玉，生在诗书官宦之家，从小就跟贾雨村读书，加之天资聪颖，冰雪透明。书读得比宝钗更好。只因先天不足，用她的话讲是从会吃饭起就吃人参养荣丸，用来补气虚血亏症。但当黛玉刚到荣府初见贾母，就把吃‘人参养荣丸’的事跟贾母说了，谁料贾母说：‘这正好，我这里正配着呢，叫他们多配一料就是了。’这一老一少同吃‘人参养荣丸’，都是用来补虚养血的。但作者用意相异。贾母象征贾府这棵大树，只有补足养分，树根才能扎得深牢，才能枝叶繁茂，从而达到固本荣枝的根本目的。而作为贾府这棵大树旁边长出来的小树——小人芽黛玉，吃人参养荣丸用于补先天不足，护好苗，树一天天茁壮成长，从而达到固本荣枝。意味深长的人参养荣丸，象征贾府以及贾府的亲戚根脉相连，一荣俱荣，一损俱损。”

“贾府中对病与药最精到的要数既不正经读书，也不读正经书的贾宝玉。晴雯着凉，请胡君荣大夫诊断为外感内滞。当宝玉看到胡君荣开的药方上有紫苏、桔梗、防风、荆芥、枳实、麻黄等药时，就指着药方狠狠骂说：‘该死，该死！他拿着女孩们也像我们一样的治法，如何使得？’胡太医所开的不是治病而是致病的歪方错方，招致宝玉一顿咒骂。实在出乎所料。难道行医多年的胡君荣就真的不知道自己下的方不对症？就是庸医也不至于庸到连最常见的伤风感冒都开不对药方吧？那么胡太医究竟出于什么目的开错方？他难道不怕因为一个错方毁了名声？胡太医他可不傻。他太相信自己认为贾府人不懂药和方的想法，不去深究方子对症不对症。在此种思想支配下，胡太医没有思想压力，随意开个方，吃不死人，也治不了病。病不好，还得请大夫，贾府人看病吃药有的是钱。蒙一回是一回。可万万没料到竟没有蒙住一个不问废兴，也不积极去修身、齐家、治国、平天下的富贵闲人贾宝玉。胡太医糊了。试想，假如这药方没有宝玉过目，晴雯吃了这不对症的药，会是怎样的情形。晴雯心里高呼宝玉万岁！庆幸庆幸！算晴雯有福气。”

“最没福气的就是尤二姐了。胡太医用虎狼药把个男胎打了下来。这事若是贾琏在家，胡太医害人的阴谋也不会得逞。因贾琏懂药，倘或看了方子定不会饶那胡君荣。大夫笔下方，能救命，亦能要命。胡君荣间接要了尤二姐的命。往外延伸，胡君荣也是贾府的催命鬼。”

“撵走胡太医，请来王太医，王太医为晴雯诊断后，所开药方是辛温发散加上当归、陈皮、白芍几味，这时宝玉看了才满意地说道：‘这才是女孩们的药。’”

“王太医医理辨证清晰，下药准。晴雯接连用了几付，又用鼻烟和贴头疼的洋药‘依佛娜’结合治疗，晴雯病情好转。能开出对症好方的王大夫，深得宝玉的信任。胡太医和王太医两人不同的药方，透着前者昏庸无能，后者清明善治。病人能碰上个称心的好医生，就像沙漠中降甘霖，黑暗中突然洞天别开，惊涛海浪中来了只救生船，学生遇上个好老师，局里有个好上司，百姓有个治国清明的好皇帝。宝玉叫贾环故意打翻灯油，脸上烧了一溜燎泡疼得难受时用上特效‘败毒散’。……可生命希望的药方，可遇不可求。”

“身为大观园女儿国中惟一男性的宝玉，和女孩子们朝夕相处，情同手足，他懂她们，懂她们的病用什么药，他替她们操心，使她们情感和心灵上有依有靠。病人有人疼，病就自去三分。袭人和晴雯伤风发烧，宝玉急得前后张罗请大夫，细致入微地过问她们吃药。看上去难以克绍箕裘的糊涂人，在给大观园人治病的事上清楚得不能再清楚，认真得不能再认真。与他平时吃胭脂时的没出息样判若两人。”

“贾府三百多号人，最叫宝玉牵肠挂肚的就是黛玉。为了黛玉的病，宝玉费尽心思，倾尽全部智慧和爱意来给黛玉配药。第二十八回，为黛玉吃药的事，宝玉和王夫人争执不休。他说：‘林妹妹是内症，先天生的弱，所以禁不住一点儿风寒，不过吃两剂煎药，疏散了风寒，还是吃丸药得好。'可吃哪种丸药，王夫人听鲍大夫说过什么药，可她一时记不起来，一说是八珍益母丸，又说是八味地黄丸，又说是左归丸右归丸，还说成金刚丸，最后还是宝钗替她说是天王补心丹。说了这么一堆药名，宝玉却说：'这些药都是不中用的。'宝玉语气坚硬地否定了之前大夫给黛玉开的方吃的药，他自信他给黛玉配的药是最对黛玉病症的药。宝玉为黛玉用情用心配药，并与黛玉缠缠绵绵，但因药与药不同，情与情相异，宝玉对黛玉的情，那是从心的深处想出来的方。宝玉不惜花昂贵的银钱为黛玉配一料与别的任何方子不同的药剂。'头胎紫河车、人形带叶参、龟、茯苓、大何首乌'，不是小补就是大补。'补'，对黛玉先天虚症永补不过。'补'也是这位女娲氏炼石补天单剩一块未用的'美石''宝玉'心中最想的字。"

"'美石'虽嗟叹自己无补天之才，但始终抱着'天生我才必有用'的信念，上下求索，硬是等上'伯乐'，终被带到红尘中一二等富贵风流之地——大观园，来完成自己一回。"

"由美石到美玉的完成，如凡人修炼成君子。君子与玉于德。宝玉落草衔玉而生，更是君子中的君子。君子无故，玉不离身。玉的仁、义、智、勇、洁五德时时鞭策宝玉，宝玉温如其玉，玉如其人。而他的宽容、仁慈、同情、善良、正义等等诸多美德，被贾政视为邪祟。宝玉在偌大个贾府天天活得胆颤心惊，可巧'天'降旨意，他终于如愿以偿地和姐妹们一起住进大观园——贾府里头的'世外桃园'，在这块相对自由的天地里觅得心灵的自由。宝玉远离贾府这个社会大垃圾箱的缩影之地，跟水做的女孩子在一起，心清神逸，过着弊绝风清的理想的日子。他为她们撑起一把保护伞，不管是姑娘还是丫头，躲过明里暗里射来的一支支无辜内容多样的毒箭。宝玉内心把为她们做的事情当做心灵的救赎。而他动不动就犯的呆病傻病，是靠姐妹们的情和爱得以救治的。俗话说'以心换心，以爱换爱'。宝玉呆病的主治大夫是与他情投意合，互相知心的黛玉。第七十五回，紫鹃试宝玉真心想法时说了句黛玉家人早晚是要把黛玉接回苏州的话时，宝玉一听吓个半死。黛玉嚷紫鹃说：'……趁早儿去解说，他只怕就醒过来了。'果然，宝玉见了紫鹃，方'哎呀'一声，哭出来了。知宝玉者莫过黛玉，心有灵犀，情治情病比药灵效。情山上从来生长着一棵叫'爱'的药，是药中的'人参'和'灵芝'，能起死回生。如果人人都采撷一蓝子'爱'药，见人递一棵，瘟神闻着药的香气绝不敢沾边，只怕天下无病。"

"作者笔下的药、情和爱，是病外'病'的克星。补天医人找到治病救命的药方，完成了心中的'补'愿。从而心安、情安、睡安。"

"除了中药，贾府人用稀罕的洋药治病。作者的爷爷江宁织造兼两淮巡盐御史曹寅 1712 年患疟疾，奏章乞请皇帝赐'圣药'，康熙闻奏后，立即派驿马星夜送去'金鸡纳'。有病直接向皇帝要药的人天下怕没几个。1693 年康熙患疟疾，顶尖级御医开出的药方不奏效，正当全朝上下人心慌乱束手无策焦急无奈之时，恰巧法国传教士洪若翰和刘应进京，得讯即献上治疗疟疾的特效药——金鸡纳，才算治好了眼看就要要康熙命的疟疾。洋药救了大清帝国皇帝的命，洋人，洋药，神药。百闻不如一见，从此，国人对西药顶礼膜拜，原先的排洋惧洋观念得以从根本上扭转，知道天外有天，药外有药。西药稀贵，显然只有皇亲国戚才用得上。雄辩的实践证明西方医学还间接起到治国特效。皇帝无恙，国民安康。"

"晴雯用来贴头疼的'依佛娜'，就是洋药。还有宝钗给黛玉送的洁粉梅片雪花洋糖，这种似药非药的洋食物，书中多处出现。第十八回，凤姐回忆她们王府的情形时说：'凡有外国人来，都是我们家养活。粤、闽、滇、浙的洋船货物都是我们家的。'洋货从小就见多了，洋药在她眼里早已不是稀罕物。"

露茜看到这里，若有所思地抬起头望着窗外泛着嫩绿光的树叶，说："西国洋药，治好中药治不好的病，况且还是皇帝的病。上帝，这太意味深长了！洋药，全人类的药。”

露茜微柔的话语透出霸气的心声，真是一语几关。张书奇微皱眉头，心里叹口气：该人家说嘴，说得起嘴。但他嘴里却说：“洋药也不是万能的药，有时中药能治的病，洋药治不了。就跟人一样，各有长短。”

露西薄薄的嘴唇一绷，嘴角微微一翘。她点头不语，也觉着刚才的话说得有些绝对，便眨巴下长睫毛替自己辩解说：“是的是的，就像你跟我学英语，我跟你学汉语一样，相互沟通才好。”说罢接着往下看：“近朱者赤。贾府的大小主子识药懂方子，自然熏染下人，就连小丫环小厮也懂药知药。第二十六回，小丫头佳蕙劝小红说你不想吃东西，可向林姑娘要些药来吃。小红嚷她道：‘胡说！药也是混吃的？’她小小年纪就懂药是不敢乱吃的。更难得的是小红竟会用‘千里搭长棚——没有不散的筵席，谁守谁一辈子呢？不过三年五载……来排遣自己不得宝玉疼爱的郁闷。小红懒吃喝，似病非病的心病，竟具有主子那样的头脑和洞察力，隐约感觉贾府虚假繁华背后已成不可雕的朽木。真如人说的‘大家奴才小家女’。”

“纵观贾府主要角色所吃的药中大多都有人参。作者笔下的人参，意外之意是用来补贾府的虚症。而作者笔下的那些个药方子，似有治理弊病百出的贾府和朝政。作者借病、药、药方，巧设暗喻，把社会的病、情、理同贾家的病、情、理，以及个人的病、情、理交织在一起，从而曲折表达‘补天医人’的大思想。但药与病，就像魔与道，药高一尺，病高一丈。要命的病，神仙神药也尴尬。三国时的张飞那可是一个天不怕，地不怕的人，诸葛亮给他写了一个‘病’字，张狂的张飞在‘病’字面前无言。病主宰着人类的生命。从人到家到国，无病是福。‘无病嫌候瘦’——就是自我安慰的卑微渴求和朴素愿望。贾府赫赫扬扬几百年的大福眼看叫病消弥殆尽时，补天医人再神的补药，也补不起来金玉其外，败絮其中的内空朽体，也挽救不了弊病缠身势见势微的清王朝。”

“病外病，药外药，方外方，隐含作者若干情感。”

“写到这里，我坐直身体靠着椅背，心里怀疑这应景作文是否符合老师题目的要求，说实话我是硬着头皮提笔写我一向认为阳春白雪的红学。我自己都吓了一跳。曹雪芹是何许人？答曰‘前无古人’，他是天下人的知音，而我这文学智慧欠缺之人，思路板滞，手笨笔拙，读来词钝意虚，如初学参禅，悟不透补天医人用药的用意，讲不彻药方背后的用途，不用说拔高了。想着想着，如芒刺在背。假若曹翁地下有知会不会说：‘你二百年后的人哪能知道我二百年前书中药方隐含的真正意思？你这个名不见经传的人，谁给你这么大的胆量在此逞能？书中的药方是你能了解的吗？’”

“我愿在曹翁面前领责备罚。谁知曹翁听了来意，脸上露出微微笑意，似说‘我完成了自己，睡的安，别的不管了！’曹雪芹剪断他与书的脐带，去了自己的心病了，任凭天下人放心地各抒己见，怎么说曹翁都不会说个不字。哦，原来补天医人把脉世家大国形形色色病症的方子，是对命运的叩问，心灵的绝唱。书中所有药方中，最叫人叹为观止的是宝玉给黛玉配药的方子,那药方胜如宝玉几万声‘好妹妹’,因黛玉的心病除宝玉能治，也是补天医人的灵魂之方。”

“愿人人都有一份世上最灵效的‘爱’方子。”

……

露茜若有所思地抬起头，神情茫然地看着窗外，心里想着手里的稿，嘴里轻轻重复“爱”方子几个字。“对，爱是世上万能的字。世人最爱最想要也最灵的就是‘爱’方子。字典里最了不得的一个字。”露茜边叹边用惊异欣赏的眼光看着张书奇说。

张书奇手里翻着《红楼梦》，眼睛却看着露茜，用试探祈请的口气问说：“听老师指教？”

露茜半天才把思绪从《红楼梦》里拽回来。把目光移到正看她的张书奇的身上，目光相触，“原来，性情中另有一番见解，心中自有一家成见。”露西说罢长长出口气，好像刚刚干了一晌重活，才缓过神似的。“老师，你知道这会儿我的思绪在哪儿？”露西自问自答，“我人跟着你的文走进大观园了，看那帮女孩子们喝酒做诗，听她们斗嘴打趣……那日子神仙也羡慕。”露西感叹着抖了抖手中的稿子。

张书奇皱着眉看着她笑说：“那是武陵别景。”张书奇顿了顿语气，“老师还是详细批讲，好叫学生进步。”

“意到笔到。但我最感兴趣的是最后这句‘那药方胜如叫了几万声好妹妹’，能不能告诉我你的好妹妹在哪儿？”露西调皮地眨着蓝眼睛问。

“在书里。”张书奇抖了抖手中的《红楼梦》说，“我心里一直在追求曹翁笔下的林黛玉。”

露西笑而不语，美丽的蓝眼睛里全是好奇和欣喜，喉咙里用放心的声调‘哦’了一声。

“怎么？你觉着好笑？”张书奇问笑着的露西。

“林黛玉，那十全九美之人，怕踏破铁鞋——。”露西撇嘴笑说。“你相中她哪点？”

“全相中。我相信有一天得来全不费工夫，”张书奇眨巴眼睛嘴唇绷紧，坦露出内心坚定不移的自信。

“全相中。”露西学张书奇的语气说，“林黛玉你多幸福。祝你的‘林妹妹’早日出现。”露西两拳相握打揖笑说。

“谢谢，谢谢。”张书奇一迭声地点头说。

“天上给你掉下个‘林妹妹’当然好，但如果天上给你掉个‘薛姐姐’，你会怎样？”露西疑惑地问。

“宁缺毋滥。”张书奇口气断然。

“欣赏！”露西朝张书奇竖起大拇指。

“爱和婚姻，就如尤三姐说的‘婚姻大事，一生至一死，非同儿戏’，她和蒋玉函说的‘人生婚配，关系一生一世的事，不是混闹得的，不论尊卑贵贱，总要配得上’。”张书奇说时眨巴眨巴他高额头下那双黑亮的大眼睛，背后还有说不尽的意思。露茜心领神会地点点头，嘴角翘出一丝笑意，脸朝窗外眼朝坐在桌前的张书奇深切地点了点头。话锋一转，说：“你文中说到洋药神仙一把抓的作用，这是一个不争的事实。这功劳归传教士。他们在中土开办医院，用一腔爱意播撒上帝的福音，为东土医学发展铺垫了结实的路基，减少众生病痛的折磨。你说呢？”露茜用征询而不要回答的语气说。

张书奇深切地点点头，说：“深受其爱，福音悦耳，有良心的人是不会忘的。历史的记性最好。”

“容学生胆大纠正学生老师‘良心’的说法，良心应改成‘良脑’才是。一直以来，你们认为思考问题用的是心。其实，实验证明心不管思考，思考是脑的事。还是西方传教士过来，更改了‘心思考’的说法，纠正了几千年的错说——凭良心。凭良心说，西方带来类似的福音多得能写好多本书。”露茜语气虽温和但意思不容半点怀疑地说。“就拿省境内卫辉加拿大人办的慧民医院，Z 州美国人办的华美医院和意大利人办的公教医院，从而结束了这里无医院的历史，其设备先进，科室设立齐全，妇科、婴幼儿科、内外科、骨科等等，传教士大夫们用精湛的医术妙手回春，功不可没。就连我们的对手也不得不承认西方医学的伟大和了不起。”露茜身上的每个细胞都是骄傲的。

“急啥急？没有人说不伟大。”张书奇慢声慢气地接着说：“你没说完，允许我补充，像铁路、邮电等等。西国人在这块他们心中神奇的土地上创立了诸多奇事。”只听露茜接着说，“我在大学读书时，解剖老师给我们讲：‘东土除了皇宫府外官设一个太医院，此外再没有医院，所有的郎中统统是走村串巷，所以才有行医一说。再者东土没有解剖实验和生物实验室，人病了煮些草根树皮一喝，就会好，不能不说是奇事。奇事二是用来计算的算盘，别看那几十个算珠，加减乘除样样精算，算得人人心中有数，几千年算下来，最后得数是九九归一。定于一。”

“好个褒贬高手。你们人是从旱地到园地，可见了景了。”张书奇摇摇他那一头黑头发笑笑说，“见多了就不奇了。你不就是冲着这里的‘奇’来的？！”

露西蓝眼睛机灵一转，抢过话茬冲口就说：“还有张书奇。”露西说时，只听张书奇嘴里也在说“还有张书奇”。她一愣神，知道张书奇跟她同时说出，她击掌，突地跌坐在身后的椅子上，伏在桌上用手指着张书奇笑得说不出话。张书奇抿着嘴笑，看着笑得泪花闪闪的露西，半天才笑说：“这可是你说的。”

露西坐直身子，睫毛上挑着泪花。她刚才冲口而出，现在叫张书奇将一军，满脸飞红，又不好说，又不好不说，耷拉下长睫毛，索性说：“我说的！张书奇不仅人奇，也是我生命中的一奇。你说你怎么跟我说的一样？”

“说‘奇’有奇，真应了奇景了！这说明老师跟老师的水平一样高。”张书奇憋不住笑说，“你问我呢，我正想问你咋跟我说的一样？你先说说你是咋想的？”张书奇用好奇的眼神问露西。

露西指着桌上的书说：“奇书《石头记》串起一串串‘奇’——‘奇’人用‘奇’字，‘奇’笔写‘奇’书，眼前是一位名叫书奇的人解‘奇’书，奇奇相遇，奇奇得奇。”

张书奇眨巴着黑眼睛听得一脸笑意，小声说：“世间没有奇人奇事奇闻奇景，那就不叫世界。人们常说的世界之大，无奇不有，一点不差。人一辈子能造出一件奇事就可以了，像曹雪芹的书——”张书奇托着《石头记》笑说，“这书就一字：奇！”

“书中最奇的是你相中的黛玉，病也病得奇怪，好也好得奇怪。”露西上下扇动她的长睫毛。

“那只是书里的一奇，最奇的是‘庚黄’。你说呢？”

露西一听‘庚黄’重新笑得直不起腰。张书奇微笑说："今儿可过痛笑瘾了。"露西禁不住哈哈大笑，身往后仰，用笑岔气的声音问张书奇："你怎么跟我说的一样？你说时的想法是啥？"

"你说你的解剖学老师给你们讲他在中国的所见所闻无非一个‘奇’字。‘奇’字逗起你来中国的好奇心，奇愿竟奇迹般地实现了，这是第一奇。二奇是你来到‘奇’国遇上个叫张书奇的人，给你说‘奇’书，译‘奇’书，这不都奇到一起了。"张书奇话音一落，露西笑不迭地说："奇可爱，奇爱。"

"把你说的后边两字颠倒过来再说一遍。"张书奇笑着怂恿笑得脸颊绯红的露西。露西一愣，想着问说："我刚才说个——哦，奇爱，爱奇。"露西突然醒过来，指着张书奇说："你！——颠倒过来怎么着？我就爱奇好奇，这奇不是那奇。"

"反正是奇可爱。要的就是这个字。你刚才不是说再也没有比‘爱’更好的？"张书奇眯起两只黑眼睛笑说。

"呣，张书奇的名字谁给起的？书奇颠倒过来多好。你的名字肯定也包含着家人的意愿希冀什么吧？"露西清了清嗓子问张书奇。

张书奇笑着说："名字是祖父起的，不能颠倒，因为书是辈分，后边的‘奇’字配前边的书字，大概寄予读书奇志，也没什么特别讲究。"张书奇说到这儿眼神像跑到很远的地方。"只可惜没读出大名堂。至于奇书，中国几千年才有几个奇书式的人？我可不敢。"

"每人都是一本奇书，只是大小不同罢了。对，‘大’字下边一个‘可’，大到可人时就是‘奇’。"露西自言自语，"原来你既能会意，又能瞎逗，也能坦然他人的无聊，处处稳得住神的人。算得上一本爱不释手的奇书。"露西摊开并轻轻抖着她那双细白细长灵活的手说。

"不说不热闹。能和聪明漂亮的洋女老师斗嘴，长见识。"张书奇边翻书边说。"露西传教士大夫，说句良‘脑’话，历史肯定记住洋人带来的洋爱带来的洋福。你们的洋爱是成熟者的创造性能力，你们有能力传播你们爱的福音。将来如果叫写传，我一定单独给你写一页。倘或历史的天漏个窟窿，补天医人开个爱方一补就好了。”

露西朝张书奇竖起她那秀逸的大拇指。“说到载入历史，我想起个问题。”

张书奇说：“啥问题？”

“洋药的问题。这是西方人带给东土众生不可小觑的大福音。病了，如果吃中药不中，就换洋药，要么是中药洋药结合治，如晴雯患病既用中药，又用洋药，病很快就好啦。现在想西国人反倒不如这里人有福气，因为西国人只有洋药，相形之下，西国人的生命就少了道箍。你说是不是？”露西忧思着说。

“东土也应派些郎中去西国传教中医药学，从而达到互通有无，世人共同健康的目的。”张书奇看着露西抚慰她心中的不平。

露西点点头说：“把住关，可不能派胡太医那号害人精去。”露西指着桌上的《红楼梦》说。

“那自然，要派就派跟你这样，能造福一方妙手回春的人去。非叫中药跟西药一样，成为天下人的药。”最后一句话张书奇模仿着露西刚才说‘西药全人类药’的腔调和神情说。露西听出张书奇是故意讥讽她刚才说的话，就眨了眨眼睛，心说：好个不好对付的张书奇。可她嘴上却说：“东国西国互通有无，土洋大夫携手共治，同仇敌忾天下病魔，你想，那是人类极好的好事。人类生存前景会别开洞天。”

“老师学生的理想一定能变成现实。”张书奇赞赏有加地鼓励说。他抬手看了看表，说：“晌午了，咱不侃了，这不减饥不解渴，还是去吃你说的饺子，之后再去逛 K 地城墙。”张书奇用既是征询，又是决定的语气说。

露西兴奋地连连点头，说：“中！”

露西和张书奇来到邮局北边不远处一个叫“都一轩”的饺子馆。餐厅几个大方格窗户上挂着做工精细的竹窗帘，感觉清爽洁净。餐厅弥漫着饺子的香味，有几张桌上的食客，津津有味地边吃边说。一位干净机灵的小伙计笑脸安排张书奇和露西落座。露西拣个临窗户僻静的桌坐下来，一位麻利的跑堂生用条盘托了两杯冒着羽毛状热气的茶水轻轻放在露西和张书奇跟前，小声和蔼地问吃什么馅。张书奇眼睛看着露西，脸对着小伙计说："蘑菇鸡肉馅。"

跑堂生和气谦恭地点头喜笑说："好嘞！请二位稍等。"

张书奇微笑地看着跑堂生的背影，心说这口音耳熟。杯里的茶香诱他端起杯凑到鼻跟儿轻轻一嗅，一股清香沁入肺腑，赞说："好茶好茶。你吃一口。"张书奇催露西喝。

露西一闻，俊鼻子轻轻吸着气："嗯，上好铁观音。"露西喝了口。小伙计又送来两杯轻轻放在桌上，说："二位有福气，今天刚来的新茶。"小伙计站在桌边恭候。张书奇侧过脸用怀腔口音小声问小伙计说："听口音这位小生是西边（面）人？"

小伙计一脸惊异喜笑着答说："对，西边（面）人。我听先生也是带怀腔，弄不好咱还是老乡哩。"

"博爱清化人。"张书奇指着自己说。

"噢呀，果然是同乡。"小伙计热情友好地介绍自己。

小伙计激动地搓着手。掂起铜壶朝杯里续热水。露西有意地瞅了眼小伙计手里那把铜壶，又故意看张书奇，张书奇会意，脸上微微一笑。露西扬起蓝眼睛说"博爱"？就是博大的爱那个博爱？

张书奇用豫西怀腔说："对，博爱（卜爱嗯）"。

"哦，老师老家叫博爱（卜爱嗯）。这名起得好。谁起的？"露西感兴趣地学张书奇说。

"冯玉祥将军 1921 年亲笔题写的。"张书奇语气中带着骄傲。

"那他一定是位了不起的将军，是上帝的将军。"露西赞叹说。"怪不得，从你身上就叫人读出一种博爱人的博爱味儿。奇了奇了，哪天你带我去你老家博爱看看，在博爱留下上帝的福音和博爱之意。"露西一脸认真地央求张书奇。

“我代表博爱人欢迎播撒博爱的洋天使。”张书奇喝了口水说。

露茜往前探身好奇地问：“老师家离 Z 州有多远？什么时候去？”

“说远不远，说近不近。心远地自偏，远近全在心。比如你吧，从地球的西端跑到地球的东边，万里迢迢，你感觉是远还是近？至于什么时间？啥时去都中，不过，既去一趟就该去看看竹林。”

“老师说话像打禅话。”露茜语气好奇，“你们那里有竹林？竹子不是长在南方？”露茜不解地问。

“博爱一带地处太行山南麓，地理条件特殊，气候湿润，地下水丰沛，那是中国生长竹子最北的地方。”张书奇介绍的口气里夹着骄傲与自豪，“说起来地灵人杰呢。”他指着自己笑说。

露茜眼神温柔地看着他说：“那自然是了，要不中国这么大，将军怎么就单把你们老家命名为博爱？！我冲着老师的家在那儿也得去看看。现在春光大好，花都绽开，竹子也一定好看。”露茜想象着问。

“竹跟花草不一样，这时候正是新竹叶没长出来，老竹叶干黄枯白，就像秋天老母鸡换毛时，披了身没有光泽的老毛衰羽，要有多难看就有多难看。竹林最好看的时候是夏秋，那时，绿翠欲滴，走在竹林真有走进佛境一般，心清意爽。”张书奇描绘着自己的感觉。

“竹林佛境。秋天跟你去你老家博爱赏竹。一言为定。”

“一言为定。”

跑堂小伙计托着条盘滑着步来到张书奇餐桌前，小心放好醋碟和两碟花生米，摆好筷子。先看着露茜问又对着张书奇说：“特送两碟五香花生米。二位喝啥酒？”

“花雕酒。”张书奇用眼问露茜，口里对小伙计说。

露茜看着张书奇惊异好奇地问：“吃饺子也喝酒？”

“饺子就酒，越吃越有。”

“哦，既然图吉利！那就喝。”露茜看着张书奇爽快地说。

“好嘞！”小伙计点头微笑，迈着轻快似滑似溜似小跑的步子去了。

“花雕酒？是不是大观园里那些貌美姑娘们做诗喝的那个酒？”露西似问非问。

“对！”张书奇看着露西答，“喝酒可得做诗噢。”张书奇用恳求夹命令的口气说。

“诗是酒做的？”

“差不多，诗酒一家。用酒浸过的诗香味飘逸几千年不散。”“不好意思，我不会做诗，希望不影响你的情绪。要是林妹妹在这里该多好。”露西自解自嘲。

“我把你当成林妹妹。”张书奇诡秘地一笑说，我也不会玩诗。

露西学戏台上的女子害羞时用兰花指捂嘴笑的动作，捏腔拿调说：“不敢不敢。”

“叫你当你就当，自信些。”张书奇打趣说。

露西认真地说：“我喜欢大观园的姑娘们雪天拥炉做诗。等到雪天，跟自己最喜爱的人，围着小泥炉，喝着热酒，美不可言。”

“这好办。”张书奇喜笑说：“可惜诗写不好。我老认为诗叫唐人写尽了，所以对写诗是敬而远之。有一天去泰山看日出，当一轮红彤彤的太阳从海里跳出来的，那一刻，诗意澎湃，一句也没发出。白澎湃了一场。但我知道，只要有太阳升起，就有诗。”

露西则说她喜爱宋人李清照，说她的美丽清纯博学多识堪与《大观园》里的女孩子们相媲美，尤其是和黛玉有一比。她的诗词是用“情酒”做成的——‘浓睡不消残酒’，‘沉醉不知归路’，‘东篱把酒黄昏后’，‘险韵诗成，扶头酒醒’，‘谢他酒朋诗侣’，‘三杯两盏淡酒，怎敌他晚来风急，……

“大观园里的豆蔻姑娘们有看不完的戏，喝不完的酒，做不完的诗。书香里飘着酒香。”

“就跟你们西方上流社会永远有开不完的家庭舞会一样。大观园的姑娘们不跳舞，天天闷在屋里，俗的弄不来，但玩起高雅的一个个都是高手，结诗社既展露一腔诗才，比出高下，又打发时光，两全其美。《红楼梦》中大观园姑娘们过着神仙也羡的日子。幸福呀。”

张书奇用神往的口气说：“幸福过了头也腻烦。”

“不是她们不跳，是‘授手不亲’束缚住她们的脚不能跳。可怜的花骨朵。我庆幸我没生在这里。”露茜叹息的口气夹杂丝丝缕缕的嘲笑。

张书奇嘴角浮现淡淡的微笑：“舞不跳也罢，你们英国人讽刺男女跳舞是：‘a perpendicular expression of a horixontal desire ’。”张书奇说罢架起胳膊嘴里边哼茉莉花曲边摇晃上身。

露茜捂住嘴咯咯笑，“垂直线的情态，水平线的欲望”，俏皮俏到极点也不会涉及性器官。“连这戏谑话你也知道。”她对张书奇更加佩服了。

“你们英国人的尖酸刻薄比这碟里老陈醋都酸。”张书奇指着眼前醋碟里的醋说。

“你不觉得英格兰人的讥讽水平举世无双？你闭上眼，舞者们的面容就在眼前晃动。”露茜骄傲的解释里透着自恃。“如果是叫大观园的姑娘们对跳舞与缠脚二者选其一的话，我想她们宁要‘老陈醋’，也不会去遭罪受。”露茜鼻子嘴里冷笑，“病！一病千年！”露茜小声话里尽是嘲笑和愤怒。“每次接生，那些妈妈的脚都叫我看着难受，看着那畸形脚直想呕。惨无人道！”

“不简单，‘畸’字念得很对，我们不少人念‘奇’。”张书奇表扬露茜。心里却说：“她那扁扁的棕色皮鞋里套着双扁扁的一定是双美不胜收的脚。”张书奇想着嘴角泛起似有似无的笑。“病外‘病’没有病好治。”张书奇叹口气说，“有形的缠脚布，无形的手‘铐’，把‘病’

当成美来侍弄。当妈的也没法，女儿未发育成的乖乖小脚，把她带回自己的少女时代——通往母亲的路要经过女儿，而通往女儿的路要经过母亲。为使女儿将来成为一个合格母亲，得缠，不管缠脚病痛的滋味多么难咽。”张书奇说着不由打了个寒颤，好像他的脚叫裹痛了一样。

“无形的病不但紧紧箍着她们的身体，也牢牢捆缚着思维，比如几千年不变的医学，跟陈规陋习禁锢人们的创造力有极大的关系。”露茜眨着眼睛近乎抨击了。

“曹雪芹笔下没说她们的‘病’脚，他是怕他手中柔软的笔再戳疼了她们已经够疼的脚。他爱大观园所有的人，他不忍心亵渎被视为性感的脚。还有，在他看来，‘脚手病’在社会大病面前只是小‘病’。但从他笔下姑娘走路颤颤巍巍的样子就能想象到她们脚的情形。”张书奇皱着眉说，“作者写书时，正处在历史上裹脚与放脚的交汇点上。康熙三年（1644年），康熙帝下令禁止妇女裹脚。一时放足之风蔚然。可在愚昧陋俗的顽强抵抗下，放禁之事半路夭折。”

“细算她们一辈子没几天好日子。刚长出个样儿就得受缠脚罪，再稍长一点儿，就要嫁人，一个句号画在她们如诗的日子后，开始漫长乏味的女人日子。”露茜想象又同情地说。

“来啰！饺子来啰！酒来啰！”小伙计人未到，声先到，托着两盘冒着热气的饺子放在餐桌上。“二位久等了。”

“露茜老师，说着《红楼梦》的闲话，正好下酒，多吃几杯！”露茜会意张书奇即兴搬用冷子兴的话。

“你说你们这脚‘病’是何时患上的？”露茜手捏起筷子追问。

张书奇想了想说：“缠脚事要追溯到南唐李后主，就是那个写‘春花秋月何时了’的末代皇帝李煜，有位宫女轻盈善舞，用帛缠足，足纤小弯曲如月，她着素袜在六尺高的金制莲花上跳舞，飘飘然若仙，很得后主喜爱。后人就用金莲形容妇女的小脚。只要能叫男人喜欢开心，就是再受罪再痛苦也乐此不彼，可怜。”

“多么大的‘不开壶’！十足的虐待。”露茜义愤填膺地说，“听说《水浒传》中的西门庆勾搭武大郎的夫人潘金莲时就是从三寸金莲入手的？”露茜边说边用眼问张书奇。

“类似不开壶太多，老师吃点花生。”张书奇委婉岔开话。

露茜拿筷子夹花生，可花生米在碟里翻来转去，好像故意跟她为难似的。好不容易用筷头撮起来一个，由于用力太过胳膊微微颤抖，花生米还是从筷头上滚到桌上蹦了几下。她抬眼与正笑看她的张书奇的黑眼睛相遇，于是，微微一笑，摊开两手，说：“笨！”

“这不叫笨。如果换我还不如你。基因里没有。对付花生米——这样。”张书奇说着用手捏一个扔进嘴里。“用手抓”。张书奇边吃边点头说。

露茜笑叹：“笨！”她放下筷子，伸手捏了一粒放进秀口。张书奇看着露茜捏花生米的手，心想这手咋长的？白润的手像雪花膏做成的，纤纤手指跟画上仙女的手一样，所不一样的是仙女的手不会动。还有那圆圆的手脖如玉雕。张书奇心里叹说“这美手还不知好过哪个龟孙”。他后悔上次骑洋车摔跤时没有拉她起来。

跑堂生用条盘托着筛过的冒着香味的热酒放在桌上。张书奇倒满杯，端给露茜说：“来，请老师喝一杯。”露茜接过杯凑到鼻跟儿嗅了嗅，“嗯！香。”说罢脖一仰杯底朝天。登时膏脂似的脸绯红。“酒一热还真好喝，冲鼻入脑。”她蓝渊般似的眼睛闪动串串淡绿的流波。

张书奇喊跑堂生：“拿双净筷——哟——哦。”张书奇用净筷夹起饺子放在露茜的醋碟里。“吃热酒，也是中国的奇事。黄酒是黍米酿的，黍有暗香，‘香’的古字是黍字头。黄酒煮沸热饮，口中的香气冲鼻入脑，大脑兴奋，人舒爽快乐。”张书奇叹赞，“《红楼梦》第八回宝玉喝酒时说：‘不必烫了，我只爱喝冷的’。”薛姨妈道：‘这可使不得，吃了冷酒，写字手打颤的。’宝钗笑道：‘难道就不知道酒性最热，要热喝下去，发散的就快；要冷吃下去，便凝结在内，拿五脏去暖它，岂不受害？'”露西边点头边说有道理。

张书奇看着露西那双使不成筷子的美手笑说：“人没醉手先醉？”

露西摇了摇她肩上披散着的漂亮优美的栗色微卷的长发，看上去娇艳可爱。张书奇心说这要走多少漫长的路才能遇上这么一头美发。从前读外国小说时就喜欢书中这样的洋姑娘。没想到自己还与比书里还美的洋姑娘坐一张桌子面对面吃饭，这也不知哪世修来的福。张书奇看着露西手里不听使唤的筷子，轻声说：“这两根小竹棍使唤起来还不如没进化的猩猩使得好。给你要个叉。”张书奇喊服务生。

露西看着手里的竹棍也无奈地笑说：“你看你手里的筷子自如娴熟像魔术师一样灵巧，不管是什么统统能对付，是吧？”

“幼功扎实。小孩五个月大就开始慌碗，大人用筷头醮点饭菜咸汤叫小孩用嘴吮，小孩香得咧嘴一笑，兴奋得双手舞个不停，眼巴巴等吮醮饭的筷头。等再大，就不再是用眼慌碗，而是有意识地伸手够碗，大人端碗就着小孩的嘴用筷往嘴里填送饭。再大，小孩伸手向大人夺筷，非要自己拿，满把手握着在碗里戳来戳去，拿不好还要逞能。再大，大人就手把手教，五个指头两根棍，你看就这样。”张书奇说着手拿筷子给露西示范——大拇指，食指，中指夹着一根，那一根靠着四指，靠四指的多不动，外头这根张开合上，夹一个圆溜溜的花生米，举在眼前对露西说：“非一日之寒。按一日三餐算，一年捏筷子的回数就有一千一百多回，这二十多年，该用多少回筷？岂有用不好之理！”

露西看着张书奇灵活自如地给她夹饺子放在醋碟里，一脸感激的笑意。“《红楼梦》第四十回，刘姥姥拿起凤姐和鸳鸯给她准备的四楞象牙镶金筷子，说‘这个叉巴子，比我们那里的铁锨还沉，沉甸甸的不伏手’。用筷子夹鸽子蛋，哪里夹得起，最后撮起一个，刚伸脖要吃，偏又滑下来，滚在地上。后来又换双能试出毒药的银筷。你说撮是怎么个弄法？”露西看着手里的筷子琢磨着“撮”。

“你刚才弄花生米就是撮。筷头叉开花生米大小的距离，平着从花生米下面穿过，光溜溜的花生米躺在两根筷子的缝中间。你看就这样。”张书奇撮起一个花生米叫露茜看。“原理就是熟能生巧。想吃就会有想法，吃难为不住人，祖先的基因暗起作用。”

露茜边看边学。张书奇看着笑说：“捉死鸽手。”

“同样是筷子，在《红楼梦》里就写出不同的意趣意境。刘姥姥卑微的手用最名贵的筷，那一段书，看书人跟书中人一样笑得眼中生泪花。曹雪芹笔下的筷子意蕴和场景无人超越。”露茜边说边看着手里的竹筷说，“用竹棍吃西餐不知是何劲儿？”

“照样吃得香。等有一天我主张来个棍筷刀叉大颠覆，用你们最复杂的餐具吃我们最复杂的饭，用我们最简单的筷子吃你们最简单的饭，现在这不合理。”张书奇边给露茜夹饭边说。

露茜眨着蓝眼睛笑说：“就是上帝拿筷也会惹猩猩笑话。上帝一急你看敢不敢把刀叉筷摔到你头上？”

“了不起多两旋。多一个旋多一分灵气。”张书奇边吃边说，“嗯，说正经的，你说你用筷笨，你站在手术台上接生做手术时你的手利索得肯定像魔爪。”张书奇看着露茜拿筷子的手笑说。

露茜抬手心手背一边看一边自怜自爱地说：“不谦虚地说，报名来中国实验考试，一百一十人我拿了第一。就是这双用不成筷子的手成全了我。”

张书奇点头不语。他给露茜要了一小碗《红楼梦》中的玫瑰清露。露茜说：“用你们珠算口诀二一添作五，分分吃，别叫我一人吃多了。”吃罢，露茜推开小碗，掏出一根线，两端缠在左右手的食指端头，将脸对着窗，线在牙缝里熟练地绷来绷去，上牙下牙一个挨一个地弄。张书奇瞪着好奇的眼睛问：“这是做什么？”

露茜明白张书奇眼睛里问的意思，就说：“用牙线清理牙缝中残留食物，保持牙齿清洁。”张书奇若有所悟地哦了声说：“第一回见这。”

露西说："奇？一二百年前西国人都是这样做的。司空见惯。你看我们人的牙，齿若编贝，皓齿如玉。你看——"露西说着翘起薄薄的红唇，露出洁白整齐的牙叫张书奇看。

张书奇想看，可又不好意思直看，又不好说不看，近距离看姑娘的牙，还真张不开眼睛，但他知道西方姑娘不讲究不说笑不露齿，或是异性不敢看什么规矩的，张书奇的好奇也催他硬是直视露西的牙："美！皓齿明丽，用齿若编贝形容还嫌欠。这牙咋长的？"张书奇羡慕地说。

"天生丽质，再加上后天精心养护，能不好！来，给你段线学弄。以后就用洋法。我看你的牙质地不错，不过我看里面肯定有龋齿，你的牙疼过没有？"露西往前探身左右摆头瞅张书奇的嘴看。

"疼过，有时吃甜东西，感觉那疼吱一声由外往里渗，直渗透到牙根处的那种疼。只听人说是虫牙，不敢吃糖。总没治，也不知道该咋治，俺们都是疼到难忍时拔了就算了。"张书奇说罢呲开嘴叫露西看。

"哦，等下次上课时我看看。"露西边瞅边关切地说。

"你会治牙！"张书奇喜出望外地说，"那我的牙就有救了"。

从饺子馆出来，张书奇给露西买了她电话里点的书中的点心。之后坐上出租车直奔城墙根儿。登上城墙，K地尽收眼底——绿树掩映的起脊青瓦房像连绵起伏的波浪波谲云诡。铁塔、龙亭、大相国寺变成"清明上河图"跳进眼底。耳边仿佛回想千年前古人的脚步声，人就像回到千年前。

露西踏跺着脚下的城墙问张书奇说："这城墙建于什么朝什么代？"

张书奇想了想说："K地是古城，城墙最早建于367年的魏国大梁。后来是五代后周，再后来就是北宋都城。北宋是繁华鼎盛时期。改革家王安石在这城内高谈阔论，雷厉风行实行他的变法主张。苏东坡对着繁华京城吟出'似花还是非花，也无人惜从教坠。抛家傍路，思量却是，无情有思'，他眼中漂泊的柳絮，在地上滚来滚去，团团旋转，裹着自己那么多情思缱绻徘徊缠绵，与黛玉咏柳絮中的‘空缱绻’有异曲同工之妙。”

“苏东坡的词醉人。可要译成英文也能这样醉人么？”露茜担心地说。

“能，一醉三十年。”张书奇说着逗起了他久违的酒肉馋劲儿，监狱几年，清汤下杂面，肚总是扁平的，馋得做梦吃肉，偶尔有人悄悄送去些肉什么的，还得给狱头分份。此刻一听醉，馋得跟大烟瘾发了一样浑身不中受。可对着初来乍到的露茜，也不敢说什么，再说身上没一文。

“可不是？酒化石千年香不散。”露茜说着从包里掏出个本，“书奇，你看看。我虽没用酒写，但也能闻到心香，这香只有你才能闻着。”

张书奇接过本翻开一瞧，说：“诗？噢，香！”说着就把本凑到鼻下，深呼吸口气。张书奇翻开首页，胳膊往前抻，身往后扯，一双大黑眼眯锁成肉缝，左右摆头还是看不清。伤感地自嘲说：“年轻时地上的蚂蚁得眼一看就知道是公是母，虼蚤是单眼皮还是双眼皮一目了然。这现在可好，这字不小，可就是看不清。”张书奇抖着本叹说，“现在看大象还得戴眼镜，要不大象鼻卷个蚂蚁还当是个虼蚤。”

露茜咯咯笑说：“眼花了！人不定先老哪。好汉不提当年勇。当年的英俊少年，现在老猴精一个。”

“你说得对，真成了老猴精了。但老猴精的魅力犹存，要不然咋会叫抱着女学生般的浪漫人儿万里迢迢跑来？”张书奇抿着嘴笑着享受爱的尊严和自豪。

露茜莞尔一笑说：“我的老猴精呀，你的嘴真厉害，情愿呀。”

“还有在峨眉山照的照片，一看就是半天。”

露茜一字一顿地喃喃念叨“峨眉山”，游峨眉山的情景就像刚刚发生。

张书奇抛眼回忆状地说：“我的人还在峨眉山……”

张书奇想起福音堂她书房的墙上挂的那张大照片。

——6月8日，张书奇上完课，一边合书一边对露茜说："老师，下周不上课。"露茜端起杯喝了口水用英文问："why？"

"休假，去峨眉山。局里要求全局人员要赶在三季度前将假休完，四季度不准再休。"张书奇解释说。

露茜蓝眼闪动着晶亮惊异的流波。她心说这可是极好的机会。她早就听福音堂和医院的同事给她描绘峨眉天下秀的景色，以及传闻外国僧人恬然怡乐的情形。她心里一直向往，可一直不凑巧。这会儿一听张书奇说去峨眉山，心里怦然而动。她感觉张书奇确是个绝好的游伴，但她脸上丝毫不露出内心的渴望，她想人家说不定要带未婚妻什么的。若是说出来，怕人家为难，差强人意的事不能干。这还比不得合作译书。想到这儿她把到嘴边的话咽了回去，嘴里只若有所思地"哦"了一声。

张书奇听露茜哦一声，若有所想地用手中的书支着下巴，目视黑漆桌上映出的影儿，笑着探询："老师去过峨眉山？！"

露茜笑着摇摇头说："做梦去过。"

"洋梦。"张书奇打趣笑说。

"那是我们医院一位意大利医生从峨眉回来眉飞色舞地描述景致如何的秀，谁知晚上就做梦去了，没翅膀，可一纵身就飞起来，最后你猜飞哪了？直把嵩山当峨眉，还掉进悬崖深渊，腿一蹬吓醒了，一摸手压在胸口，吓得心怦怦跳，一身冷汗。"露茜心有余悸地说。

"日有所思，梦有所想。这么说梦地是没到。"张书奇眨巴着眼睛说，"中国的华山、庐山、黄山、峨眉山都要看看，要不然就跟进宝山空手而归一样。将来回去好给人讲，老时也有回忆的资本。"张书奇鼓励说。

"你说的这些山都没去过，就跟我们福音堂意大利的琼妮骑车去过邙山。”露西小心探询着问，“你都去过哪些山？”

张书奇一笑说：“我不比你强，我去过邙山南边的嵩山。”张书奇窥见她内心想去可碍于面子不好直说，于是他故意往山水上引话。他突然觉得眼前的洋老师确是个很好的游伴，他心想是不是邀邀她。但转念一想，人家是女孩子，怕人家有顾虑。但又一想洋女孩子跟中国女孩子不一样，再说本来没什么，人总好把简单想复杂。想到这儿，张书奇就鼓起勇气，决定说说，至多不理也无所谓。想到这里，张书奇接着往下说：“早在学校就打算，四十岁前游遍中国名山大川和胜景。可这几年天天忙得不可开交，根本顾不上，也没心思想玩的事。去年底任命一下，我悬着的心一下掉肚里，感觉前所未有的轻松，几年奋斗总算有了结果，心情放开了，今年的休假不能再做贡献了，想着出去放松放松。”

露西迟疑地“噢”了声：“下周，下下周。好的。”露西若有所思地说罢，像突然想起来似地问，“跟谁？”

“跟自己的影儿。”

“‘潇湘妃子’呢？”

“在书上。”

露西怀疑地瞥了张书奇一眼，半信半疑笑吟吟地点点头。张书奇明白她的意思。张书奇黑眼珠一转，神秘兮兮地问：“嗳，冒昧问一个问题，您跟您的白马王子怎么安排游中国？看看我能帮助老师什么？老师的白马王子能不和你一起去？”

露西微微一笑心说绕吧，但她嘴上却说：“你讲话，还没影呢。”

张书奇故意说：“老师的白马王子肯定是位英俊潇洒，满腹经纶的才子。”露西憋不住哈哈大笑，指着张书奇笑说：“这回非粘着你不可，你得去给我弄个这样的人来。”张书奇却认真地笑说：“像老师您这‘祸国殃民’的长相和才气，很少有人配得上。”

露西听了“祸国殃民”一词，笑得前仰后合，上气不接下气，用笑得走音的声音说："离倾国倾城还有差距。上高中时，班里几位女同学开玩笑说，这有好几年没听过了。今儿猛一听真的既耳熟又新鲜。""你家谁美，你长得像谁？"张书奇好奇地问。露茜清清喉咙说："我外祖母的外祖母个个是美人，我和我妹妹还没有我妈妈漂亮。我曾经和颜悦色地责备我的外祖母说她太自私，只顾自己美，不顾天下人爱美的天性。我外祖母说多生一个美女，她的美就少一分，美的寿命就短一天。"张书奇看着她薄薄的嘴唇像熟透的红樱桃，随口说着逗人的话。

"呃？妍媸不可兼有？你外祖母应该学习范仲淹老人家，'先天下之美而美，后天下之丑而丑'，从大局出发，大力繁殖美女。以此及彼，按我们中国人龙生龙，凤生凤的说法，像那些科学家，特别是诺贝尔奖获得者们，为使基因最多最好地利用，要像辜鸿鸣倡导的一个茶壶配几个茶杯的一夫多妻制，其妻还应像举世无双的居里夫人一样，那样，能不缔造诺贝尔奖获得者？"张书奇憧憬畅想。

露茜扑哧一声大笑起来，"龙生龙，凤生凤，乍一听是笑话，再一听这笑话里包含不少实话。我敢说你的'潇湘妃子'一生都笑不拢口。"露茜语气羡慕夹带试探。

"那是的，爱都爱不过来，哪舍得叫生气？！除非跟笑有仇的人才会生气。"张书奇颦蹙一笑。

"你领你的'潇湘妃子'一起去旅游，一定惬意。"露茜试探着问。

"那你带你的白马王子，那是神话也比不上的浪漫。"张书奇反唇讥诮，"唉，假设我的'潇湘妃子'跟你的'白马王子'一起，又该会是啥样？"

露茜蓝眼如惊鸿一瞥，扑哧一声大笑起来："那只有求助马良的神笔了。"

张书奇两眼闪过一丝赞赏的目光："比我说的妙。"

"一来到中国，我的旅游蓝图就规划好了，只是一直没碰上合心意的游伴儿。”露西似乎不经意地说。但她微妙的内心道白没逃过张书奇的眼睛。她等张书奇说话了。

张书奇“噢”了声说：“好伴儿也可说是知音。知音正如黛玉说的‘古来知音能有几人？’宝玉和黛玉俩人明明知道对方就是自己的知音，还用假情试探。真是‘两假相逢，必有一真’。”

露西从张书奇的话中闻到一股甜蜜的香膏味儿，她听出张书奇是在用黛玉和宝玉来喻她和他，心里喜幸不尽。她心里想的就在眼前了。但她跟他一样不善喜形于色。尤其是张书奇，尽管是个多情的人，可又是个自制力极强的人，堂堂仪表的每根线条都显出他的自制力。她想听张书奇直来直去的袒露得花些功夫。但露西看得出，张书奇深眼窝里晶亮的大眼陶醉在她的整个轮廓里，像参拜神龛一样，热情洋溢的爱慕从黑眸子流露出来。

露西蓝眼睛闪过一丝幸福的光芒。俩人都在想就剩一层薄纸了，谁都不先伸手捅破。人的感情真复杂。挺，看谁挺过谁。

张书奇找到一个话茬：“我记得你说过你跟琼妮去哪里玩？”

张书奇停了停，他准备放飞自己的心思，就半笑不笑地问：“我陪老师游中不中？！”张书奇话音一落，仅仅是个休止符的拍节，只听他又说：“倘若我的邀请不够含蓄，请老师务必把我的冒昧看作是感情真挚的流露而加以原谅。”张书奇的毛遂自荐和后边长句子补充，叫露西着实窃喜，心说终于听到他的心声了。她腼腆又激动地笑：“如果不是开玩笑，就不必补充解释。”

张书奇心说洋姑娘和那黛玉一样，渴望听到宝玉的肺腑之言，可当宝玉真的说出来时，还假装听不出。天下姑娘的心是什么做的？张书奇正襟直坐，神情郑重地说：“学生老师正式邀请老师一起担风袖月，游览峨眉胜景。”张书奇说时手却自觉不自觉地拨拉着书，书页从他右手大拇指尖下一张张脱出时的窸窣声轻轻回旋在静静的教室，好缓和等待的尴尬。

露西喜出望外地看着张书奇，秀口玉音："上帝，今天皇历上说肯定是个上上好日子。这一天成为我的新纪元了。"脸上洋溢孩子般地快话，"好个贾雨村担风袖月游览天下胜迹。"

张书奇迎着露西的视线微笑说："这风月不是那风月。各担各的风各袖各的月。"

"唵，说到袖字，我正要问问你，这'袖'字按上下文有装藏的意思，可又想不通。第一回石头与僧相见，僧对石头说要带他到尘世走一遭，有句'说毕，便袖了，……'这'袖'字叫我想了半天。"露西疑惑地问。

"你猜得对。"张书奇右手捏住左衣袖轻轻一扽说："从前人的衣袖宽大，里面缝有兜，好装东西用。"露西点头哦了声，自言自语慨叹："这回可是真去游峨眉。"

"重返梦乡。"张书奇的话里竟是玩笑。

"这梦不是那梦。好景好伴，肯定美不胜收。"露西想象说，"该咋谢你哩？"

"您给面子就是最大的谢。"张书奇故意女声女气地说，"我还真担心掉这砖墁地上再沾了土。"张书奇抬脚跺跺说。"你明知道我想去，还故意绕了一大圈，你的心比豆芽菜弯多哩。看得出你心里斗争得不轻。"露西娇嗔怨说。

张书奇晃动上身一笑说："能不斗争？你想，很般配的单男独女私自出去，谣言这条毒蛇紧紧跟在后边，如影相随。人们对男女绯闻总是宁可信其有。"露西一听说蛇吓得吐了吐舌头，不由得打个冷颤。"谣言闲话这一点东西方人都一样。"

"国人对洋人还是网开一面的。但女孩子不管走到哪，名声跟命一样重要，处处小心为好。要不到头来跟晴雯一样担个虚名，没了远限结果了小命，不值。"张书奇皱着眉头一脸忧色。

露西虔敬地看着张书奇说："跟你在一起最安全最放心。虚名实名由他说去。”

张书奇脸色转忧为喜：“也是，身正不怕影歪。”

“唵，你说是什么支撑你憋出来那句‘陪你游，中不中’的话的？”露茜目不转睛地看着张书奇的眼睛追问。

张书奇扬扬眉毛，抿嘴一笑说：“我这又不是求婚，一不用跪，二不用举玫瑰，只用嘴，能有多难？我要看看说出来会是啥样？”张书奇手里翻着书眼里泛笑嘴角闪出一丝不屑。露茜一听说求婚，撑不住哈哈大笑，直笑得泪盈眼眶。

“连想都不敢想还中？”张书奇言外有音地说，“开始我是向老师告假。后来听你说没去过，况且梦里也没到，我心里一格登，随即萌生成全老师的念头。但我拿不准女孩子的心思，万一我说了你不但不稀罕，还跟黛玉那样假装嗔怪翻脸，打不着狐狸弄一身臊？又一听，你话外音是想去。我对自己说这不正是巴结老师的绝好机会？那一刻老天突然拨转我的脑筋，天予不取，必受其咎。”张书奇脸上泛着诡异而自信的微笑。

“老师也不是好巴结的！”露茜嗔瞥了张书奇一眼，“‘授手不亲’的新青年脑瓜转得快，难怪凯特欣赏。”露茜讥讽和鼓励。

“不提那不开壶，”张书奇绷脸微笑，“老实说，斗争是心里没底的表现。这下好了，跟老师一起出去，既可心可意，又尽了孝心。可谓两全其美。”

“孝？”露茜神色肃然，一脸迷茫地看着张书奇，像是要从张书奇的脸上得到答案，“我和你旅游咋跟‘孝’扯上了？”露茜疑惑地追问。

张书奇话一出口就后悔，他真想咬掉自己的舌头，恨自己得意忘言。刚才还说宝玉话没说好惹黛玉多心。我这不比宝玉强多少。不过，露茜是个通透人。于是，他用抱歉的口气解释说：“前段我把跟你学习的事跟家人一说，家人说要好好感激老师。我说老师是女的不知咋谢。家人说谢老师的事还用教？老师喜欢什么来什么就是了。我一直偷偷观察老师喜欢什么。刚才我从老师的话里听出老师喜欢旅游。我的这个决定，家人知道肯定高兴，家人高兴就是孝。”

“哦，是这样！通往孝道的路曲里拐弯。我想，你家人连男女‘授手不亲’都不许，可现在光棍男女相伴出去，你家人就放心？”露茜疑惑地问。

张书奇摇摇头说：“你是我的老师，拜师如投胎。父母给了我第一次命，而老师给的是第二次命。要不会有‘师父’的说法？”

露茜点头若悟地“哦”了声说：“你是我的老师，你也给了我第二次生命。真好。”

“我这是打个比方，咱们不套那旧俗套。我家人还说请你去我家做客。”

“真的？”露茜年轻的蓝眼睛露出惊喜，“你是我的老师，我也得把你请到我家去做客！”

“那还用说，今晚做梦去。”张书奇不苟言笑地打趣说。他伸开右腿，从裤兜里掏出叠得整齐的洋布格格手帕，揉揉发痒的眼角。露茜目光跟着他的一举一动，就像舞台上跟着人走的灯光，她看出张书奇生活细节讲究规矩，不像一般男人窝囊臭浊。就禁不住试探问：“谁给你洗的手帕恁干净？”

张书奇用不解的眼神看着露茜说：“自己呀！”

露茜怀疑地点头：“我看你的衣裳总那么干净规矩，一个男人自己在外，工作又恁忙，哪有空弄这细活，是不是雇人整？”露茜话外音实是暗探。张书奇低头扫视自己的衣裳说：“连自己都管不好的人哪能管别人？”

“你可别这样说。我听说好多男人穿脏了衣裳往床底一塞，等没啥穿了，就从脏衣服里挑干净的重穿。”

“你说的人我见过。局里的马绥成，就是我第一次来上课跟张宪成一起来的那个大鼻子马绥成，他就是你说的那号窝囊人。他懒得连气都懒得出。一年洗不了五次澡，浑身臭气，尤其是那脚，熏得人直捂鼻。可他自己浑然不觉。在学校是出了名的腌臜虫。他身上的味儿比臭虫还别扭。在班里没人想跟他同桌，寝室人无法忍受，一起找老师提出叫给他安排单间。不过，他数学堪称天才。”

露西回想着说：“上次见他，我心里暗忖凯特手下有这样的兵！不过，不修边幅的人往往有邪才。”

“也是。一说就扯远了，如果我去英国总部进修的计划成行，一定去你家做客。”

“真的？我代表我的家人欢迎你！”露西蓝眼里闪动着激动的流光，“不过，你刚才那番甲乙丙丁‘孝’解释，只能叫我仰视。”露西努力一笑，可笑容还没到嘴边就又消失了。

张书奇看不清露西心里对他所说孝的真实想法。他心说本想引开话题，没想到这洋丫头揪着不放。只好继续解释说：“我们讲求百善孝为先。我小时候，有一回我妈炒了盘葱花炒鸡蛋，闻着那香味儿，看着青的葱花黄的鸡蛋，口水不由从舌根下渗出，妈看出弟弟书周眼巴巴的样儿，就让弟弟吃一口。奶奶就在一边小声嚷说‘先紧大人吃，小孩子吃的时间长哩’。我弟弟书周就回嘴说‘你不是说阎王路上没老少？’我父亲听见就雷嗔电怒地吵我们不懂事。我和书周神色怏怏，一声不吭。父亲走后，妈又给我们炒了盘，安慰我们说家里不缺这几个鸡蛋，但大人当紧吃了去办事，小孩家不能叫家人急。小到‘出必面，返必告’，大到前途家庭婚姻大事等等等等，统统以家人满意为准。惟‘孝’首是瞻。”

露西半嘲弄半怜悯地瞥了张书奇一眼，说：“到底是博爱人，一张嘴扑脸的孝味。听你说‘孝’就像教。不一样，教比孝字多个反文旁。”张书奇绕开这个字，用西方人对孝的说教来反驳说：“你们西方有句话‘孝敬父母，你的日子在地球上得以长久’，孝是爱的回报。”露西也慢慢地回说：“强迫的爱不是爱。但是有位叫阿姆洛·德·拉乌赛的人说：

‘再没有比爱和信仰更不受约束的了’。”露茜咬了下她的薄嘴唇，接着说：“你相中的是潇湘妃子，而你家人要给你娶个薛蘅芜，你会怎样？”

“这个问题你问过我一回了。”张书奇说时心想谁也撼不动我心中确立的“潇湘妃子”。

露茜耸耸肩表情困惑地说：“适者灭亡，灭自己的爱亡自己的情。而适者生存，生个好的孝子，落个好名。可那些用孝治天下的大国皇帝，他的皇子皇孙们为争皇位，各亮兵刃，血溅皇袍，那‘孝’怎么说？”露茜用嘲讽的表情和讥刺的语气说是不是有点儿方枘圆凿？

“东西方文化才是方枘圆凿不合榫。咱不应笑那鹅扁嘴。你们英王哈罗德二世叫其胞弟托斯蒂格嫉恨，向挪威国王哈德拉达透露不列颠军事秘密，并煽动哈德拉达夺取英格兰王位，这跟亲手杀哥没什么区别。国与国不同，封建时代，说封建时代的话，做封建时代的事。历史从来不怕嘲笑。”张书奇得理不饶人，“说白了，孝只对平常人起作用。我是平常人，我就做我的孝子。”张书奇情绪有点急。

“孝子。你心中孝的城墙着实固若金汤。”露茜朝张书奇竖起大拇指，“难怪曹翁在第十六回中通过贾琏的口说‘当今体贴万人之心，世上至大莫如孝字，想来父母儿女，皆是一理，不在贵贱上分的……’孝可称为不叫教的教。”

张书奇连连点头敷衍，嘴上说：“凡事存在都有其道理的。能叫不列颠的美丽姑娘褒贬裁判也是荣幸，跟文化背景不同，思维相异的洋女孩子争辩孝理，既能激活思维，又从中长见识，了解洋人的感情，饱餐智慧与秀色的盛宴。”张书奇只想快结束这个令人不愉快的话题。

“好啊！不争了，争不出个名堂。”露茜故意打个哈欠岔开话题，“看在上帝的份上，你邀我去峨眉我得奖赏奖赏你。”

“奖什么？”张书奇边猜边问。

“你猜。”露茜神秘一笑。张书奇摇摇头：“天底下什么都敢猜，惟姑娘的心事不敢猜。”

“猜错不要紧，就跟咱们猜错曹雪芹书中的意思，他不会找后帐不跟咱们过不去一样。”露茜鼓励说。

张书奇摇头摆手说：“罢罢罢！猜不出！老师还是直说吧。”

“谅你也猜不出。”露茜摊开手说，“想把你拉的二胡音乐灌到留声机里，捎回去叫我家人听听中国民间奇乐之声。还有你拉二胡，我弹钢琴，看配一起好听不好听。”

张书奇一听钢琴，眼睛一亮。“有钢琴？”说着扭头在教室来回瞅。

“不怕你笑话，我没见过钢琴，我们学校有架风琴就好得了不得。听凯特夫人说她英国的家里有两架钢琴。我一听都羡慕死了。你们家家都有钢琴？”张书奇好奇地问。

“差不多。用你的话说我们有开不完的家庭舞会，舞会音乐多用钢琴伴奏，所以钢琴不是什么稀罕物，我们家就有两架。”露茜语气不惊地说，“琴没在这屋。你真的想听？”露茜追问。

“想听。”张书奇一脸不解地看着露茜，“真的想听。你不相信我说的？”

“不，我怕你认为我有卖弄之嫌。”露茜端出想法。

“洋女孩子跟土女孩子一样多心。通病。”张书奇讥责说，“琴在哪儿？走，听你弹琴。”张书奇说着就站起来催。

出了教堂往北一拐，不到100米，只见一溜一人高的花堞墙后是一幢坐北向南的古罗马建筑风格的白色小洋楼。露茜指着白色小楼说这就是我们的住处。只见楼前梅树、杏树、桃树，还有龙爪槐什么的，从东到西栽了一溜。小楼大树，默默流淌着岁月的谐韵。墙上茂密的爬山虎犹如意大利传教士们传播西方文明的迹印……张书奇掩饰不住内心的惊异左顾右盼，心想这里竟藏着个世外桃园。

走到露茜书房门口，只见栗木色地板亮得照人影，洁得连半根头发和灰絮都不见。张书奇一看不敢抬脚，站在门口又是跺脚又是朝地上踺鞋，看看地板还是不忍心踩。

露茜看着张书奇急着笑说："你背起脚走，就不留印了！哪有恁讲究？愚智。"

张书奇蹑手蹑脚，脸朝后往前走，边走边看身后的地板上有无脚印。露茜在他身后猛推了一把，说："踩罢了再看不也得了？"张书奇不再拿捏。洁白纤尘不沾的墙上挂着露茜一张放大的黑白照片。张书奇凝视相片上那双"祸国殃民"的眼，而相片上露茜的眼微笑地望着他。他往前走，那眼跟他走，就像天上的月亮你走它也走。他停下脚，那眼跟着停了下来。露茜看着张书奇看她相片的神情，在一边笑着问："底片没看够？"张书奇把眼从相片上移到露茜眼上重新看，并指着相片说："相片上那双'祸国殃民'的眼盯着人不放。"露茜扑哧一笑说："相片头一回见你，感觉稀奇。她不放你你放她。"

张书奇摇摇头："不好放。"张书奇眼看着墙上的相片脚往钢琴跟前走，"你看你看，那眼还跟着我。"露茜在一边笑说："你着魔了。"张书奇围着钢琴转看。"小人书上画的是三角样儿，这怎么是这样？"

"这是立式钢琴。"露茜掀开琴盖。

张书奇边哦边喜笑地摸着琴身说："钢琴，跟她的主人一样高雅。这琴很贵吗？"张书奇眨着亮晶晶的黑眼珠问。

"凯德拜牌钢琴是英国制造的一种价格较低的钢琴。这琴我弹了十七年了。"露茜边展开曲谱边说。张书奇诧异地看着露茜，眼一转就算出答数："这么说你五岁开始学琴。"露茜点头不语默认。"真人不露相。那天你叫我拉二胡我就傻乎乎地卖弄，多浅。快弹个钢琴曲叫听听。"张书奇感叹的口气感叹的眼神说。

"好听谁的什么曲子？"露茜坐在琴凳上仰着脸问站在琴边的张书奇。

张书奇不知道外国曲子，中国的怕露茜不会弹，就笑说："老师随便弹，弹啥我都喜欢听。"露茜笑着摇手说："我什么都会弹，就是不会弹‘随便’。”

张书奇知道话一出口就不对，这下又叫露茜为难了，笑着解释：“我不——”，话没说完就叫露茜截住话讥讽说：“你不是随便说的是吧。‘随便’二字从你嘴里出来真可笑。没有主见或是心里没底的人才会用‘随便’。猛一听‘随便’给人很随和的感觉，可实际上是把选择的难题扔给别人，人会觉着你对对方不以为意，如果我问你喜欢什么样的女孩或是喜欢哪个，你是不是也说随便？你这个邮务长是‘随便’当上的？”露茜连珠炮似的抢白，呛得张书奇上不来气。他心说这洋丫头舌刃锐得吹毛立断，才貌双全不厉害谁配厉害？厉害人搁哪儿哪中。于是就笑说：“老师批得是，我说的这‘随便’不是那‘随便’，因我没见过钢琴，不知道你说的钢琴曲是什么，所以我就想用随便掩饰我对钢琴的无知。至于你说的喜欢女孩，我可从来不‘随便’。”

“噢哦，你们这个‘随便’可不是随便用的。”露茜边翻曲谱边讥诮，“我给你弹肖邦的《E大调夜曲》。”张书奇茫然地连连点头。他听说过肖邦这个名字，还知道是波兰的爱国音乐家。至于他的曲子他可是一无所知。张书奇屏住呼吸看着露茜的手。

屋里静得只听见俩人的呼吸。露茜端坐琴前，调整好气息，上身微微前倾，继而大臂带小臂像舞蹈演员表演鸟飞的动作轻柔连绵，她抬起的双手从空中缓缓下落，手上又像有千钧之力，下得很深，稳稳立在键上，指尖下的黑白键随即飘出优美悠长的和弦。露茜全身心走进肖邦用真情串起来的音符——激昂憧憬舒缓爱恋。就是乐盲听了也会想到音乐的幕景——傍晚，宁静的海边，礁石上坐着思念祖国的作者，聆听大海在皎洁月光下涌动思念母亲的情语。举首海上明月，天地间月光流泻，海腥味的海风摇曳倒映墨色海水中的圆月，良辰美景，作者心底的情思如涨潮的海水哗哗涌上心头，心潮起伏，一种难以抑制的幸福和对祖国的爱意充溢心田。作者禁不住放飞心底的歌：热爱自然热爱祖国的情怀化成人间永恒的夜曲。

张书奇的思绪随着时而深沉时而激情时而思缕悠悠的钢琴曲飞到遥远的波兰，以至于琴停了他人仍痴痴愣愣还在听。他心里慨叹肖邦留给人间生命力永存的华彩乐章，就像中国的唐诗宋词，永远地闪烁。他半天才从琴曲里回过神，笑赞说：“真好听，像天上的音乐。不为酒所醉，也为音乐所倾倒。”张书奇陶醉着说。“诠释得很好。”露西笑着说。“谢谢老师的奖励。金子都比不上的奖励，将刻在金子般的心里。”张书奇神情庄重。

“肖邦的音乐绵里藏针。听上去音乐华丽，色彩斑斓，可实际上爱憎分明。”露西边翻琴谱边说。西方跟肖邦这样的天才音乐家如巴赫、莫扎特、贝多芬、俄国的柴可夫斯基等等，他们用自己的天才和智慧偷得‘天籁之音’毫无保留地送给人间，过着纯粹的精神生活。”露西慨然地说。“天要他们留佳音，故设百难在人间。天下的好音好文，都是生活的苦酒酿造的。”张书奇慨叹。

“我头一回听洋老师讲这么多洋名人的名字，耳目一新。一直以来，我在书上看见钢琴，就想这辈不知能不能见着真钢琴，没想到今天竟还能亲手摸摸，还亲耳聆听，感觉像梦。”张书奇说话时小声小气，生怕吓着琴似的。

“有琴，可调琴师却成了难事儿了。去年从上海福音堂来了位意大利老传教士，闲聊时得知他不但琴弹得好，琴调得也好，他教我调。我现在调琴已是半把手。”

“我们那加起来有几架钢琴都能数得清，更不用说调琴师了，那可是稀罕物。”张书奇羡慕的神情坦露得叫露西更觉着她的奖励成功。“你把你弹的曲子给我灌张碟子，我时常听听洋曲，染些洋味。”

露西问张书奇还想听什么曲？张书奇想了想说：“我们在学校唱过李叔同翻译的爱尔兰民歌《夏日最后的玫瑰》——”没等张书奇说完，露西手落琴响——明丽忧伤憔悴的玫瑰在风中一瓣一瓣凋谢。张书奇低吟浅唱，唱着唱着嫌不过瘾，就干脆放声高唱，福音堂跟着曲中的玫瑰一起郁闷忧伤……露西也情不自禁地边弹边唱——琴声歌声心声交织。曲子结束了，可他俩脑子里的歌曲还在唱。屋里静得只剩下俩人腕上手表的嘀嗒声。露西缓缓转过眼睛看张书奇，张书奇坐直身，看着正在看他的露西，两双会说话的眼睛默然相赏："琴声倾情愫。"半天，张书奇小声却异常激动地说："好听，二胡拉不出这洋味。把这首也给灌上。二胡本来土，再加上我拉得不入流，实不配钢琴。"

露西点头，意味深长地看着站在琴跟前的张书奇说："没想到你会唱我们爱尔兰古老的玫瑰。"

"错！玫瑰本是我们的，曲儿是你们的。"张书奇毫不委婉的口气像个直言不讳的孩子。

"何以证明？你们的花怎么长在我们英国？"露西嘴眼一起逼问。

"你以为我拿不出证据？有案可稽。西汉的《西京杂记》上有'乐游园中有自生玫瑰'的记载。司马相如《子虚赋》有'其石则赤玉玫瑰'，唐代诗人徐夤作'芳菲移自越王台，最似蔷薇好并栽。浓艳尽怜胜彩绘，嘉名谁赠作玫瑰'的诗。这些无不证明玫瑰的根在中国。后来玫瑰顺着丝绸之路走进你们欧罗巴。就像我们没有钢琴，可我们也不能把你从英国带来的钢琴说成我们中国的乐器一样。"张书奇指着钢琴口气强硬，有得理不饶人的气势。

"我再补充一个，《红楼梦》第五十六回，'……怡红院别说别的，单只说春夏两季的玫瑰花，共有多少花朵儿？……'"

"你说是你们的，就算玫瑰是你们的，可现在我们视之为国花，你不是也管不住？更何况早在1272年，英王爱德华一世就把玫瑰花的图案铸在王室的徽章上，享受万花仰视的礼遇。还有《尤利西斯》上说的'哪里活得好，哪里就是祖国'。玫瑰也应欣慰了。"

"玫瑰告诉你了？"张书奇一面反问，一面自笑。但他心想《尤利西斯》是一本什么书，这句话听她说过两次了。张书奇正要张口往下问，就听露西接着说"花虽无语，但，国——强——花——想——容。"

露茜盛气凌人的口气和神情深深地刺痛了张书奇的自尊，张书奇终于见识并领教了财大气粗的不讲理和优越感怂恿的狂妄自大。张书奇气不打一处来，心说她怎么可以不顾别人的感受？他心里的话音没落，张书奇就马上回答自己提出的问题——强者不会顾及弱者的感受。人往往一熟识就忽略了对方的身份甚至长相。张书奇在心中重新定位——日不落帝国威服四海，每到一处，只要看着有利可图，定要筑窝下蛋，活像丢蛋鸡，每下个蛋，就咯咯咯咕哒地叫说我们给你们带来了洋福音。想到这里，张书奇用诧异不解的眼神看着正翻谱的露茜，高不可攀的淑女？张书奇心说不管她是谁，也得把心中的郁闷发泄出来，于是张书奇揶揄说："老师今天是吃炸药了吗？"

露茜突然转过上半身，一脸不解地看着张书奇说："这叫争论。"

"争论就争论罢。"张书奇低头不语。

"不对，听你说话的语气像是生气了。"露茜盯着张书奇的眼睛追问。张书奇摆摆手苦笑说："没生气，有也是怨我多想了。"

"我什么让你多想了？你直说，我好简单。"露茜追问不放要张书奇说清楚。张书奇心想你叫说我就说："你刚才说'国强花想容'时的神情和语气叫人生气。"露茜一听松口气说："你把我当成你们的人了，你们习惯复杂。复杂人冤枉简单人，也惹简单人生气！"

露茜说的"简单"一词叫张书奇想起了凯特的简单，凯特用自己的简单对付众多不简单，下头人就认为凯特头脑简单得像白痴，于是头脑不简单的人就穷尽心思给凯特出无数复杂的难题，可凯特就用最简单的方法一一解出答案。露茜的简单和凯特的简单都是那个强大不列颠的本质特性。张书奇心里很想简单，可与露茜的简单还有太多不一样。露茜一听就说："我们心事简单，可我们并不缺乏智慧，我们的文明发达强大都是由简单而来。简单里包含很多东西。缺点正是优点。"

原来我们表现的不简单才是白痴？张书奇疑惑起来。但他话语一转说："还是老师能解惑。"张书奇心里劝自己肚里的气打哪来还打哪回吧。简单好！好简单！张书奇语气缓和地叹道："五线谱，歌的语言，你读得这么熟，真不知你的脑袋里装多少东西。"

"小时学的东西不好忘。我们小时上音乐课，老师在堂上读谱，我们用五线谱纸在下面记，就像老师给学生听写生字一样。至于学琴，我零岁就听妈妈弹，五岁开始学，多少年如一日。"露西边翻谱边说。

"哦，难怪如此扎实，你弹钢琴的时间应从零岁开始算起。再加上你们音乐课的上法，现在我明白，世界顶尖级的音乐大师就是这样出来的。"张书奇一脸惊诧地说，"你伸开手我看看。"露西手心朝上两手并拢。张书奇说："翻过来。看手心看不出手的表情和手的美。"露西顺从地把手翻过来，手背朝上。张书奇两眼直愣愣地看着露西那双修长、柔韧，有弹力、灵性集美于一体的手。张书奇心说上次在K地吃饺子看她拿筷子，就发现这是一双美丽的手，但那时还不知这双手钢琴弹得这么好，心里还骂这双美手不知要落谁手。时隔两个多月，张书奇能在他和露西尚不明朗的感情之前预见到关系将来的发展，这叫他不再骂好过哪个龟孙的话了。他指着露西的手望手兴叹："上帝咋造的？"

"我妈妈说我这是双天生的弹钢琴的手。你看，我的小指几乎与四指齐平。爸爸说我天生外科医生的手。可我最终干的是妇产科。相人看脸瞧手，古今中外都一样。单单脸好看，而手糙型丑，美就打折扣。《红楼梦》第八十三回'只见香菱笑嘻嘻地走来，周瑞家的便拉了她的手细细地看了一回……'"露西看着自己的手充满骄傲与自信。"叫我看看你的手。"张书奇手掌朝下把手伸开，露西像个孩子似的冷不防朝张书奇的手背轻轻亲了一下，张书奇像被热烙铁烫着似地惊惧缩回。露西瞧着张书奇受惊吓的样儿哈哈大笑说："'授手不亲'，亲了又怎样？"

张书奇被露西刚才突如其来的亲手动作吓得像个做错事不知所措的孩子。半天才回过神，激动加不好意思地摇摇头笑说："亲就亲了。

能叫老师亲，是学生的福气和造化。”他下意识地用左手抚摸露西刚才亲的那一点，打趣说，“我这手除了小时候我妈拉过，长大后你是第一个异性摸过的，况且还是个弹钢琴的手，我这手也算得上天底下幸福之至的手啦。”

露西说：“孺子可教。那样吧，叫我再亲那只手，这样就幸福一双啦。”

张书奇摆手自解自嘲：“我这爪皮糙样丑，怕承受不了这洋福。”

露西哈哈大笑：“爪！你们开玩笑说‘谁谁不识耍，寻个老婆一只爪’。”

“我识耍不识耍，都不会娶个一只爪。你看我这手能弹琴不能？”张书奇看着自己的手说。

“你讲话，捉死鸽手。关键是要有一颗感悟音乐的心。”露西指着张书奇的手鼓励说，“我买了把二胡，回头跟你学。”露西从琴盒里拿出二胡递给张书奇，说：“你拉《二泉映月》，我用钢琴弹，配一起看好听不好听。”露西说着翻开她改的《二泉映月》曲谱，说：“给你的谱是用 1234567 写的，我的是五线谱。你先熟悉熟悉。”张书奇眼读谱脚打拍。“好，调弦。”张书奇将二胡放在左腿上，定了里弦定外弦，钢琴二胡相谐共鸣。

张书奇读谱张弦，心神漫步音乐背景，物我两忘。琴音压抑，叫人听了喉咙眼憋疙瘩，但琴情深沉凝而不涩，音乐既刚劲有力，又给人坚强挺拔的意念。露西放唱片，尖尖的磁针划出二胡与钢琴合奏的《二泉映月》……“好听，可言可歌。”露西欣喜得像个孩子看着张书奇说。“不出我料，钢琴和二胡配乐似天籁悦耳。”

“悦耳，耳悦，可心难悦。”张书奇看着地板上的影儿说。

“Why?”露西不解惊异地问。

“我想起宝玉跟黛玉说琴时说：‘……我想琴虽是清高之品，却不是好东西，从没有弹琴弹出富贵寿考来的，只有弹出忧思怨乱来的。……'”张书奇一脸戚然。

“就这个？你真能吓人。”露西不以为然的神情和口气，“你们有句诗不是说‘说破兴亡多少事，高山流水有知音’，知音是另一境界。在中国能跟你在一起奏曲子，此生足矣。”露西心神怡宁地说。

“知音相惜。可知音往往为知音累。”张书奇说时把琴弓收好起身放进盒里，“不说那了。回来跟你学钢琴。唉，忘了，你说的《尤利西斯》是本什么书？”

“是天才写的‘天书’。”露西指着书桌上放的《尤利西斯》说。

“难懂？作者是哪国人，叫什么？”张书奇在书桌上摞的一摞书中瞅来瞅去。露西伸手抽了出来。“难懂。因为书中用了三十多种外语。再加上古语、俚语和作者杜撰的词，你一读就知道了。作者是爱尔兰人，叫詹姆斯·乔伊斯。”露西递给张书奇说，“原著。”

“你说是天书，我也没这能力啃动。”张书奇边翻着书边说。

“你现在的英文水平能读，读时，得有个像我读《红楼梦》时有你这样一位古今中外，诗词典故，历史戏剧样样都能讲的头头是道的拐棍在手里，这样你才可读。”露西颇有感悟地说。

张书奇眉毛一扬，一脸喜笑对着露西说：“‘拐棍’不是现成的？你是我的拐棍，我是你的拐棍，相互拄到头发白。”露西咯咯大笑，指着张书奇：“你……”

“我出言冒犯凤颜。”张书奇笑着瞟了眼露西，还接着翻书，“你引用书上‘哪里活得好，哪里就是祖国’这句话，我有看法。我们有句俗话说‘儿不嫌母丑，狗不嫌家贫’，最朴素的感情底线都不保，如何好？”

“这句话里有很多东西，不是你那“三言二拍”就能拍死的，也不是你我三言两语就能理论清的。等译完《红楼梦》，把《尤利西斯》译成汉语。”露西说语轻快，张书奇却用佩服赞赏的眼神看了看这位敢想敢做的洋美女。

“中不中？”露西目不转睛地看着张书奇问。张书奇边点头边说：“中，可中。”

“有句诗要问你。”露西翻开桌上展开的《红楼梦》指给张书奇，“‘纵有千年铁门槛，终须一个土馒头’，谁写的？怎么译？”

“宋朝范成大的诗。意思是你纵然坐在千年不坏的铁门槛里，也挡不住死神将其叫走，终归埋在土里，堆个土堆，看上去像个馒头。”张书奇看着书说，“译得不好。”

露西恍然大悟地哦了声说：“是这样，也不是这样。作者借妙玉之口道出对世事无常的叹息和命运的无奈。但作者并不甘心命运的摆弄，他把在奔往土馒头的路上所看到的风景，一个字一个字地写，蘸着自己的心血倾尽自己的感情，你说是什么支撑他这么一个看透却还坚持做这件在别人看来犯傻没用的事？”

“他不说出来心里憋得慌。上天安排他享尽荣华富贵，饱尝贫穷潦倒滋味，从侯门公府跌进寒儒薄宦，思想感情和皮肉之苦遭受的滋味叫他心头生出太多的感受和思索。就如有人说苏轼的‘天要东坡留佳句，故设百难在人间’，天叫曹雪芹给人类留下精神大餐，才给他九九八十一难，埋着头醮着心血写他的人情世态和美丽的爱情。生活越是残酷，他越是踔厉风发，从未弃笔。说到底支撑他写完的其实就是那个千百年来人们追求的一个字。”张书奇语气肯定地说。

露西绷着嘴笑追问：“什么字？”

“情！”张书奇说罢不自觉地撼瑟起腿。露西冷静地凝视张书奇的眼。“邮务局长，咱不撼瑟吧！撼瑟得叫人心毛。”露西把目光移到正撼瑟起劲的张书奇的瘦长腿说，“这个动作不可取。”

“聪明就是这样撼瑟出来的。小时我撼瑟腿，家人多次嚷说不雅观，没想到你用的也是这词。可想淑女课程你学得熟。”

露西一听耸肩摊手，无奈一笑。

“我喜欢你这个包含轻蔑、疑惑、惊讶的耸肩摊手动作。你比凯特夫人的这个动作优雅。”露西听了又耸肩摊手。同时自己也憋不住笑着摇头说：“情?！”露西蓝眼睛闪着亮晶晶的辉润，她压低声音：“这个答案得一百分。神圣的‘情’字连上帝也难讲透。放眼浩淼烟海的窈窕之章，而妙玉独独喜欢这两句，她和范诗人算是异代共情。自然也是曹雪芹和范诗人共情——都看透，都为‘情’活。”

“共情！为情活！”张书奇重复时语气由疑问滑到肯定。显然嘴里的话完成在思索过程中。

“生命不就是情的花朵?！”露西用肯定的语气反问。

“慢慢慢，老师，学生跟不上你的情节情拍。看来老师还得好好给我补‘情’课。”张书奇皱眉头笑说。

“‘情’字面前我永远是学生，上帝也不给我发毕业证的。我是叫你刚才说的那个‘情’字激活了思维。”露西头微微一扬小声说，“高人不经意的话就像黢黑夜空的烟花。天下有几人能解清‘情’字?”露西抿嘴微笑思考时，左腮上兀地长出个浅酒窝。张书奇好奇地往前倾身，左看右看。露西收起笑容，表情一换，酒窝消匿。张书奇小声说：“接着抿嘴笑。”露西惊异地问：“又奇什么怪?”

“抿嘴笑，这里笑出个酒窝。”张书奇指着露西左腮酒窝那点说。露西一听放声哧哧笑，笑得脸颊绯红，指着左腮说：“鸳鸯酒窝，盛福气的。”

“福坑。你笑出的这个酒窝更‘祸国殃民’。”张书奇边说边抬眼瞅墙上露西的相片，“噢，相片上的酒窝隐约微露，还是底版清楚。”说得露西击掌大笑。

“前些时我没发现?！”张书奇问个不用回答的自问，“刚相识，眼生，我只敢偷看你。现在一熟，才敢仔细瞧。”露西伏在琴上笑，当她仰起脸时，蓝眼睛里盈满笑的泪花。张书奇只是抿嘴笑，腿还在自信地微微打颤。“唉，范大人这句诗该译成‘For a thousand years you may have an iron threshold ,But the end must be a mound of earth 。’”露茜点点头，指着书说："醍醐灌顶。"

"醍醐是从乳酪（牛奶）中提取的酥油，渗透力最强。"张书奇尽量通俗地解释。露茜挑着她那长睫毛上下忽闪——闪了几个问号。张书奇知道她没听懂，拍拍自己的脑袋笑说："'顶'，指的是头。如果照字面解，就是把牛奶灌进人的脑袋。"

露茜年轻的蓝眼睛困惑地看着张书奇。张书奇看着露茜的神情不由得哈哈大笑说："这是佛教用语，比喻佛性和智慧，引申为经人指点顿然领悟的意思。"露茜这才释然地哦了声说："你不说我就是想破头也想不到这上边。"

"其实这跟你们那句'垂直线的情态，水平线的欲望'的说法有异曲同工之意。如果不捅破，怕想成神经衰弱也难想到跳舞上。"张书奇眨着眼睛慢声慢气地说。"服。"露茜拍手大笑说，"不服没法呀。英国人的幽默与智慧齐飞，文明共发达相偕。"

张书奇心说人家笑傲得起。只嘿嘿一笑："这句应译为：'Buddha had suddenly shown him the light'。"

"典故、成语、称谓、歇后语、历史事件的引用，都是中西文化差异的交锋。就拿亲属关系词，有的有对应，有的没有，难译！"

"难，但一想到你，难就不打自退。"张书奇慨叹说，"跟你干，上去下不来。"

"要的就是上去下不来。"露茜边笑边赞边朝张书奇竖大拇指。"你言外之音，大有摊上我很无奈？"露茜的问话叫张书奇收敛起脸上的喜悦。

"解歪了。我能跟老师你学习三生有幸。我的意思是跟你心怀一样的决心，不译完不罢手。"张书奇语调缓软，但语气蕴着几分着急。"嗳，你老是不把我的话往好处想。可能我这人说话做事有毛病，要不怎么会叫老师曲解我。"张书奇摇摇头苦笑说。

"你们有句话不是说'买针不买针，试试你的心'吗？"露茜不好意思地笑说，“有时能把人试恼。”

张书奇摆摆头一笑。他心说刚才还说自己简单，不过是给自己的多疑套上件华丽的外衣。但张书奇嘴上却说：“老师不属狐总好狐疑。”

露西顽皮地嫣然一笑说：“属不开壶。”

张书奇眉毛微微一扬，赶紧转了话题问：“你说的亲属关系称谓，这个东西方差别不大。称呼都是亲缘形成产生的。关系首先弄清三个子语义场，即直系血亲的子场，姻亲的子场，旁系血亲的子场，以及亲属中性别区分，不难。如第三回王熙凤初见黛玉时说‘况且这通身的气派竟不像老祖宗的外孙女儿，竟是嫡亲的孙女儿似的’，外孙女和孙女是一辈儿，但对贾母来说，黛玉与迎春、探春、惜春比，外孙女自然没有孙女血缘近。王熙凤为了讨贾母喜欢，就说黛玉通身的气派像贾母的嫡孙女。”张书奇解说以男性为主的社会，强调血缘，围绕男性来分主次。

“噢，同是父亲的儿子，因嫡庶之出，却身份相异。”露西摇摇头作不解状。

“我们说的姐妹不包括兄弟，就是姐妹。而你们说的姐妹包括姐妹兄弟。”露西分辩说，跟你们重男轻女相悖。“约定俗成的叫法。”张书奇解释说：“古时把鸳鸯比作兄弟。《诗经·小雅》，其中的‘鸳鸯于飞’比喻的就是兄弟。晋人郑丰有《答陆士龙书》四首，第一首题名《鸳鸯》，序文说：‘鸳鸯，美贤也，有贤者二人，双飞东岳，扬辉上京。’这里显然是以鸳鸯比喻陆机、陆云兄弟的。”

“哦？鸳鸯不是比喻夫妻的吗？”露西惊异地问。

“鸳鸯比夫妻，是到了唐朝才用的。诗人卢照邻在他的《长安古意》‘得成比目何辞死，愿作鸳鸯不羡仙’中才用鸳鸯比夫妻的。”张书奇转着眼睛说。

露西慢慢领悟款款点头，小声说：“中西方表达的色义迥异，比如，中国人眼中的‘红’象征阳光、幸福、热烈、喜气、好运、繁荣等，而红在西方人心中则象征暴力和流血。红在英文中叫金黄或绿色。如果照此译，怡红院就得念成‘怡绿院’，怡红公子也得译成‘Green boy’。《红楼梦》就得念成‘绿楼梦’，意思全拧了。因而译时既要尊重原文，还要考虑西方人对色的固有看法。”

“红就是红，怎么要说成绿？天下的颜色都出自太阳，叫法差别大。等有一天叫新秦始皇再统一一下颜色名称，那时翻译就没有障碍了。”

露西眼里闪烁一丝讥笑的光芒，口吻嘲讽地说：“好像若干世前，你和秦始皇私交很好似的。绿就是绿，干嘛看成红？哼！你这霸道就跟你们皇帝不许百姓用黄色性质一样。手里有两样颜色就要开染坊了！”

“太阳再借我七七四十九种色也开不起染坊。”张书奇摇摇头不好意思地抿嘴笑说。

“你贸然一句，竟惊人的相似。有研究说人身上有五十种不同的颜色，你说的四十九太接近了，四舍五入绰绰有余。神！”露西似赞似贬的语气。“不管人身上有多少颜色，到头来都黯然失色。太阳总想在一切东西上盖上自己的标记——本来水色夺目，经太阳一抚二摩，水灵灵的脸儿像着魔似的一天天褪色，直到乌发如银，红颜似缟。个个在太阳火里涅槃了。”露西边说边递给张书奇几个兴奋的眼色。

“颜色名称虽有异，但可以在注释中注解。”张书奇思考着说，“太阳主宰生命的色彩，‘太阳就是上帝’，不过，这句话可是博物学家普林尼说的。”张书奇解释时不动声色。露西点点头。“嗳，你最喜欢哪种颜色？”张书奇边问边上下打量露西的衣裳边说：“你这件绿薹白三色相间的格格连衣裙，色气搭配和你人的气质配一起，相得益彰，煞是好看。”张书奇上下审视露西合身的连衣裙把她纤细的腰肢勾勒的线条流畅优美。

露茜指着裙袖说："我知道每个人都有自己的颜色，可我例外。我的颜色是无色之色。"露茜神秘一笑，笑里内容很多。

"哦，颜色的最高境界。"

"你喜欢的色是——？"

"自来旧。"张书奇脱口而出。

"自来旧？"露茜迎着张书奇的视线，表情丰富，笑问："嗳，你娶媳妇是不是也要自来旧色的？"露茜盯着张书奇的眼睛边笑边问。

"对呀。我这自来旧媳妇的颜色概念就是——相识相知，志趣相投，心心相印，总之，是宝玉和黛玉式的，总之，洞房里是我眼熟的脸色，总之，不要新面孔。"张书奇看着墙上的相片一本正经地说。

"总之，你的高额头里想的尽是些古怪说法，最美的自来旧色是白色。"

"白色气死太阳。"张书奇压低声音笑说。

"是啊。白色象征圣洁无邪，我们西国人结婚用白婚纱。而白色在你们这里却是用于丧葬或投降等不吉利的事上。秦可卿死后，第十三回'宁国府街上一条白漫漫人来人往，花簇簇官去官来'。第十四回'白汪汪穿孝家人两行侍立'。'一时只见宁府大殡浩浩荡荡，压地银山一般从北而至'。白，类似此类截然相反的颜色意义，还有很多，只有用注释，才能将文化民族风情毕恭毕敬地跃然纸上，保留原文化的风味、特征。"露茜用征询的口气说。

张书奇赞同地点点头："还有第二十六回'上面扎着鸳鸯戏莲的花样，红莲绿叶，五色鸳鸯'。莲花鲜见红色，我们这里莲花多是白色和粉色，如果译成'red'，就与实际荷花颜色有出入，不知你们西国的莲花都有何色？"

露茜不加思索脱口而出："西国莲花的颜色和这里的一样，'pink'与之对色。曹翁笔下的食物颜色搭配叫人边读边流口水，如果没吃过没见过，就是摔了笔也写不出。有些食物色，英汉无对照，比如松花蛋色，我迷糊不清。”

“这好办，待会儿我请老师吃饭，要盘松花变蛋，叫你认认松花色。”张书奇边翻书边对露茜说。

露茜用疑惑的语调重复“变蛋”二字。张书奇笑说：“变蛋，是鸡蛋的一种吃法。把盐、茶叶、碱、柏枝用水煮上一会儿，倒进按比例弄好的生石灰里，凉凉后和成泥，包在鸡蛋或鸭蛋外，然后封起来，约摸半月，蛋里面的黄儿和青就凝固成绿里透墨的颜色，并有像松针样的花纹。在中原一带，楝花开时是做变蛋的最好时节。”

“好吃吗？”露茜问。

“这要看人的口味，一种食物，有的人说好吃，有的人说不好吃，就像我不能闻羊膻味，而你说那是人间美味一样。关键是英语没有松花色这个词。如果译成‘light green with thin dark’不知是否准确表达其色，待会儿你看罢变蛋再商榷。咳！一搁到实处才发现难，译大部头书是不能草率进行的。翻译必须有技巧。”张书奇感叹说。

露茜接着笑说：“但做人不可取巧。”

“老师指教的是。”张书奇两手抱拳朝露茜连揖。张书奇走到书柜前，微微扭扭腰，轻声念：“《人人高兴》，《人人扫兴》，作者本·琼生”张书奇说着就从书架中抽出来翻看。“老师有这么多好书。”张书奇感慨说。

露茜从琴凳上起来，踱步来到书架前。“摆样装潢。您相中啥书只管拿。”露茜爽快地说。

“好书愁借人，我替你说。”张书奇边翻书边小声说。

……

露茜一双玉手边捧脸边憋不住扑哧一笑。“三十年前的话，句句清晰。”

“时间在爱面前也尴尬。”张书奇说着向后扯身侧脸瞅露茜的脸。

“我看看那酒窝还有没有。”露茜头一歪，说：“看，酒窝。”说时赶紧抿嘴笑。

“祸——国——殃——民。”张书奇边看边一字一顿地说。露茜哈哈大笑说：“这么多年没听过了。”张书奇心说虽不祸国，但殃及自己。却岔开话，指着露茜的手说：“这美手跟美人一样耐老。”露茜把手举到张书奇眼前正看翻看。张书奇伸开手小心翼翼托着露茜的手说：“一翻一覆三十年。”露茜看着放在张书奇手里的手，耳边回旋三十年前的琴声，不由得眼里潮涌泪花，笑着问：“琴呢？”

张书奇用左手轻轻抹去露茜睫毛上沾的泪，小声说：“琴我放着哩。”

“哦，战火没毁了？”露茜脑海里回放德机轰炸的情景，心里不由打个冷颤。

“人在琴在。”张书奇以主人翁的口气说。露茜突然像想起什么，眼睛隔着玻璃窗朝她原先住的地方瞅去，说：“琴还在后头我的屋？”

“没有。你走后这里就乱开了，那个琼尼临走时告诉我说让把你的东西搬走。”张书奇也隔窗向露茜原来住的小洋楼处张望。“走，去看看。”

露茜站起来，嘴里还学张书奇说“中”的土腔说：“中。”张书奇深深叹口气说：“春去夏归，又是一个深秋，雷打不动的四季变化，有一半梦梦你弹肖邦的《夜曲》、梦里说的《红楼梦》，梦里争辩，梦福音堂，梦峨眉，梦……。梦醒后几天郁闷，等郁闷劲儿过去，就又做你的梦，循环往复，一个个思念的梦就像茧中的蛹，一梦就梦了三十年，没想到一朝蝶变，你说这多像梦。我梦你的时候，你梦我没有？”张书奇像个孩子似地问露茜，“梦里钢琴声外头人听不见。”

露茜听张书奇一连串的梦话，禁不住凄然一笑：“梦是个奇怪的东西，纵万里迢迢，纵时隔几十年，梦地也会重现。我在你梦里从不叫你生气，可你在我梦里你知道你是什么样？”露茜感伤的目光瞥了张书奇一眼。

张书奇惊异地睁大那双黑眼睛，看着露茜，好奇地说："我当然不知道我在你梦里表现，但我想应该跟醒时一样的真诚。"张书奇眨了下眼睛，"你知道你在我梦里啥样？"

露茜知道张书奇打趣她。头一仰，半嗔半喜地说："啥样？好样！"

张书奇看着噘着芳唇的露茜哑然一笑，用眼睛鼓励她往下说："梦里远远看见你，我不顾一切跑向你，可到跟前，你不是变成别人，就是没影了，我生气地大声喊，你不应声，最后自己喊醒自己。一梦醒来心腾腾跳，梦叫我怅然若失。爱在时间面前脆弱得经不起微弱鼻息，我想你无情无意，你梦里折磨人，那心疼的滋味你不知道。"露茜说时禁不住拉了下张书奇的胳膊。

张书奇心疼地看着露茜小声劝说："哎呀，梦是反拍。下回做类似的梦可不要瞎紧张。相思跟梦一样有磁场，我梦你，你也梦我。引起梦思运动。"张书奇稳重的语调一如从前，"梦地没有疆域，来去自由。这些年你是我梦地的地主。"张书奇朝露茜点头表示他心的诚恳。"梦是人类身上最好的发明，来无踪，去无影，梦地安全可靠，梦里事你不说，别人不会知道。梦里能回到童年，故去的人在梦里复活，梦地是阴阳两界人惟一相会的地方。"张书奇数说着梦的奇特概叹。

"梦地你不理我，我就会往坏处想，我天天祈祷你平安，祈求鹊桥早一天飞架，能在活着的时候相见。卑微的愿望终于得以实现。"露茜一边跟张书奇说话，一边就来到楼前——三十年前她住过的小楼。"噢，旧多了。"露茜指着前边的小洋楼对张书奇说。露茜皱着眉头左右环顾，寻找三十年前记忆中的影迹。花草树木爬山虎都还在，物是人非朱颜改。"咱光知道自己不敢照镜，这房子跟人一样，像个皮肉松弛的满脸皱纹的老人。"张书奇怔怔地对着眼前曾经让他叹为观止的漂亮洋楼叹息。"你看——"露茜指着栖在楼前槐树枝上一对鸟儿叫张书奇看。

张书奇顺着露西指着的方向看，微微一笑，笑里都是内容。他正要说，露西伸出食指压在嘴上，嘴朝树上一努，示意他别惊动树上的鸟儿。

张书奇压低声音说："看见了，一对。此情此景，树上树下都成双成对。"

"我是叫你看鸟儿驯顺得纹丝不动，宛如制成的标本似的。意思告诉你说它们知道这里没有朝它射来的弹弓。"露西微笑着噘起嘴。

"原是此意。"张书奇不好意思地看着鸟悄声说。张书奇说罢拉着露西轻轻走到她早先住的屋前，只见门上用红漆写的"忠"字都斑斑驳驳，像牛皮癣，往深处一联想就禁不住浑身起鸡皮疙瘩。露西用右手挡着光线，隔玻璃窗往里看，靠东墙对脸放着两张油漆斑驳的办公桌。一张桌上摆放着一摞报纸，还有墨汁和毛笔，像是练书法的。另一张桌上搁着算盘和表格，像是与账表有关。桌上方贴幅毛主席画像，像是个什么办公室。张书奇也俯身隔窗往里看："你看，西墙上你挂相片的地方还留下方框印痕。"

"可不？相片呢？"露西低声问。

"跟琴在另一个福音堂。"张书奇用深沉沧桑的声调说，"琴声，笑声，回旋在耳畔。"没等露西说完，张书奇接着说："听，《夜曲》、《夏日最后的玫瑰》、《二泉映月》……"回旋在他们的脑海……

"一切都倒不回了。唯心没……"没等露西说完，张书奇就接着说："心没变，还有年轻的梦没变。"

露西朝张书奇点点头。"咱还去坐那教室散散步。万一碰上人，就该收多少有馊味儿的注目礼。噢，对了，今天是星期日，不会有人来。"露西放松心情东瞅西瞧，"谁能想到我曾在这里呆过几年，这里留下咱们的梦。梦里常梦见这里，也常梦见咱们一起去峨眉山。"

——1933年6月18日，露西和张书奇结伴来到心仪已久的峨眉山。

六月的峨眉山，葱郁幽静。露茜和张书奇并肩边走边看边说，穿山风拂去游人跋涉的燥热。露茜穿着黑白相间，领和袖口镶着淡绿色纱边的麻绸纱格格连衣裙，裙摆随着时疾时徐的山风飘摇。乳白色镶浅绿边的太阳帽，在浓绿映衬下显得清爽雅气。一双好奇的蓝眼睛四处张望，兴奋得像个孩子。张书奇笑说："这会儿活像个初见世面的中学生。"

"人景合一，能不高兴？"露茜说时拽了拽正手搭凉棚举目眺望的张书奇，大声惊呼赞叹："秀！"

张书奇放下搭在额头上的右手，不以为然地说："不过，最惬意的是跟你一起，这是一生最幸福的事。"露茜神秘兮兮地小声说："你当着峨眉的面休要唐突峨眉，山是有灵性的。当心山神一生气把你踹进山沟。再说这是白素贞修炼过的地方。"

张书奇不以为然地说："迷信！白素贞和老天爷的闺女一样，放着神仙日子不过非要下凡找红尘一角中的爱。爱害得她心无宁日，最终压在雷峰塔下，你说值不值。"

"值！追求了，就值。我欣赏她的悲剧抗争精神。"露茜蹙着眉头说，"你今天背哪根筋了？看着啥都不入眼？"

"话赶到这儿就这样。凡人编的神话，得经受凡人的置疑。"张书奇语气扭着筋说。

"为了救许仙，盗仙药拼性命。最终灵芝能叫爱不老，却不能叫人不老。"露茜慨然，"这是大自然的失误。"

"如果能叫人不老，现在的皇帝还是秦始皇。他肯定会闲来无事时常念念自己的讣告，再多活几辈子。"张书奇脚下边踢小石子边说。

"那翻译时所遇到的颜色不对应问题，估计你一句话就统一了？"露茜嘲讽的口气不依不饶地说，"嗳，你们皇帝金口玉言，如果他对黑白无常，你准给我滚远远儿的，我要长生不老不就妥了？不是求永远活？"露茜婉转挖苦。

“那是形容皇帝手握生杀大权，叫谁死谁不能活。但真正他自己的生死他却当不了家。

皇帝不是玉皇大帝，玉皇大帝是神，神不死。曾经掌管生死的阎王爷，邀请他的朋友为他写讣告，朋友写得色彩流溢，阎王爷满心喜欢，就问我能帮你什么忙不能？你愿意托生在何方？他的朋友想了想不客气地说想托生在一个‘家有千顷靠山河，父作高官子登科，娇妻美妾常陪伴，年龄老在二十多’的地方。阎王爷一听哈哈大笑，说：‘有这样的美缺我还去呢！’你看，阎王爷的这位朋友吃不清穿不完时，想长生不老，好会享福。可他描绘的理想完美之地，世上本没有，如果有，阎王爷是近水楼台。正因为这样，孟夫子才说：‘人，食色性也。’无非是叫人想开些，人生在世，第一要吃饱穿好，第二要谈恋爱。历代皇帝这两个目的都达到后，就想长生不老。”

“说得动听，但不悦耳。”露西忽闪长而浓密的睫毛，眨巴着蓝中泛绿的大眼睛听张书奇侃得出神。她边走边侧过脸看着张书奇问：“快乐就是灵芝草。我心中的快乐就是有人跟我说《红楼梦》，陪我逛峨眉山。照此推，使我快乐的人就是灵芝草。”露西说着紧走几步抢到张书奇脸前，一边往后退着走一边问张书奇：“你看见我眼中的蓝灵芝了吗？”

张书奇哈哈一笑，心说好个黠慧灵动的露西，说：“你眼中的灵芝会说话。那么我眼中的灵芝也是会说话的。”张书奇故意对着露西眨巴下眼睛。

“报一国一寺。”露西凝视雄浑建筑上挂着的匾，一字一顿地念。张书奇停下脚步，静气仰望，殿宇峥嵘，配康熙御书透逸帝王豪气的“报国寺”三字，相互辉映。张书奇禁不住压低声音赞道：“真好书法！”话音刚落，接着就说：“就是这仨字把我哄来了。都说峨眉天下秀，我看峨眉算个逑。不是康熙御笔在，哪个龟孙来此游。”

露西皱着眉笑说：“积些口德吧，‘张打油’。”露西掏出相机，拉住张书奇背对报国寺站定，她赶紧往后退跑，嘴里还不停地喊着：笑笑！露西透过镜头对看着镜头的张书奇说时，眼疾手快地摁下快门。张书奇以为完了，正要转身，露西喊说：“stop！”张书奇赶紧收住脚步。露西前后瞧人，一对年轻外国情侣有说有笑不紧不慢地从后边走来，露西笑着跟女的用英语说：“help！”那洋女人会意地接过相机，露西跑到张书奇跟前站好。洋女人微笑着摁下快门。“再来一张。”露西对拿相机的洋女人用汉语说，顺势挽着张书奇的胳膊。张书奇浑身不自在，一股热流唰地流遍全身，可他表面上仍从容地看着镜头。

相机快门咔嚓过后，张书奇不好意思地小声跟露西说：“人家会把咱俩当成恋人的。”

露西扑哧一笑：“当什么都中。机不可失，景不可错。”露西手里边摆弄相机边说。心里却想：“真是就好了呢！”

“头一回跟女孩子合影，还是个洋女孩，心里高兴惶恐参半。”张书奇眺望远处激动地说。

“何惶何恐？”露西故作惊讶，忽闪着大眼白了张书奇一眼。张书奇抿着嘴笑说：“心绪复杂，三言两语道不清。”他心下思忖，这洋妞妞思想开放，不觉着跟异性合影有什么不妥，可照片叫人看见，唾沫能淹死人。不管你解释得再好，再笨的人也会想出些意思，这意思叫啥意思。想到这儿，他憋不住悄声问露西：“老师小姐，咱们这合影算什么？该叫个啥？”

“这叫师生游峨眉合影照。”露西边转胶卷边说，“你怕唾沫星？一张相片吓你腿肚朝前。你的心就跟小鸟的心一样小，小得像个小句号。”

“不是我心小得像句号，我是怕你名誉受累。”张书奇关切地说。

“先谢谢你。”露西看见一片平地，脚下踩着个“科兰多”舞步走开。张书奇喜悦的目光追随着喜悦的露西。心想洋女孩一高兴，就情不自禁手舞足蹈。中国女孩跟她们一比就矜持得多。这都是叫笑不露齿，足不外露，‘授手不亲’等等说教，把小小年纪的女孩子束缚成小老太婆似的。同是淑女课，内容不同，塑造出来的人就不同。露茜热情执着，活泼灵透，多才多艺，纯洁透明，实在比我心目中的潇湘妃子还可人意。想到这儿他不由得怔怔地看着走在他前边露茜的背影，轻盈优美，露在裙子底下的脚脖子生得漂亮，线条优美的小腿也极匀称，身材具有典型的希腊美。张书奇仿佛看到眼前感情的康庄大道默默伸向远方，忙收回放远的心事，心说眼下景好，伴好。人在景里，景在心里，物我两忘。

露茜站定等张书奇走至她跟前，小声问说："想通了？！我知道你怕将来没法跟你的潇湘妃子解释相片上的我，是吧？到时你就对她说相片上的我是你张书奇的老师也是你的学生。如果你的潇湘妃子还不依你，你让我跟她说，中不中？"

露茜像哄小孩子似的安慰张书奇，张书奇又是摇头又是点头，一头丰茂的黑发跟着微微颤抖。他心说她看上去好像什么都没看没想似的，可她什么都看什么都想。她的表象就跟昆虫和动物，用身体保护色麻痹人的眼睛，猛一看看不出来。或者，猛一听她的话，感觉她人很简单，可再一细听，就听出简单背后的不简单。张书奇笑吟吟地朝她那神色调皮的眼睛斜瞟了一眼，心说洋丫头说洋话。我的潇湘妃子是谁，谁给她说，天知道。但嘴上却说："此言差矣！我是怕你的白马王子要寻根问底，你交代不清可该如何是好？"

露茜指着张书奇，却不动声色。张书奇压低声音大嗤笑，泪都笑满眼眶，如果不是镶了一圈的长睫毛阻挡，早就喜泪洒峨眉了。张书奇眨着年轻的眼睛堆出一脸平静自然的笑容看着乐不可支的露茜。露茜用细长的手把散到脸上的头发捋到耳后，平息微喘，清了清嗓子说："到时你跟我的白马王子对景。"

"悉听尊命。"张书奇点头答应，心里清楚他和她之间的那层窗户纸薄得像蝉翼透明，明明心里明镜，还要打哑语。开始的爱喜欢朦朦胧胧。

露茜绷紧芳唇露出酒窝，嗔了张书奇一眼，以目写心：真狒狒，假猩猩，装平静。张书奇微笑着接过露茜投来的眼神，口中无语，心里有话——缱绻情思不会徒然。

露茜心里窃喜，这是双信得过的眼睛。当他们看到伏虎寺不少外国僧人静心修行的情形，不由得放慢脚步，露茜若有所思地说：“世界纵然辽阔，惟数此山最美丽。把身心交与天下秀山，也算不枉活一回。”

张书奇忙问：“心有所动？”

“嗯，羡慕。”

“这可是佛教。”

“不管佛教，还是基督教，只要教人向善的教，博爱世人，都是好教。至于教名就跟人人都有个名一样。”露茜侃侃而谈。

张书奇用说不上来是敬佩是欣赏还是惊讶的眼光扫视露茜的蓝眼，最后则出人意料地赞赏说：“慧解慧解，比的好。好教义相通相融相合，天下人乐融融。‘朝闻道，夕死可矣’。”

“只要心存善意，也不在乎形式上的削发与剃度。我读《红楼梦》，最讨厌的人就是荣府‘皇后’王夫人，她的所作所为我多看不惯听不顺，但在第一百一十八回谈及惜春出家时她说的两句话还耐听——‘那头发可以不剃的，只要自己的心真，那在头发上头呢？’其实出家的人，往往是一句话或一件事的刺激，正如甄士隐说的‘一念之间，尘凡顿易’。”

“慧根不浅。只要心有度牒，哪在乎形式。”张书奇赞说。

露茜指着峨眉山佛学院说这是她最向往的地方。

张书奇笑说：“有佛根，还得有佛缘。”

“佛缘，像姻缘一样是人生大缘。”露茜看着张书奇似乎在暗示什么，“出家不知有无男女搭配。”

张书奇哼笑着摇摇头：“你可比谁都敢畅想。这个没听说过，或许是我孤陋寡闻。不过，世事无定。奇迹是人造出来的。”

“奇，书奇造奇迹。”露茜有一句没一句地答曰。

俩人边说边出了洞中洞、洞连洞、洞套洞、洞迷宫的九老洞，露茜说要去看猴。峨眉猴跟峨眉一样秀，小猴娃儿都比其他山上老猴精，智商高，没法，得天独厚的秀气。小不点就会向游人伸手要吃的，掏游人兜。露茜从兜里掏出糖递给站在她脚跟前仰着脸看她的一只少年俊猴，灵巧的猴子撕开糖纸扔到一边，将糖扔进嘴里。露茜跟张书奇说，猴精得很，知道糖中吃。张书奇背过身悄悄拾个小石头子儿用糖纸重新包好递给那猴。那猴撕开一看，连纸带糖一起丢在地上，一脸不悦地瞪了张书奇一眼，撵着露茜伸手。露茜嗔它说：“肚饱眼睛饥。”这时，从一边跑来一老公猴，为老不尊地唬走少年猴，站在露茜跟前仰脸看，一双猴眼滴溜溜色迷迷。张书奇凑到露茜跟前小声说：“瞧，老公猴都知道你长得好看。”

“对，你属猴。不管张公孙还是猴公孙，反正是一窝猴。”露茜借题发挥。

“猴跟猴不一样。‘锡茶壶’‘不开壶’也不一样。”张书奇顺势挖苦。

露茜指着张书奇哈哈大笑，笑得弯腰后退，不小心硌着个小石头，脚一崴一滑一趔趄，失去身体的平衡，直往哗哗流水的沟边倾。张书奇眼疾手快上前一把抓住她的胳膊，吓得脸都白了，眼里惊恐埋怨，压低声音气喘吁吁地责备说：“笑！笑！校（笑）长。要不是上帝拿着我的手使个英雄救美人，你就成落汤鸡了。”

露茜定了定神，憋不住扑哧一声又笑说：“谢上帝！”张书奇哎一声：“出力不讨好。”

“你看，太阳偏西了，可这帮年轻人还往里走，这一定是去洗象池观月的。咋着，去不去？”

“去。”露茜爽快答应，“来一趟不容易，晴天好看月。”露茜仰脸看天。

张书奇坐在一块石头上从包里掏出饼干、面包、小糕点、水什么的，叫露茜坐下吃。露茜摊开手说脏。张书奇说不干不净，吃了没病。露茜一听又耸肩摊手翻眼，表示惊异疑惑不同意，拉着张书奇到下边的沟里洗手。

露茜指着张书奇的白府绸衬衫衣领，说：“你今天早上刚换的，这里就有道黑印。”说罢又凑到领跟儿闻闻，“嗯，淡淡的脑油味儿。不过，比马绥成强多了。马绥成是真脏，你是假干净，尿涮锅，和面盆里洗裹脚。”

“这些土得掉渣的话你是从哪胡同巷里学来的？！”张书奇边掏东西边说，“跟洋大夫在一起真受挤兑。”

“让你讲究卫生，改陋习，是得花力气的。”露茜边洗边用苍老的语声说，“乖孩子，勤洗手，勤剪指甲不生病，记住噢。”

“记住了，老师。”张书奇拖着腔学小孩的声调回答，逗得露茜咯咯笑，一串笑声洒在淙淙清流上。

露茜两手朝后甩水，边拍拍手晾干，边仰脸看天，说：“一天完了。今天出门没看老黄历，也顺。”

“俗话说得好，‘一不忌，百不妨’。老黄历是个精神寄托，这天不许这，那天不许那，没人考究其科学性，没有一条老黄历敢说哪天哪刻不许生孩子。”

露茜眯着眼睛笑问：“你敢挑黄历的不是。不过，你说得是。”斜阳含情脉脉穿过浓茂绿叶，不远处泛起山抹微云的轻翳。而此时东边的月亮羞羞答答隐隐约约升起来。“这会儿是天黑得最快的时候。”

张书奇把打开的点心包放在露茜跟前说：“老师请用餐，吃饱好上山。”

露茜顺手捏块饼干放在秀口里边吃边概叹：“每天都跟今天这样开心该多好。”

“哪里活得好，哪里就是祖国？”张书奇嘴里边嚼边反问。

“对，中国，峨眉，还有张书奇你。”露西昂起头毫不含糊地边说边用她那湖蓝的大眼横了张书奇一眼，以目代舌：你用我说的话来反攻我，我就照直说，看你还怎么说。

“中国峨眉就够了，还加个我怎么说？”张书奇故意问。

“活得好的定义就是和你在一起说《红楼梦》，游峨眉山。”露西像画草图似地用手比划自己身置的峨眉山感激加真诚地说。

张书奇垂着眼皮边吃边听边笑。他听到她的肺腑之言，心里甜滋滋的。

“这个好吃，这个也好吃，尝尝这个。”张书奇不停地催说。

“有人还当我好几张嘴呢。”露西边嚼边吃。

“水，吃饼干得喝水，要不就像牛嚼沫一样。”张书奇说着把水壶递给露西。

“我真羡慕你的‘林潇湘’，有你如水的体贴真是太有福气了。”露西边嚼边说。

“爱就是福，男人最高兴的事就是叫自己心爱的人享福。”张书奇说着脸上露出若有所思的笑意。“吃这个。”

“饱了。”

“不中，再吃。”

“饱了就是饱了，还能哄你不成？哄你我肚饥？”

“吃太少。”张书奇关切说，“哦，也是，淑女小姐吃的就该像鸟儿一样少。”

“你让一遍又一遍，你知道食欲是呈递减的。如果潇湘妃子叫你这样劝吃，弄不了几天就胖成薛蘅芜了。”露西嘴里边嚼边说。

“我不是怕你不好意思吃，怕你忍饥，怕你嫌我不够热情？”张书奇一口气说了一溜。

“热情过头人家怀疑你是瞎热情。再者，你一股劲儿让，显然是不相信我的话。也可能你们到外边都捏腔拿调哄自己不饥，用自己的想法想别人。”露茜话里带刺说。

张书奇心说，哎呀，好心落个驴肝肺。但他嘴上却说：“好心不落好呀。”张书奇喉咙里夹着没咽净的水咕噜着，指着一边的水壶提醒露茜：“喝水。”

月亮跟着俩人上山。山有多厚，离天就靠近了多少，山上的人离月亮也近了多少。近大远小。月亮大得就像在头顶伸手可摘。一堆一堆的看月人，说着悄悄话似乎怕惊着广寒宫里的神仙。月辉银泻，万物安静地享受秀山与众不同的月光。月西夜深，穿山风里湿气阴重，凉石上坐不住人。有的站起来踱步跺脚，谈话声由刚才的窃窃私语式转为高谈阔论式，这群人敢上来挨冻，至少是追求情致的人，对着平时难以看到的大明月，不能不抒怀，一个年轻男中音操着东北腔朗诵：“起舞徘徊风露下，今夕不知何夕，便欲乘风，翻然归去，何用骑鹏翼。”话音一落，就响起呱唧呱唧的掌声。露茜冷得打着颤的声音小声问张书奇这诗写得好吗。张书奇说：“那敢是好，谁写的，能不好？”

“谁？”

“后山上那个苏大才子。”

而另外一个声音接着对月喊：“月奶奶，明晃晃，开开后门洗衣裳。洗得白，洗得净，……”完了也是一阵呱唧呱唧的拍掌声。雅俗共赏。

明得几近失真的月光照在冷杉林间，阴森森，风嗖嗖，吹得人毛骨悚然。如果没有这么多人相伴，露茜说凭谁借她十个胆也不敢待在这里。张书奇从兜里掏出他的外套给冻得两手抱肩、不停地跺脚转晃的露茜披在肩上。露茜伸胳膊穿进袖里，颤着声音问张书奇冷不冷？张书奇说男人火力旺。露茜用手背轻轻挨了挨张书奇的手，暖呼呼的。可张书奇叫露茜的凉手一挨，不由得身体猛一紧。心说怎一个冰字了得。张书奇忘了‘授受不亲’的训诫，赶紧双手捂握着露茜的手放在自己胸口暖。张书奇转着头悄悄扫视周围，见同性挤一起，异性也相拥。但谁也不笑谁。张书奇心疼地对露茜说："这月不过迩迩，咱不看了。不能为这无情月挨无辜冻，身体是大事。"

露茜颤着声说："月老最有情。"

"它这冷情凡人领不了。"张书奇说着拉着露茜下山。有几个冻得受不了的一看也跟着下。露茜说："下山腿打软，看来下山比上山难。"

张书奇小声说："就跟人当惯了官，一下台不适应一样。"露茜身后一个女孩子也说腿软。

张书奇笑说："吃力决定脚力，吃一星点儿，让你多吃还说我瞎热情。这会儿腿软怨谁？"

"吃力决定脚力。先生说得有道理。"那个说腿软的女孩用江南口音重复说，"你们想得周到，还知道带衣裳。"女孩子赞羡地说。

"冷不冷捎衣裳，饥不饥捎干粮。"张书奇侧脸看了看露茜身边的女孩说。

"暖些了暖些了。"说腿软的女孩子像从冰天雪地进到暖房一样高兴，连声音都走音了，说时并用手轻轻拉拉跟她并排背着画夹的女孩。

"就是，隔几米高就不一样，真奇。"背画夹女孩说。

露茜也说暖了。说腿软的女孩上前问露茜是哪国人，在哪儿做什么？露茜说是英国人，是Z州福音堂的传教士，也是Z州公教医院的妇产科医生。

"英国医术世界一流。"腿软女孩羡慕起敬。露茜也关切地回问她俩是哪儿的？腿软的女孩子说她是协和大七学生，继而指着她身边的背着画夹秀美温文的女孩说是她的妹妹，南京中央大学艺术系大四学生，来写生的。美术女孩朝露茜和张书奇微笑点头，如果是白天，她脸上泛起的红晕一定好看。

张书奇借着月光打量着姐妹二人，尤其是背画夹女孩，确是咋看咋顺眼。漂亮不输"潇湘妃子"——绸缎般的齐耳黑发，瓜子脸上古典的五官配上恬静灵透的艺术气质，一袭雅白色细麻绸衣裙，上衣对襟小竖领，袖长过肘的宽袖上衣，衣服下摆微微张开，与过膝的裙子相配越显窈窕，扁扁的脚上套着扁扁的带袢黑皮鞋配白袜，娉婷轻灵，娴雅中遮不住的贞静和豪气。直觉告诉他，眼前又静美又博学的姐妹俩，背景性情一看就知道来自江南富贵十足且开明又有深厚文化底蕴的大家。张书奇心里赞羡，嘴上却说："姐妹俩就像大小峨眉，但比峨眉美比峨眉秀更比峨眉娥。"美术女孩微微摇头，不好意思地笑："先生夸过了。"

"人漂亮，书读得还好，一个读协和，中国顶尖级医科大学；一个读南京大学美术系，名流大家相聚之地。凤毛麟角，想不起敬都难。"张书奇感叹说。

协和女生问露茜妇科临床上对卵巢、子宫囊肿与瘤以及恶性瘤的诊断区别以及手术事宜。露茜心中的福音使命不容她搪塞了草。她拿出在福音堂讲课的姿态跟协和女生探讨解惑。

站在露茜身边的张书奇问美术女孩学习什么画。美术女孩说，学油画。张书奇说学油画得去欧洲。美术女孩点点头，说等从雪山画了雪莲回来就去欧洲。张书奇吃惊地打量美术女孩，说雪山是没有人烟的地方。美术女孩说要的就是那种遗世独立的秉性。张书奇心怀敬意地说今天可算开眼界了，看到世上就有浊臭须眉难比难配的女孩。

露茜说罢，协和女生情不由己地朝露茜深深鞠了一躬。说："峨眉山没白来，冻没白挨。露茜是他们这一带女同胞的福音，不用问杏树成林。"

露茜摇摇手说现在是只见杏树不见杏林。协和女孩和露茜交换通信地址，说要写信交流。协和女孩对张书奇和露茜说她叫高梦瑞，指着她的妹妹说她叫高梦仪。

露茜对高梦瑞和高梦仪姐妹俩说她叫玛格丽特·露茜，指着张书奇说他叫张书奇张先生，是省邮务局的。高梦仪要去往光明顶写生，露茜和张书奇要去看大佛。张书奇和露茜跟高梦瑞姐妹俩边说再见边挥手相别。张书奇和露西目送姐妹俩边走边回头边挥手款款遁去的背影感叹：“她们妈妈的妈妈一定非常漂亮。姐妹俩绝对是富贵传统大家闺秀。”

张书奇边点头边趁此回头张望视线里远虚的高梦仪。“我们传统闺秀跟你们英国传统闺秀都雅兴偏浓，好烹饪，好园艺，好文学，好美术，好音乐。”张书奇掰着手指数。

露西惊讶地看着张书奇说：“你说得真对。我们家的花园我整的次数最多。”露西抬头瞅天。亮了一夜的月亮，像快耗干了油的灯，残光剩芒地贴在西边的天上，似乎在等太阳送光。灰蓝色的天上缀着几颗看上去疲劳的星星。张书奇也仰脸看天，自言自语说：“日月星同辉。”

“我们《三字经》里就说三光者，日月星。妇孺皆知的常识。”张书奇接着给露西讲了一段关于‘明星’的典故。“可宋朝时的西夏国王偶得他认为是天下无人能对的千古绝联：三光日月星，并派他的使者来到大宋首都 K 地求下联。文武百官脑海里首先回响从小就背得透熟的《三字经》，只是面面相觑，大眼瞪小眼憋不出下联。皇帝一看心说这是欺我大宋没人？！皇帝一急，急招苏东坡回京。那西夏人见了苏东坡，清了清嗓，鼻孔朝天地高声朗诵：‘三光日月星。’

苏轼听了不禁哈哈大笑，嘲笑讥讽他们不懂装懂。说：“用我们妇孺皆知的《三字经》出对联，并且连对联的常识都弄不清。对联乃我华夏文化之一端，学子入学，即需受教。连小孩子都懂上联尾声必仄，下联尾声必平。而贵朝主所出上联尾声“星”乃平声，何来求下联？”

西夏人一听，刚才那不可一世的嚣张狂妄荡然无存，马上改口说把‘三光日月星’作下联，请苏轼对出上联。

苏东坡又是一阵大笑。说：‘何难？听好：四诗风雅颂。’

西夏人一听，马上反诘，说：‘风、雅、颂明明是三个，怎么能称四诗？’

苏轼不屑地嘿嘿冷笑说：‘雅分大雅和小雅。’

西夏人听罢憋着气一声不吭，像打败的鹌鹑斗败的鸡。这时只听有人鼻子嘴里哼说：‘没见过兔子还妄想朝斗牛犬脸上吐唾沫。’从此，‘四诗风雅颂，三光日月星’就千古流传。苏轼就是苏轼，几百年才出一个。待会儿去东坡楼看看他的风采。”

他们乘船远眺的灵云山，像位多情而又娴静的美山神，含情脉脉地注视着山前的每一个人，就像天上月谁看跟谁走一样。峨眉山跟别的山不一样的地方就是“无雨山态活”。

“美在一个‘活’字上。”露茜说着拉了拉张书奇的胳膊小声惊呼：“佛，山。山，佛。”

张书奇眯起眼眺望，心说惊世骇俗之作往往有骇世惊人的背景。露茜惊叹这工程太伟大太空前了。修佛的人一定活在后人心里。张书奇说修佛人是唐朝名僧海通和尚。露茜惊呼唐朝太伟大了。“说，往下说，和尚为何费如此大气力修这佛。”露茜催促道。“你看，岷江、青衣江、大渡河，三江斗水，水势如兽。每到夏季大水吞没许多生命。唐朝名僧海通和尚，以慈悲为怀，秉承佛旨，下决心要把灵云山雕凿成一尊佛，以坐镇三江会水的当口，消除水患。”“很伟大的构想，就跟咱们构想译《红楼梦》一样伟大。”张书奇瞥了她一眼，苦笑讥嘲说这哪跟哪？真敢联想。露茜头一摇说自己说自己过自己的嘴瘾，缠着张书奇让他往下说。“海通和尚广化善缘二十年，造了佛头。当地一位官员找到海通和尚说，灵云山是官府的地盘，动工凿石要缴纳占地费。”“这坏官，咋办？”露茜担心地问。

“海通和尚对贪官说，要钱没有，给你一只眼珠，让你看清三江会水吞噬了多少生命。海通挖出自己血淋淋的眼珠，递给贪官说你看这眼珠多亮。”听到这儿，露茜下意识地揉了揉眼，继续看张书奇，“后来呢？”

“贪官看着和尚手里喷着愤怒火焰的眼珠吓得掉头就跑。石佛历经九十年完成。”露茜说海通和尚活在世代人的心里，译书也要拿出和尚造佛的毅力和决心。

“是，子子孙孙无穷尽。”张书奇仰着脸边看边说。露西一眨眼，轻轻拽了一下张书奇的胳膊，笑问说：“你说的啥？”

“我说了啥？我说译书要有愚公鼓励子孙的话来鞭策自己。”张书奇突然笑说：“学愚公说愚话，用子子孙孙尚早。”露西捂住嘴哈哈大笑，一手指着张书奇，拿笑眼狠瞪他——俏皮话里蕴藏委婉灿烂的期许。

露西指着佛脚叫张书奇抱着留影。张书奇小声说：“这么多人的手不停地摸，佛脚上的手汗变成脚臭气。”

露西绷脸笑嗔道：“虔诚些！在佛面前胡言乱语，当心佛显灵把你踢进江里喂鱼。”

张书奇边说边抱住佛脚说：“是，不敢玩佛不恭，临时抱佛脚。”露西叫游人给他俩合照抱佛脚像。张书奇脱口说：“江山留胜迹，往来成古今。”露西却不客气地截住张书奇说：“我看峨眉算个啥？哪个龟孙来此游？”

“哎呀，昨天不识峨眉真面目？狂嘴狂舌，错了不中？！”张书奇岔开话。

“千岩万壑，瀑布溪流，人杰地灵，咱就住这里译书，得苏大才子的灵气，书肯定译得好。你说是不是？”露西顺着张书奇手指的方向边看边说。

“哪个龟孙想走，要紧先得吃饭，活下来才能做自己想做的事。听说这里还有名贵美味酱，你吃了才不想走。”张书奇提议说。

露西问什么酱？张书奇说他听他老师说过，也在古书上读到过，说滇蜀有美味，名曰蒟酱。露西问张书奇你吃过没有？张书奇说没有。

俩人跑了几个小时，进出大小餐馆，不是说卖完了，就是说没进。露西说腿也跑细了，转了七七四十九个餐馆才在一个较背的地方找到一个有蒟酱的餐馆，一进门就见墙上贴了首“白玉盘中簇绛茵，光明金鼎露丰神。椹精八月枝头熟，酿就人间琥珀新”的诗。

店小二笑眯眯过来用标准的川话问候。张书奇指着墙上的诗说吃这酱。店小二和颜悦色小声说贵得很。张书奇脸不变色心不跳地问有多贵。店小二伸出三个指头，嘴里说300元一小碟，同时两手食指对食指，大指对大指圈成一个小圆盘状比划给张书奇看。张书奇点点头表示知道，口气毫不含糊地说："来两碟。"店小二满脸喜色点头回去用条盘托出两个精致的细白瓷小碟，小碟里盛着似糕非糕似浆非浆，比糕软比浆硬似脑状的琥珀色酱，小心放在桌上，张书奇手里捏着叠错相间的几张割耳朵票递给店小二。店小二边笑边用蜀腔说："先生您今天口福不错，来得巧，有时赶不巧还吃不上哩。"张书奇说把你们的特色菜上几盘。店小二礼貌点头伸手示意张书奇食用。张书奇伸手示意露茜吃。露茜神秘兮兮地用筷头蘸一点放嘴里品嚼，连说："好吃。嗯，好吃。"张书奇也蘸了点儿放嘴里，边品边说古时蒟酱是贡品。露茜说："你这孝子不给你父母带些？"

张书奇眼睛一亮，惊诧地说："多亏你想得周到。我肯定不抹杀你的功。我爹娘听了会高兴得无可比拟。你是位貌美心美，打一百盏灯笼也难找的……"

"你没听说，小茶壶，十六两，手提茶壶进上房，公婆跟前多行孝，丈夫面前候逞强。亲戚邻家说俺好，俺梧桐树上落贤良。"露茜一字一句背诵。说罢了想想不对，不好意思脸红。

"好好好，落贤良。"张书奇说时拿双净筷子把他跟儿碟子里的口蘑夹到露茜跟儿的碟里。露茜小声说："这筷子特别长。"

张书奇小声回说："情筷都长。你刚才说的小茶壶我开始听个锡茶壶。不管是啥壶，你掂着进上房就妥了。"

露茜身往后仰压低声音吃吃发笑。她想用笑来搪塞张书奇对她表白的追想与追问。"我知道你不会叫你的林潇湘受陈俗旧礼的折磨！"

"知我者，师也。我的林潇湘不能受委屈。"

露西内心掀起情感狂澜。她在心里吻他一下……

翻看记忆的插图，俩人相视而笑，年轻的梦布满了皱纹。笑意顿时撩起各自心头一阵沧桑之感。露西用手把眼前的一绺头发掖到耳后，修眉微蹙：“峨眉山，我梦里永远的风景。还有历久弥香的美味蒟酱。”露西说时下意识地啧嘴回味。

张书奇脑海里回味着那年那天和露西吃蒟酱的情形近得就在眼前晃动。此刻他真想陪她重去，可他知道眼下的他可不是三十三年前就是“金酱”也敢吃的他，现下他除了脑袋里的思想，身无分文，好男怕没钱，好女怕孩缠。不要说蒟酱，就是酱渣也没得吃。做梦吃。张书奇无奈地叹口气，苦笑着摇摇头，想说什么，可欲言又止。他不想扫露西的兴。而露西小心神秘地问：“我梦你的时候，你梦我了没有？”

“那还用问？！说一万遍了。相思成梦梦成思。”张书奇语气惆怅幽抑宛转，“梦地我一纵身就飞至峨眉，飞到你家门口。”

“真的？我家变样了没有？看见我没有？”露西眼巴巴地看着张书奇问。

“梦里模模糊糊，说是又不是。梦见那棵常春藤还是老样子。梦见你提着竹篮，神情忧伤地在花园收摘忧伤的玫瑰。梦你家人举办家庭舞会你弹《茉莉花》。梦着你和家人一起喝下午茶。梦你细心缝制衣裙。梦你捏扁食手艺长进了。梦你跟我学做垛牛肉。梦咱俩说《红楼梦》……记得最清的一回梦是你问秦可卿和宝玉病了叫‘冲一冲’。你问‘冲’是何意？我说‘冲’就是冲消病灾，求得吉善。你问那灵不灵？我说肯定不灵，要是灵的话，秦可卿死不了，医生该失业了。你说那人为什么还要那样做？我说那是迷信，是人绝望中的精神稻草，是无奈的精神寄托和安慰。”

“你还问书中巧姐儿病了，凤姐翻出祟书《玉匣记》摆弄，你说这

‘祟书’是什么书？是家庭必备医书？我笑说这祟书倒是家家都有的迷信小方诀。我早先在老家就常见我妈妈哪天头疼了，就翻开那书在院里神秘兮兮摆治。你问管用不管用？我说不知道。我说类似不见经传的巫术法民间流传多哩。你缠着非叫给你讲。我给你讲了个如果三岁前的娃娃让吓着唬着晚上哭闹不安睡不稳时，大人坐在床上，抱着娃娃，一手拍着床帮，口里默念：床帮床帮神，小孩没魂靠你寻。连说三遍小孩子就安静了。你睁大一双疑惑的眼睛看着我，一脸置疑。你还说——”张书奇说到这里突然收住口。

“我还说什么？”露茜好奇地追问。张书奇脑海里回忆她梦中说的话，“尽管我怀疑这种令医生视为荒诞的行径，但将来咱们有个孩子，我会试试灵不灵……”这个梦清晰得叫张书奇萦怀绕脑挥之不去，一想起来心情半喜半忧。这会儿面对眼前的露茜，他弄不清她结没结婚，有没有孩子。他不敢冒然地说，更不想往下说她梦里说的话。他对她的追问只好说：“你正要说时，梦醒了。后半句是啥叫我想了这么多年也没想出来。”

“你怎么不接着做，叫我把话说完。”露茜急切地说。

“我交代自己接着做梦，可就是返不回梦乡，续不上。梦也是怪，有时做个不痛快的梦，无意醒来，心说可算醒了，可一闭眼，接着往下续，怎么就掐不断。”张书奇一副刚从梦中醒来忆怔的神色。

露茜怅然若失地哦了声。“奇怪，你能梦见我心里的想法。”

“这么说我梦的就是你要问的？”张书奇问。露茜深重地点点头说：“原来，我一直想这辈子就只能在梦里听你解释？”

“噢，我梦里讲你听见了吧。这不是谁想能就能的。”张书奇自信的口气自信的表情。“有一回，我费尽周折弄了点儿茴酱，小心翼翼地送去给你，飞到半路，没弄好酱掉进海里，眼看着一个瓶没浪痕圆，瓶不见了，我钻个没影，在海底瞅来瞅去半天也没找到。瓶比针大，可也难找，我心里恨自己没材料，茴酱变成沮丧，正气得不能自已时梦醒了，一看表才夜里2点多，后半夜算是睡不着了。梦你的梦太多，每次醒来都心绪难平，因没法跟外人说，闷在肚里，像烧一堆半湿不干的柴火，光炆浓烟不出火。出去难免带情绪，有的人说我脾气古怪难以捉摸，说我是典型的情绪型人。咳！都是因为梦和梦中的你。”

露西张大口，噢哈出来的声音却极轻，轻轻合拢芳唇，耸耸肩，“因梦我而情绪不好，我高兴。”张书奇爱怜宽厚地对她笑笑。“梦是相思的另一种形式。”露西拍拍张书奇的瘦胳膊指着室外树上飞来飞去的鸟说：“人羡慕鸟有翅膀，上帝当然不敢再给人翅膀，就叫人在梦里飞。而且还限年龄，三十岁前飞得高飞得远，再大些就飞不起来了。公平。年轻时做飞梦飞到你家过年，飞到你家的竹园……”露西湖蓝色的眼睛里回现三十三年前初一去张书奇过年的景象……

——初一一大早，天空零零星星飘飞着雪花。凯特开车，凯特夫人、露西、张书奇一起去张书奇老家清镇过年。圪圪垯垯干硬的土路上铺了薄薄一层雪花，走起来粘轮。开惯平路的凯特干急跑不出速度。

豫北冬天的晨野，沧茫萧森的村廓像写意的水墨画。树上鸟巢在风雪中瑟瑟发抖。沉闷稀疏的年炮声，打破田野的沉寂和萧瑟。目尽处，天地相交——雪雾朦胧中黛色太行山一幅冬山平淡如睡的形容。凯特问张书奇说：“你说过你家就在那山脚下，是吧？”凯特隔着车窗指着北边远处的一抹黛色说。

“是。”张书奇极目远眺。

“看见山跑死马，咱这是看见山跑破胎。”凯特话外之意是说路不近。张书奇瞅了瞅车窗外说：“这里是武地，前边是修地，过了待地没多远了。第一回去哪儿总觉远，等回去就不觉了。就跟你们第一回来中国，三十天水路觉着像三十年一样漫长难熬。路和脚，缠缠绵绵到天边。”

露西侧歪头想了想，哦噢，路脚情长。

出了修地，前面本来又窄又圪垯的路上一辆马车一溜小跑迎头跑来，车夫盘脚坐在用席子撑起的如船篷的车里，看见洋轿车一脸恭敬地赶紧吆喝牲口让路。可就在这当儿，马撅起尾巴要拉，车把式只好叫马停了下来，并对前边停下来的汽车指指马要出恭。凯特摇下车窗朝车夫点点头表示知道。凯特看见马就问凯特夫人说他的“红龙”不知道还认他不认?

凯特夫人笑说：“肯定记得，红龙聪明。我想红龙心里会说那个最疼我的人哪去了？”

“噢，我也替红龙难受好长一段时间。现在时不时做梦梦见它，它太通人性了，给它一打扮，就知道要去比赛，比人都灵气。当时我确实想把它带中国来。”凯特口气忧思地说。

露西接着说：“凯特大哥，中国李商隐的爱情诗‘相见时难别亦难’用来比你和红龙是不是很合适？”凯特哈哈大笑。

车夫极有耐心地等它拉，冒着热气的粪便从它肥大的屁股里慢吞吞、一团团地拉。直到尾巴根松下来，车夫才吆喝马往路边靠，并对凯特挥挥手表示谢意。而凯特再次理解地摆摆手表示没什么。凯特缓缓开动，错车时，掏出盒洋烟抛递给坐在车前的车把式，车把式对出乎意料天上掉烟还没反应过来，就见凯特的车跑了。凯特夫人笑说：“爱马及马夫。”

凯特说：“你当时不是相中我骑在马上的潇洒英姿才爱上我的？”凯特夫人撑不住咯咯笑，面颊飞红，嗔说：“抖老底哩？”

露西跟着咯咯笑：“爱就这么简单。一个无意的表情，一个不经意的动作就征服一颗芳心。”张书奇听了只是抿嘴笑想着露西的话外话。

车缓缓开进清镇。镇里房子古旧，青砖灰瓦，讲究的建造，透着老镇的沧桑和恬淡的风情。家家户户的红对联渲染十足的年味，穿着簇新的男女老少个个和着盎然的笑意，如天空飘飘洒洒笑意满面的雪花。凯特的车放慢了速度，虚心接受一街的注目礼。车停在张书奇家门口。露西扫视眼前飞檐翘角的门楼和门楼上悬挂古铜色“德风慧露”的门匾，门两边卧着对儿不大不小、脖里系着红绸的青石狮，红纱宫灯风中烛影摇红。半开的朱红大门门心贴着幅梅红纸墨梅花，墨梅墨香泛春风。露西挽着凯特夫人的胳膊站在门口一字一顿念门两边的对联：“一等事业是读书，百年人家惟积善。”家风，追求，信念，为人全在这十四个字里了。露西仅从房舍上就看出张书奇的家是清镇上的豪门。

张书奇说他家在镇上张家族中辈分较长。镇上张姓氏初一都来磕头。再加上张书奇父亲张道理在镇上为人厚道，不管是锔锅还是钉鞋的，只要张开嘴，哪怕自己转弯抹角作难，也要让人满意。早上七八点钟正是拜年串门的高峰期，门口人来人往，这会儿见一辆洋轿车和洋人停在门口，都好奇地想看个究竟，心里窃窃猜测肯定是张道理的大儿子张书奇回来了。一个年纪约摸四十来岁的男人看着趴在车里往外拿东西的张书奇说：“这不是书奇？！”

张书奇从车里退转过身，边答应边笑脸相迎喊大叔，拆开一包洋烟朝门口的人边递烟边握手说新年好。早有跑着拾炮的好事小孩子跑着往家里报信。张书奇几个人正要进大门，张书奇的父亲张道理喜气洋洋出来送一班来拜年的人，跟正要进门的凯特走了对头。张道理三步并作两步，上前拉住凯特的手，像久别的老朋友，一边转身应酬招呼露西和凯特夫人，兴奋的眼睛闪着激动的泪光：“局长大人大驾光临，真叫寒宅荣光。”张道理说着两手抱拳朝凯特道谢，“快进家，外边冷。”说时向穿着水红色牡丹花绸缎旗袍的凯特夫人和穿着红绿白三色织成的格格尼大衣、脖里围着大红色围巾的露西伸手作个往家让的手势。

露西心说这跟五月份在 K 地古都一轩吃饺子时那个店小二的口音一模一样。

张书奇上前对凯特和凯特夫人和露西说：“这是家父。”凯特笑着用右手在他和张道理间来回划摆了几下说："你忘了，你考进邮局后不愿干，我对令尊说你是个可塑之材。之后，令尊就把你领到我办公室，说把人交给你了。"一圈人听了都开怀大笑。

露西从张道理的笑容里突然发现张道理的笑简直就是张书奇的笑。露西湖蓝色的眼睛在张书奇和张道理脸上瞅来瞅去，心说真是子不脱父相，俩人的笑样和声音一模一样。凯特夫人也抿嘴笑。张书奇指着露西对张道理说："这是凯特局长给我找的英文老师，名叫玛格丽特·露西，英国传教士，公教医院的医生。"

张道理肃然起敬朝露西鞠躬作揖，说："贵步幸临贱地，寒舍蓬荜增辉。"露西也赶紧鞠躬还礼，微笑说："有幸光临贵地，此乃晚生福气。"张道理一听吃惊赞道："哎呀，老师的中国话说得这么好，还这样谦虚礼貌，书奇有你这样的老师我就放心了。"说着感激地看了眼凯特："叫我咋谢你哩？快进家。"张道理说着又做个让的手势。又对着门口来拜年的人热情点头招呼，伸手往家让，谁都照顾到。拜年人微笑默然相赏清镇家喻户晓、令人咋舌揄扬的人物。有的直说："大叔，你照应的孩子们一个比一个有出息。挽着壶喝蜜吧。"

张道理朝大家点头微笑，用怀腔说："可要夸成样哩。"

露西从七嘴八舌中听见"蜜壶"，看了眼一脸笑意的张书奇，小声说："你是你爹爹的甜壶。"

"天下孩子都是父母的蜜壶。"张书奇说罢意味深长地看了露西一眼，意思是说"你是甜壶媳妇。"

凯特夫人笑着接说："说得好，孩子就是父母亲的蜜壶。因为爱比蜜甜。"

"听听，多甜。"凯特打趣说。

"承蒙各位夸赞。"张道理边说边朝门口人作揖道谢。在清镇人心里，张道理这位天津北京怀庆会馆掌柜是他们最信服的人。镇人念念不忘张道理"冬舍棉，夏舍单，春天青黄不接一连几天设粥棚"的义举。家里设私塾，镇上个别想学学不起的孩子求着张书奇时，他畅快应承。张道理对钱是好钢用在刀刃上，当省不用，当用不省。因而镇上人打心里赞敬他。当张书奇顺利考入K地一高时，镇上人悄悄议论说张道理修得好。后来二儿子张书周也一路步他哥的脚步以全省第二考进K地一高，女公子张书坤现在是J县中学才貌双全的校花。现在张书奇省城混出名堂了，镇上人谁家有事找到他，他和他爹一样二话不说就去办，都说张书奇将来比他爹张道理还要强多少。能把洋人都领来家过年，这可不是一般本事。张道理和张书奇父子俩往这儿一站，成了清镇人心中“三十年前看父敬子，三十年后看子敬父”的圆满的榜样。榜样的力量是无穷的。镇人说教孩子时常拿张书奇做榜样，因而张书奇的名字在清镇人听来如雷贯耳。

而张道理十分清楚三十年求一“敬”字要花多少心力。更明白愿望和实现愿望是两码事，因此他时刻心怀对“敬”字的敬意和责任感来营建其品相。不管小家大家国家，喜气还从正气生。

露茜从人们敬慕的眼语里读出了其中的真意——张书奇虽是清镇的“纨袴”，但他人不“纨袴”，有家教。让露茜打心里佩服张道理的教子有方，持家有道。露茜上下打量张道理：一米七八九的个头，头戴深蓝色毡帽。上身穿件棕色绸缎对襟盘扣中式上衣，手工考究。黑色毛哔叽裤，千层底黑平绒豆瓣棉鞋。脸刮得干干净净。言谈举止，通身的儒商气韵，说话左右逢源，精明但不外露。看张道理的面相看不出实际年龄，不知道情况的人会视他和张书奇是兄弟俩。

张道理兴奋地簇拥凯特几人走进青砖墁地的院子，一地红炮纸如冬梅落英，将本来红火的日子渲染得锦上添花。

张道理把客人往客厅让。客厅是一座五间为上的堂屋，青砖灰瓦，瓦上傲然立雪的灰瓦松透出房屋的年岁和家道久长。屋的前墙全部木头槅门和槅窗装砌而成，黑漆木槅窗上糊着白油光纸，四个大长方形窗户上贴了龙凤福寿四个不重样的窗花，白底红花图案，远远望去，鲜活雅洁。对着客厅正门甬道的青石干干净净，甬道两边一边一棵几把粗的龙爪槐和紫荆树。门左边种了棵海棠，右边种了棵玉兰树，和福音堂她们住处的树一模一样。还有两棵石榴树。树龄和房龄岁数相同。窗前深绿色的个个竹叶上沾了薄薄一层雪。夏天肯定绿阴匝地。树上贴着“树木兴旺”的红签。门两边的冬青树上系着大红粉红绸布缝做的花。露茜和凯特夫人异口同声：“喔哦，好漂亮的花。”

话音没落，本来虚掩着的客厅木阁门吱咀一声打开，一位白白净净，深眼窝大眼睛，不胖不瘦的中年女人，油亮的黑发盘在脑后，黑纱网兜着的发髻上插着个翠绿色玉簪，左鬓上插了一大朵一小朵深大红色宫纱花，耳朵上的翡翠耳坠悠悠微摆，深绿色绸缎面上起棕白色菊花棉袍，右手微微一提棉袍，优雅轻盈地迈过门墙，只见棕色缎子鞋面上绣了绿叶红桃花和几个萼绿蕾红的花蕾。冲着客人腼腆一笑，露茜心说：这通身气派竟是资深的大家闺秀。她侧过身往屋里让客人。

张书奇上前激动地喊了声“娘”，回头指着凯特他们笑说：“客人来了。”张书奇妈妈一脸喜笑用博爱口音小声说：“好噢。是咱家的福气。”

露茜看着张书奇妈妈心里一惊说，噢，张书奇的深眼窝大眼睛高鼻梁跟他妈妈的就是相似，交叉遗传。露茜心里断定张书奇妈妈至少是三代混血儿。露茜再把眼从张书奇妈妈身上移到张书奇爸爸身上，心说，难怪张书奇长得好。

张书奇妈妈赶紧从脸盆架上取下由五彩丝绳编制成的服打轻轻拂去凯特夫人和露茜身上的雪花。客人刚坐在靠西边窗跟儿一溜带靠的铺着红丝绒软垫的矮连椅上，张家人就端上了冒着热气的热茶。忽听院里说说笑笑，张道理赶紧迎上去往屋里让人。磕头的人对着当门条几上摆放的天地全神，祖宗三代神主牌位站定，异口同声：“天地全神，祖宗三代，老爷老奶都有了。”接着就齐刷刷跪下一片，磕三头，起来作一个揖，再对站在一边的张道理和张书奇妈妈喊：“爷奶叔婶，都有了。”刚才的动作重复一遍。张道理和张书奇妈妈赶紧伸手虚接，说：“免了免了。”

露西心里学着博爱话说“棉一哦了棉哦了。”露西眼睛数了数人数，发现大人九个，小孩三个，一色男的。

露西问张书奇这些人是否要挨家磕头。张书奇点点头说：“差不多。”

“哦，磕一晌膝盖可受不了。”露西摇摇头。

“一年就初一一会儿，没啥。”张书奇小声说，“年年我领着书周和书坤挨家磕，不觉着累。”张书奇问娘说书周和书坤去哪儿了？娘说去磕头了。

张书奇妈妈赶紧端起个漆了红漆的细竹篾编的笸箩挨个儿发糖果物什，往大人抱着的或手里牵着的小孩子们的兜里装糖，发压岁钱，小孩子害羞胆怯地接过新钱。大人教小孩喊“奶奶，新年好”，小孩轻声学喊。张书奇妈妈笑夸说：“真乖。”情不自禁地拍拍小孩的小肩膀，用充满爱意的眼神看着小孩，就用博爱腔说：“你看你跟书奇一样大，孩儿都跟大人腿一般高了。”

露西笑着拉了拉书奇的胳膊悄悄指了指那人说：“你听见了没有？你连潇湘妃子的影还没有哩。”

“有，我等把孙子给他们抱来就齐了。”张书奇小声说。凯特笑问：“回来叫看看你的潇湘妃子是怎样的天仙。”

露西抿着嘴笑时扭过脸装着看人。张书奇对凯特摇摇头笑说：“说笑话哩。我正学习，顾不上想那事。‘潇湘妃子’是我心中的媳妇的样板。”

凯特哦了声说：“不管是西方的圣诞还是中国的年，家里没有小孩子脚前身后跑着就不热闹，年味儿就缺一味儿。”

“小时过圣诞爸妈哄说圣诞老人半夜驾车过来悄悄把你要的礼物装进准备的袜筒里，感觉还没几天，这就长大了。”露西小声跟凯特夫人说。

凯特夫人点点头："孩子是节日的主角。"凯特夫人说着从包里掏出昨天刚接到从家里寄来的信和圣诞节仨孩子在圣诞树下的照片。露茜探过身跟她一起看，夸赞："都长高了，越长越漂亮了。"凯特夫人甜蜜一笑，一双绿眼睛全是相思。

凯特看着夫人的相思样儿，关切地小声说："等书奇去进修时，你可以一起回去。"

张书奇一听心里乐开了花。他盼望这一天快来。露茜惊而不讶，她对张书奇去学习不激动。因她书里有太多的问题要问。

打发走这一拨拜年的，张书奇妈妈端出个编工精细盛着红果、花生、核桃、果糖的竹筐，摆在露茜和凯特夫人面前，小声笑说："尝哦尝惹俄乡下土物喔。花生核桃柿饼红枣噢。"张书奇把客人挨着介绍给娘，最后看着露茜笑说："这就是那位叫给你买茴酱的洋老师。"

张书奇妈妈朝露茜微微鞠躬，微笑着上下打量露茜，用平静的眼神看着露茜湖蓝色的大眼笑说："谢谢洋老师教得好。"露茜不好意思抿嘴笑说："是学生自己好。"

"闺女中国话说嘞得这喃好。"张书奇妈妈喜笑地看着露茜用博爱口音夸说。

露茜指着张书奇说："我学生的洋话说得也很好。"说罢看了张书奇一眼。张书奇用吃水感激挖井人的神情感激地看着凯特。凯特微微一笑摆摆手表示没啥。

露茜指着窗户上的窗花问张书奇妈妈："张姨，这些窗花出自您手？"张书奇妈妈扫了眼窗上的图案谦虚地点点头，问露茜："闺女会剪吧？"

露茜摇摇头："我喜欢，想学，怕学不会。我觉着这是心里出。"露茜轻声说。这个是二龙戏珠，那个是凤凰双飞，那边是福寿双齐，最东边的是年年有余。每张窗花的意境透着朴素的愿望。

“闺女说是心里出，我承认。像你这心灵手巧的人，学学想想练练就会了，一会就教你。”张书奇妈妈说时就去里间端出针线筐。“全镇有一半以上的家，窗花是我剪的哩。”张书奇妈妈说时下意识地用左手小心捏了捏疼劲还没下的右手。昨天下午还给人剪了好几张。

露西湖蓝色的大眼在屋里巡视，像旱地到园地似的见了景致。当门挂了幅红梅墨竹中堂，雪梅烂漫，欣欣向荣。上联“虚心竹有低头叶”，下联“傲雪梅无仰面花”。露西心想这联跟大门上的联就是张道理为人处世的境界与情怀。她心说门对上的喜鹊闹梅，英国人不喜欢这鸟。

露西想着就扫视屋东头立着的深棕透黑红框的六扇山水屏风，读着画耳边似乎就能听到潺潺流水声和鸟鸣，人仿佛随着画上的人走进幽静的山林。露西想起夏天在峨眉山……

深棕色方桌上放着个紫里透黑雕刻精细的檀木神主，神主前边的黑色香炉里香烟袅袅，香炉前四个白玉石立猫雕蜡台上燃了半截滴着蜡泪的大红蜡烛，燃着新年的喜庆。

西边山墙上挂幅杜甫诗“天寒翠袖薄，日暮倚修竹”的意境画，画中的美女凤眼丹唇，像熟透的樱桃，衣着半透明黑色笼纱长袖衫，胭脂红色长袖垂落在地，胸口露出里面的朱色内衣，白色薄绸披肩自然绕手上，微微仰起的头飘逸一股令人心动的傲气，婷婷婀娜，相倚几杆修竹。美到极致的唐仕女图。可后边的落款草得叫她半天认不出来。张书奇小声说：“我也不认识。”

露西撇嘴笑着岔开他的话说：“满堂的古旧而清贵。”

当门八仙桌上铺的红桌裙上粲然怒放的凤牡丹和含苞欲放的花苞，花中之魁的和熙富贵美艳动人，脱去了常见的浊俗，露西越看那牡丹越像在春风里款款微摆，活了，灵透。空白处绣了句：“如霞如锦色何鲜，映日欹风特地妍。”意境透逸。露西指着桌裙上的花和字问张书奇妈妈：“这花也是您绣的？”张书奇妈妈轻轻点头说：“绣得不好噢。"

露茜和凯特夫人一齐噢哟，意思是做得这么好了，可还说不好，真不明白。"张妈妈不必谦虚，中就是中，我不会虚伪奉承。我是真心说，真心想学。收下我这个徒弟。"露茜说着就朝张书奇妈妈鞠躬作揖。张书奇妈妈赶紧微微躬身虚接，嘴里用怀腔连说："你姨一说就中了，你瞧噢瞧，叫书奇的老师给我鞠躬，这还像样儿哩？"

"各是各。"露茜说着就伸出手叫张书奇妈妈看，并问说："你看我能学会不能？"张书奇妈妈一看露茜伸出的手，深眼窝里的大眼睛一惊，她随即用右手托起露茜的手，用博爱口音优雅赞说："咦吔，这手哦真跟画噢里仙吭女儿的手呕长嗷得一样样儿，肉皮老噢白哎白，老噢细细，老噢美美唵，连指甲长得像都老噢俊俊。这手噢要是学哦不会，怕就没有能学会的手噢了。"

一屋人都叫说笑了。凯特也跟着学说："地道噢的博卜爱哎腔儿。"

露茜心里也在回味"老噢美美老噢俊俊"。凯特指着露茜给张书奇妈妈介绍说："这是我们英国的才女，快成中国通了。"凯特夫人看着露茜也笑说："肯定能出师。"露茜说："青出于蓝胜于蓝。我学会回英国传教。"张书奇只抿嘴笑说："一时半会儿学不会，等回来有空再学。"露茜点头说："太好了，有师了，有的是时间学。以后——"话到嘴边她收住口。但她心头掠过一阵欣喜，不由得脸绯红。张书奇明白，赶紧打岔说："我老师的手是天生的钢琴手，能不好看？"

张书奇妈妈只听个"刚亲"，心里想说刚定的亲？她两眼茫然地看了书奇一眼，却朝露茜点点头。露茜心想张书奇妈妈说话和张书奇一样既幽默又可笑。

张道理掂着个擦得明晃晃的铜壶过来重新沏茶，张书奇细细致致洗茶，沏了几杯铁观音。说："这是地道的雨前茶，味香色纯。"凯特轻轻捏起杯盖，闻着冒着味儿说："香，好茶。"

张道理挨着凯特边坐下笑着问说："吃啥饭？"凯特又问夫人和露

茜说："俩女士想吃什么？"凯特夫人用生硬的中国话说："烩嗯菜哎。"凯特怕张道理听不懂赶紧重复说："烩嗯菜。"露茜笑着补充说："菜里有青蒸、红豆腐、豆面丸、粉皮、白菜、红烧肉、海带什么的。"露茜掰着指头想着说。

张道理笑说："好好好！过年家家吃烩菜。"

张书奇把他妈妈做的焦贡端到凯特夫人跟前，凯特夫人捏一个，优雅地放进嘴里。露茜也咬了口，说："又焦又香。"凯特夫人边嚼边说："比 K 地人做的好吃。"

凯特起身走到条几北边放着的一对玉雕牛旁，轻轻摩挲，又是摸又是捏又是搓，半天说："好东西。"凯特说着拿起条几上放的一个竹根雕笔筒说："工艺意境都是上品，都不比大英博物馆藏放的中国好多价值连城的稀世珍品差。"

凯特的慨叹叫听者有心的张书奇难受，反正，就像风湿病患者遇到阴天一样，关节酸痛。他心说中国的东西怎么去了你英国？不是东西自己跑去了，也不是中国人送去的，而是你们抢去的。但，中国人好像没法去讨要，怕落没趣？就像一个女人骂另一个女人不要脸偷了她的男人，而那女人则会反讥说你要脸你咋不看好自己的男人？怨谁？张书奇不能怨凯特，也不能怨历史。他只能握紧拳头对着空中……

这时只听露茜问凯特说："哎，凯特大哥，在你去过的中国家庭中，谁家最好？"

凯特怔了一下笑说："这个不能用好坏来说，有的家庭很阔气富有，可在我看来其装饰却浊俗，没有品位。而有的家境虽一般，在我眼里却高雅清贵。家其实就是人内在修养的表象，因人的审美情趣不同而相异。就如张书奇心目中爱慕曹雪芹笔下的潇湘妃子，而潇湘妃子却怎么也不入焦大的法眼。就跟你好吃鸡肉蘑菇饺子，而我只爱吃风干鸡，是要对口胃对感觉。我去过的中国家庭有数，我喜欢的有数。"凯特说时环视客厅，接着说："就说张书奇家，我可不是当面奉承背后却说不然的人。单从客厅摆设，用窥一斑见全豹的话来套，这个家称得上‘古典，拙朴又见品位’。”

露茜佩服地点点头，说：“话虽浅显，见解却深刻，有水平。有竹人不俗。”露茜若有所思地环视客厅，从条几上摆放供奉的张书奇曾祖父祖父们的相片来看，他们的气韵个个不俗。这时门外传来磕头人的语喧声。露茜趁此小声用英语跟张书奇说她要去厕所。

凯特夫人一听也用英语说她要去。等磕头的人排好后，张书奇领着露茜和凯特夫人从人后头悄悄出来，绕到客厅东山墙，铺着花巴砖的甬道直通后院。雪还不紧不慢地下着，地上像洒了薄薄一层白灰。露茜往院的深处看，不由得哦了声：“深宅大院。”

“哦，一连五进院的四合院。”张书奇指着院深处的房说，“靠山吃山用山哦，房子根脚一色青石垒砌。你闻，药菊花味儿？”露茜深吸口气说。

“后边两院是药仓和粮仓。”张书奇说时手往里一指。最后是学堂和仆人住的地方。最最后边是花园。一说花园露茜和凯特夫人都来了精神，说要去看。英国人恋花之情贯穿英国世世代代人的时时处处。张书奇说冬天没看头，可花房还是有看的。张书奇指着跨院月亮门说：厕所在这里。露茜走进月亮门左右瞭察，宽敞的跨院里垛着麦秸垛，蘑菇样儿的麦秸垛下没雪的地方，几十只鸡挤卧在一起取暖安歇。她好奇地走到猪圈跟儿，看见圈里两头猪拱着窝里轧碎的玉米杆和豆杆取暖睡觉，时而发出幸福的哼哼声。羊圈里羊在静静地嚼沫。她掀开马圈门帘，一股暖烘烘的热气夹着马尿的臊味扑鼻而来，她赶紧捂鼻。只见十几匹高头大马拴在各自的槽里，时而打个响鼻时而用蹄刨刨地。

凯特夫人笑说：“你今天可沾光了。中国马的尿臊味儿跟咱们英国的一样不一样？”

露茜笑笑算是回答。哦，厕所修得跟福音堂的差不多好。凯特夫人说：“这在中国算是上等阶级。”

从跨院出来，露西问张书奇像这样的大宅子镇上多不多？

张书奇说有好几十家。

“张公子的卧榻在哪儿？”露西笑说。

“第三院是我和弟弟的住处。”张书奇说着指了指。

“走，看看张少爷的猴窝儿。”凯特夫人听露西说的猴窝抿嘴笑。她似乎听懂他们玩笑话的话外意。露西用不经意的神情但用意却是对精明的凯特夫人解释：“张书奇属猴。你看这老师不像老师，学生不像学生的，是吧？”

张书奇领着她俩走进一个清洁的四合院。影壁墙前的花坛里种了一池竹子。露西说这院跟潇湘馆似的。她扭身往西屋门前一看，窗前一棵梅花上鼓满了骨朵，可惜没开。张书奇指着堂屋说他住这里，弟弟书周住东屋。张书奇撩开白棉布做的棉布帘，一股暖气夹杂淡淡的药香扑面而来。张书奇右手掀着门帘，低头看着门墙提醒说：“看门墙。”屋里白灰墙干净整洁。当门中堂是幅“静竹图”，两边对联是“未出土时先有节，及凌云处尚虚心”。“到底是竹乡，竹文竹意处处见。”露西自言自语，“你说看竹，这竹园离你家远不远？”

“不远，今天抽空一起去看竹。”张书奇自信地说。

露西在屋里来回瞧看着铁炉里的一堂烧红的碳说：“公子没回来屋就收拾好了。”露西东瞅西瞧，她见东里间挂个白细布绣的梅竹图案门帘，好奇地掀开一看，里间铺了张带床顶精制的红木床。青色帷幔把屋里光线调得柔和，衬得清新雅丽。露西说：“这像个小姐住室。”她看着墙上一幅兰草，边上写了“丛生晴兰”四个字。右下角名字写得潦草，她看半天，念：唐——她拖着音还是没读出后边的字，“寅”，张书奇接说。

露西湖蓝的大眼警惕地看着张书奇：“噢，唐寅！差点唐黄。”说罢憋不住抚掌大笑，“薛蟠比我强太多了。”凯特夫人在一边抿嘴笑。她假装什么都没看见。

话音没落，只听外边一个女孩子问收拾火炉的仆人说："我大哥在这里？"

"屋里，小姐。"女仆人恭敬地说。张书奇听着妹妹的说话声，赶紧打帘喊说："书坤？"

张书奇上下打量妹妹，又拉着妹妹的胳膊欣喜地说："妹妹长高了！考得好吧！"

书坤点点头。"二哥呢？"张书奇问。

"后头。"

"书坤，来，给你介绍介绍，这是我们凯特局长夫人。这位是我的英文老师，叫露茜，你可以叫她露茜姐姐。"张书奇恭敬地看着凯特夫人和露茜说。书坤礼貌地朝凯特夫人微微鞠躬说："夫人好！"又把脸对着露茜微微鞠躬说："姐姐好。"

露茜赶忙还礼，用刚学的博爱腔说："噢哟，长得老噢美美，老噢俊俊。"

书坤看着露茜直笑不语。凯特夫人关爱地上下打量书坤，禁不住啧啧称赞说："龙是龙，凤是凤。"

张书奇侧着头欣喜地看着书坤。书坤扯住张书奇的胳膊，张书奇就势弯身，书坤微微踮起脚，把手握成筒状附在张书奇耳边小声说："全镇人都说你有能耐。"张书奇一听轻松一笑说："是吗？还说什么？"他看着好久没见又长高的漂亮的妹妹，脸上堆满了喜悦。

"说那个洋闺女俊得不能行，连镇上最白的王淑君都比不过。"书坤说罢用眼瞄着凯特夫人和露茜，她的目光和正笑着看她的露茜的目光相遇。露茜笑说："久闻书坤大名，如雷贯耳。今天一见，果然气质不凡。"露茜拉着书坤，用手轻轻把书坤耳边的头发捋掖到耳后，端详书坤：乌黑明亮爽滑的齐耳短发，衬得细白的娃娃脸嫩白透粉，一双比张书奇还大的眼睛黑亮黑亮，棱角分明的小嘴叫露茜禁不住伸手轻轻摸了摸。上身穿的粉色底印着小朵红菊花图案中式盘扣洋布上衣，绿条绒宽腿裤。露西赞说："好一朵出水芙蓉。十六岁，人生最漂亮的年龄。我来中国几年见的最漂亮的花妞妞。哎，你肯定上过妆，上过妆，不用相。"书坤不好意思笑了。这时书周过来。书奇重新介绍一遍。露西看着书周叹说："幸福之家。上帝把聪明漂亮的都叫托生你家啦。"

书周说："父亲叫来喊吃饭。"

刚一出屋门，露西鼻子一辣，禁不住打个喷嚏，霎时鼻音发齉。凯特夫人说刚才在外边冻着啦。

张书奇看着露西逗说："医生也会打喷嚏？"但话里透出关切。

"医生都是铁箍箍的。"露西说着掏出手帕边揉边擦流出来的清水鼻涕。

"不要紧的，露西姐姐，待会儿叫滚碗姜汤一喝就好了。"书坤用平静的语调建议。露西看着书坤笑说："好，听书坤的，一会儿不行就试试。"

"管用，平时我们人要是着凉，喝碗姜汤一出汗就好了。"书坤语气肯定。

"太好了，书坤。"露西湖蓝色的大眼睛欣赏地看着书坤。"书坤，你喜欢过年么？"露西问书坤。

"喜欢。"书坤点头说。

"过个年长一岁。"露西探询的语气问。

"我想赶紧长，就可去考 K 地一高，听我哥说 K 地一高的人个个都聪明过人，了不得。"书坤说。

"不用说你很羡慕敬佩你哥哥了？"露西套着问。

书坤腼腆一笑，点点头。"我更敬佩你，因你是我哥的老师。"露西闪着湖蓝色的大眼睛说："你哥也是我的老师，我跟他学中文，听他说《红楼梦》。"

"噢，我哥小时读《红楼梦》，父亲总吵他。"书坤小声说。露西禁不住捂嘴笑了起来。书坤看着笑不可支的露西也笑说："读的书不定啥时就用上了。"

露西赞佩地点点头，顺手拿起书坤的手展开看，小声说："这手长得老美美。"书坤看着露西腼腆地摇摇头。

"书坤，想学钢琴吗？"露西小声问。

"钢琴？想学，我没见过，只是在书里读到过。"书坤扑闪黑亮的大眼看着露西。

"我住的福音堂里就有，假期你去我那里，我教你。你将成为我在中国的第二位钢琴学生。"露西目不转睛地看着书坤的眼睛说。

"谁是第一位？"书坤好奇地问。

"你哥。"露西指着一边的张书奇说。

书坤脸上全是自豪和幸福，似自言自语又像是跟露西说："学钢琴，今天是我的新纪元。"

"没想到你也好说这句话。"露西兴奋得像遇上知音一样拉着书坤的手轻轻摇了下。

说着几个人就走进餐厅，两张八仙桌摆开。张道理跟凯特坐在上手的桌上。张书奇妈妈在这张桌上招呼凯特夫人和露西。凯特就问张道理"男女坐不同席，食不同桌"源于何时？

张道理想了想说："还真说不准，估计跟'授受不亲'同时出现。"

"中国人过年跟我们过圣诞差不多。"凯特说。

"那是。到了腊月，只记阴历不记阳历。从吃了腊八粥开始，稀稀疏疏的炮声报告年的脚步，大人小孩心里躁动不安，天天扳着指头算离年还有几天，等吃好东西，等穿新衣裳。大了才知道年可不是好过的，好过不好过，年都粘着人不放，不过也得过。"

凯特抚掌哈哈大笑，说："你说得实在，我们过圣诞也是这样，小时天天巴望过圣诞，以为圣诞老人真的半夜来送礼物，大了轮到自己当圣诞老人时，才知道不易。我来中国都八年了，一年一年可真快。"

凯特感慨，“有年过就是福。走乡随乡，过中国年，喝洋酒。”凯特说着随手从包里掏出两瓶威士忌放在桌上，看着酒说：“这两瓶都是二十多年的酒。”

“陈年老酒！”张道理欣喜地凑上前欣赏眼前的洋酒。

“这上边标有时间，1915年7月贮藏，距今20年，称得上‘液体黄金’。”凯特指着酒瓶神情自信地介绍。

“噢，液体黄金，肯定贵得很。头一回听说。”张道理喜气洋洋赞羡。

“来，斟上。”凯特说罢，张书奇就将青花酒杯斟满，双手捧杯轻轻放在凯特和张道理脸前。“来，新年祈愿诸位快乐平安吉祥幸福。”张道理深情点头。“今天在张老先生家过个地道的中国年，一生难忘，用你们中国话说是‘酒逢知己千杯少’。”

张道理也饶有兴致地说：“凯特局长和夫人和露茜老师来我家过年，此乃我张家最大荣光之事。祝各位日有喜，宜酒食，长富贵，乐无事！”

凯特拖着长长的哦声喜笑说：“地道地道。”说着按捺不住的满心喜悦端起杯和张道理轻轻一碰，一仰脖，杯底朝天。露茜用拍流星的拍摄技术摄下凯特和张道理手中杯底朝天的畅饮照。凯特拿着酒杯朝露茜一挥。张书奇妈妈看着露茜手里的东西看呆了。露茜对着她按了几张。

张道理咂舌品尝，感激地看着凯特说：“酒的味道醇厚，泥炭芳香。我活这五十多，头一回喝这高级洋酒，没想到没想到。”张道理连连慨叹，“托凯特局长的福，初一管一年，今天一堆福，一年福一串。”

“只要张先生说好，没关系，等书奇去学习时多带些来。”凯特说罢拿眼看着张书奇，意思是交代他这事。张书奇点头答应。

两杯洋酒下肚，凯特脸颊泛红，微黄透青的连鬓胡碴像镀了层金。张道理此刻黄脸酡颜。放下酒杯，拿起筷子，示意说：“吃，趁热吃。尝尝中国年饭菜。”

“真是的，要是没有这些节日，日子会死水一潭，人过的也没劲儿。人为了自己活得有声有色，才想出这节那节的。”凯特兴致勃勃地说。

“听说你们英国一年就有一百多个节日？”张道理好奇地问。

“对，大小节日算起来一百六十几个。过完这个想那个，有盼头。做起事来也带劲儿。”凯特自豪地说，“所不同的是你们过年要放鞭炮，使年过得别有天地和风味。”

“听老人说‘年’是个凶猛无比的怪兽，到了隆冬季节，地里没有吃的东西，‘年’就要出洞到村里找吃的。一次，它刚走到村口，看到一个小孩在放鞭炮，噼噼啪啪的炮声把‘年’吓得掉头就跑。没跑多远，‘年’又看到件随风而动的红衣裳，‘年’吓得跑得更快。刚跑到一家屋檐下，门缝里露出来的蜡烛光刺得‘年’头昏眼花。‘年’躲到山里再没敢出来。为图吉利，家家户户放鞭炮，贴红对联，点烛火。求得平安。”

“噢，年，原来是这样。多数动物都怕炮声。”

书周端上拔丝山药。张道理对凯特说这可是地道的怀山药，甘甜柔软无丝。书坤问说：“无丝怎么还能说拔丝山药？”

张道理说：“有丝的偏还拔不出丝，没丝的倒能拔好丝。”

凯特若有所思地哦噢说：“来到‘华药’之乡，肯定吃上等山药。”凯特边说边用叉叉一块放嘴里。“好吃，山药好，做得也好。好上加好。你们这里人的聪明肯定是吃山药吃出来的。”

张道理身体往后一仰哈哈大笑。“山药滋阴健脾胃，吃这个肯定身体好，身体好有精力做事，就是聪明。”

“有道理。”凯特脱口而出，“不愧天津、北京怀庆会馆掌柜。”凯特由衷赞佩。“英国贵族把这里的山药当作最珍贵的礼品送人，更会把吃怀山药当作向亲朋炫耀的资本。”

“公元前，卫桓公向周王室进贡进的就是怀山药。”张道理语气谦虚地说。

“烩菜。”书周用条盘托出来往桌上摆放。

露茜轻轻煽动鼻翼，禁不住说：“香，比德华街那个饭馆做得好。”

凯特夫人三个指头捏着叉在碗里轻轻一挑说：“我得好好跟师傅学几手，回国好给家人做中国菜。”

“东坡肉。”家厨从条盘上端下碗放在桌上。凯特尝了口，说他最喜欢吃这菜。张道理一听凯特喜欢这道菜，就高兴地说：“好，今天放开肚吃。”

凯特摸摸肚笑说：“皮囊快塞不下了。”

张道理听人夸菜好吃，喜笑颜开，待客最大的愿望莫过于听客人说饭菜可口好吃。更何况不同寻常的日子招待不同寻常的客人。自打接到张书奇的信，张道理就开始精心准备。要说吃多少倒不是，关键是得对胃口，张道理知道凯特好吃怀山药。张道理深谙凯特高兴的深远意义，于是张道理常常把上好的山药，菊花，还有凯特夫人喜欢的寸金天麻、灵芝、燕窝，还有中药香料等等，一应俱有地捎给凯特夫妇。当然还有张书奇的争气。人到顺运时，挡不住的好事一个接一个。张书奇几年下来，一路顺风成为省邮务管理局副局长。按说当爹的张道理高兴才对，可张书奇越升，张道理心越往下沉。他走南闯北知道一旦走进权力走廊的不归路，黜陟幽明就明里暗里折磨人。一是怕遭人妒，二是怕张书奇少年得志不稳重，用老百姓的话说“蔓菁萝卜不经霜打，不去艮气不好吃”。没想到张书奇没经霜打竟也不艮。这叫张道理没恁悬心，还有镇上人说这是你张道理积德行善的结果，要不那么多人同时面临一个机会，而这机会就如绣球偏偏就砸中你儿子？！张道理一想也是，机会真是个神秘的东西。张道理想到这里，有意无意地看了张书奇一眼，想当初他考上邮局就是不去，最后他张道理用“人子孝顺留坊表”的道理才算降服他。总之他为他在清镇骄傲欣慰。

家厨托来碗粉蒸牛肉。色泽柿红，香软适口。看着口水就往外流。接着又是一盘五香清酱驴肉，色泽棕红，鲜香味长。红色食物容易唤醒食觉，是最诱人的食物。

凯特美叹的口气说："吃不了了，别再弄了。"

"最后是竹笋汤，"张道理指着碗里汤说，"来到竹乡得喝笋汤，'唱戏的腔，河南的汤。'"

凯特夫人说："这一趟没白跑。"

露西说："年没白过。"

喝茶歇神，张道理安排凯特和凯特夫人休息。露西说她们去看竹。凯特一听，说他也去看竹。张道理说外边雪下大了。露西说雪不隔人。凯特说雪天看竹别有景致。张道理嘴里边说好，边叫家人拿出几把油伞。月山寺倒是可看，乾隆皇帝曾巡视过，还留有诗。凯特一听来精神，问："远不远？"

张道理说："开车不算远，几里地。"

露西拉上书坤、张书奇开车出门直奔竹园。出了镇没多远就见一大片竹园。墨绿色竹园一片连一片，凯特夫人说："踏雪寻竹。"凯特下车，展开长胳膊朝天，还伸了个懒腰。深深呼了口气，清凉。凯特夫人撑开伞举在凯特头上。

露西和书坤撑一把伞。露西放眼雪竹，自言自语："林中佛。"

"竹本该长在南方，这里长竹，肯定有适合竹生长的条件，是不是，张书奇？"凯特问。

"太行山下小江南。丹河之溪，山青水秀，竹林环抱，风光宜人。冬天温和湿润，世界纬度最高的竹园仅此而已。有记载，从西汉末年，这里就开始种竹。整个约一万八千多亩，上百种竹子。这里的竹货是皇家贡品。1914 年，我们这里的竹器参加美国旧金山举办的万国商品赛会还获得金奖。"张书奇如数家珍。

凯特一听赞服地点点头。"特殊的地理环境带给这一带人特别的财富。四大怀药三大辣，还有地下丰富的煤矿和矿藏，想不富都不中。”

“元代大儒许衡曾称这里为‘卧牛之地，日进斗金’。”张书奇话音没落，只听凯特夫人打了俩个喷嚏，凯特警惕地看着夫人关切地催促：“冻着了，快坐车，回去记日记时把这俩喷嚏也写进去。”凯特夫人齉着鼻音笑说：“点滴不漏。将来老了，翻开一看脑海里就会浮现清镇竹园的情景。”

“把你们的日记编本书。”露茜饶有兴趣地激励。

“萌生过这想法。”凯特夫人不加思索地说。

“咋着，月山寺？”凯特用商量征询的口吻说。

露茜和凯特夫人异口同声说：“中！”书坤一听捂嘴笑。

“书坤，你是不是听她俩说的‘中’还‘中’？”凯特打趣地问。书坤连连点头笑说：“嗯，说的中。”

一车人都笑了。露茜拍拍书坤的胳膊说：“你说中才是真中。”

初一的月山寺冷清寂寥。只有乾隆的“美景一时观不尽，天缘有意再来游”诗倒还抚慰他们的空落。只听露茜说：“不是乾隆题字在，哪个龟孙来此游。”

张书奇听了抿嘴笑。凯特惊异地看着露茜问：“嘛意思？你说这里不好是吧？”

露茜一想刚才说露嘴了，听凯特这么一问，倒解了她的围，就顺水推舟说：“不好，皇帝会来？只是没有少林寺、白马寺、相国寺名气大。”

“哦，也是。中原四大名寺咱都游过了。”凯特说。露茜悄悄吐舌头。

“哪里还有好玩的地方？”凯特问张书奇。

“也没什么好看的，去焦地兜一圈。”张书奇建议。

“中。”

车不知不觉来到焦地中站一带。凯特透过车窗，突然看到一座英国式建筑，眼前一亮，立即叫车停下来，问张书奇这是啥地方。张书奇说这是英国人修的，用来运煤的“中站”。

凯特哦了声说：“弄不好就是那个英国福公司修的。”

“哦对对对。就是英国福公司。那边是磅房。东大井李封煤矿是福公司 1915 年开采，西大井王封煤矿是 1919 年开采。两矿都在中站区，所产煤炭均由此过磅入矿车，再由李封车站装车经道清铁路运到道口，在道口装船运到天津，运往英国。”

凯特连连点头：“我小时就听说过中国有一个地方的煤优质无烟，被女王称作‘香砟’。”凯特眨着眼思考着说，“英国福公司是 1897 年在伦敦成立，该公司主要目标是攫取在中国修筑铁路、开采矿产的特权。”

“对，这山都是英国人开采的。”张书奇说时用手像打草图似地划了一下，“我们镇当时有几家为英国人专门招募劳工进山开矿，你看就这么近，可一去一两年都不让回来，还有不少人一去就没再出来，家人连个尸骨都见不着，不用说工钱了。”张书奇若有所思地说。

凯特点点头：“开矿需要很多劳力。”凯特识趣地说，“这是国与国之间的事，跟咱们之间没有关碍。你说的不难想像，福公司肯定在这里做下很多令你们伤神的事。福公司给英国人带来的是福，给你们带来的祸多福少。福祸相依，太行山确是宝山。”

凯特几句话泄了张书奇心里的气，点头说：“煤不用说了，别的矿如大理石、石灰石、铅钡土、铝土矿、硫磺矿、陶瓷矿、釉矿、粘土矿、焦宝石、水泥矿土、石英矿、铁矿、石灰岩等等。”张书奇如数家珍地说了一溜名字。

“哥，他们那么老远怎么知道这里有矿？咱们人不知道矿珍贵？咱们人咋不开采？”书坤疑惑不解地问张书奇。

张书奇摇摇头，对书坤说：“你好好学习，长大就知道了。”

“书坤问得好，这山在你们眼里就是冷冰冰的石头。”露茜拍拍书坤的胳膊说，“你们只知道玉好。如果你们知道这石头有用，你们就会跟英国一样先进发达。这山里的东西外国人是拉不走的。一件事就如多棱镜折射出好多问题。”

书坤心里萌生莫名其妙的恨。

张书奇苦笑说：“清朝末年的局势如大病不治，四下冒狼烟，谁来了都不肯空手回。后来军阀混战，福公司才不得不停止开采。要不太行山就搬英国了。”

“那你去英国进修就跟到家一样熟悉。”露西开玩笑说。

张书奇苦笑说：“你的幽默像黄连里掺蜜。怨谁都没用，泱泱大国向来不缺聪明勤奋之人，可就是不出杰出的科学家。原因一是世代迁延的专制体制严重束缚人的创造性；二是读书人只为科举仕途而背死书，况且科举考试是只考语文作文，所设置的考试科目从没有数学和自然科学；三是衡量人成功与否往往只有单一的官字。正如明朝科学家徐光启说的‘今之时文，真是无用’。”

“说对了。几千年来的‘定于一’像一根无形的绳索束缚了几千年。倒是明朝出了两个有用之人，一个叫宋应星，一个叫徐光启。宋应星写了本《天工开物》，那是本很了不得的书，可他的著作在当时以至于后来都没太引起人们的重视，原因是那书跟科举考试、仕途没有关系。道德高尚的科学家徐光启，他可称之为中西文化交流的开拓者。特别是他中年遇见了耶稣会传教士利玛窦，从而使他看到来自西洋的科学利国利民，于是他费了好大的力气翻译了《几何原本》六卷，认为‘能令学理者，祛其浮气，练其精心；学事者资其定法，发其巧思’，他通过学习西洋的测量、水法、天文诸学，认为这才是根本的学问。是‘不用之用，众用之基’。明朝倭寇海盗武力骚扰沿海一带，徐光启多次上疏献练兵、改进武器、引进和仿造西方火炮之策，但皇帝昏庸充耳不闻，同僚们则说文官讲什么兵法，都不能从根本上认识徐光启的建议是强国之法。徐光启超出当代人思想好多年，他与时不合的作为印证了‘在朝多昏昏，而非在朝皆昏昏’的说法。利玛窦和徐光启相识在十六七世纪，那时候中国晚明仍牢牢地滞留在中古，而英国已起步走向近代。中古与近代相隔多少年一算就知道了。”凯特诚恳地分析说，“十九世纪六十年代，在中国主张学习西方的人是李鸿章。这人是那个时代的启蒙英雄。”

张书奇点点头，对书坤说：“听见没有，这就是你问的‘咱们人咋不开采的’原因。好好读书。”张书奇今天可算明白凯特出的“定于一”考题的用意，他是想唤醒国人的科学意识，弄明白落后的根源。凯特这个中国通一语道破中国落后的痼疾——上下五千年中，百花齐放，百家争鸣的春秋战国时代，人们饶有兴致地思考人类、宇宙、世界还有科学，纷繁的创新思想光芒穿越几千年的时空依然闪耀在中国人的心中，而那些智慧和观点影响中国人的思想之深前所未有，时代造就了智慧的人，每个人的智慧如果在这个国家不成功，就可在隔壁国家找到适合自己的事业和创业环境，从而实现自己的人生价值。那时的人才活得开心，活出信心。

之后那个姓董的提出“罢黜百家，独尊儒术”，天下人须得一个思想：一言以蔽之，曰：思无邪。一心一意背《四书五经》考取功名，乖乖，到现在阴魂不散。

“还有你们发明的火药，通过丝绸之路传到欧洲，欧洲人研发枪械，使火药应用得到了很大的发展。几百年后，欧洲人过来一看，你们用的仍是最初级的火器，而欧洲人把你们发明的火药装进先进的枪筒里，这并不表明你们爱好和平，也不表明欧洲人爱暴力，而是爱科学追求科学的态度差异太大。”露西认真地说。

张书奇点头：“你是医生，看透病才能对症下药。”

“倘或你们的皇帝个个都能跟李世民和康熙清明吏治，能察其异而会其通，现在这里肯定还是万国朝拜之国。借他谁几个胆，也不敢来这里挖一锹香萨搬一块石头。”凯特两手卡腰看着飞雪中的太行山，大有指点江山的风度。

“国大太，出不起昏君。一人昏，昏（毁）人太多。”凯特眺望远处，自觉不自觉地叹了口气。“所幸的是贵国也有仁人志士们上下求索救国强国之道。”凯特把目光移到张书奇脸上，一脸喜悦地说：“考邮局时你解释的‘定于一’最好，最有新意，那一刻我知道我找到了我要找的人，这也是我派你去进修的用意。再者，我清楚我们不会永远在这里，但我对这个国家有感情，我爱这个国家，更有基督博爱在心，我能为这个国家做多少，我就尽力做多少。从你们这些年轻人身上看到这个国家的希望。再说，我爱你的才。也多少弥补你没上大学的缺憾。”

张书奇心说‘定于一’，一箭三雕。凯特的爱是成熟者能力的体现。洋人跟中国人一样有好人有坏人，就如英国人勾结中国官绅骗取李封王封煤矿和太行山开采权一样，胳膊肘往外拐的中国人，还不如凯特这样的洋人。张书奇瞟了眼风雪中黛色苍茫的太行山，心里那种爱莫能助的感觉强烈地刺激着他。只有自助者人才助。张书奇用大恩不言谢的眼神看着凯特，心说当代利玛窦，仅为此，我也要努力成为省邮务的“徐光启”。

“凯特用心良苦。他就像日本人南京屠城时的德国人拉贝，行为方式虽不一样，但都是爱。只可惜……”露西无限惋惜的神情无限怀念的语气。

“谁也不知道谁什么时候倒什么霉。”张书奇叹了口气。

“你说，那次过年过去三十多年，可我觉得像刚刚过罢年。”露西自言自语慨叹。

张书奇连连点头说时间滞停在心里不走了。“那个年之后的这三十五个年都不知道咋过的。年年怕过年，一到过年感觉怎么都不对，可年粘着不放，后来想想年没错，是自己心里的年出了妖娥子了，天天度日如年，心想哪年哪月才能见着你？除夕，月出来不出来，我都要对天上月说，月老，拜托了。把新年的祝福捎给远方的人。”张书奇说着说着声音微微哽咽。他为了掩饰这么多年来的忧伤，把右腿向前伸展，右手往兜里掏出个手帕，装着擦汗沾去眼眶里即将涌出的泪。稳了下情绪，接着又问：“收到我的祝福没有？”

露西一脸苦涩的笑：“这些年，每年我把希望都押在明年。我家有本中国的《万年历》，一到过年，家人就叫我给他们讲中国年。看着那些相片讲——在你家吃年饭，吃饺子、烩菜、拔丝山药，一样一样都好吃得不得了。家人央我做，我边做边想你家厨的手艺，家人吃得年年念念不忘。可就是拔丝山药吃不到。我就安慰他们说，晚上我做个飞梦，到中国张书奇的家弄些来，你们都先用棒槌支好牙等着。”

“给他们讲竹林。爸爸把那竹照放大当作风景画挂在屋里。讲福公司在焦地的办公处，讲福公司在你们家的太行山开矿挖煤。爸爸吃惊地问就是女王喜得无可比拟的‘香砟’？我扬声说：是啊，中国张的家里遍地都是。爸爸叹说，哎呀，咱们女王珍惜得像用乌金一样，原来香砟来自中国张家。”我跟爸爸说你们家的花园如何如何大。爸爸听了急得搓手说快通行吧，趁我还跑得动，去中国张的家看看。这时我妈妈就会对我说，还是我支持你去的中国，要不你哪会有这么多新奇的经历。爸爸则斜瞪嚷妈妈说，还说呢，不是你叫她去中国，如今害得女儿整天抱着个《红楼梦》不放，都这么大了，看如何是好？妈妈说爸爸哪有这样说话的？我对爸爸说这不能怨妈妈。我和中国张的缘是上帝赐赠的。一个人一生守一份缘足够了。”

“守一份缘，多好的缘。”张书奇心里敬重地重复她这句话。这时他知道她这三十多年是咋过的。他心里喊，老天爷，今古悲欢伤心事，为她合眼想平生。可他嘴上却说：“这下可好了，可吃拔丝山药。”

“可不，爸爸一听说我来中国，激动得睡不着，翻开地图，发现英国和中国同在地球北纬30至40度上，肯定有许多相似之处。他交代我一定找到你，等回来看太行山，看你们家盛产的香砟，看你们家的花园，他说你们家的花园里断断不是等闲花草。”露茜越说越兴奋，脸颊绯红。

张书奇连连点头说：“噢！山还是那山，只是我们家那一带的山成了空山。”张书奇想说我家的花园没了，可一想，话到嘴边又收住了，他怕露茜追问为什么没了，一时半会儿也讲不清。总之不能叫初来乍到的露茜失望，就说：“你们英国人恋花。”

“——更爱花。”露茜接着说，“爸爸看了那年咱们拍的槐花照百看不厌，叹世上还有比英国人更爱花的人，他把槐花照拣了张放大挂在屋里。”

张书奇笑说：“花都上相。”他俩的眼里都是槐花……

——1935 年谷雨那天，露茜去 K 地出诊。她一翻日历，明天是星期日，她给张书奇打个电话，想去郊外踏青。

张书奇正想着明天去 Z 州上课的事。一听说老师来 K 地了，先是请露茜吃蘑菇饺子和书中的小点心，晚上和露茜一起去同乐剧院看《卧龙吊孝》。露茜说看懂中国的戏，才能真正懂这个赤县神州。

第二天一大早，他俩开车到城北郊外。露茜想骑马。

张书奇说：“我觉着女孩子一般胆小，不敢碰马。既然会，走，骑马踏青。”

“中！”露茜爽快答应。

张书奇上下打量露茜说：“今天你穿这一身衣裳也正是骑马装——深蓝色夹克上衣，衣裳下摆和袖口都是宽边束口，上宽下窄的束腿马裤，脚上半高黑皮靴，利利索索，越发衬得身挑修长，儒雅中飘逸卓尔不群的美女侠韵。”

露茜也不由得低头看自己打扮，说：“如果不是骑马，你是不是还没发现我穿的啥衣裳？女为知己者容，我容了半天你没看见？真是！”

露茜鼻子嘴里喜气哼哼。

张书奇小心赔笑打岔说："人是衣裳马是鞍。"说罢一想，赶紧改说："三分长相七分打扮。不，你天生丽质，穿啥都好看。你这身衣裳潇湘妃子穿上不知是啥模样？"

露茜一听没好气地说："时刻惦记你的潇湘妃子，真叫人妒。她穿上肯定更好看，秉天仙美貌之气韵，穿啥啥好。如果这身衣裳叫个俗不可耐的人穿上，连衣裳都糟蹋了。"

养马人把缰绳交给张书奇。张书奇轻轻抚摸马的脖子，意在培养感情。他看着露茜不放心地问说："中不中？我情愿给你当马凳。"

露茜嘴不接话，手猛一逮张书奇递来的缰绳。张书奇紧张地看着她的脸安慰交代说："先试试。"

谁知露茜轻轻一跃上马，没有半点紧张，稳稳坐在马上俯视张书奇说："看见了没有？"

张书奇一看没事才松缰绳，嘴里说："中！英娥驭马图。"露茜看着张书奇吓得心都提到喉咙眼的样儿，心里甜蜜，脸上则是不屑一顾的微笑。娇嗔更增妩媚。她策马向北，张书奇追个马头对马尾。露茜微卷的栗色长发随风飘飞，婉若江湖侠女。

四月中原的晨野，麦田绿油油，麦叶上缀挂串串晶亮的露珠，叶尖上挑着的小露珠儿如缀上的珍珠。路边的革革皮草还有叫不清名字的嫩黄绿的春草叶上缀着生命精华的雨露，散逸浓浓的泥草香。马蹄溅起湿泥花四下飞迸，久违的泥土香和着清幽的麦香，使整天在医院闻惯来苏水的露茜倍感新鲜。一阵微风飘来淡淡的花香，露茜皱着鼻子，问张书奇这是什么花香？张书奇深吸一口气眨巴眼品了品说："槐花香。"张书奇四下瞅瞅，说风从北边来，花一定是在北边。"走。去看看是什么花香。"张书奇说着指着北边远处青黛如墨画的村廓说。他俩并辔徐行。心情好，万物有情。

来到庄前，张书奇禁不住"哈啊"。槐花盛开。放眼远望满村都是槐树，槐花白哗哗如云蒸雾霭。细看，房前屋后，栽槐种槐，舍南舍北，三步一槐，五步三槐。朝阳穿树似花红。忙碌的蜜蜂在花间嗡嗡嗡，像仙女的竖琴。

露茜瞅来瞅去，禁不住说：“上帝，纯粹的槐花。”挑着水桶去村外井中打水的村民都好奇地打量着露茜和张书奇。眼神说一对天外来客。张书奇和露茜牵着马来到村南头一片空地前，只见地上摆了几十个蜂箱，蜜蜂围着箱上下翻飞，嗡嗡嗡，箱口处，小精灵一般的蜜蜂们挤出挤进，各忙各的事。俩年纪约摸三十来岁的夫妻正头戴网罩全神贯注地从蜂巢中往外取蜜，露茜悄声跟张书奇说“男女搭配，干活不累”。张书奇点头笑笑没吭声。这时露茜牵着的马打个响鼻，吓得夫妻俩惊慌抬头，一看是俩洋洋气气的人，神色缓和下来。张书奇上前打招呼：老兄正忙哩。男的胆怯地点头答腔：嗯。女的用陌生的眼神看着正冲她微笑的露茜。

“看样你们是城里人。”男的跟张书奇说。

“哦噢。”张书奇含含混混地答个腔，“今儿星期日，出来游游。闻着一股一股的花香就跑来了。”张书奇尽量把话说得叫他们听起来平实。

“那是那是，槐花儿清香。这位小老弟，尝口蜜。”说着就用勺从蜜桶里舀了两小碗蜜递给张书奇和露茜。“你可看见了，蜜可是咱刚刚取出来的，新鲜的不能再新鲜，纯的很，连一朵杂花都没有。”说着手在空中像打草图似地一划，说：“一村想寻棵榆树枣树什么的都难。喝吧，天下最甜的东西。”

张书奇摆摆手，又连连朝养蜂人拱手说：“谢谢，谢谢。老哥忙吧，不打扰。”可心里说：“世上比蜜甜的是爱情，但世上最苦的也是爱情。”

“这位小老弟，咋恁客气？看不起俺这乡下人？”养蜂人手里端着蜜，眼睛看着张书奇的眼睛诚恳地说。

张书奇一看养蜂人认真的神态，也认真地说：“俺是随便看看。你的蜜来之不易。”

“出门人讲究缘份，这大清早碰上你们，是命里有缘。再说就这一小瓯，还能喝穷？”养蜂人诚心诚意地说。

“这么说，那就不客气。”张书奇说着接过小瓯递给露茜。露茜看着张书奇，看看小瓯，张书奇看出她是嫌小瓯脏，她高高举起小瓯，张开嘴接住从小瓯里流滴出来的蜜。甜的边啧嘴边说：“爽滑柔软，水分少，地道的上等蜜。唉，你看，猛一看像茆酱。”

张书奇点点头：“老哥养蜂不用交税，净赚。”

养蜂人憨厚地一笑说：“家里祖传养蜂，这事干的人少，没人抢生意。卖个零花钱养家糊口。一年下来弄个圆打圆。”

“老哥干的是世上最甜的事。”张书奇蹲在一个蜂箱前看忙碌的蜂出入进去。

“干的事虽甜，可实际可吃苦哩。季节管哩，啥时开啥花，得操心撵着花跑。”养蜂人说。

“季节撵人蜂追花，你是百花公子。”张书奇开玩笑说。

养蜂人笑得眼睛都眯成一条缝，笑说：“看小老弟说得多好。说啥都是假的，看着花心里即便有些疙瘩事也都消了，花解百愁。”

“花解百愁，说的真好。”张书奇赞赏。

养蜂人听了，满脸堆笑说：“粗人心里咋想就咋说，听得出你是个有学问人，俺是只求多开花，或者开多花，或者花多开。”

露茜轻轻鼓掌说：“说的好，说的好。”张书奇问养蜂人这是什么村？他说这是文寨村。张书奇又问这村为什么全是槐树。他说他不是这村人，只管年年赶着花季来放蜂就是。说来也是奇怪，他跑了这么多地方只种一种树的地方他没见过第二个。

统一是美。槐花乍淡乍浓，簇簇槐花，繁花似锦，灿然满树。非烟非雾非云，绿白两相宜。张书奇跟露茜说豫北乡间人家，好在庭院栽种枣树、石榴树，而文寨村的“花神”对槐花却情有独钟。是主人相中槐树耐涝耐旱生长快，抵抗力强不娇弱，还是相中材质密紧用处多？他一时也搞不清，太清楚的事容易叫人失去美的想象，只要槐花开得好开得香就可，新鲜的花生吃甜爽，蒸熟用蒜汁香油调拌，香软馋人。鲜花晒干也是细菜，汤面条配槐叶，也别有番槐的风味。杜甫有诗：“青青高槐叶，采掇付中厨。”苏东坡用槐花酿酒。这村人是不是读了他们的诗应景种槐？

蜂鸣树欲静。熏风庭院，槐荫拥翠，恬静淡然，养蜂人悠然地储存甜蜜而殷实的春天。

露西蹲在蜂箱前，感慨人不如昆虫敬业。养蜂人叫他媳妇灌了两瓶蜜递给张书奇，说：“来了就不能空手回。一人一瓶，不成敬意。把甜蜜送给有缘的人就像把福送给自己亲人一样，心里甜。”

养蜂人的几句话听得张书奇一脸惊讶。他打趣笑说：“老兄你到底是养蜂的，连嘴里出来的话字字都跟蜜饯似的甜。”养蜂人朝张书奇点头憨厚一笑。

张书奇掏钱给养蜂人，可养蜂人推着他的手说：“你这样就是低看俺，两瓶蜜没有缘分重。”

露西把手放胸前弯腰施礼：“给先生施礼，给春天施礼，也给花神施礼。”

养蜂人两手抱拳还礼，说：“这礼一定收下。”

张书奇把他和露西的名字告诉养蜂人。特意指着露西说她是公教医院的妇产科医生，如果家离 Z 州不远或去 Z 州有事需要帮忙的话可以到医院找她。

养蜂人连连点头说记着了。

张书奇和露西牵马走了。回首槐安国，花销魂，人亦销魂。

“画里花，心中人，容颜不变。”张书奇明亮的黑眼睛看着露西鬓星星的头发语气肯定地说。

露茜自觉不自觉地用脚尖在巴砖的薄灰土上画个“心”字，小声说：“一眨眼就到你们中国人说的知天命的一把年纪了。可心确实不觉老。”露茜说罢看着张书奇的头发说：“两鬓霜。”

张书奇下意识地用青筋鼓皮的清瘦之手摸摸自己的头发苦笑说：“多少年没敢照镜，怕镜中人不认我。”

“倥偬人世间，镜和水的临摹没有半点迂回。小时候听人夸我漂亮，回家站在穿衣镜前，上下左右，正照侧照。有一回，我拿妈妈的眉笔和口红对着镜子里的我细细致致地画眉毛，画了半天，我一动，你猜怎么着？”露茜问张书奇。“画镜上了。”张书奇眨巴着眼睛快嘴接说。

露茜身往后仰咯咯大笑：“你咋知道画镜上了？”

“那还用问？只有爱美小女孩才会做出常人做不到的事情。”张书奇眼神里映现遥远处一面镜前一个小洋美女在对镜描眉。

“呀，我把我最可笑的事都跟你说了，你得珍惜。那是我记忆中第一次化妆，也是最后一次，之后从来素面。”露茜眨眼思考着说。

张书奇往前探身侧脸看着笑的脸上泛红晕的露茜说：“你这本色原样就气死化妆师了，再描就跟中国人写毛笔字，反而越描越丑。”张书奇说罢看着露茜身边的包说：“我要是跟你这么漂亮，我包里就不装小镜子。”

“傻！那是为汝容。”露茜用埋怨的口气说，“你说哪有女孩子不爱照镜的？”

“知道，可你知道不知道，我可想变成你包里的小镜。”张书奇一幅认真计较的神情说，“你天天手里握着镜，百看不厌。”张书奇说罢嘴角微微一咧。露茜抚掌大笑，把张书奇也逗笑了。

“是想看着我慢慢变老。”露茜语气肯定。

张书奇听露茜一语破的，不好意思连连点头。说：“镜在手里，你在心里，心心相照，千看不厌，懂了吧？”

露西一听，热泪簌簌而下。张书奇一看赶紧起来哄劝：“看，还跟小孩子似的动情动容，不哭不哭。”

张书奇越劝，露西的泪越止不住，双手捂脸抽搭。张书奇掰开她的手，只见露西的嘴角微微颤抖泣不成声。他赶紧掏出自己的手巾边给她擦泪边劝：“以前不爱哭，这几十年不见，长颠倒了。”张书奇轻轻拍拍露西的肩膀。

露西擤了擤鼻涕，用哭后特有的伤心音哽咽说：“这些年，我想听你安慰，哪怕一句就满足了。刚才一听你直掏心窝的安慰，我克制不住心酸，在你面前哭的愿望终于实现了——”说着就又伤心哭起来。张书奇拍拍露西薄薄的肩膀，把她轻轻揽在怀里，俯身小声说：“知道你心里难受。”说着扶着露西的肩膀往后扯身端详，说：“掏出镜照照，哭相也美。”

露西又破涕为笑。张书奇笑说：“笑得更美，放心，看着你慢慢变老。”张书奇边说边倒两步坐回座上。“人的脸好似一张没写字的时间表。”

露西点头说：“可戏台上的脸却不然。演少女的可能是老妪，而演老妪的可能是少女。”

“为啥说叫戏。你没听说‘古往今来只如此，淡妆浓抹演戏人’，‘世事不过一脸粉，人情只爱满头花’。”张书奇劝解。

“一头花发你不嫌？”露西追问。

“不管什么发我都百看不厌。”张书奇语气肯定。

“人生似戏，戏里戏外梦一场。”露西慨叹，“哦，那年端午节咱们在K地看《白蛇传》……”

——1935年端午节的前几天，K地大街小巷贴满了海报——端午晚上，有号称“金童玉女”的汤兰香、常香玉同台演出《白蛇传》。海报介绍说：二人均为13岁。一生一旦，相映生辉，人们心里都定准这俩小姑娘是未来河南豫剧天空的星。初五早上，张书奇去Z州接凯特夫人和露茜。

张书奇先到医院，护士说露茜正在手术台上给一位难产妇女接生，张书奇就坐在外边走廊的长凳上等。等了约摸30分钟，露茜从里边出来，她头戴蓝卫生帽，脸上除一双眼露在外头外，鼻嘴都罩在大口罩里。露茜卷着袖子，一副赤膊上阵的样儿，张书奇迎上去，露茜的长睫毛在口罩的映衬下显得又长又密。她摘下口罩，把帽沿习惯往上推了推，被汗湿透的头发，贴在细白光洁的额头上。她看见张书奇长长松口气，口气舒缓地说总算母子平安。话音没落，一位年纪约摸四十岁，衣着不整，满脸疲惫且一脸喜悦的男人，慌慌张张撵着露茜过来，转到露茜脸前对着露茜作揖说："给救命恩人磕头。"说着便一腿着地要拜。露茜惊慌地后退一步，却又赶忙上前搀扶说："噢，不要不要。"

张书奇眼快嘴快惊讶地小声喊："蜂老兄。"

露茜这才想起来："噢，不错，刚才太紧张没看清那是你媳妇，后怕，幸好来得及时。"张书奇上前握手。养蜂人说听人说这医院有位洋医生医术高明，再加上去年听老弟你一说，这一回一看情势不对，就直奔这里。真是碰上女菩萨了。托你俩的福，托老天爷相救。

养蜂人看着张书奇说："你内人是医生，救了我的家。要是你不嫌弃，等回来把我儿子给你们当干儿。"

张书奇直笑，对养蜂人说："快去伺候病人，病人是大事。"望着急匆匆走进病房的养蜂人，张书奇小声喊说："内人，有儿子了。"

露茜用嘴一撇他，嫌他嘴上太好沾光，用手在张书奇脸上轻轻一画说："羞。"边转身边急着说："这里还有位宫外孕需要立马手术。"

下午三点多，手术结束。露茜从手术室出来仰头直腰，看样累得够呛。张书奇赶紧拿出他准备的食物递上去。露茜用她那白细长手指轻轻抖开纸包，禁不住笑出声，全是书里的小点心——"藕粉桂花糖糕，松瓤鹅油卷。”我说过一次你就记住了。

“用心。”张书奇心疼地看着靠着椅背眯着眼嚼吃的露西说。“过晌就不知饥了。”

“这会儿饿劲上来了。正手术时，我饿得心慌，手都是哆嗦的，身上直冒虚汗。”露西有气无力地说。

“外科妇科大夫都得好体力，要不然手术时间一长身体撑不住。昨晚我加班译书，睡得晚，这个病人又是半路冒出来的。”露西嘴里含着东西嚼着吃说。

“看见了，要不 11 点会打电话催你睡？”张书奇心疼嗔道。

晚上，凯特和夫人，张书奇和露西一起走进 K 地相国寺同乐剧院。戏台两边的对联“看我非我我看我我亦非我，装谁像谁谁装谁就像谁”醒目夺眼。露西心里默念。她拉了拉张书奇的胳膊指给张书奇看，小声说：“俏。”

张书奇点头说：“有高手。”

露西问张书奇为什么端午节唱《白蛇传》？张书奇说：“因为一到端午，气候变暖，五毒虫开始活动，人们为了防止虫咬，都要清扫庭院，喝雄黄酒，门上别艾等等，意图人无碍。端午唱这个戏，也在提醒人们注意。因为传说当初白蛇喝了雄黄酒，不胜酒力，回到屋里现了原形，把许仙吓死在床前。白蛇醒来后悔不及，上山摘灵芝救许仙。”张书奇说到灵芝，露西就连连对着张书奇眨眼睛。

张书奇点头笑说：“看见灵芝了。”

露西小声笑：“灵芝长心里了。”

一阵锣鼓荒台，下面安静下来。大幕徐徐拉开——西湖美景。清明这天，许仙游春。白蛇去给前夫上坟回来，想起前夫白总镇监守自盗官银被处斩，空寂无助和郁闷袭上年轻貌美的白娘子心头，纵天下最美西湖景也不入心，就在愁绪难排之际，碰到无忧无虑青年许仙。

露西自言自语说：“有戏了。”

许仙精神爽朗，心情平静，全身心陶醉于西湖美景中，人景合一。景美情不美的白蛇，看见许仙真有众里寻他千百度的感觉，眼前一亮。

“许仙扮相俊美，嗓音清亮，二目传神。而白娘子如花似玉，貌若天仙，唱腔优美，眉目传情。”露茜小声赞美。

“戏做得好。‘歌有裂石之音，舞有天魔之态，虽是妆演的形容，却做尽悲观的情状’。”张书奇跟着借曹雪芹赞龄官的话赞。

“小龄官有个性。《游园》、《惊梦》一唱很得娘娘赞赏，又是夸奖又是赏赐。”露茜越说越激动。

“三分扮相，七分眼神。一身的戏在脸上，一脸的戏在眼上。眼灵心用力，面状心中生。要不怎会有画龙点睛一词。”张书奇卷起手捂着嘴压低声说，“跟你练钢琴一样得下功夫。”

后边一位观众憋不住说：“戏都一样，各在人唱，一腔遮百丑。唱动人心方为妙，腔不美，淡如水。”

露茜侧过脸朝他点头表示赞赏。凯特说：“戏里有很多动作看不懂，看也是看热闹。这才真是你们说的外国人看戏——傻脸了。”

“生末净旦丑都有各自规定的动作，戏话叫程式。戏的常识需要积累。中国的戏没有你们的歌剧话剧好看明白。”张书奇小声说。

掌声此起彼伏。忽然，张书奇后头一位观众指着台上的小青小声说，瞧：“凉壶！”

露茜捂着嘴才把笑声憋回。“凉壶”何意？张书奇低声嘿嘿一笑，说：“凉壶是说唱的不中演的不好。”露茜捂着嘴鼻，若有所悟地嗷了声，还是憋不住扑哧一声笑了出来。张书奇歪着头看着把脸埋进手里偷笑的露茜，小声说：“凉壶可笑？”

“凉壶跟不开壶一个意思。”

凯特夫人也学说“凉两昂壶胡”。说的刚才说凉壶的人不由得也轻轻笑了。前后左右的观众刚才制止他们说话的眼神变成会心的眼神。有个干脆扭过头跟张书奇说：“唱戏就是唱人，寓情于声，以声传情，以唱带做，演员唱出情，观众才共鸣。”

“什么时候演《红楼二尤》和《贾宝玉和林黛玉》，咱们一定看。”

“这两出戏只有京剧有。”

“女演男，男演女，看着别扭，你说？”露茜问张书奇。没等张书奇答话，接着就说：“戏祖唐明皇就不叫这样演，因为没有生活体验。演不出魂。这话说得多好。就像这小许仙，她这么小，哪里能体会到男人心灵深处的爱和情的感受？”露茜不屑的口气不屑的神情。

“照你这么说，男作家笔下应该清一色男人才是？可曹雪芹这个大老爷们笔下的女性个个个性鲜明，光彩照人，血肉丰满，呼之欲出。你说他不是女的，可为什么能把女的写得那样生动，叫人百看不厌？更有其甚者，他笔下的黛玉惹得男孩子追，而宝玉叫大观园的女孩子们个个有想法。”张书奇性急地辩释，“医生和演员用脑不一样，理解也不同。”张书奇话里暗藏讥讽。

“作家跟演员——，”露茜迟疑着停了下来。张书奇接过话说：“——都是表现情感的。作家叫做文章，演员叫做戏，都是做。做得好坏是悟性和功夫。虽说要求不叫男女串演，可从前女演员很少，大戏中的女角只好男扮女装。要不京剧里会有‘四大名旦’？梅兰芳的《贵妃醉酒》国人视为绝唱，唱包公的还有女的。你说他们戏做得不好？”

“说得是，我总觉着美中不足。如果叫梅兰芳演林黛玉不知会不会演出黛玉的才情？”露茜憧憬。

“呣，潇湘妃子——，”张书奇话语一转小声说，“——你演中。”

露茜微微一笑，翻了眼张书奇。

“我终没演成你那潇湘妃子。”露茜盯着张书奇追问。张书奇把手弄成蚌壳状捂着脸，露茜拉开他的手，张书奇一脸戚然地看着露茜。“我这会儿还听到那俩女孩子唱的戏声。”张书奇咬着嘴唇说，“你一直在我心里梦里演。”

露西听了张书奇的话，像个小孩子得到礼物一样心满意足。“我梦里做的戏中不中？”

“太——中——哩。”张书奇一字一顿，说时头跟着话的节拍点。

“你在我梦里做的戏真的是戏。尽管如此，每做你一个梦，就赶紧写下来，现在梦你的日记写了好多本，将来给你好好看看。”露西胸口气往上提，又往下沉。

“你的梦日记感动上苍，安排咱在八月这个热情的上午，叫咱们叙旧梦。这会儿，我恍恍忽忽不知是梦是醒，说是梦，可摸着你的手是热的，说不是梦，等了这么多年，感觉无望的事真会成真？”张书奇两手绞在一起觑着眼说。

“一个长梦，叫人猛一喊醒，就是分不清是梦是醒。真有大白天说梦话的感觉。哎呀，说得口干舌燥，咱去哪儿喝杯水吧。”露西看着张书奇央求说，“十天十夜都说不完。你看你嘴角都嚼出白沫了，跟牛叫沫似的，沾了一嘴角。”

“看见你啥都忘了，哪还顾上口渴和形象？”张书奇掏出手绢擦擦嘴角，“出门慌张身上连个喝水钱也没装。”其实他是身无分文，不敢跟露西直说。张书奇想起张宪成，对，问他要喝水钱。他跑出门外瞅来瞅去也没看见张宪成。

露西站起来伸个懒腰说：“你不是说他去找他的老情人了？你找他要钱？嗳，别了，有钱。”

俩人出了福音堂，往北一拐，就看见德华街口有个小水摊，像看见沙漠中的绿洲一样，快步直奔过去。只见一张黑漆斑驳透着木纹、抹得可干净的小茶几上放着几个玻璃杯，每个杯口上都盖着一块方玻璃，玻璃抹得跟眼镜似的。桌边的地上放着几个褐黄色竹编壳暖水瓶。一边放个铁丝箍着的活动小煤炉，炉上坐着个铁壶，那铁壶撅着嘴像永远有一肚不愉快心事的持家艰难的妇人。一位穿着一件淡得跟蜻蜓翅膀一样薄、细看汗衫上的小窟窿跟鸡叨的似的、年纪约摸六十左右且干干净净的老大妈坐在小桌后的一个小靠椅上边看人边看水，老大妈风吹日晒洗东西洗皴了的手织着翻拆的褪色蓝旧线毛衣。她看见张书奇和露茜径直朝水摊走去，放下手里的活，一脸堆笑小心问："喝水？"说着上上下下来回打量着露茜。

"喝水。"张书奇笑着回答。

"坐吧。"

他俩坐在旧布撑起的遮阳篷下。露茜用小手绢扇着风。张书奇不时地用手捏着薄汗衫轻轻扇。

"白开水多少钱一杯？茶水多少钱一杯？"张书奇用尊敬的眼神看着卖水大娘笑问。

"白开水 2 分一杯，茶水 3 分一杯。这位大兄弟，听你的口音是咱本地人。你跟外国人来喝我的水，是看得起我。喝多少都不要钱。"卖水大娘笑嘻嘻地对着张书奇，眼睛却看着露茜。她以为露茜听不懂。

"谢谢大娘，钱是要给的，你也不容易。"露茜笑嘻嘻地看着大娘说。

卖水大娘一听洋人嘴里说中国话，不由得一脸惊诧地看着露茜说："你是哪的人？中国话说得还怪好哩。"

"三十五年前我在这里当过医生，后来走了。"露茜小声说。

"哦，对，我小时候记得这地洋人可不少。福音堂这边，还有两个医院里有不少洋医生。俺娘的病就是叫一个女洋医生治好哩。"卖水大娘看着露茜说。

露茜朝她点头，心说备不住就是我的病人。她问是在哪个医院？卖水大妈说解放路上的那个医院，最早说是意大利人开的叫公教医院。露茜点头哦了声。卖水大妈倒进杯里点水涮涮杯子泼在地上，由于天干，水钻进土里，地上只留下一片湿印，覆水难收。

卖水大妈掂起壶朝杯里倒半杯热水，又掂起凉水壶倒了半杯凉开水。凉水热水相掺分不清谁是谁，正得喝。老大妈善察人，也解人。张书奇端起一杯递给露茜，自己端起一杯咕咚咕咚喝个杯底朝天。露茜说喝快对心脏不好。

“看渴的。”卖水大妈爱怜的样儿，就像心疼自己刚干完重活又累又渴的孩子。大妈的热情和水的热情，叫张书奇这位刚出狱的大男人，心里感到温暖。大妈赶紧掂壶再倒。来往的人也驻足在她的水摊前，想看又不敢看坐在这里喝水的露茜。卖水大妈用极荣幸的神色看着露茜，“这杯正得喝。”没等露茜喝完又沏了一杯，“说不定你就是那位给我妈治病的大夫。你给俺们一带的妇女带来多大的福气。都说你是菩萨郎中。”大妈一脸友好地说。

露茜微笑着说：“那是上帝的福音。”露茜想起刚才说到的在 K 地看戏时听人说的“凉壶“，心里一阵好笑。

突然，煤炉上的壶滚了，热蒸气冲得壶盖啪嗒啪嗒响，溅出的热水落溢在热炉上吆吆响。“开了开了”，张书奇欲站起来去提，大妈眼疾手快，抢先一步提了起来。

露茜掏出一毛钱递给卖水大妈。卖水大妈说：“俺可不是见钱眼开的人，我说不要就是不要。”说着硬塞回露茜手里。

俩人趁大娘往壶里灌水时，把钱往小桌上一放，边说谢谢大妈，边扭身就走。大娘也来不及追，嘴里喜欢地嗳了声。放下水壶，目送俩人。

“Z 州变得认不出哪是哪了。咱去公教医院看看吧。”露茜两眼不停地来回瞅。

“Z 州做梦都在变。公教医院现在改名叫‘Z 州第二人民医院’。”张书奇讲。身穿白灰裤，貌似劳改犯的张书奇和身穿蓝灰色格格连衣裙，头戴遮阳帽的洋露茜走在大街上，抢眼夺目，大街上除了蓝就是灰要么绿的行人向他们侧眼行注目礼。而他俩浑然忘情，仿佛回到三十年前，旁若无人似地边走边说个不停。张书奇心想，反正是里通外国的劳改释放犯，大不了再住一回。索性拉着露茜的手。这简直叫忘了爱、耻谈情、面有菜色、身上不是灰就是蓝、要么绿的人们不能不表情复杂，刮目相看。

露茜和张书奇来到位于解放路西头医院门口，门柱上挂着个白漆底黑字“Z 州市第二人民医院”的牌子，露茜没有表情凝视良久。她心说她是这座楼的匆匆过客，转眼几十年，往事在眼前。她听见自己轻快的脚步声，呱哇呱哇婴孩的啼哭声在耳畔回响。她想：我怎么来过这里？我怎么又离开这里？

张书奇看着她的眼睛笑说：“走，到里边转转。”露茜一如三十年前，脚不由己地直奔妇科病房。还没到病房，就听见婴儿的啼哭。露茜脸上表现出职业的微笑和喜悦。“这个婴孩很健康。”张书奇轻轻拉了拉忘情的露茜。露茜的思绪这才从遥远的三十年前回来。微微一笑，“这里太熟悉了。”说着露茜来到门上挂着的牙科门前。“我创的牙科。几十年没动。哎哦，还是我当年留下的设备，书奇，你看，还是那台给你治牙的机器。这——”露茜吃惊地说不下去。

“——这几十年如一日的不变，用在爱情友情上是多么可歌可泣令人动容，可——”张书奇边说边摊手，“说的不对请老师指教？”

“嗳，不变有不变的理由。轮不着我褒贬，也轮不上我来指手画脚。好差碍不着谁哪根筋疼。”露茜表情平淡，口气漠然。“你的牙还疼不疼？”

“托你的福，疼时一想你，牙吓得就不敢疼了。”张书奇咬着嘴唇说。

——1935 年 5 月中旬，太阳热得好像在头顶，天干热干热。再加工作忙，张书奇心焦火攻，嘴里的虫牙病灶发作，疼得半个脸都肿了。他跑回 Z 州，捂着个脸去找露茜。

露茜打趣说：“不对称了。”她一检查发现智齿病灶发作。一是天热喝水少，还好吃辣的；二是没睡好，免疫力下降。露茜说智齿没用，早拔早安生。嗳，我这妇产科医生看牙多有不雅。

张书奇皱着眉头说：“我的每颗牙都是一颗珍珠，智齿尽管生得晚，就像老年得子，心里也倍爱。”他言外之意是不想拔。

露茜用医生职业的口气告诫说：“那尽头牙没用，留着坏事，就像养虎易遗患。张书奇，我虽是妇产科，但我可是门里出身。我虽不精通，但相对中国根本没有牙医的情况，我可算得上鼻祖级牙医。因我见的听的就是你们再过一个世纪也赶不上的，这可不是学中文，我得听你的。你犟筋你受罪。”

“先消炎。”她把药直接上在牙龈上说，“这样好得快，其次吃消炎药。”边上药边说，“你别小看牙病，能引起很多疾病。你们不是常说‘牙疼不算病，疼起要了命’。既然不算病，后边还说什么要了命？真是前后矛盾。尽管如此，也引起不了你们对牙病的认识。”她换了平静的语气哄张书奇说：“听话，你是好乖，你牙疼我心疼，我是为你好。换了别人我才犯不着说恁多。”她接着说，“这支麻药留着拔牙用。就剩一支，真是有福不在忙。”

张书奇牙齿不灵地笑说：“这一辈能有美丽的洋姑娘疼爱，是八辈修来的福。爱能治百病，牙不疼了。”

“牙疼也不碍说能话，那是疼得轻。”露茜给他检查其他牙。

露茜边看边自言自语说：“还有四颗龋齿，需要抓紧补。你的牙遇上我真是行了八辈的好，要不然你也得去大街叫那些江湖牙医，用黑乎乎的手，一万个人合用一把从不消毒的钳，用一根线绳系着你的牙根，把绳的另一头拴在桌腿上，牙郎中趁你不防，在你脚跟放炮，你吓一大跳，这一跳，你牙上系的线绳猛一拉，牙就拔了下来。奇，中国的拔牙术世界一流。”

张书奇推开露茜的手，边吐边说：“哪壶不开提哪壶。你再说我可就要哕了。”

“不开壶太多，一不留心就提着了。”露茜笑说，“中国人十个人就有十个人没有牙齿保护意识，轻视慢怠小牙病，岂不知，千里之堤，溃于蚁穴。我们的人视牙如命，几乎人人都有自己的专门牙医。在家时听我叔叔说，前些年有一位英国官员，在中国宴会上，他吃米饭吃着个碜，他连饭吐在餐桌上，登时脸色大变怒气冲冲喊牙医，举座惊骇，惊慌围过去，中国官员吓得脸色如土。因招待不好惹出麻烦可兜不走。于是一边叫翻译去找他的牙医，一边安慰。牙医过来一问，才知道是吃了个碜。一屋人不约而同长长松口气，心说：一个碜硌着大惊小怪？牙医检查说没事，他的脸色才缓和下来。”

“中国官员一脸茫然，想着是不是把碜看成石磙或石磨了？吃个碜，不吭一声吐了算了。我们这山里人一年要吃个石磙，那可不活了。”

“当然，各有各的活法。从英国官员和中国官员对碜的迥异态度上足以看出西国人对牙的保护意识。”张书奇急忙改了口，说：“碜，我们没有人把吃碜当回事，碜实在是饭里平常物。你们西国人的牙一点都不泼皮。”

露茜听张书奇这么一说，不由得心里火往上窜，她停下手中的器械，鼻子眼里哼了一声，用蔑视的眼睛骂说：“动物。”可她嘴里说：“鸡爱吃碜，小砂子小石子鸡是百吃不厌。有时还得专门给鸡摆碜宴。你跟鸡一样。”

“哎呀，我并没有说吃碜好，但也不至于谈碜色变。”他用眼嗔她说。

“真是碜者见碜。”露茜脱嘴而说。

“别嘲笑吧。我们曾经比你们强过，本来工业革命该发生在我们这里，上帝没弄好叫你们搞了。将来有一天我们会跟你们一样米中无碜。”张书奇把脸扭一边，语气不卑不亢，但神情却不屑。

“这话不嫌害牙碜。想像假设如果怎么怎么回事的说法都跟没说一样。不过像你面对失败而不言败，也算精神可叹。但碜会磨烂皮肉使感情挂彩的。”露西黑丧着脸说。

张书奇见露西绷着脸，也觉着感情磕在碜上那太不值。于是他岔开话题找话说：“《红楼梦》中那么多人，竟没见谁的牙有疾恙。贾母虽已是杖朝之年，但宴席上的食物都能吃，说明她的牙齿保护得极好。还有刘姥姥，七十多岁还一口好牙，福气呀。牙不好不能吃好吃的，生不如死。”张书奇不见露西接话，就自己接着自己的话往下说：“医生，这跟他们饭后用茶水漱口习惯是不是有关？还有，他们还用青盐擦牙。盐水也起到保护口腔清洁作用。”

露西没好气地嗯了声，算是给张书奇个台阶。“茶是碱性，口腔里残留食物生的是酸性，酸碱平衡，青盐再好也没有刷牙好。”露西说。

张书奇一听露西开口接话，就赶紧顺着她说：“那是那是，上苍安排你来不就是为这一方人解除病痛，你是我们的扁鹊和华佗，你是我心中的天使。”

“我是你心中的碜。”露西赌气说。

“不说怄气话，你是我心中的神。”

“没劲，一嘴吃碜牙只能说碜话，给你治心里也碜，像你这号碜……”露西话没说完收住口。

“——我这号碜人实在叫你碜得慌是不是？”张书奇追问。

“碜思想碜意识。”

“你干脆说‘人碜’不就算了？不过我可不办碜事。”他笑说。

“你自己随便说。”露西盯着张书奇淡淡地说。

“没想到还会生碜气。”

“碜，你们一年哪怕吃座太行山，也不碍谁的事，那是你们有吃碜能耐和精神。”露西垂下眼皮淡淡一笑。“碜碜吧，几十年来感觉老是像吃一嘴碜，今天总算吐净了。”露西语气冰冷地笑说。

“咱不说那碜事了，都过去了。”张书奇哄露西说。

“梦里过不去，多少回梦见自己站在手术台前接生、做手术。梦里托起一个个鲜活的小生命，就像托起一个个天使。梦虽甜，可一梦醒来心里苦。”露西说罢凄然一笑，脸色黯然。而张书奇没敢告诉她说他的孩子就在这医院她的徒弟接生的。想到这些露西敏感的话题，张书奇说：“这医院气氛和气味都不好。”

“那咱去那个有湖的公园看看吧。”露西说。

“公园，湖心岛。没变。”露西笑说。

“该变的没变，不该变的更不变。”张书奇自嘲。

俩人绕着湖转了两圈，露西指着湖边一棵树下的连椅，说：“坐下歇歇吧。”

张书奇说：“英国人的习惯。湖没变，人没变，时间变了——”

——1935 年中秋节的傍黑儿，一天中最脆弱的时间段，张书奇带着月饼从 K 地赶到 Z 州福音堂。

翘首盼月饼的露西笑嘻嘻地接过张书奇拿来的月饼，搁在桌上抖开，点着说：“五仁、玫瑰、豆沙、枣泥。”露西说她好吃五仁和玫瑰。她掰开一个五仁，啊，青红丝扎煞老长，散发诱人的清香。她递给张书奇一半。张书奇伸手接时，露西冷不防在他手上亲了口。张书奇摸了摸她亲过的手：“谢月饼？”

露西拿起一个咬了一小口，突然停止咀嚼，大惊失措地说：“坏了，忘了祭月奶奶。”

“吃吧，心里有就行。你就是月神。”

“我来中国这几年，这个中秋节是我最高兴的。”露西边嚼边说。

“我要是早知道不是早来了？”

说着俩人一起去公园散步赏月。出来一看，天空阴云密布。“没月。”露西忧心地说。

“一会儿月亮肯定出来。”正说时一阵清风，天空云裂开个缝。“你看，说晴就晴。月往西行，云往东行，好了好了。”张书奇仰脸看说。

“就这样朦朦胧胧得好。”露西说，“今天公园人少？”露西来回瞅看。

“你听火鞭，人都在家祭月呢。这可是中国人心中最重要的节日。”

“可不是，今天我正好译到贾府过八月十五。一大早，贾府人就进祠堂行朔望礼。晚上月亮上来，嘉荫堂月台上，焚着斗香，秉着烛，陈设瓜果月饼等物。贾母盥手上香，拜月。贾母便说：‘赏月在山上最好。’一家人上山赏月，桌椅形式皆是圆的，特取团圆之意。那天宝钗姐妹二人在他家赏月。由此可见八月十五家家从不慢怠赏月之事。”露西抬头看天。“人多赏月有意思。像贾母就玩得雅，赏月听笛，还要坐在桂花树下吹，一个个听得肃然危坐，万虑齐除，暖酒暖肚，默然相赏。”

“这笛声倒是助了黛玉、湘云的诗兴。”

“你就记着你那潇湘妃子。”

“看罢峨眉月，别的月不算月。”

“那月不是这月，那潇湘替代不了这‘潇湘’。”

“那潇湘作诗弹琴，这潇湘给你唱歌跳舞。”

“随——”张书奇说出“随”字赶紧用手掩口。

露西扑哧一笑，说：“有记性。”

“你们那里那么多舞，随便哪个都中。”张书奇说罢意识到不妥，就用检讨的眼神看着露西，等她批驳。

“算了，你嘴边的‘随便’可不是随便谁能叫改掉的。”露西想了想说：“跳个《时间之舞》。”

“时间之舞？时间也有舞？”

“时间当然该有舞。《时间之舞》出自著名歌剧《歌女》，由意大利作曲家阿米尔卡里·庞契埃利所作。”露西说着嘴里哼着曲，脚步缓缓蹁跹，修长的身材，柔韧薄扁的肩膀，灵活自如的手指，欢快明丽的节奏，热情奔放，仿佛天上星月随人起舞。舞姿中夹杂欧洲古典芭蕾舞的轻柔和轻盈，秋香色的天鹅绒长裙飘逸流畅，柔美的曲线，由月光投在地上，欢快活泼的舞曲感染着压根就不会跳舞的张书奇，他不由得跟着她的节奏扭动身体。曲终舞止，露茜摆了个芭蕾舞结束时谢幕时的姿式。轻轻起身，喘着香气问张书奇："跳得好么？"

张书奇朝露茜捂胸施礼，慨叹："天使的舞蹈，舞有天魔之态，这会儿嫦娥也妒。看舞蹈能使人心神飞扬，跳舞人肯定是烦心顿释，万虑齐除。"

"舞是没字诗。"

张书奇两手不停地来回搓。"诗舞同源。第一回听说《时间之舞》，着实叫人大开眼界。没人能说清我们的时间从何来，要到哪去。当我们匆匆穿过时间走廊的时候，才发现我们没有爱我们的时间，或是爱得太晚了。三十年后还能跳么？"

"当然能。有'嫦娥'作证。"露茜仰脸对月说。她说着就伸出小指去勾张书奇的小指。"每个八月十五都埋葬一个八月十四，每个今天都埋葬一个昨天。"

"瞧你说的，昨天的爱是不是也叫今天的爱埋葬呀？"张书奇疑惑地质问。

"昨天去了，咱俩的爱去了？没有么。"露茜气喘吁吁地说，"天下惟时间和爱不老。"

张书奇若有所思地仰脸看着月喃喃说："时间没有坚不可摧的生死轮回，所以时间不会老。爱从何来？从时间的深处来。哦噢，爱的脐带不是时间的魔剪能剪断的。"

"喂，你嘟嚷的有理。我是随口说说，你就展开想象。"露茜轻轻推了下张书奇的胳膊。"三十年五十岁，绿叶成阴子满枝了。"露茜畅想时脑子里还在翩翩起舞。

张书奇掏出手帕给她擦去额头和鼻尖上的细汗。她幸福地闭着眼。

浓密如扇的长睫毛，垂在白皙的脸上，月光投下道墨影。张书奇刚伸手去摸，她忽而抬起睫毛，看见张书奇停在眼前的手吃惊地问：“做什么？”

“想摸摸你翘起的长睫毛。”张书奇看着她的眼笑说，“将来养个女儿一定要像你的身条，比着你的眼和睫毛长。”

“你们中国有句话说，闺女是娘的脚后跟。”

“我看见别人家的漂亮混血儿真的想抱。”

“哎，过年时我见你妈对着拜年人抱着的小孩看了又看，还说那人跟你一样大。你妈急了？”露茜羞怯好奇地问。

“噢，我回家一回妈就叨叨回。谁谁谁跟你一般大，小孩都几岁了。我笑说到时就把孙子给你抱来了。”张书奇仰脸看月想。

“你家人没问你为什么不着急娶媳妇？有没有给你说媳妇？”露茜逗着问。

“我说我还没碰到我相中的人。家里说媳妇的人把门墙都踢折了。妈说得罪人。光镇上就有几个争来争去，闹得心里不愉快。”张书奇暗自笑说，“等抱个半土半洋、白里透着微黄的小娃娃回家，家里就热闹了。镇上的大新闻。”

露茜憋不住弯腰大笑，肋骨都笑拧了！张书奇目不转睛看着露茜笑。

露茜喘着气说：“你弄点你肤色的油彩和白色油彩在调色板上调调，看是啥色？”

“白人和黄种人的混血儿都聪明漂亮，活泼健康，你想？”张书奇绷着脸认真说，“嗯，我不用为我女儿的长相担忧，绝对小美人。小脑袋肯定胜过你，到时候你教她弹琴跳舞。”

“好啊，求我还贬我？真是。”露茜指着张书奇羞怯嗔怪。

“这可是难得的赞美之词。”

“我的舞是小时学的，跳到十三四岁功课一紧，妈妈不让跳，舞蹈老师说可惜了。可妈说跳舞的职业生命短暂，除了让我练好钢琴，就是要好好用心考学。因家人规划让我长大学医。父亲是外科医生，叔叔是牙科医生，在我们那里是有金牙银外之说。但我选了妇产科。不过，小时学的舞，怎么都不会忘，一高兴脚手都痒。你说，像今晚这风这月这情，如果不对风月当舞，实在对不住如此风月。”露茜仰首天空像对月说。

“风月，《字词是非》中说，雌雄相诱谓之风，情敌相争叫争风，这样，善长演绎的国人，就把‘风月’演绎成男女情感和男女之事。这风月不是那风月。”张书奇解释。

“‘风月债难偿’，‘风月宝鉴’，‘渐知风月’就是暗喻知男女事了？”露茜豁然开朗地说，“风月与男女情并称，可见都是美好的东西。”

“因为字后有许多意思。中国通是得要付出代价的。就如我想学好英文，一是努力，二是要得真传。译书路上棘荆丛生，但只要不泄气，不怕苦，就能战胜自己在外语面前巨大的胆怯。”

“这点像英国男人。”

“我不要像谁，我是我。”张书奇语气虽缓但话不让。

远处鞭炮声渐渐停下，只听秋虫低吟鸣唱。天上风流云散，金黄的月亮边有块云像幽灵船一动不动。

“书奇，云哪去了？刚才那么多，一下就没了。谁也不知道前头谁来过，将来我们化为云烟时，就只有译的书证明我们曾经在人世间呆过一会儿。当译的难时，就会怀疑自己选择的事的价值，纯是自己跟自己过不去。如果放下，还不心甘。如果不是你常鼓励我，我真的会打退堂鼓。”

“你把我哄上船，自己想下来？没门！你想曹雪芹十年磨一剑的情形，咬着牙干吧。”

露茜轻轻拍手小声笑说：“听你哄心里真好受。天下女孩子都想叫心中人哄。”露西说时把头靠在张书奇的肩上。

“噢，原来你是想听我哄，才这样说的？狡猾狡猾。”张书奇瓮声瓮气嚷道。而露西突然抬起头，警觉地看着张书奇的眼睛说：“唉，别哄来哄去，像贾宝玉哄她林妹妹，娶的竟是宝姐姐。”

“你看我是那号爱开玩笑的人？你这么漂亮的一双眼睛白长了。你要不放心，我把心掏出来给你看看。”张书奇神情认真，轻轻拍拍露西的薄肩安慰，“放心，我还等你给我养漂亮女儿哩。”

露西看着张书奇娇嗔一笑：“到时候让你当清镇最大的大孝子。”

“先谢了。”张书奇说着朝露西鞠躬。

“你说宝玉对黛玉真心，可结果呢？”露西追着不放。

“结果也不能怨宝玉，贾府没有第二个男人能像宝玉那样善待那些女孩子，他为黛玉疯为黛玉傻为黛玉掏心掏肺。”

“那怨黛玉太痴哦。”

“也不是，黛玉梦里都见过宝玉的心。”

“到底怨谁？”

“怨曹雪芹，总之，怨不清才是《红楼梦》的价值所在。圆月当空辉临头，咱不讨论那缺损事。”张书奇岔开话。

“赏月得佳谶，愿佳谶成谶，我们的梦将像八月十五的月一样圆。”露西用祷告的语气对月说。露西上下左右看了看说：“天空地静，良辰美景，我给你跳《时间之舞》，礼尚往来，你该给我弄个啥。”

“回去给你拉《二泉映月》。”

“那是另外，现在想听你写诗。”

“你是哪壶不开提哪壶。你见过我写诗？顶多写个打油诗损损人开开心。”

露西鼻子嘴里冷笑：“K地一高的高材生不会写诗谁信？好看《红楼梦》，里头恁多好诗偷也要偷几句。学生翅膀硬了，连老师的话都不听了。”露西装生气把脸往一边一扭，噘起嘴。

张书奇挠头抓耳皱眉说："秋叫前人写尽写绝了，我望秋止笔。"

"秋月没变，但人变了。各人有各人的秋，各人有各人的月。"露西口气严厉。

"我不想叫老师失望，可我写出来老师还是失望，进退两难。"

"那你写写秋色。"

"五色以白为秋，五行以金为秋。秋色——"他伸脖咽口唾沫，清了清嗓说："白帝司秋秋色白，白露沐秋换金裳。秋风秋声赋秋情，秋丝轻萦逗秋芳。月桂匝地助中秋，开樽祭月桂酒香。寂寞嫦娥羡秋眉，天上人间东西方。"张书奇说完用手捂住脸连说："胡诌胡诌，了了草草顺口溜。幸好你不太懂，要不笑掉你大牙。"

露西笑说："还算委婉、简隽。我只知道三四句要对仗的。还有用词穿凿，读来生涩。没有香陵梦中得的诗好。"

"最好的一句就是'寂寞嫦娥羡秋眉'。"露西掰开张书奇捂脸的手，"我能笑你？"露西顺势弯腰揪了片草叶。

"不敢揪，草叶如刀。"张书奇赶紧制止并小心握着露西的手，小声说："月亮出来了，跟着玉人走。"

露西就势在张书奇的腮边亲了口，笑说："玉人吻。"

张书奇暗自喜笑说："月亮脸红了。"

"就是想叫星星看看那根红线系得多牢。"

"峨眉一吻人消魂，中秋月下吻佳人。芳心印在书奇心——"话没说完，张书奇抓露西的手放在自己心口，心为你跳。

"幸福的心。"露西伏在张书奇平坦宽阔的胸前，仰望张书奇的眼。张书奇用下颌亲露西的头发，轻轻拍拍她薄薄的脊背。无语，像相片，雕塑样寂静的激情。

俩人对视无语，目光悠长，三十年。万水千山，英国遥望中国；千山万水，中国眺望英国。而记忆中醉人的吻回味悠长，气味和滋味虽空虚无形，却生命力极强。露茜淡淡的体香，清爽宜人的气味萦绕着张书奇的鼻翼，而张书奇洁爽特有的体味回味在露茜的记忆里。这么多年，纵使陈迹依稀，影消形散，彼此的气味和拥吻时的滋味都坚强不屈地支撑起回忆的长廓。

“书奇，吻在脸上，印在心上。三十年，就像刚刚——”露茜一脸甜蜜，湖蓝的大眼睛露出梦幻般的神情。

张书奇不好意思，“——刚刚的亲吻，体香还在鼻翼处。”

张书奇目光深情地回她说：“时间敌不过爱。”

露茜啊一声笑说：“爱有头等的记性，不是亲身体验哪里会信。今晚来这里跳《时间之舞》。”

张书奇答应：“中。这些年没事就弹你教我的《时间之舞》，而你在我脑海里翩翩。”张书奇上下打量身段没变的露茜慨然怅叹。

“我常后悔是不是那晚跳《时间之舞》，遭时间神魔谶，弄得黑发变白才相见。”露茜看着张书奇一头齐刷刷刚拱出寸把长的花发叹说。

“不在这，人有吉凶事，不在鸟音中，不应乱想。”张书奇安慰说。

“人无奈时难免乱想。我在家天天晚上祈祷，叫上帝跟时间神行行好，开开恩。”

“时间中的时间，冥冥中的冥冥。”

“有一天，有人知道时间，知道时间的价值，知道时间是世上最最昂贵的东西，寸金寸光阴的价格，千古不变。”张书奇鼻子嘴里长长舒了口气，“时间能沤烂万物，惟爱永不褪色。真爱沤不烂。”

“真心可鉴。”露茜释然一笑，甜甜的笑容，掬出甜甜的酒窝。张书奇忙用食指点着似隐似现的酒窝，像一指禅要定住酒窝。

露茜不由得大笑。质问：“冥冥中的冥冥何意？”

“冥冥比时间可爱，比时间可怕。短短几十年间，冥冥作祟，毁人美意；冥冥作爱，全其美意。谁敢说谁是冥冥的主人？”张书奇顿了口长长的气，感觉憋在胸中三十多年的气一朝当着自己心爱的人吐出来心里很清爽。于是张书奇接着说："1935年秋天的火车站，那火车的哭腔时常在耳畔回绕。……"张书奇说时腔调也走了音。

露茜一听张书奇说起火车站，禁不住泪水盈眶。张书奇想安慰她，可他舌头僵硬，一句话也说不出来。

停了半天，露茜情绪激动地说："天下数不清的火车站，不知上演了多少幕悲欢离合。我梦见你在火车站的人群里头，我千呼万唤你不理，有时好不容易挤到跟前，可怎么也找不见你。一醒，我心里突突地跳。这梦没法跟人说。只好在心里想了又想。一个坏梦醒来，我就会想很多坏情形，莫非，莫非？……"露茜哽咽说时看着一脸凄然的张书奇。

"梦醒了，你摸摸，我有体温。"张书奇伸手叫露茜摸。她脸上晶莹泪水里映着三十年前火车站相别的一幕……

——1935年9月下旬，张书奇去英国进修邮务业务管理和技术。站台上，露茜跟张书奇脸对脸站着，心里有太多的话说不完。凉爽的秋风飘起露茜垂在肩上的长发，张书奇用手轻轻把散在她眼睛上的一缕头发轻轻掖到她耳后。露茜小声说："现在这里是九月天，到那里就十月了，天该是不冷不热。记着每天喝够水，身体才舒服，牙才不发炎。不过发炎也不要紧。我叔叔肯定给你根治。"露茜以医生特有的职业素养交代张书奇，更像一个母亲交代远她而去的孩子。张书奇孩子似的点点头。

"还有，用餐时注意刀子叉子别交叉成十字形，那样很不吉利。再者，用刀子来代替叉子或调羹会招致不幸，入乡随俗。"露茜不厌其烦地交代。

"我带有一大把筷子。"张书奇指着箱子说，"我要让你们看看我们的筷子比你们刀叉文明和简洁方便。"

"好好好。"露茜知道拗不过也就只点头。

“你晚上不要单独出门。上班不要累得直不起腰，保住本。遇上翻译难题写信商量，或者等我回来再说。”张书奇也悉心交代。

露茜点点头。眼眶泪水聚得越来越多。“书奇，我想哭。生离果然胜死别。生离是俩人的痛苦，死别是一个人的痛。”露茜哽咽着说。

“两年，一晃就过。”张书奇安慰说。其实他内心也多有不安。世事充满了变数，有时瞪眼看着还没法，何况这出远门，谁知道有什么出乎预料的事会发生。想到这里就说：“咱们要是一起走该多好。咋着？”张书奇看着露茜问。

“谁不想回家？！偏这时候，住进几个重病人，我如果一走，她们就也‘走了’。另外这一班人的课还没讲完。上帝交我的博爱使命没完成。”露茜说时用手抠着张书奇西服上的黑扣。“我在中国等你。”话虽轻松，可谁都知道做起来的沉重，就是木头人也会流泪。

张书奇感慨万千，却连一句话也说不出来。他说什么跟露茜博大的爱心比起来都微不足道。只好安慰说：“上帝笑咱们哩。”说罢，张书奇绷紧嘴连连点头，克制心底泛起的酸楚。他用手轻轻擦去露茜脸上的泪珠，逗她说：“泪花点点，如晨兰泣露。”

露茜把泪眼在张书奇的胳膊上轻轻沾干净。张书奇轻声柔意地说：“天各一方不要紧，要紧的是心在一起。相思时看相片。”露茜连连点头。“译完书，咱们再一起回英国。这一回我先去你家让他们看看我这女婿中不中。”张书奇逗得泪眼朦胧的露茜破涕而笑。

火车呜呜发出了哭腔。俩人用眼话别。这时张书奇眼里噙满泪水。他不想叫露茜看见涔涔而下的泪水，干脆头也不扭钻进车箱。火车喘着粗气，车轮缓缓启动，张书奇把头伸到窗外，向露茜挥手。露茜白色遮阳帽映着她白里透红的脸色，随风款摆的秋香色格格毛料裙如玉树临风。

露茜回到福音堂，心里袭上一阵莫名其妙的空。空得无所依凭。她平生头一次体味空的滋味。不由得心里问自己怎么会空？一会儿她才明白心原来跟张书奇走了，只剩下一个躯壳皮囊。空皮囊跟空袋子一样立不起来。她瘫坐在钢琴凳上，愣愣看着钢琴上放着她和张书奇在峨眉山的照片，心里隐隐地疼。爱到心疼时的爱，爱就是生命的一部分。她想起几年前离家来中国，无忧无虑轻松快乐。可几年下来竟会懂得心疼。懂得多思的负重，世上什么重担都好担，唯情这个担不好担。此时此刻累得浑身酸疼的露西，想起小时妈妈说音乐能疗伤的话。她掀开琴盖。只觉得黑白琴键在眼前放大模糊成斑马纹，仿佛非洲草原上一群斑马，踏着琴键奔腾嘶鸣飞驰而去。她弹《时间之舞》时，感觉张书奇正在想她，相思有磁场。只要俩人心里有，天地就显得很小。就像她和张书奇相识，这么大一个世界，偏就俩人相遇，偏偏相师相生相学相爱。

为了排遣因爱而空而疼的心境，露西铺开纸，拧开笔给张书奇写信。信随人走，人到信到。……

露西从兜里掏出厚厚一打张书奇在英国写给她的信。张书奇眼熟那一捆他最喜爱的石竹斋信封，心里噢了声。嘴里却说："信。信里有梦。可后来我们的梦出岔了，人就像脊背朝下的海龟不知所措。"

"梦——，梦出了——岔……"露西泪从脸上滚淌下来，喉咙眼憋疙瘩，嘴角颤抖着泣不成声。她两手并成蚌壳捂住脸，泪水顺着指缝滴下来。

张书奇的心由酸变疼，但他拿捏住精神哄她，说："叫上帝听听三十年的悲欢离合……"

"收到你最后一封信的时间是1937年5月28日。晚上，我展信细读你信里回复我问的《红楼梦》里'吃茶'的几个问题。你说吃茶一是表示女方接受男方订婚的礼物时要吃茶。二是拜堂时新娘要向男方的父母敬茶，以示过了门，作了媳妇。喝茶是中国人的传统，汉语的喝茶有很多含义。英国人也好喝茶，可英国没有茶的转义。第二十五回凤姐笑说黛玉‘……你既吃我们家的茶，怎么还不给我们家作媳妇？’听凤姐说的是茶，其实是借茶打趣黛玉。”

“娶新娘要戴‘红盖头’，婚床上撒枣、栗子、花生，意思是取枣、栗子的谐音，意在‘早立子’。而花生则是暗指‘花着生’，即既生男又生女。但对于文化背景相异的英美读者而言，他们不了解中国传统婚礼的习俗和汉语的谐音，可我们译时要用方法把书中的文化信息成功地传递给译文读者，方才达到我们译书的目的。”

“信中还讲了正册判词里‘可叹停机德，堪怜咏絮才’。‘停机德’引自《后汉书·列女传·乐羊子妻》，乐羊子妻割断织机上的绢比喻学业中断，徒劳无功，以此劝说丈夫继续求学谋取功名，不要半途而废。书中暗指薛宝钗具有此德。‘咏絮才’的典故取自晋代才女谢道韫咏飞雪为‘未若柳絮因风起’的佳话，‘咏絮才’用来比喻具有非凡文学才华的女子，书中暗指林黛玉。”

“《红楼梦》中有太多东西因为太难以传达而不可译，无法译。比如书中人物心灵内涵。为什么黛玉跟宝玉始终是那么别扭，又要探宝玉的口风，又不让他把话直接说出来。这就是中国女性的含蓄和尊严掺杂下的情感表象。黛玉内心非常迫切得到宝玉的爱情保证，可等宝玉把真情表露给她时，黛玉又会觉得受了冒犯而生气。黛玉的心情表现得非常复杂。这是你们西方读者难解之处和不可思议的情感。你就曾经替宝玉打抱不平，说宝玉给林黛玉当恋人太难。如果生硬地翻译过去读者肯定直摇头。”

“信里还说像王熙凤这样的人物，是一个无所不能的人物，她会讨好会巴结会迎合，尤其会说话。说话是艺术，中国人会说话能当银钱花，这话一点也不差。凤姐这一本事是在黛玉初到荣国府时头一回展露给读者。小说那一段写得着实精彩。凤姐看到黛玉时笑道：‘天下竟有这样的标致人儿！我今日才算看见了！况且这通身的气派竟不象老祖宗的外孙女儿，竟是嫡亲的孙女儿似的……’这段话不是凤姐的世故和一般恭维话。凤姐的话猛一听是恭维黛玉，内里则是恭维贾母。西国也不乏王熙凤式的人，只是译时字面意怕西国人犯思量。”

“《红楼梦》是作者生命的结晶，我们必须用生命翻译，才能将作者心灵的绝唱译好。因而要克服传统的欧洲人在中国文字面前和中国人在外国文字面前的巨大差异，勇敢地穿过中英文间长满荆棘的丛林。才能完成好这本超越心灵文本的译作。”

……

“读罢信，我高兴得无可比拟，我的心飞到你身边。我满怀信心地开始译第六十回。夜里 11 点多，我正译得起劲，突然，一个带信的飞标从开着的窗户飞进来扎在我的书架上。我的头发都感觉到带过的风。我吓得魂飞魄散，也不敢喊人，半天回不过神。最后颤颤惊惊取下上面的信展开一看吓傻了。”露茜说着掏出个黑黄的牛皮纸信封，递给张书奇。张书奇急着掏出信瓤，慢慢展开绵纸，上书：

“洋教士女巫，限你两天时间离开中国。否则死不见尸，活不见人。”落款时间是 1937 年 5 月 28 日。

张书奇倒吸一口凉气，迷惑不解又心疼地看着露茜。

露茜泪眼迷蒙中透出内心惊恐，令她心悸的三十年前的那一幕……

——夜深人静，黑暗笼罩的时间段，谁也不知道哪个角落会发生什么神秘的事。露茜哆哆嗦嗦从飞刀上取下恐吓信，手不停地打颤。她看罢恐吓信上的几个字，心里一阵迷乱，就连带罩灯投到天花板上重重叠叠的圆光影随着灯头微微颤抖而轻轻摇曳，这个极平常她见过无数遍的光影此刻也像魔影。从来都不害怕的露茜此刻胆小得像害怕天黑的小孩子。思想情感像跌进漆黑的深渊，不知道会有什么猛兽会随时出来要她的命或是……她不敢往下想，极度恐惧，喊不敢喊，哭不敢哭，只是在心里无数遍问：上帝，我怎么啦？我哪些地方做错了？上帝救救我！上帝没有回答她。她自己对自己说她没有做错什么。

但她知道哪个地方不对劲儿，并且很不对劲，是什么，她一时还说不清。心惊胆颤之余，她第一反应是还有几个病人要手术，天哪，一想到她的病人她就坐立不安，她恨不得拨快时钟叫天即刻就亮。

第二天她强迫自己静下心做一个宫外孕手术和囊肿手术。当她站在手术台上时，头脑静得出奇，手术一个接一个，护士都累得腿打软，可她还要坚持做。她边做心里边祈祷上帝叫她做完手术，这六个病人不能拖延。不管天塌地陷，不管是脖上架刀，背后打黑枪，都要把手术做完。六个病人全部安全下了手术台，她慢慢直起累得又麻又疼的腰，就一屁股跌坐在手术室的椅子上闭上眼，浑身瘫软，感觉天旋地转，昏昏沉沉，梦见自己飞回英国。对，管他什么，回国，回国找书奇。这一信念支撑她睁开眼，她把她的病人交代给另外一个医生。心里流着泪说：我的病人，上帝会帮你们的。我在路上遥祝你们。我多想看着你们同我挥手相别笑着走出医院，可是，可是不知是谁不让。嗳。想到这里她再也忍不住，泪水夺眶而出。她心里问究竟得罪了谁？傍晚，她回到福音堂，她把屋的钥匙放到同事琼尼那儿，说她回家有点急事儿，来不及说更多。说罢就匆匆去了火车站。站在站台上，她眼前回放两年前在这里送张书奇，她对他说等他回来。这还有几个月就该回来了，可这里出岔了。她在心里祈祷书奇等她。她不停地转着身扫视周围看有没有异常情况。她心说那躲在黑暗处监视她逼她离开中国的眼睛，一定在严密注视她的一举一动。她心里发怵。夏天傍晚热得蝉鸣个不停，她也出了一身冷汗。她心里凄惶加害怕，只是不停地祈祷上帝保佑她见到张书奇。

二　相隔两地

——1937年7月6日早，露西搭乘的“女王号”轮船驶进伦敦港。踏上国土，紧缩的心放开了，就像受到惊吓的孩子钻进妈妈的怀抱，担着的心终于放进肚里，不用担心背后那不明真相的眼睛盯着她。一想到马上就能见到家人和张书奇，这些日子来的担惊受怕和旅途疲惫烟消云散。她搭车直奔哈利街的家。

露西爸爸开门一看，禁不住喜叫：“女儿？”慌忙接过露西手中的箱。

露西在屋里转悠，看着自己别了五年多的家，留声机里放着《时间之舞》的音乐。露西坐在沙发上，闭着的眼前是那封信。

露西爸爸端出冒着大热气的茶，一脸笑意地叫女儿喝茶。露西看着几年不见但也不见老的父亲，心里安慰些。露西无意识地看着眼前茶几上的青花壶，她猛地清醒，这是张书奇带来的，买时挑图挑了半天，最后相中这个晴雯撕扇。四个杯全是《红楼梦》里故事。热气消散无形，可她心绪百结。她忘记了淑女的要求，就用嘴对着轻轻吹了下。露西爸爸喜滋滋地端详着女儿，说：“太渴了。”说着就顺手拿个杯来回折倒，婉转讽喻说：“吹气跟风信鸡似的。喝完水洗澡睡觉。看你脸色不大好。我给你做吃的。”露西强笑着点点头。

“爸爸，天还早，待会儿我去看看中国张书奇。”露西放下杯说。

露西爸爸一脸茫然地盯着女儿用疑惑不解的口气问：“这么说你不

知道他走了？”

露西大惊失色地看着爸爸，微张的嘴合不拢了，眼直瞪瞪地看着爸爸。

“大约一个月吧，新加坡一个跟中国张一起进修的李地生过来，他说张书奇叫他来说一声，张书奇接到家里来信，说他妈妈病得不轻，他匆匆回国了。因走得急，顾不上来说。托他传信，表示歉意。”露西爸爸静静的语气。

露西一听，心里一格登，问那人什么时间来说的？露西爸爸略一想说：“哦，有一个多月了，按正常算中国张现在该到中国了。”露西眼神慌乱，视线从爸爸脸上移开，感觉胸部要炸开，继而周身的血液像凝固一样，一股凉气直往下沉，眼前一黑，头一歪就什么都不知道了。

露西爸爸一看，惊慌但不失措，有名的外科大夫很懂救治，露西轻轻哼了声就醒了过来。露西爸爸一脸惊异地看着醒来的女儿，虽说放心了，但心里狐疑，他想必定发生了什么非同小可的事。

露西睁开眼睛看见爸爸脸色惊慌，心里责备自己不孝，叫家人跟着担惊受怕。可她也不是故意的。她心下思忖刚才自己肯定是过阴了，原来过阴也没啥好怕的。

露西爸爸用担忧的口气问：“女儿，发生什么事了？你一进门我看你神色就不对。”

露西拉着爸爸的手哇一声哭了。露西爸爸轻轻抚摸露西的头发，安慰说：“到家了，不怕。到底出什么事了？”

露西把她那天晚上收到的匿名恐吓信叫爸爸看。露西爸爸想了想说：“噢，是这样。这肯定是个阴谋。”露西爸爸替女儿解析，“阴谋不见得是坏事。要不我还见不着你呢。”

露西思来想去，凭直觉她感觉这个阴谋对她和张书奇来说不是好事。她猜肯定有人背后给张书奇设圈套。张书奇这个大孝子现在全然不知。露茜越想越怕，越怕越急。可急也无济于事，无计可施。她想去问问传话人。

下午，露茜爸爸陪露茜一起跑到舰队街邮务总局培训处找李地生。一问说李地生父亲有病，已经回国走了几天了。露茜一下就愣在那里像雕像，半天回不过神："上帝，我这是怎么啦？"上帝不理她。

露茜爸爸叹气摇头，安慰露茜说："巧得编都编不出来。"

露茜心情沮丧地回到家。她爸爸直接就劝她说："你在这里不要轻举妄动回中国，万一中国张这期间办完事回来，以免再擦肩而过。以不变应万变。"露茜点点头嗯了声。

露茜心想张书奇妈妈身体好得很。可自打张书奇走后，有两年时间没有他家里的消息，张书奇信上也没说过什么。是漏读了？不会，他的信她是字字句句斟酌细品。她拿出信一封一封重读，1936年夏天的一封信上说：不要一个人出门，晚上更要早早关门，现在我老家一带匪盗四起，绑票勒索的事常有，Z州离那里没多远。露茜拿着信发愣，这几行字里肯定有隐情，他怕给我思想上添负担，没直说。信上也没说书坤上学的事，书坤也没来找过我。他家里一定出过什么不愉快的事，要不然他咋知道土匪绑票的事？情况叫露茜不能不往坏处想，可又不愿想得那么坏。

露茜天天盼邮递员来，盼能收到一封来自中国的信。哪怕一封，哪怕几个字都可，可盼来的是杳无音信。但关于中国打仗的消息报纸上倒是篇幅越来越大，内容越来越多，总之如报纸上说的日本人的目的全写在行动上了。1937年7月8日的报纸大篇幅报道中国日本正式开战的消息。全世界的目光都盯着中国。露茜心想坏事了。露茜爸爸冷静地对露茜说："幸好你来了，要不然我的头发就要愁白了。"并帮助露茜分析，出乎意料的事难以把握，一时半会，中国张怕来不了了。他交代露茜要正视现实，走出自我感情的小圈圈，一边去工作，一边静观其变。

露西点头同意。她强迫自己静下心接着译《红楼梦》。时而翻开读读张书奇之前写的信，见信如见人。看影集中的照片，轻轻抚摸，就像摸到一个有体温的张书奇。她闭上眼，就梦见在茫茫大海上她与张书奇擦船而过，她看见他，她大声喊着飞到他的船上，可到跟前又不见了人影儿。梦出岔了，她诅咒梦哄她，嘲弄她，醒来心绪糟糕，他就翻开《红楼梦》，用梦岔开她心中的恶梦，以梦占梦，以梦攻梦。

露西每天早上起来第一件事就是上街买报。露西耳边仿佛炮声隆隆，眼前逃难的人群，婴儿的啼哭，凭着职业的敏感，露西的心揪紧了，那里的母亲和孩子如何活？似乎炮声震醒她多日来迷糊的头脑，她想到应该去凯特家打听，凯特家人说一月前凯特还给家里写信说准备回来，可现在一直不见人影。凯特家人心中的担忧和焦虑全写在脸上和眼里。凯特家人说露西幸运，不管怎样在战前回到没有战争的家，家人不用提心吊胆睡不着。乱邦不居。露西当着不知情的人只能一笑而已。她此刻恨不能插翅飞到战火纷纷的东土。

她心急如焚，食不知味。胃脾麻痹。瘦得腰仅有一点八英尺。露西妈妈心疼地说女儿瘦得像中国的筷子。露西装着没事笑笑，她不能叫爸爸妈妈为她焦虑担忧。但她妈妈窥出她的心事，暗地劝她，要想开，身体垮了，那可就再也见不到张书奇了。以不变应万变。中国那里很糟糕了，听说中国有能力跑的人都逃难国外，既然战争无法避免，作为常人白白送死是傻子。心存大志的人，要懂得生命的意义。她妈妈说看了她的译稿为她骄傲自豪，说英国人肯定爱读这本书。她妈妈说她是东西文化的天使。等中国的战争一结束，你可以去找中国张。说到这里，露西妈妈的话里露出无限欣慰，说中国张有教养有学识，幽默，有责任感，女人一辈子有这样的男人陪伴真是福气。

可露西心里既高兴又难受。她妈妈替她说出了心里话：“先过好当下，将来才好说。”

露西点点头。心里一算，回来竟四个月了。哦时间，用博爱口音说："可哦歇惜了。""对于要干的事，应该一想到就干。因为人的想法是会变化的，有多少意外，……"对，她的突然回来不就是意外证明么？意外就是意外的意外，任何完美幸福的计划都是脆弱的，"抓住公牛角"。她找到她出国前工作过的医院，重新工作。既减轻家人经济负担，又能在工作中找到自己的价值。

1937年10月底的一天，露西又到凯特家，凯特家人急得直摇头叹气，眼里噙着泪水，生生把眼都望穿了，天天在希望与失望的交替中有气无力地过活。露西安慰说："凯特大哥聪明机警胆大心细，经历的事多，一定会安全回来。"安慰一剂良药，凯特家人出于礼貌谢露西，但心里悬得难受。事不在谁身上不知心里的感受。就跟露西的心里的事凯特一家人不知道一样。凯特作为她了解张书奇情况的最后一根线断了，没人能修接。人能给人带来幸福，也能给人带来灾难。她想起中国人说的"宁当太平狗，不当乱世人"。她为凯特担忧，更为张书奇的处境担忧。

"这件事连累你家人操心费神。"张书奇说着把头摇得像拨浪鼓似的，一脸的不自在和愧疚。"我第一次去你家，就是你妈妈开的门。我一看，心说不用问，肯定是你妈妈。因为那眼睛和鼻子太像了。整个脸的上半部是照你妈拓下来的。她的嗓音好听，一听就不会忘的那种声音。"张书奇回忆时的表情亲切。

"大学音乐老师。"

"那气质看上去高雅。一举一动，就看出淑女课程肯定都是满分。有其母必有其女。"

露西笑着连连点头。

"搞艺术的人看上去面嫩。如果你和你妈站一起，外人不知道，就会误把你俩当成姐妹。"

露西鼻子嘴里窜了不出声的笑。"人的老分阶段。再说妈性格开朗，人缘好，爸爸爱她，善解她意。天天歌声琴声萦耳，心神轻松愉快的人想老都难。”

张书奇连连点头：“你有这样有知识有才华的好妈妈，你多有福气。”张书奇羡慕说，“她做饭也很好的。那一天，她一定留我吃饭。煎牛排、葡萄干饭、三明治、咖啡蛋糕、奶油西红柿汤、爱尔兰炖鱼、杜松子酒，还专门为我做了碗面条。”

“你的福气也不小。”露茜慰藉的语气说。

“哎呀，那天吃面条，不敢放开扑噜，为了不叫发出响声，我用叉把面条就着碗沿压断，无声地吞进嘴里，舌头一卷就咽了，面条什么滋味不知道。为了拿捏个好吃相，可算受了‘洋罪’了。”张书奇眨巴着眼回想说。“更不自在的是你妈妈盯着我吃。我越拿捏越不自在。手脚笨的还不如猩猩。当时我想头一回见丈母娘，要留好印象，一丝不苟按照你说的那些规矩，不敢走样。我偶尔装着没事的样子偷觑她的表情，想看她对我的反应。我不看还好，一看更不自在。我发现她的眼神里有无数根爱的芒刺，就像太阳，刺得浑身都是刺儿，用针挑不出来的刺儿。”

露茜哈哈大笑：“媳妇见婆，女婿见岳父母，感觉一样。”

“过了一关又一关，心中好似蜜油煎。”张书奇把《文昭关》里伍子胥的唱词一改唱了两句，“再一细想，人一生要过数不清的关——生老病死关，金钱名利关、黜陟成败关、爱情情爱关，不同，最幸福的就是美丽浪漫的爱情关。那天你爸爸陪我喝白兰地，我举起斟满用蜜情爱浆调制的美酒，闻着杯里清冽的酒香，心醉了。”

“一醉三十年？”露茜好奇地逗问。

“可不？”张书奇像个孩子似地晃晃头，“从你妈妈满意的微笑里我拿到爱情的绿卡。特别是看到你叫我带给她的茶、红枣、丝绸、刺绣、粗布、中药香料，还有活血美容洗澡用的中药，寸金天麻，西藏的冬虫夏草，天山雪莲，灵芝什么的，你妈妈高兴得不得了，连连说好。后来我给她讲天麻炖鸡如何好，讲雪莲喝了如何好。我看出她的眼里充满爱意和对她女婿的信任。”

“我妈妈对你惟一不满意的一点就是你的肤色。我对我妈说，我早已忘了中国张的肤色了。我妈笑笑说：‘太熟或太像就会忘记对方的长相。’”

“有一天晚上我值夜班，接到一个紧急病号……”

——1938年2月11日晚，露西值急诊。半夜，天冷得出奇。她刚处理完一个病人，一杯水没喝完，突然又送来一个昏迷不醒的重病人，送的人说她在船上就昏迷了，可船上没有好药。露西一看是一年轻女孩子。就赶紧检查，结果是肺部发炎，高烧昏迷，呼吸困难。送的人说这是船上人捐的治病钱，一并给露西放那里。慌乱中露西也忘了问清病人姓什么叫什么。

露西一看体温表的水银柱直指四十度，病人抽搐，断断续续说胡话。露西赶紧实施物理降温，迅速用药。喂药时只听病人含混不清地念叨“张，书……奇……哥”，一会儿嘴里嘟囔：“露西……大夫。”露西惊得心都快跳出喉咙眼了。她赶紧端详她的脸儿，但她闭着眼看不清。她将药灌进病人嘴里，只听病人又喃喃地重复刚才的几个字。露西从病人的长相和病人说的胡话，初步判定病人是中国人。对于病人说的张书奇，露西太惊讶了。因为她知道张姓遍布中国，重名重姓的人多的是。她怕自己耳朵听错了，世上哪会有这么巧的事?

再听，女孩闭着眼喊：日本……杀人。声音前弱后强。“杀人”两字声音里充满了惊惧。病人嘴里还不停说，时清时混。弱时声音像蚊哼鸣。露西把耳朵贴在病人嘴跟儿才能听见：檀……木……笔筒。一会声音急切地念叨：船！船！……露西心思慌乱，她细细端详脸色稍好些的女孩子，面熟，在哪见过?露西脑海里浮现出她跟张书奇在峨眉山时碰见的高梦瑞姐妹俩。她赶紧又仔细端详女孩，对，是背画夹的南大美术系的，叫什么？露茜先想起给她写信的高梦瑞，顺着高梦瑞往下想：“哦，高梦仪？”露茜惊呆了。停了会儿，只听她嘴里嘟囔拉贝。停了会儿微弱的哭喊：“爸……爸，妈……妈。”接着声音微弱地说，“家人，家人，完……完……”病人上气不接下气，最后那个“了”字都说不出来了。露茜愣了。把女孩嘴里断断续续的话串起来想，女孩来自中国肯定无疑，拉贝，报纸上登过德国人拉贝设安全区，救了好多中国人的事。是不是南京……？

露茜守护一夜病人。后半夜，病人体温下降，慢慢睁开眼迷迷糊糊四下瞅一下，又慢慢合上。第二天上午，露茜喂病人喝些水，眼睛有些神了。后来，当她看到周围她不熟悉的环境时，一脸惊慌失措，慌忙挣扎着要起来。还小声问：“这是哪里？”

露茜一听病人开口说话，就小声安慰她说：“不敢动，不要怕，这是伦敦医院。”病人神情放松下来。嘴角努出丝笑意，有气无力地问“我，怎么在这里？”露茜朝她点头说：“你病了。”她闭上眼，想了想，不解地说：“我不是在船上？”

露茜说：“你在船上就病了。同船的人把你送了来。”

高梦仪在露茜的精心医治照料下，病容渐渐退却，意识清醒。她目不转睛看着露茜，眼睛不停地思索。露茜微笑着坐在她床边的凳上，一脸喜笑地看着她亲切地说：“你从中国来？”

女孩看着露茜的蓝眼惊异地点头。

“你是高梦瑞的妹妹，高梦仪。”

露茜话音没落，高梦仪就猛地坐起来。露茜赶忙上前按她躺下：不敢动。

高梦仪喜出望外地看着露茜，惊讶地喊：“露茜大夫！”高梦仪情不由己地握着朝她伸来的露茜的手。高梦仪眼里噙着泪，半天才哽咽说：“没想到。真没想到。异国他乡遇上救命恩人。”高梦仪激动的泪水顺着苍白的脸颊滚落下来。

露西给她擦去泪水，说："病好险，亏得救治及时。再加上你身体基础好，好得快。"

露西称高梦仪为梦仪妹。高梦仪稳了下情绪，说她又捡了条命。高梦仪说从去年12月南京沦陷开始，日本人开始大屠杀。说到杀字，高梦仪的声音都惊恐地变了腔。一双黑亮的大眼里布满恐惧，好像日本人寒光逼人的屠刀正向她刺来。她说她躲到德国传教士拉贝设的安全区才幸免一死。可我们漂亮的宅院烧成断垣残壁，家里几十口人只剩她和她在上海的姐姐。说到这里，高梦仪悲痛感激交加的泪水止不住地流淌。她一双明亮的大眼失神地望着另一个世界自己的亲人。

"高梦瑞，协和。"露西自言自语念诵。露西心里最想知道的是高梦仪胡话中说的张书奇的名字，这里面肯定有听的，可该从哪入口问？她希望她自己能说出来最好。

高梦仪稳了稳情绪接着说："她说她因为懂外语，以翻译的身份搭乘英国一艘轮船逃了出来。"高梦仪喘喘气。

露西故意引她说："那年在峨眉山相遇，一晃几年。"

"可不？就像刚刚发生。你和书奇哥——"，一说到张书奇，高梦仪像是想起什么似地问露西："露西姐姐，你在这里，书奇哥呢？"

"他在中国。"露西担心地说。

"去年六月我回国时，在船上遇上书奇哥。他说他回国找你。"高梦仪语气迟疑，"张大哥说他母亲得了'吃不下病'，还说回去问你怎么治？"

露西心想这就对上景了。

——1937年6月上午，高梦仪乘的"女王号"客轮从伦敦港启程。不一会儿，高梦仪来到甲板上，她怅望天空，心情飞扬。就像跟船翻飞的海鸟一样自在。她见甲板另一边站着个年轻男子用羡慕的眼神看着绕船的飞鸟。高梦仪打开画夹速写其船、人、鸟和海。

他像故意配合她画似的一动没动。她刚画完，他就伸展双臂伸个腰。他刚转过身要走，就看见穿着件雅白色棉麻丝绸布连衫裙的中国姑娘，笑吟吟地朝他走来。他眼睛一亮，脑海里回忆起和露茜在峨眉山碰到的背画夹的女孩。俩人同时认出对方。张书奇惊讶地说："高，这不是高梦仪小姐？！"而高梦仪则脱口直呼："张哥，是张哥，没想到在这里碰上你。"

张书奇看着高梦仪惊喜惊叹："世界有时很大，有时很小。"

高梦仪连连点头："你是学习？游玩？串亲戚？"

"学习。你呢？"

"跟你一样，学习。那年峨眉山回去就来了。"高梦仪激动地说，"你怎么一个人？露茜大夫呢？"高梦仪关切地问。

"她在中国。"张书奇感叹说，"天下就有巧得不能再巧的事了。"

"缘。缘真是个神奇的东西。这下可好了，旅途有伴了。"高梦仪喜欢的像个孩子看见久别的家人。说着拿出她刚才画的张书奇背影的速写叫张书奇看。"像不像？"

张书奇微笑说："像，岂止像，连神都跃然纸上。姓高，画技更高，高手抓神。不愧为南大才女。"

"张哥原来懂画。不过，从张哥的背影就能看出张哥心里有事。"高梦仪眼睛盯着张书奇问。

"画家的眼睛毒得很。"张书奇看着画笑说，"看上去虽潦草，细看却笔笔不苟，线条流畅。这次进修收益不小哦。"

"伦敦国家美术馆、人物肖像馆、大不列颠国家美术馆、伦敦蜡像馆，那些艺术珍品，真的叫人大开眼界，不出门不知道自己差得远呢。还学了油画。"高梦仪一一说来。"张大哥，冬天准备去北方画雪，去找你好么？"高梦仪用征询的口气问。

"我们老家太行山，一年四季景不同，那可是画家写生的好去处。"

张书奇建议，“我们那里还有竹园。”

高梦仪一双亮晶晶的大眼眨巴着说：“去！”

“一言为定。”

“一言为定。”高梦仪点头。

张书奇看着手里高梦仪画他的后背素描画，微微皱眉半开玩笑半认真地说：“要是梦仪妹妹的笔能是马良的神笔就好了。”

“张大哥想叫我给你画个什么？”高梦仪反应机敏地问。

张书奇苦笑笑：“画个飞马骑着赶紧回家。”

“想露茜大夫了？”高梦仪开玩笑着问。

张书奇点点头。但嘴里说：“家里说母亲病了。我这会儿急得没法。”

“什么病？”高梦仪惊诧地问。

“不好的病。现在病很重了，我担心赶不上。”张书奇忧心忡忡的语气说着。

“怎么不好病？”高梦仪用理解人的神色和语气关切地问。

“吃不下病，当地人称隔病，吃麦不吃秋。”张书奇怵得连病的名字都不敢直呼。

一早上，天空飘落的小雨，直直地将天地扯连起来。张书奇正要转身回仓，高梦仪一手举着伞，右腋下夹着画夹，穿着碎花布连衫裙，曲线优美的身腰显得更柔软，没穿袜子扁而白皙的脚光着，趿拉个棕红色皮拖鞋，清雅秀丽的江南美女。张书奇心说跟在峨眉山时的样儿没多大变化。高梦仪看见张书奇稳重一笑：“张大哥，劳驾帮忙。”说着把手中伞递给张书奇，“我要画雨中飞鸟。”

张书奇接过伞撑在俩人头上。高梦仪的大眼睛随着飞鸟游移，铅笔在手里灵活转动。张书奇侧脸看说：“打活靶。”高梦仪不好意思笑问：“像不像？”

“鸟眼比赵佶画得还传神。”

高梦仪眨了眨她那双黑亮的大眼：“原来张大哥知道画。”

张书奇摇摇头：“就美术课上听老师教的一点。有一回上美术，老师叫画鸟，我画来画去怎么看那鸟都像病鸟。老师说关键出在鸟眼上。我问老师咋着才能画好鸟眼？老师说‘眼照上唇安’。我一下就明白。”

高梦仪用赞服的眼神打量张书奇：“你和露茜真是才子佳人。一个能征服英国美女的中国男人，绝非等闲之辈。”

“错了。绝对等闲之辈。没进过大学门，英国邮局大职员。”张书奇自嘲笑说，“至于我和露茜没有谁征服谁，我们是志趣相投。”张书奇看着雨滴溅起的海水花纹自豪地说。

“真叫人羡慕。”高梦仪羡慕的语气说。

“好缘就像首好的音乐。”张书奇把伞递给高梦仪。高梦仪说：“如果张哥不嫌不好，把这张素描给张哥作个纪念。”

张书奇接过画，从高梦仪手里拿过笔，在画的左上角写：妹妹做画哥撑伞，良辰美景奈何天。画里画外皆风景，妙笔生花缘外缘。

高梦仪挑起她那长睫毛看着张书奇若有所思地说：“哦，张哥，趣味人。”

——船在马尼拉停留补给。高梦仪来喊张书奇一起上岸遛逛。

张书奇也觉这些天脚没挨地，心里不踏实，也一心想在地上走走，就跟她一起下船看看这个太平洋岛国国际水路驿站。高梦仪买椰干，买水果。她的花布袋里全是零食。

高梦仪看见大街上檀木店鳞次栉比，就说来到檀木窝不买个东西，就如进宝山空手归。就拉着张书奇进檀木店。张书奇神情略一迟疑。高梦仪就一本正经地看着张书奇说：“张哥，你想等下一回再买？”

耳边回响“对于想要做的事，应该一想到就做……”的话，莎翁肯定吃过“这种”亏，才写出了惊人的道理。

“我叫下一回害苦了，我不要下一回。”高梦仪提醒自己说。

张书奇点头说是，他要给家人买了护身符。

高梦仪给家人一人买一个檀木梳。后来选两个带柄的，微笑着递给张书奇，用温柔而命令的语气对张书奇说：“喏，这是给你和露茜大夫的。”

张书奇惊愕地往后退一步，慌不择言地说：“梦仪妹妹，你——？”

“——我和你萍水相逢一面缘就赠礼物，唐突，是不是？”高梦仪抿着嘴儿笑说，“收下。”

张书奇心里不由得暗暗惊叹眼前的高梦仪跟“林潇湘”一样心思诡异厉害。说一不二，于是他朝高梦仪微微弯腰，伸双手接过梳子，正看反看，说：“天天梳头，睹物思人。”

高梦仪绷嘴笑说：“能叫缘分中的人思念是件愉快的事。”张书奇接着话茬说：“老天总好把相同想法的人撮成缘。我也想叫妹妹记住我。”张书奇说着拿起一个檀木笔筒双手捧给高梦仪。

高梦仪两脚并拢站直，学张书奇弯腰双手接过他手里的笔筒，脸颊绯红，兴奋得像个得到一件自己心爱之物的孩子，仔细端详笔筒，看上面刻的一块石和几根竹，边看边说：“透过张哥喜欢的‘石竹’，就足见张哥情趣高雅。”

“竹不择爱，雅俗共纳。”张书奇的解释叫高梦仪听得直眨眼。“噢，竹情真如此？”

张书奇还买个小巧玲珑、可放在条几头的带四个抽屉的小檀木柜，做工精致，每个抽屉的面上刻一美女，串起来看，是中国古代四大美女——沉鱼落雁，闭月羞花。其刀功细腻，栩栩如生。卖主说：“这是一位中国商人定做的，不卖。”

张书奇笑叹“有钱难买不卖”。张书奇跟店主商量：“他出多少钱，我也给你出多少钱。回头你再给他做个不就行了。”

店主眼睛一转，心思动了。高梦仪也在一边敲边鼓说：“这是好主意。如果那位客人要是有个三长两短，一时半会儿不来，岂不是压你的资金？”

店主一听有道理。点头说：“行，那就先卖你。”

张书奇还相中一个火锅外壳，上面刻的是武则天的百花宴图。价钱不菲。张书奇犹豫买不买？“下一回”？下一回不见得有这个东西。一狠心：“买！”

——7月4日上午十点，船终于停泊在上海港。张书奇和高梦仪肩并肩走出港口。就在分手的时刻，高梦仪探问张书奇说这里离南京很近了。张书奇婉转劝慰高梦仪说：“张哥很想拐南京，可我得快快见着病床上的娘。”

高梦仪深切理解地点点头：“孝是大事，回头你和露茜大夫一起去南京玩。冬天我去太行山写雪景去找你们俩。”

“等你。”张书奇语气恳切，“梦仪妹妹，我和露茜都会好好珍惜这份缘的。”

“要不去我姐姐那里歇歇再走，我姐姐在上海一家医院。”高梦仪探张书奇的口气。

张书奇一看表，说：“我还是赶十一点半这趟去Z州的火车，要不错过还得等一天多，下回吧。”张书奇婉言推辞。

“下一回有的是。”高梦仪嘴角挂着有趣的笑说。

张书奇听出话外话的意思，又是摇头又是点头。

——高梦仪说罢，眼神愣愣地想着几个月前的事，谁知几个月后的今天，已是乾坤逆转。下一回？下一回怕是所有希望中最不可靠的希望。这时她像突然想起什么似的，慌忙收回眼神，一看露茜正低头垂泪。

高梦仪心里诧异害怕，她想是我哪句话没说好伤害了她？她费力掀开身上的被子，吃力地凑到露茜身边，伸出纤巧的瘦手轻轻抹去露茜脸上的泪水。关爱胆怯地问：“露茜姐姐，我惹你生气了？”

露茜轻轻摇摇头，表示不是那样。她哽咽着说：“梦仪妹妹，你，你不知道，……”露茜说不下去。

高梦仪不知道露茜说的不知道是什么。她惊慌地看着露茜，不知所措。

“听你一说，我恍然大悟了。”露茜哽咽着说。

“明白什么？”高梦仪却愈加糊涂，摸不着头脑，神色慌乱地急问。

“前天你高烧时断断续续说，张哥、梳子。一会又哭着喊爸妈。我当时越听越迷糊。这会儿你一说，这就对上景了。”

高梦仪眨着困惑的大眼睛看着露茜的脸：“胡话？我还胡说些什么胡话？我，……”高梦仪紧张不安地瞅着露茜。

“你还用恐惧的声音嚷嚷‘日本，日本’，‘家！家呀！’”露茜把高梦仪说的胡话学给高梦仪。高梦仪紧张的神情才算松了下来，垂下头：“露茜姐姐，胡话算不算心底话？”

“也算也不算。发烧酒醉过度时人的意识模糊，大脑皮层中所受刺激最狠的事就会重现。就跟海市蜃楼，其实就是大海发高烧时的表象。还有沙漠绿洲景观，也是沙漠烧迷糊后，将记忆中的场景‘说’了出来。”露茜安慰高梦仪说。

高梦仪长长舒口气：“露茜姐姐，你和张哥提前回来就对了。现在张哥呢？”高梦仪激动地追问。

露茜又泪眼朦胧，哽咽着说：“我自己回来了。”

高梦仪惊得张着嘴半天合不拢：“张哥他……”高梦仪没敢往下问。

露茜把前前后后发生的事一一说给高梦仪。高梦仪愕然无语愣在那里。她脑子累得转不动了，她脆弱得经不起任何人的刺激。她不知道该怎样安慰露茜。

而和高梦仪一样脆弱的露茜，感情上同样承受不起别人的脆弱。一对从中国逃出来的异国姐妹面对相泣。突然，高梦仪打了一个喷嚏，露茜这才看见高梦仪没盖被子，赶紧叫她躺好，拉上被子。用刚哭过的声音说："哦噢，可不是闹着玩的。"

高梦仪鼻音齉齉地感叹说："露茜姐，这些天我像做个长梦。我和张哥在上海分手时还说冬天去找你和张哥去太行山画雪景。嗳，瞬息万变的变化像我们江南夏天的天。"高梦仪说罢江南，眼神凄悲，嘴里喃喃说："大好河山。小日本打大中国像蛇吃象。国人低估了日本人的能力，却高估了日本人的人性。"高梦仪一双黑亮的眼睛顿时黯然无光。

露茜拍拍高梦仪身上的被子："大难不死，必有后福。"说罢俩人相视苦笑，嘴里小声喃喃说："梦，难道《红楼梦》真的成了梦？"

"露茜姐姐，张哥在船上说'世界说大也大，说小也小。'真是这样。"高梦仪叹说。

"此时此刻，我真想叫世界变小，我喊一声张书奇，他就能听见。"露茜用充满希望的话说。

"露茜姐姐，你们英国那本《希普顿妈妈预言》上说，将会有一种一眨眼睛的工夫就绕地球一周的船。英国和中国的距离用半眨眼的工夫就到了。"高梦仪望着窗外的天畅想。

露茜苦笑摇头。"哦，那预言说得多应验。"露茜说时湖蓝色的大眼睛像看见远在博爱的张书奇妈妈那漂亮的容貌。"吃麦不吃秋"。秋天快到了。露茜想到这里脑子嗡了一下。她强迫自己冷静。博爱此病不多，倒是太行山东北有个叫林地的地方此病常见。当时华美医院的三位美国医生和公教医院的三位意大利医生联合去那里考察过，说那里水比油贵，水里缺少铜元素，还多吃腌菜。可对吃腌菜缺少常识——调菜最好是现吃现调，因为盐腌的菜超过四小时，就会产生亚硝盐酸，这个化学成分直接导致癌症。但腌菜超过三十天，亚硝盐酸也就自动消失。起反应需要时间。死于无知，再者是遗传，再者是生气。

“露西姐姐，你想张哥，张哥这会儿肯定在想你。相思是有磁场的。”高梦仪望着窗外枯树上的鸟巢说。

“我也感觉到了。”露西不好意思微微一笑。这会儿张书奇在做什么？安全吗？他妈妈的病怎么样了？最想知道的是张书奇回到Z州猛地听到我匆匆回国的消息时，他是怎样的心情？

张书奇听露西这么一问，不自觉地捏起胸前的汗褟儿来回煽动，表面是想煽风，但实际是解情感困惑。同时，他脑海里重现三十多年前他下火车匆匆赶到福音堂时的情形。

——1937年7月6日，火车喘着粗气驶进了Z州站。张书奇激动的心都提到了喉咙口，他心想他要——突然站在她面前。

张书奇喊了辆出租车，直奔福音堂。大街上所有的一切他都没往眼里去。站在露西门口，平静下激动的心，敲门，没人应声。他突然发现锁上厚厚的一层灰尘，再低头一看，门前的地上一层尘土，只有他自己刚刚踩踏的新脚印。张书奇心里疑惑惊慌，脑海第一反应就是人不在这里有好多天了。他去前边找人问，刚好碰见露西的同事琼尼。琼尼一见张书奇，嘴眼同时睁大，张着嘴半天合不拢，平时伶牙俐齿的琼尼看着张书奇结结巴巴，舌头转不过筋地说：“你，你，你没见着露西大夫？”张书奇看着琼尼的神色，知道事情不妙，不由得两腿发软，气直往下沉。赶紧追问露西人呢？

琼尼定了下神，说：“张先生，露西回国找你了。她走时慌慌张张，把她屋的钥匙往我这儿一放，交代我说你俩还要一起回来的。先叫我替她看好屋子。”琼尼两眼盯着张书奇说。

张书奇头顶像炸响个霹雳，眼前一片黑暗。

琼尼说露茜那天神色慌张，好像有急事。按说是到家了，你俩在路上擦肩而过。露茜走后，她还替露茜收到一封从英国来的信。她说着转身去拿信。“张先生，既然你回来了，就把露茜屋的钥匙给你。”琼尼说着就把露茜屋的钥匙交给张书奇。

张书奇拿着自己写给露茜的信，感觉天旋地转。就像林黛玉听到傻大姐说贾宝玉要娶薛宝钗，心智迷糊。张书奇打开露茜的屋，屋里摆设原样不动，只有时间的身影——灰尘，均均匀匀落了一层。张书奇的心也像叫灰土蒙盖一样难受。他愣愣站在人去楼空的屋里。嘴里喃喃地说：“回国找我？可为什么是在我回来的当间儿回国找我？中间一定有意外？”一连串几个大问号在张书奇脑海里盘弯。他又叫琼尼打听别的人知不知道露茜为何走？答案是：“不知道。”

张书奇想到凯特。张书奇匆匆赶到花园分局给凯特打电话问露茜回国他知道不知道。凯特惊讶地说了句令张书奇无可奈何的三字：“不知道。”

凯特一听张书奇来了，在电话里交代叫张书奇在那里等他。失望的张书奇一屁股跌坐在藤椅上，面对突如其来的变故，他周身的血液仿佛一下子凝固了，思维僵硬，一种从来没有过的沮丧向他袭来。他意识到这里面有蹊跷。就琼尼的描述，他猜露茜一定是被逼走的，而其中的隐情只有露茜知道。张书奇想像露茜当时心里一定又惊又怕，孤独无助。一想到这个情形，张书奇遏制不住内心的急怒腾地从椅子上站起来，可随即又无奈地坐下。

直到凯特来到，张书奇的思绪才稍清醒一些。他向凯特说明回来的原因。凯特理解地点点头。对于露茜的不辞而别，凯特分析说一定跟张书奇有关联。”

张书奇联想不起来有什么关联。凯特提醒张书奇说：“当务之急是回家看看病人，然后再说。只沉迷眼下没法弄的事上，也不是事。”

张书奇点点头。凯特把车停在张书奇家门前。张书奇啪啪啪敲门时，突然看见门心上贴的少了色的红纸上的“喜”字，他心想何来之喜？看门的家人轻轻开开门，一看见张书奇，惊讶地说：“少爷终于赶回了。”一边赶紧上前接过张书奇手里的箱，往院里让张书奇和凯特。张书奇从家人的话里听出妈的病不好。张书奇三步并作两步来到妈住的院里，一股草药味扑鼻。只见一个胖瘦适中的年轻媳妇从妈的屋里出来，猛一看见张书奇，那女的竟满脸羞涩，欲上前问话，又犹豫着收了脚步。张书奇想不起这是哪家亲戚。待仔细看像在哪儿见过，只是猛地说不上来。接他的家人也一脸焦急跑在头里去打竹帘。张书奇一步跨过门墙，焦急地边喊妈边往屋里去。屋边传出一个病弱又充满喜悦的答应声。

张书奇循声来到妈的里间。只见妈躺在靠后墙的撑着青色蚊帐的床上。张书奇妈妈看见张书奇喜极而泣，泪水顺着瘦得皮包骨头、活像骷髅的脸上滚落下来。张书奇也控制不住泪水夺眶而出。妈撑着想坐起来。张书奇赶忙上前安抚妈不要动，一边替妈擦泪。妈的病容大大出乎张书奇的意料，他皱着眉头半天回不过神。当张书奇妈妈看见后边的凯特时，硬是用力坐了起来。凯特心里一惊，赶紧上前搀扶着张书奇妈妈的胳膊说：“大妈不要动。”他心说：幸亏张书奇赶了回来。看样是行将就木了。怎么一年多时间，人就成这样？

张书奇送走凯特，心绪恶劣。看着骨瘦如柴的妈，他怎么也没法接受。昔日清镇最漂亮的人如今叫病魔折磨得两分像人八分像鬼。张书奇禁不住眼里淌出无声的泪水。

“儿子，不要难过，比咱本事大得多的人都有一死，更不用说咱这小民了。不管咋这，妈终于见到你了。”张书奇摸着妈瘦嶙嶙的手，止不住的泪水顺脸淌落下来。他掏出手帕揩了泪，用眼睛问妈得了什么病。“妈得的是隔病，咽不下去，吃一口吐一口，生生饿死了。现在疼得很。我一直在想我这一辈没办过亏心事。”

“妈，人生病的理由很简单，不在那上头。好人不长寿，祸害一千年。好人好替别人想，委屈自己成全他人，难免生气，气是万病之源。”

“隔病”，他听露茜说过中国人说的“隔病”，学名就是食管肿瘤。妈和镇上人一样，从小家人就教往蒸馍锅里添水，要把竹箅子拿出来。张书奇小时不解地问：“这箅子能漏水，拿出来加水不是麻烦？”

妈小心小声嚷他说：“不乱说。一定拿出来，不做隔事。图个通畅。”张书奇当时不懂其中的玄意。后来才听人说那是为了避免得“隔病”而忌讳。现在他明白了人们谈“隔”色变的心理。“隔”，凡事一隔就不顺，他和露茜叫什么隔开了呢？张书奇略知“隔”病除了生气还有遗传，他脑海里往上追溯父亲和妈的爹娘的爹娘们，听说都活七八十。若说吃东西，想到这里他突然想起露茜交代过他吃腌菜不超四小时等等。那么妈是生气了？父亲跟妈从不吵嘴，那是谁叫妈得这说不出口的病？张书奇一脸迷茫地想从妈眼里找答案。妈低声说：“妈强撑着等你哩，这下可好了。”妈说罢长长松了口气，肩膀往下一沉，似乎再也不用撑了，脸上浮现出一丝安静满足的笑意。

张书奇说：“妈是吉人天相，会好的。”

妈摇摇头，少气无力地说：“那是哄人高兴的话，就跟当着皇帝的面喊万岁万万岁，其实那都是欺君之罪，可皇帝愿意听哄他的话，听了中受。活到一百岁的才有几个？”妈缓了口气又说，“妈这病全是打气上得的。可镇上烧香看邪的人说是后花园里不净，住有蛇仙狐仙。我不信。”

张书奇不解地看着妈问：“谁气的？”

“这年把，咱家就没安生过什么事，天上不会掉馅饼，却会掉陷阱。一事比一事不顺。你走后没一月，你爹叫土匪绑了，镇上的王中田捎信来说要多少多少财物。家里忙照着土匪列的单准备，托中人王中田送去。你爹倒是就回来了。谁知没几天，这帮土匪头子，说非叫把书坤嫁给他，否则要毁全家。倒是土匪里也有好人，那人连夜跑来给咱送信。你爹跟王中田一说，他叫咱家人藏到他家给他爹做的棺材里。又赶紧叫你二叔骑马去学校跟你妹妹说，叫把她送往K地或Z州去躲。书坤说正好她们同学有的去抗日了，她就跟她同学一起走了。土匪半夜来家一看没人，抢了些东西，放了几枪，走了。那天晚上在王中田家听见枪声，生生吓死了。”妈说时的声音不由得打颤起来，心里那股怵怕像刹不住闸的车。

“就这还怕不到头。还是叫王中田又去说和，又送去些财礼才算拉倒。”妈说到这里喘着气说不下去，流着泪说：“打那以后，我天天不能睡，怕天黑。天天想书坤。后来，书周也悄悄去打日本了。打日本的事还怕镇上人知道。天天提心吊胆，一听哪儿响，就心惊肉跳。连气带吓，不久就病倒了。天天吃药。但药治不了心病。哎，没多长时间，病就透头了，吃捞面条明显纥绊，我心里知道不好了。”妈说时神情从容。

“你不写信跟我说。”张书奇的话里轻轻埋怨。

“一想老远，跟你说了只会分你的心。我不叫你爹跟你说。这病跟咒人似的，说不出。我跟你爹说咱就悄悄生悄悄死。”妈的语气平静，像是做好了死的准备。“后来病大透头，天天熬药，吃的恶心。后来药也吃不进了，强吃。一个心思就是想见你们。”妈吃力地说着。“还有书周、书坤。远的都来了，近的也快了。”妈自己安慰自己，嘴里喃喃地说。

张书奇突然想起父亲，就问父亲哪去了？妈说去买药了。

露西听张书奇一说，骇得脸色悚然。颤抖着声音说：“噢哦，生不如死。病像躲在暮色中的魔，不定什么时候就跳出来拦着你的路。”

张书奇叹了口气，说：“没去学习前，真是好事连连，一顺百顺。那时我心里就开始隐隐不安起来。我不想叫太顺，可好运来时挡都挡不住。果然不出所料，恶运连连。真如《红楼梦》中说的呼啦啦如大厦倾。”

“运气像魔。坏运气可不是你一运气就能将其扔掉的。”露西摇头叹息。

“命运就是故事。”张书奇苦笑说。

“那后来呢？”露西好奇地追问。

张书奇看着露西长长叹了口气，眼里苦涩。露西安慰说：“知道你不想翻倒心底比黄连还苦的水。书奇，你不觉得我能替你分忧？！你心里没有把我当外人。你怕我听了难受。”

张书奇用脚尖搓着地砖，眼里咸咸的……

——张书奇从厕所出来，就看见父亲张道理提着一包药疾步回来。张书奇迎上前和爹说话。张道理猛一见眼前站着儿子，脸上惊喜参半，脸上浅浅的苦笑，堆起眼角鼻梁上沟沟壑壑的皱纹，头发稀疏灰白，活像老头。张书奇心说，一年多光景，父亲老得判若两人。张书奇心里涌起一阵酸楚，所幸是父亲精神没垮。

午饭，父亲跟张书奇说：“你看，你走时家里家外过得红火火。一年光景，家遭变故。唉，荣华无常。”张道理叹了口气。接着竭力平静地说：“你妈也就这几天了，后事我都准备停当了。我看书周和书坤是回不来了。说实话，想他俩来，可又不想叫来。万一谁知道他俩去抗日，汉奸再一告密，这家可没法过了。”张道理说罢警惕地扫视了下厨房。

“眼下咱这里局势太乱，土匪强盗四起，打劫拦路绑票猖狂得很，乱世富招祸。家里这一摊够吃就妥了。”

张书奇默然点头。

张道理扑噜扑噜吃了碗西红柿捞面条，掏出手帕一抹嘴，眨巴着眼看似还有话要说，似乎又没法说，或者是不知咋开头。张道理“嗳”一声，低头看着黑漆饭桌上映出的脸影说：“还有一件膈应人的事，得跟你说。”

张书奇眼也不眨地看着张道理的脸等听。"你可能看见门上贴个喜字。你想都想不到那喜字咋来的。天上真的会掉'喜'事！"张道理脸上却没有一丝的喜。

张道理说他叫土匪绑了后，镇上大矿帮王中田倒是跑前跑后，算是把事摆平了。张道理也重礼谢他。可王中田这个滚刀肉突然说他闺女跟你是娃娃亲。张道理断然否定说这是没踪影的事，咋突然冒出个娃娃亲？

王中田说他早先跟我喝酒时说的。我说他跟谁喝酒都没喝迷过。再说这是小孩们的大事，哪能记不清？这么多年都没说过，突然在他出事后说，不能不叫人前后联想王中田别有用心。

王中田也装着说有讹金讹银，哪见过讹婚的？

张道理苦笑说给儿子说媳妇是好事，可这件好事好得不正常，叫人觉着好过了。王中田一听面上挂不住，就拍胸打肚赌咒说要是假的他把他的名倒过来写。我说你这咒跟没赌一样。他一想，说忘了他的名字倒过来写还是王中田。

王中田气哼哼眼一瞪说啥意思？你意思是说我闺女嫁不出去了，女家反倒赶着男家，多少人想跟我王中田结亲家，我都不稀罕哩。我王中田跟你结亲家是看得起你，你也不应拿捏。

我说谁拿捏谁，谁心里清楚。眼看就要说戗了。王中田话软了下来，说咱俩家是镇上最门当户对的，你的儿子中，我的闺女也配得上，结亲戚势力不是更大？！我说儿大不由爹娘，儿的事当爹的当不了家。他说孝子就得听爹娘的。我说儿子娶啥样的媳妇不能说明孝不孝。他说听说你儿跟个洋女人好，那不要紧，撵走就中了。

我说那万万不可。后来我想拖他，就支吾说等儿回来再说。他说现在他妈有病得赶紧冲喜，说不定病还能冲好。

张道理说他不信那邪。后来王中田叫他的大儿过来说，叫那洋女人为正，她妹妹为偏。不管咋着先冲喜。张道理说："我把这事跟你妈说了。你妈说这家人真难缠。这前前后后的事弄不好就是他背后捣的鬼。你妈说他这一家人啥事都做得出来。”

张书奇听到这里脊梁骨渗出一股凉气。

接着王中田大儿子连着跑了几趟说冲喜的事。张道理说：“我真想得罪死他。”说到这里，张道理顿了口气，看着张书奇的眼说：“你妈说算了，他赶趁咱，咱何必跟他翻脸，多少人求之不得的事。得罪个人打堵墙，他背后再生个事，咱可难招架。随他弄去吧。反正书奇不在家，看他们家把他闺女搁这儿如何使得？后来就叫你大叔家的大林代你跟他闺女拜天地。”

张道理说到这里，叹了声：“王中田的为人，咱实在相不中。表面上镇上人都可尊敬他，其实那是害怕。这些年，他为英国人抓劳工开矿，远近多少人都不明不白失踪，活不见人，死不见尸。赚多少昧心钱。有名有姓的人，也不给够工钱。这人将来有好报才怪哩。咱没想到咱咋遇上这等无赖？世道乱了，乱得嫁闺女倒找钱。”

“后来，”张道理说到这儿停了下，“我叫你大叔去 Z 州找露茜大夫，问问她能不能给你妈找个洋大夫瞧瞧，再者也想去告诉她当心些，怕王中田去使坏。谁知你大叔回来，说露茜大夫回国了。我心里一咯噔，也不知是人家家里有事回去了？还是叫王中田暗地撵走的。”

张书奇看着木头格格窗上挂的细竹篾帘，似乎思绪也叫细竹帘隔的一道一道，就像谁用个钝刀在他的心上刻的一道道伤痕。他想起凯特说的露茜走肯定跟他有直接关系的话。可露茜现在还蒙在鼓里。张书奇尾巴骨陡然生出一股寒气，顺着脊梁骨直爬到头顶，头皮发紧，感觉头发像是冷汤。他两眼纹丝不动像叫定了似的，脸上出奇的平静。可他心中的火足以烧毁整个宅院，他用冷静压制冒着浓烟的心，就像用土压火一样。他没法怪父亲，也不能给父亲难看的脸，想到这里他把绷紧的脸放松下来。

“唉，这‘喜’喜的膈应人，就像吃了个蛆和苍蝇。有时想像是叫人下了蒙汗药，心里明镜，可自己的手当不了自己家，叫人拿着画押。也如一头上了桊的牛，缰绳在人家手里。”张道理责怨自己，“要说王中田的闺女王淑君，长得也差不多，在镇上也是数得着的。可是，她不识字。”张道理抬眼看了看没有表情的张书奇。张道理想得到儿子的宽慰和理解，哪怕一句就满足了。

张书奇想起进院时碰见的那个年轻女子。想起书坤说露茜比镇上最白的王淑君都白的话。那肯定是她。她看见他的那一刻浑身不自在。虽说同一镇人，一是住得远；二是女的多数大门不出，二门不迈；三是张书奇从小读书，十二岁就去J县读初中，镇上人认得少。但关键是这种强人所难的霸道卑鄙做派，叫张书奇打心底反感和厌恶。再不要什么正偏说。爱可以如墨子所说兼爱，但爱情则必须独钟于一。他见爹一脸自责理亏似乎欠他什么的样子，就说：“爹，这事不能怨你。他们家的处事方式跟咱格格不入。他们的做派超出咱家人的思维和接受能力。最重要的是祖辈都生活在镇上，低头不见抬头见，得罪他也不是事儿。按说，在别人眼里这婚姻实在是求之不得，也算镇上的强强联合，他认为他是镇上的老大，可咱不稀罕，他知道咱不稀罕，其实就够了。”

张道理听张书奇这么一说，心里宽慰些。脸色没恁难受。张书奇说：“我都弄不清是咱这是时运低，还是时运高？我小心应付就是。”张书奇用安抚的语气看着父亲的眼睛说。

这时，家厨把熬好的药盛在有盖的碗里，准备往后院送。张书奇一看给妈送药，就赶紧上前接过碗说：“我来。”

张书奇用嘴角在碗沿上试试热凉，就把凉好的汤药凑到妈嘴跟前，小声喊半睡半醒的妈说：“妈，吃药吧。”张书奇看着碗里的苦汤，心里说：药和病就如道和魔。药高一尺，病高一丈。要是歧伯在，要是有华佗的青囊袋在，妈的病就能药到病除。

刺鼻的药味冲得妈摇头打冷颤。妈咧着嘴颤着声说：“长这么大没吃过药，这下可把一辈子的药全吃了。人，吃好吃赖平安没事就是福。儿子，往后做啥记着随大流。太富招贼招匪，养个好看闺女招祸，养个好儿子招‘喜’祸。”

张书奇听出妈的言外之意是说之前他太顺了，顺的叫命运注意上了。他安慰妈说他知道谦恭为受道之气，骄矜为贾祸之媒。张书奇把药碗凑到妈嘴跟前，他妈妈喝了口，用力一咽，可哇一声喷了出来。张书奇赶紧放下碗给妈捶背，可骨头顶手，赶紧换成巴掌轻轻拍。

张书奇妈喘了一身汗。“受——罪。”妈喘着气断断续续说，“早先，老听老人们念经说‘日月就像两张耧，东头扎耧到西头。阎王爷就是那扶耧汉，二小鬼就是那拉耧的牛。尘世人是耧里的种，摇来摇去摇在土里头。前三十年人吃土，后三十年土吃人，……’”

“书周、书坤快回来，我可不应受罪了。”妈隔着竹帘看着窗外似喊似祈似祷的语气说。她似乎看见她的儿女正朝她跑来。

张书奇看着妈汤水不进，着实心焦气逆，爱莫能助。此刻他知道世上最难受的事莫过于看着自己的亲人一步步走向坟墓而束手无策。

张书奇一手扶着妈坐直，一手给妈轻轻拍背。他能做的也就这样简单。这时听见门外有脚步声，娃娃亲大哥进来。张书奇心里一惊，没有表情地站起来跟他握手。

晚上，妈暗示张书奇去东屋新房歇息。张书奇没有表情，也不接话。妈的眉头拧成疙瘩。张书奇躺在妈床边的另外一张床上。张书奇爹在西里间扇着芭蕉叶扇，轻轻叹气。床上有病人，家的空气都像染了病。

妈说她一闭眼就看见书坤、书周朝她跑来。妈说着哽咽起来。

“你这亲事跟做梦一样。知道你相不中。想不到的稀罕事尽出咱家。要是搁别人家有这门喜事会唱三天大戏哩。镇上人都说般配，可咱跟王中田家人不一样。王淑君既然成了咱家人，就好生待她吧。咱家喂的小狗小猫都没叫受过委屈，这闺女跟她爹不一样，人勤快，真诚，心眼不生古。”话音没落，本来躺在地上得地气凉快的黑白相间看起来像斑马一样名叫“小美”的女猫懒洋洋从地上站起来，前爪朝前奋力伸展，后腿朝后蹬，它柔软的身腰抻长了许多，继而又躬了躬腰，绕着当门桌的桌腿儿兜圈。喵噢！肚里呼噜噜念经。张书奇凝视它那绵软的身姿，柔滑富于光泽的毛皮，一双绿宝石般的绿眼睛闪着幽光。那是老鼠看见就抖的眼睛。张书奇想起露西家那只猫的蓝眼睛真像露西的蓝眼。猫有九条命，猫的命要是能借人一条多好。

小美打个哈欠，露出尖尖的乳黄色的牙齿。小美见没人理它，就喵噢嗷高声叫。张书奇妈妈就说：“美，你饿了？”

小美喵噢答应。

“噢，知道了。”

“喵，噢！”小美轻轻叫了一声。张书奇心说：猫可不笨，能听懂人的话。比那些不透气的人强。

家人把饭倒进小碟。还有一块肉。小美围着它的餐饭转了两圈，才腼腆地伸出它的红舌头轻轻舔食它的餐饭。

妈看着神情安详、美滋滋吃食的小美，担心地说：“我要一死，猫可该受罪哩。它心里会说最亲我的人哪去了？别看小东西不会说话，心可透气，可知道谁亲它。你再挠挠它的下脖子，它马上跟你亲近起来。嗳！不管咋着不应叫它成丧家猫。要不是吃上顿没下顿。没依没靠。”妈交代后事的口气，“猫跟人一样，可口的就多吃猛吃，吃多了唠。不长心。”

张书奇看着猫安慰妈说：“它是咱家的一员。”猫吃饱了，站在当门悠然地舔爪，洗脸，洗耳朵。

第二天，一大早，太阳就跟像下火似地，人一动一身汗。张书奇妈妈说想去外头坐坐。张书奇叫家人摆好小竹靠椅，垫上棉垫，怕硌着只剩一层薄皮的妈。张书奇和家人一起搀架着妈一步一挪来到门口，可妈没气迈过门墙，张书奇抱起妈轻轻放在小靠椅上。妈靠着椅背，头歪在左肩上。阳光透过浓密的槐叶投在地上斑斑驳驳的黑白影儿，像泼墨画。光线刺得妈睁不开眼。她好些天没出屋了。有街邻亲戚时不时有人提着鸡蛋什么的赶上午来看妈。妈不叫开门，她说她的样儿自己看了都害怕，不应吓着别人。清镇昔日的人才尖，谁家娶媳妇谁家嫁闺女，她都是主角。想起这些，妈轻轻叹了口气。眼皮吃力地往上翻瞅稠密的槐树叶，深情地说："这树是我刚来那年栽的。比你大一岁。"妈看着槐树，心里只剩往事了。

张书奇朝妈点点头，两眼噙泪。树上知了一声接一声地叫。他想起在马尼拉转檀木店时，看见一只檀木雕刻的精巧的小脚丫，脚背上趴着一只蝉。店主人推荐说这个有中国意境。当时他想人要是一"知足"，就会停止不前。时隔几天，他的想法发生了根本的改变，"知足常乐"。下一回我一定买。张书奇听着藏在叶里的蝉一声声"知了知了"地叫，他眉头紧锁。

突然树枝颤悠了一下。张书奇心说：起风的信号。

张书奇去屋端水，爹小声跟张书奇说："你妈今天精神好得不正常，怕是回光返照。"

张书奇会意地点点头。一会儿几只喜鹊在树上叽叽喳喳地叫个不停。妈吐字不清地说："书周、书坤回来了。"

张书奇赶紧嗯说："是。"

傍晚，风停雨霁。上弦月淡淡的晖芒跟星星差不多明。张书奇始终守着妈不敢动。妈开始迷糊，嘴里不停地小声喊书坤。爹小声交代张书奇不要离开。

张书奇一脸凄楚且会意地点点头。尽管家人点了平时几倍的灯和蜡，可张书奇心里仍是一片黑暗，仿佛世界的末日到了。妈不停地喊书周、书坤。张书奇第一回亲眼亲历亲人去另一个世界的痛苦，心如刀绞。通往人生终极目的地的路上也荆棘丛生，苦苦挣扎，与人来到世界时一样，也得苦苦挣扎。妈微微睁开眼，眼里充满恐惧。妈伸出欲抓什么却又不知要抓什么的茫然的手，张书奇赶紧握紧妈的手，喊说："妈，不害怕。"妈开始喘气。那没有节奏的喘气，诱发张书奇胸闷气憋，张书奇赶紧长长出口气。只听妈嘴里喊："书……坤，书……周。"眼角涌出几滴清泪，张书奇替妈抹去思念儿女和渴望生的泪滴。

"妈，书坤来了。"张书奇安慰妈说。妈的嘴角微微略动，想喊却没有喊的气力。妈用意志撑着痛苦的身体呼唤远在天边的儿女。

爹在一边抹泪。猫头鹰在垮院的榆树上啼笑。人听了不由汗毛直竖。不怕秃枭叫，就怕秃枭笑。爹喊来镇上的医生，医生摇摇头。摆摆手走了。可妈等儿女的意念支撑着不肯走。妈在倒气，浑身每个汗孔都在喘。妈突然拼尽全力喊："书坤，书——坤，……"声音由大到小，到最后在嘴里呢喃。全身又猛地抽搐，妈不再动弹了。最后时刻的一段路，妈走得太艰苦了。张书奇伏在妈身上放声哭喊"妈——妈，"妈睁着眼，却不再答应了。父亲用手一抹妈的眼，哽咽着说："放心走吧，书坤会回来看你。"

爹哭着交代张书奇说："孝子官再大，见狗拜一腿。"张书奇点头，表示明白父亲的提示和话外话。

说到这里，张书奇用手背抹了抹眼中的泪。一看露茜亦是泪流满面。他伸展右腿掏出手巾，可手巾上的汗腥味太大，怕呛着露茜。就哄说："擦擦泪。"

露茜从包里掏出小手巾轻轻沾了沾眼。恍惚间看到了什么似的睁大了湖蓝色的大眼遥想：那年过年还说等回来叫她教我剪窗花。还等叫她教我盘布扣……回来，没想到我回来了，她却一去回不来了。多漂亮的妈妈。"对于想要做的事，应该一想到就做。"可人一生该有多少想到而没做到最后不了了之的事呢？

"尽人事以待天命。可对于超出个人能力的事情疑惧悔恨也是徒然。当初决定译书时，谁想到还有这么多意外的意外？"张书奇语气释然。

“是呀，意外的娃娃亲？意外的冲喜？意外的战争？意外的家事？一件接一件的意外，意外像魔，随意颠覆任何人心中的如意算盘。……”露西接二连三怅叹。“‘娃娃亲’——，”露西意味深长地用眼看着张书奇问。“——我猜得一点都不错。”露西口气缓和且冷冷地说。“三十多年终于澄清了。”张书奇语气清爽地说。“澄清又有何用？”露西语气无奈地说。

“有。至少不闷得慌。”张书奇语气肯定地说。

露西瞥了张书奇一眼，皱眉苦笑，说：“我当你有啥高论哩？”

“你当时没想起跟凯特打个电话说一声，看他能不能想个办法？”张书奇想着说。

“我想了。凯特能耐再大，他一个客居他乡的外国人也是势单力薄。他们在暗处，我的一言一行都在他们监控之中，他们不管是吓唬还是真动了杀心，如果不按他们的要求办，就会招来致命的暗箭。”露西语气平静地说，“人家能提前告知我，给我条生路，我也感激人家了。”

张书奇仰起头叹了口气，又垂下头，微微摇摇头。

“哦啲，依他们所说我为正，她为偏。可他们偏的也不叫当。正的偏偏不正，偏的偏偏不偏。”露西苦笑着自嘲自谑。

张书奇皱着眉头苦涩地看着露西说：“你在我心里永远都是正。”他想起在学校选班长，在黑板上计票时，就用“正”字来记数，“正”字是五画，好总计。

“后来呢？”露西用刚悲伤过的声音深沉地问。

——7 月 12 日，张书奇办完丧事，什么也没说就回 K 地了。留在家里的王淑君默不作声。她心想一报还一报的时候到了。全镇人都羡慕她嫁个好女婿，可好坏只有她知道。

凯特问张书奇做何打算？张书奇说回英国接着学完。他心里实际是要找露茜，并从此摆脱娃娃亲。而凯特不加思索就说："这里局势不好了，昨天的消息说：日本人开始向内地进攻。外国人都纷纷回国。"凯特说他也准备回，叫张书奇作好接班的准备。

张书奇心中通往英国的桥霎时叫凯特变成一座栈桥。张书奇心中的希望变成泡影。他呆呆地望着凯特，一句话也说不出来。张书奇感觉整个人像跌进谷底。他心说自己真是黄杨厄运。不，整个国家都是黄杨厄运。大丈夫应相时而行。现在不能用得失权衡去与留，而是无条件服从凯特的决定。不管凯特留下这摊有没有什么意思，他都得无条件接受和服从。因为他是他生命中最重要的人。不管将来怎样，他都要守着这个中国土地上的洋邮局。张书奇拖着沉重的心走出凯特办公室，院里花坛中的四大香花也索然无味。花为谁开为谁香？……

张书奇在院里转了几圈，六神无主。他索性开车去Z州福音堂。开开露茜的门，墙上露茜的照片，含情脉脉地看着他。他往前走相片上的大眼就跟他走。他换个角度，她的眼睛仍是目不转睛地看他。露茜噙着泪的大眼像长在他的眼里，他感觉到她的泪的咸涩。张书奇摘下照片，放在脸边，吻着她的眼——永远的灵芝。他抚摸着钢琴，耳边回旋肖邦的《夜曲》，想着露茜弹琴时琴人合一的神情。他默默地想：难道只能在梦里听你指尖流出的天籁之音？

称心如愿的事都叫支付光了？他隐约看见灰径尘纬织就的时间布下，盖着一本书，他轻轻拍拍灰土，是本妇婴学医书，明显的书印里有一个石竹斋信封，信封上放着两枚英国邮票。张书奇轻轻捏起邮票，哦，图片，背面涂着胶水。胶水在邮票上的使用，英国比我们早一百多年。张书奇捏起信封，掏出叠好的信纸，张书奇麻利地展开一看，小楷写的英文。看上去别有韵味。

爸爸、妈妈：

女儿向二老汇报我的近段情况。

每天课排得紧。天天有手术。你对这里的病人了解得越多，你就越担忧，就越走不开。上帝，这里的妇婴太需要救助了，她们连最起码的医疗常识都不具备。打个不该打的比方，西国兽医给畜禽治病，都要认真消毒器械，而这里为人治病的医生却没有消毒意识。女人躺在草上生孩子，生孩子称为落草。顺口溜说："村东头，张大嫂，上南园，摘豆角，肚子疼，往家跑，卷上席，铺上草，一养养个大胖小。"你听听，是刀耕火种时的生产方法。

还有，女人生孩子时胎不顺，如果横生先生出一只手，接生的人赶紧在伸出的小婴儿手里放点盐，将手重推回去，说是就顺了。我听起来像天下最怪的事。这里的女人只知羞答答地修肚，不知道生孩子得从生命的雏形卵子开始育起。不懂从"那一刻"起就要负起当妈妈的职责。她们只知道自己生了男娃娃在家就有地位。这里的婴儿成活率低，费了十个月孕育个孩子，却因没有消毒常识，往往造成细菌感染。"四六风"像幽灵紧紧缠绕困惑着想当母亲又怕当母亲的女人。

所谓"四六风"，后来我弄清了，是接生婴儿时剪脐带的剪刀只在火上一烧，就算消毒。脐带细菌感染，孩子到了四天或六天开始发烧。又没有消炎药，只能眼睁睁地看着刚刚拱出土的小嫩芽没了。我一听头皮都发紧。杀人犯。而作为纯粹生子机器的女人，是最需要救助的弱族。因此，我免费培训一茬又一茬的接生员，义务普及医学常识，帮助她们"修好肚路"。她们跟我熟识后，还给我绣了好多绣品，我喜欢她们绣的花鞋垫，美的不忍心往脚下踩。她们还将自己种的土物带给我吃。我为她们的纯朴厚道鞠躬。她们把我当成她们无话不谈的姐妹，她们把我当成她们的保护神。

还有脏不忍睹的牙医。我那点皮毛牙医术在这里能称得上启蒙鼻祖了，可想，这是一个根本没有牙齿保护意识的地方，人们不把牙病当病，老掉牙是应该的，不老的牙掉也视为正常。年龄四十岁，牙龄就耄耋之年。我想不通世上竟有这样不善待自己生命器官的人。我替他们牙疼。这与西国人牙齿保护做派天壤之别。

不说了。不开壶太多。

可现在这里局势多不安稳。你们在报纸上也可能看到，蛇要吃象。但眼下我们这些披着“洋皮衣”的人还都安全。

既然上帝派我来了，我一定不辱上帝的使命，倾我所有之力，为这里的人们解除病痛，改变他们的不良恶习，除却他们最大的病患——愚昧。虽做不到世人同运，但我做一点是一点。用我们先进的西学带动东方。世界同享一个“爱”字。

我和书奇去了峨眉山，那里有好多西国僧人，等你们有空来这里看看，听景不如看景。我要趁年轻，跟书奇把这里的名山大川游个遍。

下面还有一封。

奇：

读罢你的信，我恨不能飞到你身边。我们原来认为译书就是语言转换，那种想法实在不知天高地厚。可凡事都有双重性，如果没那个不知天高地厚的冲动劲儿，也难以作出译的抉择，当然，也没有现在趋向明朗的思考。像这种世界级名著，实践证明最好的翻译方法是研究式的翻译，研究作者，明白作者的心灵史，从而达到译者与作者相知，知作者的性格、爱好、追求、情感、世界观、人生观、价值观是不是与译者相吻合，因为小说是作者“我心”的叙事，自然，把《红楼梦》看作曹翁心灵独白的外化和绝唱，才能准确理解原文，从而达到转换。

再者是选择译，如果小说很幽默，而译者是个严肃，不喜欢幽默的人，压根体会不到小说的精妙之处就断难译好。也正如一部爱情小说碰上个爱读侦探的编辑，准将其稿丢进废纸篓。更像贾府里的焦大不喜欢林妹妹，风格不投，一百人中九十九人喜欢，有我这一人不喜欢也不称奇。

奇，你的深刻与见解像哲学老师帮助、引导、扩大我的思维空间。

你是我的精神支柱。人心里幸福才是真幸福。精神贵族。

越读“梦”越觉得作者的了不起。贾宝玉的真实率真、宽容、善良、纯洁、仁慈、同情、平等，更是作者心灵的希求。最可人的是宝玉逗他的林妹妹生气，又向黛玉小心赔多少个不是。黛玉多有福气。我跟黛玉一样有福气。宝玉是大观园中女孩子们心中的白马王子。我听张宪成说你是K地一高女生们心中的白马王子。漂亮的女高材生们给你书里压纸条，向你暗送秋波，哈，我是后来者居上。

咱们曾为戏里男扮女，女扮男争论过没有生活体验演不好，联想到曹雪芹作为男性作家笔下的一群女性一个个血肉丰满，呼之欲出，常把生活中见到的人说成书中的谁谁谁。如人把长得娇弱美丽善感的人，说成黛玉。把八面玲珑，攻心不露，伪道理一套一套的人看作宝钗。至于会说话，会恭维，会来事，会迎合，善使计，就会说这是一个活脱脱的王熙凤等等。每每掩书，书中人物都栩栩如生地站在眼前。更叫人爱不释手的是常读常新，新在读罢就会想出一堆困惑和难题，这些困惑逼我们往深处想。再也不敢小瞧“思想”二字，思想到，笔力到。思辨能力要的是真功夫。从前思在表皮，想也浮浅，思路狭窄。急得够呛。现在终于会往深处想了。奇，与你分享“思想”深刻之时，更多是思念。

奇，我打听过了，豫剧没有《红拂传》这出戏。只有等你回来，咱们去看京戏。《红楼梦》中人看过提到的戏有《袅晴丝》、《荆钗记》、《西楼会》、《八义观灯》、《混无盒》、《凤求鸾》、《将军令》、《寻梦》、《惠明下书》、《楚江情》、《西厢记》、《玉簪记》、《续琵琶》、《胡笳十八拍》、《灯月圆》、《还魂》、《弹词》、《双官诰》、《蕊珠记》、《豪宴》、《乞巧》、《仙缘》、《离魂》、《游园》、《惊梦》、《丁郎认父》、《刘二当衣》、《山门》等，咱们慢慢将这些戏看一遍。等你。

诗是浪漫的，这个东西方一样。书中的女孩子个个会作诗。真叫我羡慕。书中的诗越读越想读。奇，咱们要干的事太多。

到点了，我要去上课了。再说几句，近来，时局混乱，到处乱糟糟，整个无政府状态。谁也难预见未来的情形，如此下去该何去何从？自打去年 11 月 3 日法币改革实施以来，钱不值钱，再加之兵荒马乱，常听人说谁走谁的火了，死人的事经常发生。我心中向往的汉唐成乱唐了。

我的石竹斋信封完了，可我跑遍 Z 州卖笔墨纸砚的店铺都说没货。有一家说去北京进货，最近太乱不敢进京进货。另外一个店的店员说这种信封 Z 州没几个人买，那人说寄封信，不管啥信封，能寄到就中，看信又不是看信封，不必讲究恁多。我心里冷笑，说“非笑莫开店”。那人听我用 Z 州话说他说得难听，当下愣了，憋着气不吭了。我心说给心上人写信要心信两美。

……

张书奇看罢露茜两封未发出的信，可想露茜走时的狼狈。一阵心疼袭了上来。张书奇寻来寻去没发现《红楼梦》和译稿，他想她一定带走了，他知道那是她的生命。

张书奇从露茜屋出来去德华街有天饭馆。坐到他和露茜常坐的临窗户的位置。跑堂小二问他几位。他说两位。他要了盘露茜爱吃的鸡肉蘑菇饺子。店小二摆好两双筷子。张书奇脑海里回放露茜拿箸夹饺子，几下夹不住，一急之下用手捏的情景。他手把手把动作分解教她拿筷。她歪着头侧着眼看，忽闪她那双蓝眼睛看着张书奇手中的筷子若有所思地说：“山东滕州人发明的筷子，追求简单。可追求简单并不容易。历史上不计其数的大小战争无一不是由复杂引起的。”筷子形式简单，可思想并不简单。……正想着呢，………

跑堂小二送来热汤，问说那位还没来？张书奇点点头，说：“路远。”天知道路有多远。他食不知味地吃了几个。

张书奇想起在 K 地和露茜吃饺子时的情形，他边吃边想，可觉着似梦。转眼间“梦”真成梦了。

一杯酒进肚浇醒张书奇迷糊的心，他放下筷子回 K 地去给李地生拍电报，让他帮他找露茜。可回电说李地生因父亲病重回国了。张书奇心中的希望完了，他心里同情李地生的不幸。

露茜听了张书奇的话说："说良心话，'娃娃亲'没错。你不热不凉不软不硬撂她一边，她也只能暗地流泪。"露茜看着天上飘过一缕白云淡淡地说。"不怨她。"

露茜语出惊人。张书奇表情复杂。他用扬声抑调地问露茜说："假如你是我，这事该咋办？"

"我会对她说：嗳，不怨你，不怨我——"露茜没说完，张书奇就愤愤地抢过话说："——怨那万恶的旧社会！"

"旧社会？"露茜惊异不解地重复"旧社会"仨字，用疑问的眼神问他什么意思？

张书奇苦笑解释："是这样，1949 年之前是旧社会，之后是新社会。"

露茜抬头看天说太阳没呀。摇头否定说这"天"不是那天，是另外意义上的天。

"博爱人也不能没有阶级立场而一味泛爱论。对敌人要像秋风扫落叶一样无情，'娃娃亲'是我的敌人，我从感情上对她怎么也不能像春天般地温暖。"张书奇振振有辞。

露茜湖蓝色的大眼睛像微风拂过湖面，泛起层层涟漪。露茜不解地看着张书奇，心想这人心蒙了什么油了？这几句话叫人听起来感觉不正常。说他不正常，他心里的爱倒很正常。露茜用疑惑的眼神重新打量他。心忖：莫非他受刺激了？她再试试他。

"管他什么天，反正娃娃亲冲喜，总比臭虫娶亲有意思。"露茜逗趣的口气淡淡地说。

"中了中了。唉，冲喜是绝望中的稻草。"张书奇把头晃得像拨浪鼓。

“《红楼梦》中秦可卿有病要冲喜，宝玉犯傻时娶宝钗冲喜。冲来冲去，结果实实在在冲走了喜。留下什么？呃？”露茜拨拉下张书奇汗津津的胳膊问。

张书奇看着追着不放的露茜嘴角微微咧出一丝苦笑。露茜侧脸看着张书奇的眼睛饶有兴趣地问：“娃娃亲长得肯定漂亮。”

张书奇摇摇头用无谓的语气说：“不知道。我的眼里只有灵芝。”

露茜用手拨拉着张书奇的胳膊目不转睛地说：“那倒是。”

“她爱你吗？”

“不知道。”

“你别自作多情。她不一定爱你。”

“那怎样，爱是一个相互运动。”张书奇漠然地说。

“你的爱情是一根筋。”

“我们正处在一个无性无爱的时代，中国人没人说‘爱’字，只有阶级斗争这根弦绷得紧。”

“你跟娃娃亲还有阶级？”露茜好奇地打探。

“当然有阶级。亲不亲，阶级分。一家人斗得反贴门神不照脸。”

露茜像听外星人说话一样惊奇。她眨着眼说：“我觉得只有合人意的‘爱’弦才配绷紧。书奇，斗争的弦绷太紧伤心伤情伤风化，弄不好弦断了可不是好事。断弦有玄意。黛玉有例子？”

张书奇转着眼珠想露茜“爱”弦一词，觉得耳熟——至少二十年没听过。这些年我心里的爱哪去了？谁能告诉我说？天知道吗？他仰脸看天，天上印着心存高古的太阳。太阳从没有爱恨情绪地施舍自己的温暖和爱。张书奇心里豁然明朗。“哦噢，爱！回来吧！来了来了！”张书奇像大人给惊吓着的小孩子喊魂一样的腔调喊。

露茜听得浑身起鸡皮疙瘩，头皮发紧，发梢直竖。但她拍着张书奇的胳膊说：“爱——回来了！爱没离开过你。”

“可，爱对我爱理不睬的，我有爱不能爱，这跟没有有什么两样？”张书奇慨叹说。我何时得罪过爱神？一阵狂躁突然把他攫住，他自己也不知道自己要怎样。爱搅得他心神慌乱。他皱眉说：“局势突变，凯特的话我不能不听。我……”张书奇摊开两手表示没法。

“知道。”露西安慰说。

“我在家左等右等等不到凯特。”

“他走后的第三天，报纸上报道东海有一客轮失事，我心里犯嘀咕。我一直不愿那样想。”张书奇的语气中夹着痛惜。张书奇两眼望着窗外，凯特警察般的肩膀，结实高大但又极其利索的身材，坚定沉着智慧的眼睛，什么也难不住的凯特，清晰地浮现在他眼前……

“上帝叫俩憨狗等一个石狮。”露西哀伤解嘲。“谁也不知道谁什么时候会遇上什么意外。那年在你家过年，看到你家那么幸福，没几天，风来啦，雨来啦。真是天有不测风云，人有旦夕祸福。”露西怅惘的语气说。

“炎凉随刻变，福祸左右伴。”张书奇两眼什么都看透似的眼神。

“那年过年，我还跟书坤说，等她考上 K 地一高，离 Z 州近，好教她弹钢琴。这可好，说早了吓跑了。嗳！书坤后来呢？”露西问。

“她初二就参加 K 地一高的考试，女状元。刚拿着通知书不到三天，家里出事了。她知道后就参加抗战了。只听书周的同学说她做的是秘密差事。我一听心里更不踏实，我知道越秘密越不安全。我天天提心吊胆，天天祈祷她平安无事。我凭我的直觉，她会好的。真的好了好了就好了。出乎意外的希望来了。”张书奇转忧为喜地笑说。

——1940 年 2 月中旬。早上一上班，只见一个穿着件蓝粗布上衣，黑粗布夹裤，脚穿黑布鞋，头戴老太太黑绒帽的女的，敲开了张书奇办公室的门。

张书奇愣了半天看不出来者是谁？这时高梦仪摘掉帽子，张书奇惊讶得话都说不出来，磕磕巴巴说："这，这不是梦吧？"

高梦仪利索地说："不是梦。是高梦仪带来的梦。"

"梦仪妹妹。莫不是天上掉下的？"张书奇激动地近似喊。

高梦仪微笑说："是从天外来的。"她一屁股跌坐在身后的沙发上，头依着沙发后背，少气无力地说："我口渴。"

张书奇赶紧倒水。想起十字架上的耶稣临终时说的就是这仨字。张书奇掂起竹壳水壶往杯里倒水，又用凉杯里的凉水一掺，赶紧端到高梦仪脸前，说："快，快喝。"张书奇小心地把杯凑到高梦仪嘴边。高梦仪淑女牛饮。一杯水进肚，张书奇这才松口气。高梦仪挤着眼养了会儿神，细腻的白肤色透出红头。她缓缓挑起她那长睫毛。警惕地打量四周，最后把目光移到张书奇身上说："俩好消息，先说哪个？这俩消息对你来说没有先后。"于是先从衣裳里头摸出信封，说："这是你妹妹书坤托我带给你的信。"张书奇喜出望外。赶紧展开看，一张是写给他的。另一张是写给父母的。张书奇强忍着泪水没叫流出来。他心说母亲的情况先不跟她说。张书奇叠好信等回头再看。

高梦仪又从棉夹袄里掏出个本和信递给张书奇。说："露茜姐姐的信。"张书奇哆嗦着手接过本和信。久违而眼熟的毛笔小楷，娟秀的比先前更有长进。张书奇草草扫了眼，心说：两年多了，终于有音了。他不好当着人面看信，就小心地按照信纸的原印叠好，等回来自己独自细品。他沉静又激动地抬起眼，满含关切地看着高梦仪，说："上海一别没消息。妹妹哪去了？你怎么见着露茜了？"

"这里有很长的故事听"。高梦仪把她死里逃生去了英国，怎样遇上露茜姐姐说了说。张书奇骇得眼睛都不会转了。说："大福之人。"高梦仪苦笑说："病好后，我就去伦敦亚非学院一边教中文，一边画画。去年9月，英法对德宣战，英国国内局势非常危急，年轻人都动员参加卫国战争，露茜也积极准备上前线。这时，我决定回国抗战。临行前，露茜姐托我带给你信和她的翻译笔记。"

张书奇周身的每根神经像要绷断似地，眼皮僵得不会眨了，半天才哦了声。忙问高梦仪："露茜做什么？"

高梦仪喝了口水，用夹着嘴里没咽净的水说："露茜姐姐去了医院上班。下班就译《红楼梦》，弹琴，整理花园，做拿手的中国菜。还在亚非学院兼教中国古代文学。另外还收了几个学汉语的英国青年。天天忙得够劲。"

张书奇哦了声。他有太多的话要问，可脑子突然像空了一样，不知该从哪问起。高梦仪像看透张书奇心思似地说："张哥，露茜姐姐叫我看了那封逼她离开中国的恐吓信，到底谁搞的诡计？"高梦仪从怀里掏出把小手枪在张书奇眼前晃了晃。"谁逼走了露茜姐姐，我现在就去走她的火。"

张书奇心说：好个侠女。但他嘴上安慰情绪激动的梦仪说："君子报仇，十年不晚。"

"张哥，你是不是把露茜姐姐忘了？"高梦仪毫不客气地质问。"男人都是见异思迁的东西。"

"人跟人不同。我视爱如同生命。我敢对天赌咒。"张书奇说是解释给高梦仪听，不如说是心灵独白。说时还举起右手。

高梦仪听罢顿时心平气和地说："有一回，露茜姐姐用二胡拉《二泉映月》。露茜妈妈悄悄凑过来听听，问她这是什么曲子，曲子意境深切，哀而不伤。露茜姐姐对她妈妈说是你教她的曲子。她妈妈用惊讶欣赏的口气说，等战争结束，让中国张过来给我拉这首曲子。"

张书奇听到这里脸上绷紧的神情才算缓和下来，自言自语说："等那一天。"

"我回来就是加把力，好把小日本快赶走，好叫你和露茜姐姐早日相见。"一个瘦弱的小丫头吐出惊天大话，感动得张书奇泪眼盈眶。"谢谢梦仪妹。从你身上领略巾帼的心襟和意志。我相信跟你一样的人很多，我相信这一天会早来到。"张书奇怅然慨叹，"梦仪妹，你回国有两年了，你怎么没早告我说。你这身打扮是演的哪出？”

“我回到国内，就跟唐僧取经一样，经历九九八十一难。先是到了香港，联系上我的同学，悄悄过来，直奔抗战前线。由于局势险恶，行动须得小心。我也想赶紧见着你，完成露茜姐交代我的使命。我深知乱世，性命无常。”高梦仪语气轻松地说。她低头看着自己穿的衣裳笑说：“你没认出我，表明我化妆成功。这身打扮安全。”高梦仪神秘地笑说。

张书奇会意地点点头。问：“我们从 K 地搬这儿没多久，你还真摸着了。可不是从前的小姑娘了。”

“从死人堆里爬出来，还会再怕啥？”高梦仪语气凛然，浑身的细胞都无所畏惧。“张哥，给我弄些糖。停两天我走时好带走。再给我找个清净的住处，我在这里歇两天。”高梦仪喝口水说。

“好！半点问题都没有。”张书奇郑重地说，“我在 Z 州上街刚买个宅子，我把露茜在福音堂的东西全搬过去，摆设没变，第二福音堂。那里僻静。白天你先在我隔壁歇，等天黑再去那里。”张书奇小声说。

高梦仪点点头。

“第二福音堂？”露茜疑惑地问。

“哄你不成？

“炸弹没炸着。”

“炸弹长眼哩。”

“我得看看。”

“敬候光临。”张书奇太想叫她看看他的心。

露茜绷紧嘴片点头。“书坤和家人音信互断几年，正版‘忠孝难全’。梦仪回来后，我想着哪天能意外地得到你的音讯，谁知她‘黄鹤一去不复返’。当然，谁也不怨。英国中国同处地球的 40 多度的纬度上，同是世界大战的两个主战场，咱们能活下来相见，就是大福。”

"嗳，战争是杀人的艺术，是利害得失的血腥解决。发动战争的人事先把人看成尸体，把生命与生命的相互搏杀当成政治财富的佐料。一将功成万骨枯。"说到这里，张书奇摇头晃身说，"现在活的都是赚来的，好好珍惜。不过，当从报纸上看到英国对德宣战的消息，我的心束紧了。

"那时我天天做梦，梦见你腿叫炸伤了，晕倒了，流血了。吓醒了，心腾腾跳。我突然想起梦里见血，就是破了的意思，就是说你没事了。"张书奇说话时感觉还像做梦一样，"我知道上帝保佑你。你传了那么多福音。"

"哦噢，你的梦太厉害了。我的腿真叫炸伤了。"露茜说着捋起她的黑色长筒袜子，左腿正迎面骨有一疤瘌。

张书奇欲伸手摸，可就在手要摸着的时候，像害怕似地缩回。"怎么，'授腿不亲'？"露茜瞥他一眼笑问。

张书奇摇摇头打个冷颤说："怕疼。都是德国人干的坏事。"

"我们医生全上前线抢救伤员，正在给一个伤员包扎，一颗炸弹掉在身边，一下就晕过去了。不知过了多久才睁开眼，迷迷糊糊喊你的名字。妈妈边流泪边喊我。醒来就跟妈妈说，咱们这里要是有书奇家里的太行山就安全了。"

张书奇心说："你们把太行山拉走变成飞机大炮了。你们的胜利也有我们中国太行山的功劳。"但张书奇赶紧关切地问："幸好没太大问题。看样还能跳舞。德机轰炸时伦敦人都躲在哪里？"

"地铁。我们有先进的雷达，能提前知道空中敌情。"露茜骄傲地说。

"真干起来，真是狗咬狼——，"没等张书奇说完，露茜急切地问："咋着？"

"——两怕。"张书奇不急不躁地吐出两字。

"1940年9月15日，这一天，伦敦上空，德机铺天盖地，丢下的炸弹就像天降云石雨。那天，我弟弟所在的英军第十一大队，驾着英国皇家'飓风战斗机'与德军在空中展开殊死搏斗。一连击落三架德机，后因陷入敌机群，在寡不敌众的危急时刻，与一敌机相撞，同归于尽。"露西说到这里湖蓝色的大眼睛望着天空，她好像看见伦敦上空的鹰在空中翱翔。"我这点伤算什么？"露西语气坚定，"从这一天起，战争局势发生了根本的转变。这一天成为不列颠空战日。"

张书奇深深吸了口气。他说："那天全世界的目光都瞅着伦敦的天空。"

"不列颠不是好惹的。"露西语气恣意。

"谁敢惹太阳？不过，开始太阳差点被天狗吃了。主要怨你们英国太大意。与狼为邻，就得醒着点儿睡。还好，最后狗咬狗一嘴毛。"张书奇胡乱嘚啵，想拖延时间，等她一走就不再问高梦仪。不过真要问就哄哄她。哄不过去再说。不问就算了。可眼下他看不出她有走的迹象，张书奇也不敢问，怕她怀疑说撵她走。张书奇揣着心等下文。

"梦仪妹在哪儿？"露西兴奋地问，"有她那句'把日本赶进东海，好叫你和露西姐早些相见'的话，我也得当面谢谢她。"

张书奇心说：怕啥来啥。可张书奇嘴上却说："她离这儿远，当面谢怕你时间来不及。"

"能比英国中国还远？"露西性急地质问。张书奇心说确实比中国英国远，但嘴上说："那倒没有。"张书奇说时心想这露西一时半会儿可没走的意思。

"你跟她打电话，就说我来了。看她不喜欢的什么似的。要不我先在电话里跟她说。"露西看着张书奇的眼睛催促说。

张书奇眨了眨眼说："我这有几年没跟她联系了，不知道她换地方没有。"

露西眼睛不眨地看着张书奇的眼，疑惑地问："我觉着你有什么难言之隐。你说说清楚，梦仪妹到底怎么了？"

张书奇看哄不着露茜，垂下头看着脚底的地，小声说：“确实难言，土影哩。”

“土影？”露茜警惕急切地问。

——1952 年秋天，高梦仪和她丈夫刘方醒一起从部队转业到 Z 州。

上午十点来钟，张书奇在办公室接到一个自称省妇联打来的电话。“喂。”张书奇拿起话筒应声。

“你是张书奇么？”电话里一个女的声音问。

“你？你是——？”张书奇马上想起电话里的声音，就兴奋地说：“你是高梦仪？你在哪里？”

“我在省妇联，离你不远。”

“我马上到。”张书奇兴奋地放下电话直奔高梦仪说的地方。张书奇推门，高梦仪三步并两步热情迎上去。拉着张书奇的胳膊上下打量：“张哥，不显老。没想到吧？”

“没想到缘分这么深远。这下可好。”张书奇上下打量高梦仪。“梦仪妹妹，还这么漂亮——娃娃脸细皮白嫩，短头发衬得清秀。上身土黄泛白的翻领卡腰列宁装，潇洒大方，身材修长合度。”张书奇脑海闪回 1937 年在船上邂逅她时，她穿件格格连衫裙，齐耳短发，清秀典雅，眼波静逸，落落大方，齿若编贝的俊俏样儿。“昔日金陵城中才情横溢的小姑娘，在炮火中成长为成熟的女性。但这张脸像专门难为时间似的，那皱纹拄拐棍也难爬到她细腻的眼角，敢与陈毅夫人张茜相媲美。”

“不敢不敢，哪跟哪？”高梦仪语气深沉地说。

“来多久了？事先也不说一声？”张书奇轻轻嗔怨。

“昨天刚报到。今天就给你打电话。”

“我妹妹的到来是这个城市的荣幸。”张书奇边笑边真诚地说。

“平民一个。我申请，组织安排。就来了。”高梦仪淡淡地说。

“组织的话可得听。”张书奇点头笑说。

“你说的没毛病。可我听着像是讽刺更像是反话。”高梦仪警惕地看着张书奇的脸说。

“组织万岁！我沐浴组织的阳光。组织叫我做邮政厅长。我十分感激组织。”张书奇小心解释说。

高梦仪毫不委婉地说：“组织的决定是得无条件服从。跟你说实话，我和老刘结婚就是组织婚配。组织当时安慰我说感情是婚后慢慢培养的。可经过这些年，我觉着组织说的不全对。可组织面子比天大。”

高梦仪的话在张书奇心里闪过一个阴影。“你家老刘，是不是刚宣布分管邮政的刘副省长？”张书奇恍然大悟地边对号边说。梦仪谦虚地点点头。

“几个孩子？孩子多大了？”

“俩。大的是男孩，小的是丫头。”

“儿女双全。多幸福。”张书奇羡慕夸赞说。“一个是副省长，一个省妇联主任，比翼双飞。女人有个好归宿就是最大的幸福。”张书奇连连点头说。

“幸福不幸福只有自己知道。”高梦仪说罢觉着自己语出唐突，又赶紧用话掩饰说：“老刘对我百依百顺。到底大几岁，很有责任感，精明能干。我姐说我是修了八辈才修来的福。九泉下的父母家人也放心了。”高梦仪欣喜之余接着说，“当然，人无完人。”

张书奇从高梦仪对老刘的肯定与隐约否定中，听出了话外音。就用哥哥的语气婉转批评说：“知道这一点就很可贵。多看长处，少看短处。千万不能当完美主义的俘虏，否则就是跟自己过不去。想想从前，过好每一天是正事。”

高梦仪点头：“我可能就是欠人指导和指责。”

“听人劝，吃饱饭。离哥近了，就听哥说。”张书奇拿起哥样认真说。高梦仪像个孩子似的点点头。“这是我来这里的一个想法。”

“你这么信任哥，哥越觉肩上的担子重。”张书奇晃了晃他那不胖不瘦端端正正的肩膀说。“人的生长环境不同，经历不同，思想自然不同。包容他点儿。”

“嗯，他说我满脑子西方思想，我说他张口就是那遥不可及的‘主义’。我说多做实事。他说要树立远大的人生理想。总之是世界观不一样，说说就说摽了。”高梦仪像跟长辈说心里话一样。

张书奇听了抿嘴笑说：“高干夫妻，一个比一个有水平。就是俗话说的‘一槽拴不住俩叫驴’。打打嘴仗也是增进感情的好法。”

高梦仪摇摇头笑：“噢，有时吵得脖粗脸红，一弄好几天不说话。有时我问自己吵个啥？能争出个你高我低？何必伤了和气，算了吧。停不了几天，就又都按不住脾气。有一次，他给我姐写信告我。我姐写信说我一顿，说能有多大的利害相冲？这和平日子过得多舒展，躺那儿一觉睡到亮，再不用提心吊胆躲枪炮。鸡毛蒜皮的小事搁着闹别扭？我姐说我的生活像春天般温暖舒心。我说倒是也看见鲜花，就是不见蜂和蝴蝶。因为不芳香。我姐说老刘是政治干部，我是艺术思维。我姐教我找共同点，避开容易争执的问题。”梦仪说时噘起嘴。

“有孩子就有精神寄托。别的都可以不说。听哥劝，吃饱饭。”张书奇像哄亲妹妹一样哄高梦仪。

高梦仪若有所悟地连声哦说：“孩子第一。一句话打通我的思想关节。”高梦仪沉思片刻说，“我做梦老是梦见露茜姐。赶跑日本，本以为能见到露茜姐，可事实不是那样。嗳。”

“这局势，就像梦中被人追撵，心里急却使不上劲，干急跑不快。”张书奇说罢低下头，继而又抬起头。嗳了声说：“走着说着。一切都在变。就像你，哪会想到你会来到这个城市？那年在船上，还说叫你画飞马，一转眼十几年了。多快。”

“可不是，那时二十来岁。我可想有马良那样的笔，在天上画个桥……”高梦仪说罢嘴片一绷，说这跟梦话似的。

露西喟叹不已。说："我常梦见她。梦没有国界。"

"后来呢？"露西问。

——1959年10月，老刘调走。梦仪对张书奇说她可不想走。张书奇像哥说妹妹一样温柔责备说："组织中的人，得听组织的话。更何况还是升职。人往高处走。"

临走时，梦仪把她画的一张画卷着给了张书奇，交代张书奇没人时自己看。张书奇疑视着她的眼睛，想从她的眼里读出画的内容。高梦仪忽闪她的大眼说："画的是雪莲。头一回画雪莲，头一回送人，画的不好，怕笑话。"

张书奇回家急切地展开画——"冰山雪莲图"。雪山，巍峨连绵，山巅崖岩缝隙间，一朵娇艳的雪莲。眼看着画，心游荡天外：冰天一色无纤尘，姣姣雪莲一花神。她爱雪莲。她是雪莲。遗世独立，脾性高贵。为画好雪莲，她大学毕业那年夏天和同学去了天山、昆仑山，爬上人迹罕至的冰雪之巅，冰肌玉骨的雪莲美姿让她惊叹。浅蓝夹紫色的花朵，在褐色莲叶映衬下，像位披着褐色道衣、形貌婉丽的出家女，那神韵意态叫人想起《红楼梦》里的妙玉。雪莲，长在不沾尘土的岩石缝里，渴饮雪，饥食冰，秉德比容貌妖娆，不以无人而不开，不以无人而不美，不以无人而不香。正如岑参的咏雪莲花：异香升腾，香色媚景。耻与众草之为伍，何亭亭而独芳？何不为人之所赏兮，深山穷谷委严霜。

张书奇从画中想出画画人的清秀圣洁。用雪莲寓其人。哦噢，雪莲宛若她冰雪玉洁的品质。

张书奇长长叹了口气，心隐隐的疼。

"那画呢？"露西挑起她那长睫毛看着张书奇问。"梦仪妹的爱像小人鱼一样隐忍。怪不得她高烧说胡话就说你的名字。她后来又来到这个城市工作。醉翁之意不在酒。”露茜边点头边眨眼，表示明白其中的意思。“后来呢？”

——梦仪妹走后半年多，张书奇收到高梦仪寄来一封信。他拆开信一看，细心的张书奇察出信笺上泪痕斑驳。他心想信是用泪写的。他赶紧看内容：“她说她离婚了。”离婚一词像炸弹，在张书奇眼前开了花，炸得眼疼。眼前迷离不清，他摇摇头，揉揉眼，再看还是“离婚”。离婚？她和老刘好好的，老刘对她宠爱有加，儿女聪明漂亮，一个幸福美满家庭，散了！？为什么？

他赶紧往下看。信中说离婚由她姐高梦瑞引起。她姐姐是上海一家医院的妇科主任。前时，一名暗藏在大陆的国民党女特务被抓获。女特务日记里写她找高梦瑞看病，感激她给她治好了顽疾，给高大夫买点心表示谢意。就这么几句话组织认定高梦瑞跟特务有联系。认为她是半个特务。高梦瑞说她不知道她是特务，脸上没写字。病人说医生好是再正常不过的事。可组织不会轻易相信高大夫的申辩。宁可错抓一千，也不可漏抓一个。高梦瑞当然成为错抓一千里的数了。

由女特务连累到高梦瑞再连累高梦仪，最后连累到老刘，就像一个连环。老刘一听她姐跟特务有联系，觉得自己清白的历史上像泼了墨，政治前途大有毁灭之势。他立即提出离婚。并对高梦仪说，如果高梦瑞没事，再复婚。孩子暂时全归在老刘名下，以免将来受连累。

就这样，高梦仪担了“特务”虚名，还没了家庭。

老刘将他们离婚的事向组织汇报，取得组织的信任。老刘的历史清白得如白灰洗了一样。梦仪说她以党员的名誉向组织保证，她的历史是清白，也敢保证她姐仅是个医生，希望组织查明真相，正确对待。于是她向组织申辩说共产党人讲求实事求是，但组织说事情真相未大白之前，必须先接受审查。高梦仪觉着组织说的有道理，可理有点儿悖，悖哪了她一时半会也说不上来。

俩孩子明里是跟她划清阶级路线，但暗里还跟她在一起。这叫她心里没惩难受。但女儿说她学校有人说她父母离婚，是因为她有个特务姨，现在吓得女儿隔几天，还只敢晚上偷偷来找她，生怕人看见打黑报告，团支部书记当不成。可她儿子说他不要前途只要妈。覆巢之下无完卵，她担心她女儿会因此受牵累，心理出现问题，因她女儿是个处处追求完美的女孩子。不能完卵，完美尚空谈。

夫妻本是同林鸟，大难临头各自飞。梦仪说她和老刘是组织决定的婚配，这会儿她去找组织，组织没人理她的茬，吓得像躲瘟疫一样望其影而逃。她明白组织是只管好管的事。她觉着自己像遇上了魔鬼。人生无常，她说她从福坑跌进深不见底的痛苦深渊，天天心神不宁。逆境的日子催人老。她对镜一照，头发白了一半。她说她心气直往下沉。

她说没想到她会跌进婚姻悬崖叫摔得半死。离婚她不怕，怕的是孩子受不了打击，心灵出问题。政治婚姻荼毒了她。政治杀人不见血。政治的毒液比“蝮蛇口中草，蝎子尾后针”都毒。“两般犹未毒，最毒负心人”。政治面前无爱情。

她明白政治从来不讲理，想当初一腔爱国热血烧得她从英国回来，毅然奔赴疆场，并抱着马革裹尸救中国的美好愿望，可现在，她说活着没意思。

书奇哥，我没有亲人，露西姐离我这么远，我心里的话没处说，给你写信还怕连累你，我是冒天下之大不韪向你吐吐我心里的憋闷。写到这儿，我心里好受些，要不然我会疯掉的。

书奇哥，我想见露西姐。如果哪一天她过来，我一定请她吃烤鸭。吃《红楼梦》里的菜，看《红楼梦》里的戏，喝《红楼梦》里的“千红一窟”。咱们万艳同杯，陪她去看百花洲，燕子楼，这都是我答应过的。……

张书奇放下信，二话没说就赶紧搭车去北京，找到张宪成，叫他和他一起去看梦仪，当时她的精神状态很不好，情绪不稳。她姐的案情进展缓慢。张书奇感觉她精神已崩溃了。临走时交代张宪成多看她。帮她熬过这非常时期。

当中隔五天，张宪成拍电报来，说高梦仪自杀了。

张书奇看着电报上“自杀”二字，心都缩得张不开了。张书奇颤抖着手，电报纸微微颤嗦。他脑海空白一片。好半天，他才回过神，睁开眼，窗外雪花飞扬，玻璃窗泛起窗花，他仿佛看见雪风中飘来一朵雪莲。……当初“不能手提天下往，何忍只身游其间”的侠女，而今真的单身去游其间了？苦命命苦。

露茜听到这里不能自已。张书奇心酸鼻辣。

梦仪没死在日本人的枪炮下，却死在自己人的手里。露茜眯起的眼睛里闪过一丝刺儿寒光。她内心好像在搜寻一种解释，嘴里喃喃地说：“没有爱的世界是冰绞的，没有爱心的人是残疾的人。”

“爱？”张书奇两手像展开的蚌壳捂住脸，低吟说：“爱。谁给我点爱，我要爱！我要爱！我——要——爱！”张书奇一声比一声重，就像小孩子哭闹要大人给他心爱之物一样。

——张书奇拿出梦仪画的那张雪莲图，找装裱师装裱。

装裱师把画放在一张铺着毡的大桌案上，熟练轻巧地展开，用纸镇压好，往后退几步审视。只见戴着眼镜的装裱师眼睛一亮，惊讶但口气平静地说：“嗷，雪莲？！我裱过的花草画多是梅、竹、兰、菊四君子，还有生活中常见的象征富贵吉祥的牡丹，再者是荷等。这雪莲画，我还是头一回看到，更何况用的是西洋阴阳光影法和中国画的渲染画法皴擦相结合，这种手法只有宫廷画师郎世宁用的最妙，这显然不是郎世宁的画，但纸上的花真的生香活色，雪莲像会动。”裱师顿了顿说：“不逐东风杂众香的雪莲很少有人画。”

“那是啥原因？”张书奇故意问。有时心里知道原因，可就是想听别人说，对心思的会叫自己更坚定自信，不对心思的也会从中明白些东西。

“远离人间，遗世独立。没几个画人能吃苦上雪山。”

装裱师的几句话说的张书奇刮目相看：他上身着件老式盘扣蓝外衫，干净利落，满头银发，头发往后梳笼，透着艺术特定职业的型质。

“反正这几十年打我手上过的名家名画不在少数，裱雪莲画还是头一幅。”他侧着头边看边说。画面上，除一莲，冰山雪峰，层峦叠现，或远或近，大片的空白是一种无言的诉说，无画处皆话，代雪莲立言：高怀绝俗，孤傲圣洁。心仪难徙，冰清爱意。装裱师自言自语。雪莲离不开冰雪，画家的情爱永不迁徙。他想像着又说：“见画如见其人，画家一定跟画一样出自美丽高洁的巾帼之手，但画中不藏脂粉，画面风雅绰约。”装裱师说罢看了眼张书奇。

张书奇也吃惊地看着装裱师说：“你就这么肯定画不是须眉所画？”

装裱师笑说：“我敢打赌。”

张书奇摆摆手说：“罢了。”笑说：“哄不住你的眼。真是观千剑而后识器，操千曲而后知音。你凭什么看出画出自巾帼之手？”

装裱师说：“画意中带有。”

“画意？”张书奇疑说。

“行万里路，读万卷书，才会领会画意中人格化的雪莲。”装裱师独到的解语叫张书奇心里不由得啊了一声。

高梦仪把爱贴附于画中的雪莲，意到笔到，空灵飘逸。想到人去画在，临画人哪能不潸然？张书奇觉得她好像是还跟从前一样出征去了，一去多少年。再想，她哪都没去，她就在他心里。

张书奇心说：今天裱画裱来个知音，没白来。

从裱画铺出来，他心毛不安，脑筋全叫梦仪占满了。他决定去北京祭她时，心里安静下来。莫非是梦仪在冥冥中催他？

按照张宪成说的地址，张书奇找到梦仪的坟。新土新馒头，像阴阳两界的骑缝章——土下是梦仪，土上是祭祀她的人。张书奇想峨眉山偶然邂逅，想一起在船上，想她带来露茜的信，想她战争中出生入死……啊，香消玉殒。他烧了纸钱，喊着她的名字。鼻子一辣，泪水涌到眼眶。他小声说："梦仪妹，你想我会来的，如果你芳魂有感，香魂有情，晚上请叫我梦你一梦。……"张书奇泪眼迷蒙地念叨，"萍水相逢天涯路，海墨白帆书情愫。天缘不谙离别苦，芳华黛眉香王土。冰骨雪肌情深固，芳魂倩影知何处？"

"梦仪妹，哥送你几句，表表心意。"张书奇狠狠眨了几下眼，把眼里想浸出的泪用眼皮沾去。

露茜听得一脸凄然。长睫毛上挑着泪花，她半天才哽咽说："上帝，梦仪和她的家人在另一个世界团圆了。梦仪做梦也没想到她会死在自己人手里。噢！梦仪妹的爱情雅量千杯万盏，为她折腰！"露茜哭着说："梦仪妹，你说好要等我，我来了，你却走了。你说梦里画个彩虹，愿我和张哥早相见。今晚邀你来我梦里相会。明天我和你张哥去看你。我知道你的魂没走远，你一定听见了。"

张书奇听露茜的话，心里瘆得慌。不禁打个冷颤。

"书奇，我心里难受。"露茜把头放在连椅背靠上合着眼。张书奇忙上前急切地问："要不要紧？去医院吧？血压不高吧？"

露茜摇摇头说："不用。我的血压从来正常。你别紧张。"露茜有气无力地叹了口气。

"噢，那可能是刚才梦仪的事叫你动感情了。动情是要付出代价的。"张书奇站在连椅后给露茜按摩额头。"是不是饥饱劳？饥了会犯低血糖，头晕气短出虚汗。咱去吃点东西吧。"张书奇小声问。

"叫我平平心气。"露茜小声说，"书奇，从前，你嘴里的笑话蹦个没完。跟你在一起，总会笑得合不拢嘴。书奇，如今，喜悦哪去了？"

露茜闭着眼有气无力地说。“能不变？那时二十来岁，无忧无虑、一顺百顺。后来，日子过得天天像过阴，哪有心情说笑话？你现在不是也深沉多了。自打逃离回国，心灵变得很脆弱，脆弱的承受不起别人的脆弱。我爸爸说我还不如小时候坚强。我怀念从前的笑声。这些年我做梦都是想跟你在一起笑。”露茜苦笑说。

“谁跟喜笑都没仇。你一生多少笑多少哭，就跟你生来带多少口粮，上天都给你定好了。”张书奇俯身看着闭着眼睛的露茜轻轻解劝。“刚才你听的是从阴间来的消息，心情肯定也阴沉沉的。听活人的消息，心也会活蹦乱跳。给你讲个乐观人的捧腹事。”张书奇用大人哄小孩子的声腔哄露茜说。

露茜一听，搭在连椅靠背上的头慢慢抬了起来，像个好奇的孩子看着张书奇说：“说说。”

——张书奇到英国的第一天晚上，与同寝室来自新加坡但说一口蜀腔的李地生排齿序。李地生说：“我属马。”

张书奇说：“我属猴。”

“老弟，你碰上我算你运气不佳。”李地生口气神秘。

张书奇莫名其妙、疑惑不解又半笑不笑的脸色看着对方的眼说：“你会看相？这初来乍到，你怎么说我碰上你运气不好？”

李地生绷着脸非常严肃地说：“直说吧，我的鼾声如雷贯耳。一般人受不了。”

“噢嗬，我当是啥大不了的事。原来是个呼噜。”张书奇上下打量李地生说，“呼噜不是忽雷。像你这样适中身材，充其量能有多响？就是霹雳又如何？”张书奇不以为然，还连连摆手，拍拍李地生说：“心放肚里，晚上见真功。”

李地生睁大一双细长的眼睛，半信半疑地打量张书奇：“老弟，我先给你打个预防针，我这呼噜出乎你的想象的响。下午我就此事跟老师说想单独住，可老师说男人打呼噜十有七八。我心说非叫你们领教领教才会心服口服的。”

张书奇忍不住笑说：“你丝毫不用拿捏，放开胆呼噜。”李地生猛一拍张书奇的胳膊哈哈大笑爽快地说：“缘！”

果然，坐了这些天船的李地生，人一挨床，呼噜声随之而起。而张书奇三十天船上日子还在惯性着他的感觉，也是倒头就什么都听不见了。而隔壁香港的一个小伙子则是辗转反侧，一夜没合眼。第二天黑着眼圈找上门来，没精打采往门边儿上一靠，哈欠连连流眼泪。张书奇热情关切地上前问说：“你不舒服？看样没睡醒。”

香港小伙边打哈欠边唔咿说：“我还不是一般的不舒服，我很不舒服。”

张书奇赶忙上前摸摸他的头说：“陪你看医生？”

“不用。医生治不了。”香港小伙指了指还在床上打呼噜的李地生小声说，“他的呼噜。”香港小伙突然疑惑地问张书奇：“你睡得着么？”

张书奇知道他为呼噜而来，就忙跨到门外，轻轻带上门。小声说：“你衰弱哦。”

香港小伙点点头：“你知道夜深人静时，呼噜声震得楼都格颤，像伤寒。”

只听呼噜声停下，接着是李地生问话声：“哎，这位先生，很抱歉。”李地生趿拉着鞋出来，睡眼惺松地两手抱拳唱喏：“对不起。我也恨我自己，可我一睡就不当家了。”香港小伙子看着李地生只苦笑没啥说。

“咬牙放屁打呼噜，人身体上下前后两个洞洞发出的三种污秽之声，虽不好听，但却是生命之音。”李地生弯腰抱拳。“我愿此声一百年。”

“噢哦，说的是。”香港小伙脸上表情是和颜悦色皱眉连连点头说。转身走时朝李地生和张书奇摆手微笑，嘴里说：“你俩真是上帝安排好的一对。”

露茜说：“不可笑。李地生这个青鸟也飞没影了。你跟他断线了。”

“不是我断线，是有人剪断线了。出入境信件，统统经公安局检查。”张书奇放低声音。说时还下意识地地看看周围，似乎怕人听见。

“哦噢，没有隐私权？”露茜惊诧嚷说。

张书奇冷笑说：“还想隐私权？你想的不低。”

“不过，咱们信上说的仅限于感情，谈的多是《红楼梦》，顶多缠绵悱恻几句，偶尔我撒个娇，难道这也不放过？”露茜不解地问。

“统统检查。”张书奇口气没有置疑。

露茜“噢啊”一声：“情信众目睽睽，就像人叫扯去衣服。怎么会这样？！怎么会这样？！”

“那就是这样！”张书奇语气茫然，“嗳，洋爱情。”话到嘴边咽了回去。可他心说：“洋爱情，叫他受几年牢狱洋罪。”想到这里他禁不住打个寒战。他不想给露茜增添思想负担，赶紧换话题：“李地生幽默诙谐，心里有再多再大的不愉快表面也不露。”

·

——11月6日，是英国的烟火节。晚上，张书奇和李地生站在“灯火阑珊处”，烟花光声夺耳。寻声往东看，烟花却在西边的夜空绽放开来——满天是九龙入云、飞天十响、巡海夜叉、镇山太岁……此起彼伏，簇簇朵朵绚烂的烟花染得心情也色彩斑斓。心花烟花两相映。

李地生用既欢快又抱怨的口气说：“咱享受的是咱中国人发明的火药造的烟花，不是他们的情。看烟花没劲儿，跟流星一样一闪没影了，咋着能叫开的时间长些才是。”

张书奇边看边答，凡事无常，人若能像黑夜里的烟花尽情绽放一霎也比日头下的烟花要强得多。破译出火的秘密是人类最辉煌的成就之一，而中国人的火药则是人类辉煌成就之二。人间烟火是人类从石头中锻出的最美的烟花。一个火花就能燃起熊熊火焰。花后只剩烟在飞了。

他俩旁边有个人搀着一个盲人。盲人看烟花？给盲人形容颜色？李地生小声说盲人用额头看，看到的烟花是火的热。回到住处，张书奇从包里翻出相片摆在床上，像黑白床单。李地生凑过来，手指着露茜的相片："嚯，好漂亮。不用问是张弟的内人。有福气。"李地生啧啧喊美。"报国寺呀，峨眉是我老家。"

"真的？"

"真的。"李地生捏起相片看说报国寺还是那样。好看好看。张书奇故意说底片比相片还好看哩。

"啥时间叫哥哥见见。"

"叫老弟看看你的。"张书奇要求。李地生翻开影集指着一张东方古典淑女的相片说这就是。张书奇仔细端详——清秀优雅、桃形大眼含情脉脉，美的销魂。张书奇心说哪点像高梦仪。李地生说咱俩互相吹夸，解相思苦。他说他的责任是必须给孩子找个漂亮妈妈，孩子才会个个漂亮。"咱俩想的一样。"张书奇大加夸赞。看着李地生手里一个娃娃照片，几个月大的孩子，一双机灵灵的大眼，"咦，小美男。"

李地生说："你的混血儿比这要漂亮，叫看看相片。"

"还得等几年。我俩有个约定，等译完《红楼梦》再圆爱梦。"

"噢哟，大志向。"李地生惊异真诚地看着张书奇，好像他看到的不是真人，而是一个脱了肉体的灵魂。"哥衷心祝福你早日圆梦。梦圆之时，可得好好庆祝庆祝。"

露茜笑吟吟地看着张书奇。"哦喃，原来男的在一起也跟女孩子一样说悄悄话，比自己心上人。"露茜说时用二指在张书奇脸上轻轻一划。"羞！"

"男人也是人。对心思，就吐心里话。"张书奇抿嘴笑说。他刚要接着往下说李地生，就听露茜抢了他话的半拍说：“1963年春天，李地生在英国办完事，特意拐到我家。我开门一看是位中国人，还没等我说话，他就很有礼貌地说：露茜小姐！”

我吃惊地一愣怔，心说我不认他，他怎么就直呼我的名字？谁知他接着就说：“比相片漂亮。”我听得一头雾水。他点头微笑自我介绍说他叫李地生，张书奇的朋友。我突然想起李地生。我以为他从中国来，或是给我送关于你的消息。后来他说他是香港邮局的副邮务长，来英国总局办事，顺便看看张书奇在这没有。

我摇摇头苦笑说没有。我把前后情况说了说。他怅然若失地叹了口气，单刀直入地问我结婚了没有？我摇摇头笑说：“光棍。”

他说：“你等他？”

我郑重地点点头。心里容不下另外的人。

李地生边哦边点头，脸上交织着赞许钦佩和担心的神色。嘴里说：“上帝也妒！可你不知道张书奇的情况。”我说不管他什么情况，我为我的心。

李地生绷着嘴点点头。说：“这可如何是好？你们的梦何日能圆？”李地生的表情告诉我，他把这事当成自己的事。果然，他对我说，他要想法去大陆找你。我说听说比蜀道难。他说叫我给你写信交给他，他好去大陆转给你。

李地生的记性很好。他说他和你来的时候，一眼就相中房子跟那棵古藤，岁月默默流逝，古藤已荡然无存。他问藤咋没了，我说德机炸坏了。

张书奇眨巴着眼回想说：“1964年春的一天，我突然接到外事局打来的电话，说叫我去外事局一趟。当时我想外事局，该不会是你来了吧？可我转念一想，中英两国没有建交，也不可能给个人开绿灯。路上我一边走一边想这会是哪位贵客临门？进门一看，喜出望外。情不自禁地喊：‘李哥。’”

“一别27年。快！眼睛一眨，小公鸭变老公鸭。跑不动了。”李地生拍拍我的胳膊笑吟吟地说。他小声对我说他这次来大陆公私兼顾。说白了是假公济私。他说他给我带来个惊天的喜讯。我纳闷不解地看着他。他叫我猜，我笑着摇摇头说不敢猜。他从包里掏出封信，趁人不注意时把信塞给我，小声说回家偷偷高兴。我知道他见着你了。

我颤抖着手把信塞进兜里，好回家细看，嘴里激动地说：“活着就好，活着就好。”可他说你还是独身一人时，旋即我的高兴没影了。我霎地出了一身汗。

他见我一头汗，就问我说：“你汗颜什么？看样你变心了？”

我惭愧。我心没变，身变了。我给他使个眼色，因为周围耳目太多，他会意地把话岔开说：“咱去找辆独轮车推推吧。”工作人员一脸不解看着他。他说小时在大陆见人推这车，就可想推。做梦没少推。这回圆梦。

“他提的这个要求，叫在场的人听了都觉着可笑，你说，他怎么会想起推那个？”露西问张书奇。

“1937年，英国邮局举办新年晚会。会上，总局局长约翰向大家祝福新年。之后由各国学员表演节目。

“晚会的压轴节目，是由总局局长老约翰为大家表演推独轮车。老约翰在中国待过十几年，喜欢推独轮车。他问我会不会？我说：会。但不熟练。”

我脑海里浮现家里人推小车轻捷灵活的动作，对新学推车的人会说“推小车不用学，只要屁股掉的活”。可我多年没推过，我摆的动作惹得老约翰笑得前仰后合。并说：“张，你的动作说明你是没好好推过那小车的中国读书人，看我的。”他说着就拿两腿平行站开，膝盖微屈成马步，胳膊伸展，两手用力握车把，车像装着很重的东西，他慢慢站直身体，左掉屁股右扭屁股，在舞台上转走，嘴里还发出嘎嘎的雁叫声。我和李地生喜得又是跺脚又是击掌，连说：“太像了太像了。”

我心想这老约翰真有意思。确实，人表面上看都一样，可一旦遇上合适的场景，人的兴趣和某方面的才气就会显露出来。老约翰边推边用右手背在额上抹汗，假装没弄好，车辗着个砖头，车轮一绊，连车带人翻倒在地。他爬起来拍拍身上的土，朝大家鞠了一躬。

李地生说："老约翰是个中国通，别看他表面大大咧咧，原来他观察细致入微，体察深刻，有模仿的天才。李地生说我什么时候回大陆一定亲自推推。"

"原因简单的不能再简单了。推了没有？"

"推了。……"

——张书奇领着李地生来到他和露茜吃杏的菜园边。一头带了碍眼的黄牛拉着水车不紧不慢地转圈，龙沟里清水如镜。牛时而哞——哞地叫两声。菜园边一棵杏树下立着辆独轮车。李地生像看见稀罕宝贝似的惊呼："车！"

张书奇平静淡然地笑说："这车家家都有。"张书奇跟正在地里锄草的老农打了招呼说要推推车。老农一脸不解地点点头。李地生绕着车转一圈，站在车辕里，把襻带往脖里一搭，两手扶把，把前边的支架一收，抬起车杆，推。没走两步，车就两边晃，他把捏不住，车倒了，差点儿把他带翻。张书奇赶忙上前帮他扶稳。李地生一脸不服地笑说："一上去不得要领。他嘴里把'推小车不用学，只要屁股掉的活'的要领背诵一遍。"站在一边扭屁股掉腰。他那不算胖的臀部掉得像鸭摆尾巴。老农边笑边说扭的不对劲。老农推给他看，说："你看，上身不动，下身倒腾，垫半步叫平衡。"

这时候，张书奇才看出老农实际不老，约摸三十啷当岁。只是天天风吹日晒显得粗糙老色。小老农说的垫步，就像泥瓦匠砌墙时为了压砖茬缝，不得不把整砖砍成半截。正说着，远处的黄土路上一位推独轮车的年轻妇女不紧不慢走来。那女的一头黑亮的头发盘在脑后，黑丝网兜着。脸上布满了太阳的足迹，微黑的皮肤透出健康结实的气色。她上身穿件浅蓝底起着紫红小碎花斜纹布带襟薄夹袄，脚穿簇崭新千层底黑平绒戴袢布鞋，小媳妇精神利索。独轮车翼两边的荆条筐里一边坐一个剃着茶壶盖头的年纪约摸三四岁不太胖的男娃娃瞪着大眼睛低头瞅看。筐里竖放着一小捆芹菜，一菜篮小嫩菠菜，菠菜上还有把芫荽。看样儿像是走娘家。人，不慌不忙，车平平稳稳，车轮与车轴摩擦发出嘎嘎的响声，听起来像黑夜远天处的雁鸣声。李地生目不转睛地瞅着那年轻媳妇推车的动作神情，最后视线落在她的脚上，他心想这鞋穿着肯定舒服。透过鞋看到鞋里那双自由自在长大的周周正正的脚，他心说只有这脚，才能站得稳推得动。那年轻的推车女人被穿着打扮洋气的陌生男人目不转睛的眼神看得浑身不自在，耷拉下眼皮，只看着车前的距离，本来颜色稍重的脸微微泛红。脚下步子明显没有刚才从容。

张书奇悄悄拽了拽看呆的李地生的胳膊。李地生赶紧收敛他那股神色，为自己刚才的忘我解嘲："我啥时能推成这水平就中了。"李地生晃着他那一头浓浓的黑头发说。

"不愁。你们是演员吧，要不是咋会想起学推这个？"小老农用自己的判断问说。

"对，是演员。"李地生随口答。李地生知道顺着小老农的话往下说，才会省去很多解释也解释不清的话。否则会叫人认为其人不正常。其实，人太正常，就缺少生活情趣。

李地生重新推，车是东倒西歪，走起来踉踉跄跄，就像小孩子蹒跚推学步车，没多大会儿，额头上就明晃晃汗津津的。汗水没白流。终于能推几米远，一脸的兴致，兴奋得像小孩做成一件很难的事，或是解对了一道数学难题。边推嘴里边说哪天去找老约翰，叫老约翰看看他的推车表演。

张书奇说："愿你的愿望变成现实。"李地生摸着车说这是运输工具活化石。他掏出相机对着独轮车转着圈咔嚓咔嚓一顿猛拍，生怕哪个部位照不到，还对站在一边的小老农说：“这位大哥，咱俩合个影中不中？”小老农冲着他憨笑，眼神里夹杂着怯生和自卑。

张书奇和颜悦色地对小老农说：“他拿的是照相机。跟他照张相作个留念。”

小老农恍然明白扭捏着对李地生小声说：“中。”

李地生跟着学说：“中。”李地生的话叫小老农喜不滋。

抿嘴笑说：“中就是中，倒过来写还是‘中’，谁也颠倒不了。”

李地生朝张书奇竖起大拇指，张书奇摇摇头拿着相机对着站在车边侃侃而谈的李地生和笑得鼻翼眼角都是皱纹的小老农按快门。小老农只是咧嘴笑。李地生握着小老农的手说：“今后咱们是朋友。”小老农乐得露出从没刷过的黑黄牙。李地生说过不了多久就把照片送来。

小老农说：“中。”

李地生笑着点头说：“中。中就中。”

小老农不好意思地说：“俺说惯中了，只要是俺心里同意的事，一张口就是中。”

“俺可想听你说‘中’，俺在别处就没听过人说这么好的‘中’。”李地生学小老农的腔调说。

“俺三句话不离中。”

“你咋恁会说‘中’哩。”

“俺娘说俺学说话时，先是学会喊爹娘，第三字说的就是‘中’。”

“老说‘中’的孩子都是娘的乖乖。”李地生看着小老农夸奖。

“俺娘说俺小时说话不清，老把‘中’说成‘东’。长大俺都说了几十年了。再加上后来俺是贫下中农，又占个‘中’，哎呀，天天耳朵叫‘中’磨出茧了。”

李地生说：“你真的三句话不离中？你说叫我听听是不是？”

小老农一脸不好意思，又扭捏一下才说：“俺寻媳妇那会儿，媒人给俺说个富裕中农家的闺女，她一打听，说相不中俺。媒人还把那闺女说的‘宁为鱼嘴，不为瓦圈’学给俺娘，俺娘切音‘能对驴嘴，不进马圈？’俺娘说：‘识几字就装（中）气跟啥一样？巧骂俺家是马圈？你相不中俺，俺还相不中你哩。叫她去亲那驴嘴吧，生个野驴骡。’”

张书奇心里琢磨“鱼嘴马圈”的意思，该不会是“宁为玉碎，不为瓦全”几个字的谐音吧？他们不懂意思，把话说走音了？张书奇把自己的猜想说给李地生，李地生重复“宁为玉碎，不为瓦全。能对驴嘴，不进马圈”。说罢太想笑不敢笑。

张书奇看着小老农笑说：“小哥，那家闺女不是骂你哩。”

小老农眨巴着眼看张书奇，说：“俺娘说，她不应相不中俺，俺还相不中她那高成分哩。俺‘贫下中农’，根正苗红。‘贫下中农一条心，天南海北一家人，共产党领导我们向前进呀，毛主席的话儿记在心。’”小老农开始是几个字说，就像豫剧大唱段前的滚白，后边干脆就唱上了。

李地生眨巴着眼听得似懂非懂。张书奇听得一身鸡皮疙瘩。

小老农兴奋地接着说：“后来媒人给俺提个地主成分家的闺女，那闺女比富农家的识字还多。”

张书奇心说：“成分高一档，认字多一筐。”

小老农见张书奇和李地生听得有劲，就说得起劲：“那地主家的闺女一打听俺，没说不中，也没说中，跟媒人说‘宁缺不全’。俺娘听媒人说是‘能招会算’。俺娘想了想跟媒人说：‘算兔孙了。高成分家的闺女都是妖精，算她娘地主家的闺女难伺候。咱这笼里可装不下那鸟。’”

“你是说地主家的这个闺女还相不中咱？”张书奇好奇地追问。

“相不中。”小老农把下巴往里一收，语气肯定地说。

李地生边重复边想：“宁缺不全”，缺了肯定不全，全就不缺。

“‘宁缺不全’搞不好是‘宁缺毋滥’，媒人不懂，就切音那样说的。”张书奇跟李地生说。

李地生又是想笑又不敢笑。只听小老农接着说：“后来媒人又给俺说个贫下中农家的闺女，腿有点儿瘸。媒人说中不溜就中了，能给你看门做碗饭，过家人家就中。那青花涩柿中看不中吃的，可不中。”俺娘问我说：“中不中？”我说：“你说中就中。”

李地生迫不及待地问：“这个贫下中农家的闺女中不中？”

“这回中了。”小老农说时头也跟着点了下。

李地生长出口气说：“门当户对。总算中了。大哥，咱商量件事中不中？”李地生跟小老农说。

小老农说：“咋不中？！”

“我说出来你不同意，掉地上，可不中噢。”李地生用试探决定的口气跟小老农说。

“你说出叫我听听，我才知道中不中。一般不会给人掉地。”小老农看着李地生，一脸实诚。

“我相中你的衣裳了。我想跟你换换中不中？”李地生捏着小老农的衣裳看着他说。

“那不中。俺的衣裳是粗布，灰土脑油味儿饭嘎渣儿，邋烂死人。您的衣裳是洋布，样也洋，干干净净，俺穿不出门。”小老农低头看着自己的衣裳，不解地问李地生：“这位小哥，你相中这衣裳哪点了？你不会是跟俺说笑话哩吧？你会办这吃亏事？俺也不好沾谁的光，俺忖过，俺今儿沾个光，明儿就会吃个亏，亏光老是跟哩。有时亏还大于光。吓得俺不敢沾光，总觉得不知哪里有只眼睛老瞅着俺哩。不中不中。”老农锁着眉头看着李地生说。

李地生哈哈笑说：“原来你可会说‘不中’。其实你不知道，我没有吃亏沾光的意思，我只是喜欢你衣裳的样儿和做工，别看老嘎渣油蛋蛋不露布丝，但瑕不掩瑜，这衣裳针脚工整。”

小老农看着衣裳说："这是俺娘一手裁一手做的。"但他脸上露出不中的心思。张书奇在一旁敲边鼓，说："一件换一件，你没沾光，他也不吃亏，老天也不会再叫你吃亏。洋一回吧。噢？不用怕，他的洋衣裳多得穿不清。"

小老农眨巴眼听听想想，这才松弛下来说："那中吧。"李地生从车里掂出他的箱子，翻出一套新藏蓝色西服给老农。

李地生掂着小老农脱下来的衣服，也不嫌脏就穿在身上。他问张书奇："中不中？"

张书奇说："中！可中！"

李地生又转身问小老农："中不中？"

小老农说："中！你腰里要是再挎个左轮手枪，就跟电影里的汉奸差不多。"

张书奇拍手大笑说："小哥是导演眼力。刚才说你是演员，这把角色都给你定了。"

李地生一边得意洋洋低头瞅他的衣裳一边说："我这长相和气质非常个性化，你别看你长得白净书生，一表人才，但你的气质只能倾倒才女，而我是男女老幼统统倾倒，这就叫演啥像啥。只能说明你们电影中的人物形象脸谱化。我说我穿上这身衣裳，简直就是个满腹经纶的儒雅学问人，或是个儒商。"

"我喜欢粗布。小时在老家，我妈给我做了件这样的小外罩，穿这衣裳照的相我一直放着，我喜欢中国传统的老式衣裳。洋衣裳穿烦了。我妈用洋布给我做件这样式的衣服，可我没穿出小时的感觉，今天，一看小哥的衣服，可入我的眼，我是说啥都不能，错过机会。"李地生看着小老农说。

"小时的感觉太要命了。"张书奇认真说，似乎他也有怀旧癖好。

"张弟，我路过大街看见卖水大妈那竹篾编的泛黄黑的暖水瓶外壳，我相中了。小时我家就有那样一个暖水瓶。还有我小时吃的豆花，做梦都想吃。我有个想法，等我退休，就在那里开个早餐店，那里华人多，满足他们的饮食怀旧。”李地生憧憬说。

“怀旧。怀旧人感情深邃不外露，但显得古板。”张书奇说。

“张弟，你我是五十步笑百步，在英国，你忘了你找老咸菜的事，实在找不到，咱们买了十几个白萝卜切碎用盐腌。”李地生说。

“是。去时就从家带了十几个白萝卜咸菜，露西笑我口味就不能换换？还说我是花岗岩脑袋，再新再好的东西也凿不进我的大脑。”张书奇回忆说。“吃糊涂饭配咸菜，糊涂面条配韭花，似乎只有这样吃才香才吃出味。”张书奇意味深长地说。

“对，糊涂咸菜配着吃，别的不好替代。”小老农插嘴说。小老农跟着说：“听你们说话的口气，你们是留过洋的人，怪不得哩。我今天好运气，能跟留过洋的人照相，我跟俺庄的人可有的吹了。”小老农喜气洋洋地说。

李地生对小老农说：“停几天，我这位老弟就把相片给你送来了。”正说着呢，从菜园里边走来个老农，张书奇一看就认出是露西看牙的老农。张书奇上前打招呼说：“大伯，你的牙现在咋样？”老农一愣，他想起张书奇与露西吃杏、看牙。

“哎呀，是你？我的牙早好了。”老农笑说，“那女菩萨真是好，她咋没来？”

张书奇笑说：“她回国了。”这时张书奇脑海里闪现露西给他看牙的情形……

——那年麦收时节，张书奇和露西来这个菜园玩耍。露西看见井台边杏树上稠得跟蒜瓣一样的黄杏，嘴里涌出了口水。张书奇指着树上的杏，问老农说这杏卖不卖？老农笑说：“管你吃个饱。”

张书奇跟露西要了一包。露西笑嘻嘻地让老农吃。老农摆摆手，指指牙，说：“疼。”

露西说："叫我看看你的牙。"露西叫老农张开嘴，她轻轻端着老农的下巴，左看右瞧，老农喷出一股呛人的口臭，熏得露西差点吐了。露西强忍着说："龋齿都化脓了。"露西问老农多大了？老农说三十几岁。露西点点头哦了声。她心说这牙龄却是六十几岁了。露西叫老农跟她去公教医院给他治牙。老农用一种疑虑的目光瞅着露西说："我可看不起病。再者，你是外国人，肯为我治病？"

露西宽慰老农说："不要钱。你不相信可以跟我去。"

老农用怀疑的口气说："有这好事？"

"有。"露西语气肯定地说，"相不相信，叫事实说话，中不中？"

老农咧着疼痛的牙苦笑说："中。"老农说罢蹲在垄沟跟前掬了捧水连喝几捧，喝罢又捧水洗了洗脸，湿手一甩，就着裤一抹，说："这就不腌臜闺女啦。"说罢对菜地那头的人说，"看好水，我一会儿就回来。"

在医院，露西先用药水给老农冲洗消炎，露西告诉他用凉开水化盐水漱口，保持口腔清洁。老农连声感激说："中！中！我这是哪辈子烧高香了。我碰上洋菩萨女郎中了。以后谁再敢说洋人不好，我不愿他的意。"老农临走时还对露西连连作揖鞠躬。

老农鞠躬时的虔诚还在眼前晃，这一晃就是三十年。露西微笑说："那老农六七十岁了。还记得我？！这一带记得我最多的是妈妈们。"露西畅怀地嗳了声对自己说："有人记得你的爱就足了。"露西淡然欣慰表情平和，继而一笑说："那老农的儿子小老农有意思，三句话不离'中'。他说的贫下中农，地主富农是什么人？"

张书奇警惕地环顾四周，两手握成筒状伏在露西耳边，声轻如蚊，说："那是成分的名称。"

"唵，怪不得小老农嘴不离中，你看，这家家门上写的都是'忠'。"露西说。

“那‘忠’就是‘忠于’，张书奇话到嘴边咽了下来。露西眨巴着眼睛等听，可不听张书奇往下说，就问“忠于谁？”

“忠——于毛主席。”张书奇吭哧半天才说出来。露西半解不解地点头。“家家门上写忠字，口口声声不离忠。手伸不过去的是门，伸过去的是屋的口。合上嘴说忠吧。”

张书奇一听赶紧用食指压在嘴上轻轻一嘘：“可不敢乱说！”

露西看着环顾四周的寂静，只有树上的蝉时而合唱，时而二重唱，时而此起彼伏地“知——了，知——了”地鸣唱。露西再看张书奇小心翼翼心有余悸的样儿，与昔日胆大心细幽默诙谐从容的张书奇判若两人。身为中国事务研究所研究员的露西心里不由得嗐了声，心说：她清楚张书奇所处的环境，能理解张书奇的神经过敏，她接着李地生的话题说：“后来呢？”

露西说李地生有意思。德行好，够朋友。再说说他。

——1935 年圣诞节冬天，李地生突然牙疼。张书奇想起露西说她叔叔是牙医。他俩一大早就来到伦巴第街露西叔叔的牙科医院。医院宽敞明亮洁净，一尘不染。张书奇第一次看见这么高级的医院。他看着那些治病用的机器感觉真像见了西洋景。心里直呼中国牙医与之不可同日而语。难怪露西嘲笑东土牙医，笑他“拾人牙慧”。

露西叔叔亲自为李地生查看诊治，说是龋齿病灶发作，最近一段时间天冷，可能喝水少，身体免疫力下降，诱发病灶发炎，得从根上根治——除去病灶，遏阻龋齿蚕食好骨头。补好可管十年。李地生笑问十年后怎么办？露西叔叔说：“我免费治疗。”

张书奇也趁机叫露西叔叔看他的牙。露西叔叔一看嗐了声说：“你年龄二十多，牙龄四十多。”露西叔叔说中国人来看牙都免费。他说他很想去一趟中国，把英国先进的治牙机器和医技传过去。但他说心中有个梦想，等条件允许再去。露西叔叔花了五十分钟才给张书奇整好牙。露西叔叔说这颗牙不会再出毛病。

他俩出了门就直奔之前商量好要去看的康河。看着景色优美的康河，张书奇说他在K地一高读书时，曾在《晨报副刊》上读过徐大才子《我所知道的康桥》，那时，康河就在张书奇的脑海里依稀流过，那时心想什么时候自己也能去康河看看呢？心里描绘出康河梦——掬一捧水，洒落一河的打油诗。没想到自己真的就踟蹰康河畔，这不能不说是件叫他心醉的事。美中不足的是没和露西一起徜徉河边。想到这里，张书奇仿佛看见露茜踏波而来。张书奇心河里的露茜翩若惊鸿，明眸善睐，仪静体闲，柔情绰态……李地生连喊张书奇两声才把他从臆想中喊醒。

李地生把脸凑到张书奇脸前，笑说：你心中的“洛神”是不是踏波而来？张书奇瞥了眼李地生笑说：“怨眼前的河太美了。”

水面微风皱波，细澜涟漪，就像嘲笑人时不动声色爱皱眉头的英国人一样。

——1936年清明节那天一大早，李地生手里捏着支玫瑰从大街回来，表情平静地放在床头他媳妇的相片前。张书奇心说：这个日子在相片前放花，不大对劲。莫非……张书奇不想往下想。也可能一处有一处的风俗。转眼到了1936年10月26日。这天下课回到寝室，张书奇跟李地生感慨说：“咱们来到这里整一年了。”

“嗯，跟做梦似的过了一年。”李地生随口接了句。

“会不会有信？”张书奇自言自语说着跑出去看信箱。李地生听张书奇在外边高兴地哈哈大笑。他在屋里说：“感情感应实在奇妙。这信是那个称你‘奇’的人写的。”李地生故意用打趣的语气打趣兴致勃勃的张书奇。

“你比《周易》算得准。露茜的信，她像是算好时间写的。她有时很细心，有时又粗心。”张书奇边拆信边说，“李兄，估计这两天你就该收到嫂子寄来的信。”

“今生无论如何是收不到她的信了，要想见她只有一个地方。”李地生说。

张书奇惊惑地看着躺在床上看书的李地生问：“这话怎么说？那个地方是哪个地方？”

“因为她不在阳世。”李地生语气十分平静。

张书奇张着嘴惊讶地看着李地生，半晌合不拢。屋里沉寂，仿佛整个世界都凝固无语。李地生看着表情僵硬的张书奇，平静地说：“她难产死了，现在孩子一岁零一月了。今生想见她只有在梦地。”

张书奇眼睛都不会眨了，半天才回过神，忧忧地说：“李兄，怨我多嘴，勾起你的伤痛。”

李地生这才嗐了声说：“你就是不说，我心里也会想的。都说死了干净。那是死者干净，活人心里并不干净。自打她去了之后，梦境总是不请自来。一梦醒来，半天心情难受。人心里不清净就不算净。”

张书奇若有所想地说：“难怪清明节那天，你在嫂子相片前放了朵花。原来是这样。可平时没见你哀痛。”

“老弟，哀痛没用。”李地生放下手里的书，两手相叠放在头下枕着，看着天花板上一只飞进来一天多一直跟自己影子玩耍的蜂，半天才说：“生下儿子那一刻，我高兴。接着媳妇大出血不止，我真的吓得腿肚朝前。医生当时也失误了。有些病情就如战场上局势，难把握。儿先生，娘后死，阎王路上隔层纸。可学习的机会我也不想错失，就忍着妻死子散的痛苦来了。前几天，家里来信说我老父亲检查怀疑是骨癌。你说这是不是晴天霹雳？你说这一切像人诅咒似的。正如人常说的‘运背黄金失色，时来铁也生光’。”

张书奇叹了口长长的气。“你把这么多不幸闷在心里，可表面你给人却是没事人似的高兴，我真的有不识东家丘之感。”张书奇边说边不由得睁大眼睛像打量陌生人一样看着李地生。

“把不幸吐露给别人，无非是想得到同情和安慰，可你不知道他们也有多少不幸也等别人去同情。面对多舛的命运，只有靠坚强的内心来挺。与魔鬼同行，改变的只能是自己。时间总会将不幸一个一个打发掉的。你想，即使是皇帝，也有免不去的灾祸烦忧。”李地生似自我劝慰，又像是安慰张书奇。

露茜听得一脸肃穆：“哦，怪不得，我去舰队街找他时，那里人说他父亲有病也提前回去了。”露茜回想说，“李地生的例子表明世相——表面看人都是光光鲜鲜，精精神神，但掰开里面，涩得叫人吃惊。原来谁都不容易。”

“后来，李地生一看表都凌晨了，他催我看你的信。叫我给你写回信，好叫他带到香港转寄给你。”

其实我心里早就迫不及待地想读你的信。展信一看，情远心远意远。你信上谈到《红楼梦》中宝玉说枯荣之景应示着世道的顺逆，凡天下有情有理的东西，也和人一样，得了知己，便极有灵验的。若用大题目比，孔子庙前的桧柏，诸葛祠前的柏树，岳武穆坟前的松树，都是堂堂正大之气。千古不磨之物。世乱，就枯；世治，就茂盛。几千年枯了又生的几次。若用小题目比，杨太真沈香亭的木芍药，端正楼的相思树，王昭君坟上的长青草，都有灵验。……书上说的这些地方，咱们一定去看看。昭君坟在北方，那么冷的天，草难道真的会还青？

你信上还说，……宝玉见周瑞家的仗着王夫人对晴雯和司棋恶狠狠的样子，就对其背影恨说：“怎么这些人，只一嫁了汉子，染了男人的气味，就这样混账起来，比男人更可杀了。”守园的婆子听了，也不禁好笑起来，问道：“既这样，凡女儿个个是好的了，女人个个是坏的了？”宝玉发恨道：“不错不错。”

而你信上都说：“假如黛玉跟宝玉成了亲，她也永远是女孩，因她的心不会变成女人。你说，我的书奇就不会叫我失去我的女儿心……

看到这里，我的心隐隐发痛。我憋不住振臂高呼：爱情万岁！”

从厕所回来的李地生听我高呼，他抿嘴叵测地笑说：“你不配喊这四字。你的爱情仅几岁就叫你弄夭折了。你对不起人家露西。你不配露西等你！俗！”

我一脸惆怅地听李地生批评。我把 1937 年匆匆回家后的情况跟他一说，他卧蚕一样浓浓的粗眉皱拧一起，用同情的语气对我说：“我知道你对露西的心没变。可你和露西这样痴心待你不公平。她知道你的情况后会伤心的。不过，也真难为你了。”李地生替露西急，急得说不出话，半天才憋了句：“怨谁？怨谁都冤。中国男人就是为‘孝’字活。‘孝’是人生大作业，交不了作业，身心不得安宁。这事要搁我头上，我弄不好比你还糊涂。”

我像做错事的小孩低声说：“你的同情也不能减轻我内心的痛苦。我说我如实向露西说明我的情况。梦虽不能圆，但我俩翻的书得画个句号。既然上帝派你来了，我交给你个任务，把我的译稿寄给露西，叫她把关英文。叫露西把她的译稿寄给我，我把中文关。校对完了再说。李地生说在香港找个出版商。我说主意不错。”

“嗳，任何看上去完美的计划都是脆弱的。”露西无奈地叹说。

李地生给我学你爸爸见到他，把他积郁心头多年没处渲泄的话猛朝他泄。老人家说对中国张没指望了，怨责你认死理，说你的大学同学，他的助手，不但人长得好，外科医术都是伦敦医院数一数二的，非常有前途，收入高。人家诚心诚意的爱，硬是没打动你。你爸说你痴，说你不孝。

李地生说你拉拉你爸爸的胳膊不叫说。可老人家用手拨拉开你的手，嗔瞪你一眼，接着说：“你小时候是个乖乖女，一点力气不费就长大了，没想到你长大了竟叫他生气。知道的人说你傻，在等一个不会有结果的梦。不知道的人认为你有病，要不然这么好的条件为什么不结婚？你叫我在同事亲戚面前抬不起头，最要命的是将来没法向你九泉下的妈交代。”用中国人划分年龄的标准，你不惑了，实在是老大不小了，可你就是不听劝，非要译那书。李地生劝你爸不要生气。你爸说：“我能不生气？我劝她一回，她就给我念她译的《红楼梦》，开始我不听。后来有一句没一句地听，听听觉得这《红楼梦》也确实好，透彻生动地写出了青年男女感情问题，难怪深受中国青年喜爱，我这外国老大爷听了也觉着自己又被时间弹回到十几岁，心变年轻了。我称这《红楼梦》是中国青年人的生活手册。可你自己总不能跟书过一辈子吧？”

你爸当着李地生的面将你一顿数落，你笑说：“谁说什么都不能主宰我的意见。”

李地生心里同情你，可他当着你爸的面不敢明着跟老人拧劲。你爸苦呀。他太爱他的女儿。你爸说你常照《红楼梦》中人吃的食物给他做，并啧啧嘴说好吃。

你爸说中国《红楼梦》和中国张攫去你的心和灵魂了。还说你以十分崇敬的心，火一般的热情，坚忍不拔的毅力，严肃、完全圣洁的情感，来征服中国这部旷世奇书。说你因为译书，被伦敦亚非学院聘请教授中国古典文学。后来成为闻名遐迩的中国通。后来又提升为亚非学院副院长，兼英国外国事务研究所中国高级研究员。你爸说，头上顶的衔再多，也没有一个家实在。你在外边工作时不觉得孤独，可当身单影只，孑然一身回到家，除了钢琴声，就寂静无声。爸爸不能跟你一辈呀。

李地生说老人家那份对女儿的怜爱中透出无限牵挂和心疼。对女儿的优秀打心底高兴，而同时心底溢出对女儿今后生活隐隐忧虑。乍一听像是对客人贬责女儿的倔犟，其实是褒扬。

李地生说你听你爸说时只是微笑，不敢作声。你爸说中国前后打了十几年仗，死了多少人，当然不是咒谁，谁敢保证中国张人安然无事？就算人还在尘世，人家也会想你伦敦当时也死了那么多人，说不定认为你不在尘世，人家开始自己的新生活了。你爸说到这里，还问李地生说他说的有道理没有？

你企图阻止你爸，可你爸接着说："就算中国张好好的，可见不着跟没有有什么不同？现在这种局势冰天雪地。这不是憨狗等石狮？还有中国男人传宗接代思想是全世界最强烈的，就是他自己情愿，他的家人也不会放过他的，他可不会因一个不可知的结果跟家人较劲过不去，从而落个不孝的名声。"

李地生说你听你爸说时表情很不自在，笑着反讥你爸爸，说他当年为爱从意大利跑到英国。你爸爸听了撑不住哈哈大笑。说："我和你妈妈看得见摸得着，而你是云里雾里。你天天叫我操心，你就是个不孝的女儿。"

李地生说你听了把肩膀耸到齐耳朵。你抚着你爸爸的肩膀撒娇说你的心一直跟中国张在一起，不好接受另外一个人。倘或跟心外人结合，除了感情上别扭，对人家也不公平。人就是求的一颗心。你还说拿孝这个大题目来压人不好。你说你做梦老梦见中国张，说明他还活着。你说你今生就跟《红楼梦》过。

你爸说时间是女人的敌人。你说女人的敌人是自己，让时间见鬼去。

你爸嗨了声说，真不愧是我的女儿。我年轻时不但这样想，而且也是这样做的。爱情坚决不凑合。李地生说你爸爸说到这里，蓝眼睛里荡漾相思的神色和幸福的怀念。

你笑笑安慰你爸爸，说你这辈子算半个孝顺女儿，下辈子还做你的女儿，一定当个全孝子。你爸爸喜笑颜开地点点头。李地生在一边悄然动容。

你爸爸咨询请教李地生《红楼梦》中"卖头卖脚"是何意？

李地生解释说："指妇女出门和生人见面。中国封建礼教不许妇女'抛头露面'。"

你爸爸哦了声，又问"开脸"是啥意思？李地生说中国过去的女子到结婚时，才开始绞除脸上的汗毛，描画眉毛和鬓角，叫做开脸。

你爸爸连说形象形象。你爸爸问说贾府里边的人三天两头看戏，而事实上看戏人总是鄙视演戏人，称她们是戏子。这一点叫人百思不得其解。第六十回赵姨娘骂芳官不过是“娼妇粉头之流”，“之流”是何意？

李地生说中国古代人把职业划分为九流，九流里的各个流还分上、中、下。演戏的人排在三流中的下，俗话说的“七优八娼九吹手”，优，就是指演戏的人，古时称戏子为优伶。

“排在倒数第三，仅比娼强了一点点。把艺术家看得这么低下，真不可思议。这个排法有问题，将来得颠倒过来。必须跟我们的排法统一才算对。”你爸爸语气愤懑。还问中国的医生排在哪流？

李地生说：“排在中流中的二流，一流举子二流医。”

你爸爸摇头叹气说：“这都什么排法？在西国人眼里医生是生命的天使，是上流之上流的人。岂有此理。”你爸爸怒不可遏地鼻子嘴里哼了一声。

你说当你对上帝失去信心的时候，是《红楼梦》救了你。

……

张书奇喘口气，不禁双手捧面，搓了下他那苍白的脸，似乎想搓去脸上的羞愧。他扯起苍老的声音对露茜说：“当时我听了李地生的描述，有好一会儿，我大脑一片空白。那一刻我觉着我死了。停了好半天，我又一头扎进自己的思绪，陷入烦乱的思考和感情的围堵之中。方寸全乱了。如果脚下的地裂开个缝，我会毫不犹豫地钻进去。露茜，我活得没出息。我真恨我自己。后来李地生在一边提醒我说：嗳，天不早了，你赶紧给露茜写回信吧。”

露茜双手十字抱胸，坐直身体，百感交集地回忆说：“当时，我接到你的信，一夜未眠。我喜的是你活着，悲的是你信中所说，不出我料。我把你的情况跟爸爸一说，爸爸沉思良久。我知道爸爸心里生气。

他心中最后一线希望彻底破灭。爸爸说等来等去，等号两边不相等。这下可好，你感情的船搁浅，如鱼困沙滩。最后没处怨了，就怨我妈妈那时同意我去中国。……”

我跟爸爸说中国张仍然爱着我。他的心没变。这一点我能感受到。我说他有他的难处。百善孝为先。不孝有三，无后为大。爸爸说这“孝”字我猜想一定是上帝“博爱”的意思。我说对对对。爸爸点点头表示明白。但不管怎么说现实是残酷的。

书奇，你信中的自我否定自我贬低，无非是想叫我对你死了心。你鼓励我开始新的生活，你明知道我不会再去爱任何一个人，我也知道你身在曹营心在汉。“新生活”仨字，刺得我心疼，像在本来凄凉的心里放进块冰。

张书奇放下捧脸的手，胆怯地瞅着露西的眼，嗫嚅着嘴说：“露西，对不起。我伤了你的心。我是觉得对你不公平，才那样写，想叫你忘掉我。”

“我嫁给我不爱的人，就公平了？”露西质问，“爱是能轻易忘掉的吗？你说，照你的话套，估计你把我忘了。”露西伤怀的语气自逼自问。

“我不配跟你坐在一个连椅上。我不配你的爱，不配你万里迢迢跑来。我鄙视我自己，痛恨自己。”张书奇语调低沉诚恳，“三十年间，我没有一天不想你。不做梦则罢，如果做梦，就会梦着你。天可鉴。”张书奇用发誓般的神情和语气说时，还用手指着飘着几缕白云的蓝天。

“我知足了。”露西凝滞的脸上绽出了一丝笑容，“你信中说互相校对译文，是对我最大的安慰。可当把译文寄给李地生后，李地生回信说随即寄给你了。之后，李地生来信说你始终一个字也没回。我想了十万个为什么，头发都想白了，最后还是白想了。至今也不明白。耽误书的出版不说，你知道盼信的心是何滋味？你说说为何不回信？”

张书奇两手茫然地抱头，细长的手指嵌在刚拱出来的寸发头皮上，似乎要从头皮里抓出答案。他心说：说不说？不说，难自圆其说，也排遣不了她心中的疑虑。说，她清楚了，也会影响她的情绪。哦噢，反正说不是，不说也不是。张书奇抬起头，一副困惑的表情看着露西。

“书奇，到底有什么难言之隐？”露西蓝色的大眼睛，在张书奇脸上扫来扫去。张书奇感觉自己无处躲藏。

“说吧，说出来我替你分忧。”露西鼓励安慰神情恍恐中的张书奇，他像得到些许爱的力量，便坐直身体。他深眼窝里的大眼睛若有所望地看着远处，心说千言万语，该从哪句说起？

三 世事变故

——1940 年麦熟的前几天，日本人白天出来抢粮食。太行山游击队为了保证夏粮安全收获，暗地通知清镇一带要晚上抢收。游击队蹲在日军据点周围牵制敌人，还有游击队员荷枪实弹保护农民。张书奇也领着几个人回家帮父亲。

就在张书奇要回去时，父亲张道理借机赶紧劝说："你看，要是家里人手多，哪还用请人？啥时候没人可不中。"父亲暗示张书奇赶紧生孩子。

张道理见张书奇没吭声，接着又说："嗳，知道你心里不中受，知道你讨厌这个王淑君，可眼下兵荒马乱的，今儿脱了鞋，明儿还不知穿不穿，我说不应虑太长，活一天算一天，就叫她先生几个小孩再说。露西大夫，咱丑话说头，我可不是咒她。她英国也在打仗，打仗的事没准。她要是有个三长两短，你在这里也不知道，那不是憨狗等石狮？耽误事。"

张书奇捧着杯只管喝水，表面像是听父亲说话，实际眼睛跟着绕着椅腿蹭转肚子鼓鼓的小美。看样子小美要生产了。

父亲说得对，人多好做活，人少好吃馍。整个儿说人多势众。镇上谁家儿子多，别人不敢随便欺负。张道理儿子不多，但精。这也是镇上人羡慕的。但现在家里仅剩父亲和几个长工，父亲也不肯续弦，成年听不见欢声笑语。没有孩子欢声笑语的大宅子，就如寂寥的墓地。

人脉气弱，不合自然规律，不好。张书奇也心急火燎想生几个，家里人丁兴旺，后继有人，让父亲高兴。父子同急同愁，可急的愁的不相投。

父亲见张书奇没反应，接着又说："这几年我明显感觉老了。嘴也絮叨了。按说一辈不管两辈事，你生不生我不管亦可。但我还是想说你，我觉着感情很空虚。只有眼前跑的小孩子才是真的。"说到这里，张道理顿了顿，心想：我长这么大没好好求过人。很少跟人张口。我现在是在求人，求人是不好规定条件的。就在这时，家人掂着个开水壶过来，先给张道理沏茶。接着转过身，看着坐在椅上的张书奇喊了声："少爷，给你沏杯茶。"家人斜提着壶，壶嘴对着杯冲起杯中的茶叶在水中上下翻滚。

家人的话，一下惊醒了张道理，头脑一向清楚的张道理差点忘了眼前这个有成色的人是自己的儿子。求儿子还需要讲条件么？显然不用。于是他接着说："委屈委屈，将就将就，只当是借腹生子。镇上不少人都是借腹生的。如果露茜大夫来了，就叫她再生些，不中？！"

张道理对儿子提出来的要求，叫张书奇心里诧异。他心说父亲怎么会这样说？父亲想孙子想疯了，什么都不顾了。但他心里冷笑说：借腹生子？

张书奇越听越不投心思，不由得摽上劲，就是不说话。张道理见张书奇不说，心里老大不悦。张道理接着又说："都说富不过三代，我就不信那个邪。只要没有外来破坏，我就非得叫富过三辈。这总得有人试。还有，这几年镇上人见咱家过得没景象，就暗地说咱家气数尽了。你说，当爹的听了这话心里是啥滋味？"

张书奇垂着头绷着嘴。张道理几近哀求接着数落道："你是镇上有名的孝子。镇上人都知道我教子有方，可现在，镇上人笑子不孝。嗳。任我的唾沫星点着灯，你主意不变。我出门抬不起头。"父亲低声抱怨。

"这话都说远了。"张书奇有些情急。屋里又陷入一阵死寂。停了老半天，张书奇强迫自己说："爹，我该走了。"

张书奇的言行压得张道理上不来气。张道理长叹口气，说："我没成色，把你的婚事弄砸了。对不起了。"

张道理说罢扭身出去了，一阵酸楚袭上心来。他强控制涌上眼里的泪没让流出来。心说活到叫儿子不待见的份上，还有啥活头？

张书奇看着父亲的背影，心里也后悔。但他的拗脾气拗不过他的理智，没有去给父亲赔不是就死性走了。

转眼就是1940年11月，王淑君大哥赶着马车把他妹妹和张道理送到Z州张书奇的办公地方。王淑君大哥用不见外的身份和口气对张书奇说："王家人不能总管你张家人。"

张书奇心说："好个心眼生古的孬种，嘴里吐的人话也带血腥味儿和骨头渣。"

张书奇见父亲瘦得脸色青黄，神情憔悴，坐在沙发上，两手往袖里一抄，垂头驼背，神情木然。

张书奇叫通讯员过来服侍王淑君和她哥去另一个屋里。张书奇上前扶住张道理的肩膀关切地问："爹，哪不得劲？"父亲连头都没抬，半天少气无力一字一顿地说："不知道。"

张书奇赶紧派人请大夫给父亲号脉。张书奇心里谴责自己上次不该跟父亲摽劲儿，之后，为了不想听父亲唠叨，不想见王淑君，一连几个月也没回去看看。没想到父亲病成这样。

张道理仍然姿势不变，也不吭声，心似乎麻木了，死了。脑海里只剩一个想法：活着没意思。但他闭着的眼前，老是看见烽火硝烟中书周和书坤的身影，再加之日本人三天两头出来抢掠杀人。特别是从月山往东的博爱、焦地、待地、修地、获地、新地铁路沿线，是日本人活动最猖獗的地方。而与铁路平行，从东海腾越而西的太行山，东边与铁路相距约五六十里，越往西，铁路走进半山腰，山与铁路相交。然而，就在这座横亘中原的太行山里，住的可不是神仙，而是神出鬼没的游击队。山有多长，游击队就有多少。大家都知道，反正日本人望山兴叹，每到夜里胆颤心惊，动不动就能听到密集的枪声。人们心里有数，知道是游击队和日本人干上了。真如老话说的：“宁当太平狗，不当乱世人。”乱世人的生存心思很简单，就一条，保命。张道理的怀药生意不得不停，当铺不得不关门。张道理无事家中坐，可坐家也会有意想不到的事。你想不到哪天日本人的大炮，不打招呼掉在你坐的屋里。镇上有好几家都掉过。张道理比别人还多一怕，怕汉奸告密书周、书坤抗日的事。为此，每到夜里一听狗叫，心里就怕。可狗叫是有传染的，一只狗叫，另一只听了也叫，一会儿全镇的狗都叫起来。此起彼伏，听起来像犬吠奏鸣曲。这时，张道理就麻利地躲进花园的柴火堆里。

如此天天提心吊胆，担惊受怕，睡不着，吃不好。再加上张书奇夏天跟他弄得别扭，实在超出张道理的理解和接受能力，镇上有名的“湿衣不乱步”的张道理，没了从容和矜持，神情郁闷，眼神焦虑，渐渐食欲不佳。因胃神经最敏感，受情绪影响。胃一难受，浑身难受，睡眠质量差，醒与睡没区别，人像丢了魂，恶性循环。最后，胃神经官能症，人憔悴极了。

就在兵燹令人自顾不暇的清镇上，人只要一天有命，嘴巴就一天不停地东家长、西家短说个不停。说到张道理家，那些个嘴巴不值钱不积口德的人，直截了当来个快当“绝户头”了。这话一传十，十传百，最后传到张道理耳朵眼里。张道理心直往下沉。他清楚这话意味着张道理在清镇人眼里不再有从前的威望。从前侃侃而谈的张道理，不知从哪一天开始哑巴了。以其儿子沉默之道，还治其儿子沉默之身。

此刻的张书奇巴不得叫父亲臭骂他一顿。

张书奇把给父亲买的过冬皮袄叫父亲看，父亲连动都没动，好像张书奇是说旁人。张书奇心说我要说墙头，墙头也要沦沦土。张书奇端起杯试了试水温，把杯凑到父亲嘴边。父亲嘴也不张，眼神呆滞木然。张书奇心里紧张不安地自忖：父亲要是有个三长两短，头上戴顶不孝的大帽，心可不得安宁。他小心地赔着不是：“爹，我错了，儿子不孝，不应跟我一个样。”

张书奇话音一落，就见张道理两行清泪顺着肉虚皮松的脸淌下来。张书奇抚摸父亲筋管隆起的手臂，也禁不住泪光闪闪，哽咽说：“儿子牢记父亲交代的‘三十年前看父敬子，三十年后看子敬父’的话，儿子是想……”

张道理嗳了声。张书奇接着说：“你上次说的话，我回来反复想有道理，感情不是个什么东西，生孩子多少跟感情好坏联系不大。我想了，远水不解近渴。”

张道理本来自然微张的嘴，这会绷了绷，似乎把一直停在喉咙眼的心咽进肚里了。父亲微微直了直腰，迎着张书奇的目光，脸上终于露出一丝笑意。像久雨的天空裂开一道缝，露出一缕阳光，张道理有气无力地说：“都是叫家好哩吧。”

张书奇用“孝”点燃父亲心中生命的明灯，而他自己的心里却漆黑一片，就像从太阳底下刚走进一个漆黑的屋里，眼睛不适应一样。他清楚，父亲一念“孝箍咒”，他的头就疼。他向父亲承诺“孝”，就意味着牺牲。

张书奇歪垂着头看地上的蚂蚁，脚尖在巴砖上画个“孝”字。露西看着心情难受的张书奇，用最婉转最贴心的口吻说道：“书奇，你做得对。”

张书奇从露西湖蓝色的眸子中领略到一种深情的挚爱，不由得绷了绷嘴。似乎有太多的话想说，又似不想再说。

“后来呢？”露西饶有兴趣地追问。

张书奇深深吸了口气，胸膛随着呼出的闷气伏松下来。

——张书奇叫张宪成在他临时办公地点给王淑君找间空房住下。

可父亲对张书奇说："她一个没出过门的年轻女人在那里不妥。反正就是这个了，就叫她来家住吧。她爹跟她哥确实心眼生古，可她确实实诚。上天往往这样安排。这几年，你不答理她，她哥一直不忿，可王淑君拦着护着不叫找你的事。儿，咱不亏待她。他们办亏心事，人不报天报。"

张书奇心说这房是给露茜买的。张道理看出儿子的心事，知道一时半会说不服张书奇。父亲就找到张宪成诉苦。张宪成出面说和才算叫王淑君住进Z州上街的家。

张书奇心说："你住我的房子，不等于你住进我的心里。"

在张书奇心里，娃娃亲是父亲铐在张书奇脚上无形的链锁。她拧着双缠残的小脚一摇一晃地打张书奇的眼前走过，张书奇强忍着心底腾升的厌恶没唠出来。女人的脚从来都是异性眼中的敏感部位。况且张书奇眼里只有露茜那双美脚作屏，天下任何女人的脚就再也踏不进他眼里。他的爱是要灵肉合一，他认为没爱就没有欲，爱的最高境界是发乎灵，止乎肉。他和露茜商量好的，要生个漂亮的混血女儿。美好的计划像嘎巴脆的玻璃，一口气就吹碎了。他心里问自己这是梦？怎么空得无觅处？难道非得不灵不肉？

1942年初，张宪成收到张道理的信，说张书奇不叫他抱孙子。张宪成跟大鼻子一说，几个人聚一起说张书奇的事。张宪成一边同情他"未挟美人归，壮士无颜色"，一边奚落他金屋藏金莲。

张书奇也打趣自己说："洋美女太远，咱在梦里挟。"可张书奇的心像针扎一样疼。他觉着比被人掴两巴掌还难受。

大鼻子说："洋美女换成土大姐，什么滋味？"

张书奇眼皮一眨一眨，一脸一丝不苟的神情说："咱可是洋味土味都不曾尝过。数我笨了。"

大鼻子抢过话说："哎呀，告你说吧，一个味。不信尝尝。"

"但我们都没你有能耐，你霸占俩处女。"张宪成扳着脸孔对着张书奇一边点头一边说。

大鼻子不屑地说："露西那可说不准。说不定人家小孩都多大了。"

"不会。她肯定守身如玉。"张宪成语气坚定。

"何以见得？"大鼻子质问，"她是洋人。"

"你什么观点？洋人的爱情照样纯洁。"张宪成不紧不慢回说。张书奇微笑恭听。

"咱打个赌。倘或今生能见着露西，她要是没结婚，算你赢。我请你吃饭。再请你到北京看梅兰芳演的贵妃醉酒。要是露西结婚，算我输。你请我吃北京全聚德烤鸭，看京戏。如何？"

张宪成胸有成竹，脱口而出："中！君子一言，驷马难追。"

张书奇摇摇头笑说："露西的耳朵该发热了。"

"话说回来，男人生性就好播种繁衍。不错过任何丢种的机会。你这是在浪费优良种子。"大鼻子看着张书奇贬责说。

张宪成看着大鼻子欲言又止，诡秘一笑。而董仁义很识趣地把脸凑到大鼻子跟前小声说："把张局长的种种你老婆的地里如何？"

大鼻子抡拳朝董仁义的肩膀打去。董仁义一趔身避开了。张宪成看着他俩笑而不语。

"说正经的，你得抓紧时间。不能叫老人家一直扶着个竹竿空等。反正这事逃不了你，早完任务早安生。对于该做的事不及时做，谁知道万一有个啥歧岔，你后悔可来不及。"大鼻子对着张书奇的脸忠言劝告。

张书奇想起露西上第一堂课时讲莎士比亚"对于该做的事，应该一想到就做，因为不知有多少意外……"的情形。心说：对，抓紧。

"心思活了？今儿黑趁热。人生百味，少一味就不完美。开荤吧。那是神仙也想做的事。种可连续酿造。"张宪成看着张书奇鼓励说。

"傻！可惜了。"大鼻子嗔嚷说，"要换我，管她土的洋的，一年一个，不把她弄得跟大象一样不算本事。"

“马绥成说得好，咱‘少年本伟男，迎送得女喜’，秋葫芦晚瓜，一嘟噜两三。”张宪成想像加鼓励，“因为老人家把你生孩的任务交给我了。你不应嫌我啰嗦。老人家今天来信说一年多也不见喜音。他羡慕别人家不知不觉就抱出个孩子。老人家说他不知是哪辈子得罪送子奶奶了？老人家信里还说月山有个祖传治不孕不育症的，叫你俩回去瞧病。”张宪成用挑衅的语气问说：“什么不孕不育，主要是没云没雨。唵？我给你说噢，今天晚上务必有云雨。俺几个去听窗，完不成任务明天接着来。大鼻子，你说中不中？”

“好！就这么着。”大鼻子快语赞同。

露茜听得一脸难为情。连头发根都羞红了，眉头颦蹙地看着张书奇说：“噢哟，K 地一高的高材生，讲荤话个个也是高材生。”

“K 地一高不是修道院。”张书奇语气平静地辩解，“我知道污了你的耳朵了。”

“凯特手下人才济济。”露茜皱眉讽刺。

“凯特又不是方丈。方丈嘴不说未必心不说。凯特说的洋荤话须得半天细品才能品出味。那叫高。这几人跟凯特有差距。”张书奇意味深长笑说，“凡夫俗男在一起能有几句正经话？你对男人生活中不为人知的一面完全不了解。”

“表面看这几个人都一本正经，特别是张宪成，不苟言笑，斯斯文文，谁知嘴里也直喷骚味。”露茜想像着讥笑。

“你对不上号了吧？这就跟衣裳的正反面色不一样是一个道理。”张书奇指着露茜的衣裳说。

“这几人不知啥样了？回来见见。”露茜笑说。张书奇含含糊糊嗯了声。

“莎翁‘对于想要做的事，应该一想到就做……’的话，你铭记心头，我高兴你用这句话时时事事鞭策自己，因为我在你心头，就像刻在石头上一样。可莎翁这几句话的意思是中性意，如果坏人心里有个坏主意，也用这句话鼓励鞭策自己，是不是也是一想到就做？”露茜疑惑的眼睛质问张书奇。

张书奇眼睛一亮，说：“哦，你说得是。要不汉字就不会有‘囚’字，世上就不会有监狱。但监狱关坏人，也关好人。总之，事情结果决定性质。”张书奇说罢想着自己就是监狱里的好人。

露茜边点头边哦。“阐释得好。后来呢？”露茜打破砂锅问到底。

这回轮到张书奇难为情了。张书奇心说，后来……，后来就是后来的后来。可张书奇嘴说：“你光叫我说，你说说你。”

“我这光棍，简单的三言两语就完了。我爸的助手和亚非学院的那个教授，他俩殷勤备至，时常送花。我对他们说我们做朋友可以。医生很失望地问我为什么？我说我心中有个中国张。他说难道他比我还优秀？我说是。我把咱们译《红楼梦》的事对他一说，并把我的译稿叫他一看，他说他甘退一边。还说等条件成熟时来中国看看你。”

后来到亚非学院，那个教中国古代史的乔纳森，他很通透，他没事就和我在一起用汉语谈中国，很投机。后来他问我可不可做朋友？我说现在咱们不是既是同事，又是朋友嘛？

他说他说的朋友不是一般意义上朋友。我说我心里有个二般意义上的中国张了，再多就装不下了。他瞠目不解地看着我问中国张何许人？我把咱们译《红楼梦》的事说了一遍。他说他读《红楼梦》读得半生半熟。他问我几个我曾问你的那些问题，我一一作答。他惊叹地朝我竖起大拇指。我说这都是中国张给我讲的。他敬佩有加地噢了声，并说你们译《红楼梦》是天作之合。他说之前有那么几个自视为中国通的欧洲人，也都凭一时兴趣译《红楼梦》，但译得都不尽人意，有的是断章取义，有的是缩略改编式的译，反正都不成功，原因一是他们没完全弄通弄懂这部博大精深的奇书；二是都是单干。作家可以单干，而翻译家译此类大书，像你们这样一个中国通，一个英国通，谂知汉英，感情笃深，还得有崇高的使命感，方能译好。上帝知道你们，叫你们相遇；三是要有足够的决心和勇气战胜畏惧汉语这座大山的信心。说来也是，中国的《三国志》、《水浒传》、《歧路灯》等等名著，很少有外国人动心思去译。至少眼下是这样。

他还说李绿园的《歧路灯》，跟乔伊斯的《尤利西斯》一样，是上帝握着他们的手写的奇书。他说他心里想译这本书。他说想叫我帮帮他。我说那书跟《红楼梦》一样典故太多，我说我不如中国张。

他说他在中国待了那么多年，怎么没碰上你俩？我说这是缘分。

他说这么漂亮的英国才女，叫个中国张弄得神魂颠倒，说明中国张一定了不得。他说什么时候来中国要来看看你究竟有何魅力。但他说中国跟英国外交形势难说，别傻等了。梦想中的总没身边的实际。叫我这中国通取而代之中国张吧。

我用清镇口音说："你差的老噢远俺远哩。"他哈哈大笑说我说的是怀腔。我问他怎么知道？他说他去过博爱，看竹林，吃山药，看英国人在太行山里开的矿，看李封王封煤矿。他说太行山是个宝山，可惜中国人不懂。

我说我去过清镇中国张老家。他说他之所以一直没结婚，就是一直在寻找他心目中的中国通。他说我实在是上天给他定做的人。因而，他说我一天不结婚，他就一天等我。

我看着他哭笑不得。我说："你是一厢情愿。我也是一厢情愿。可咱们的情不在一厢。咱们虽合适，可我心里没你的位。"他摊手耸肩，肩耸得跟耳朵齐。

我说这辈我都不会再去爱别人。他说他这辈子也不会去爱别人。这次来中国时，他跑到希思罗机场，对我说："我想叫你找到中国张，又不想叫你找到中国张。"

张书奇饶有兴趣地问露茜："你说个啥？"

"你猜我说个啥？"露茜神秘的口气问张书奇。

张书奇摇摇头说："不敢猜。"

我说："有情人终成眷属。"

"答得妙。"张书奇称赞露茜说，"可是你会伤他的心的。乔纳森听了怎么说？"

他听了苦恼地说："这事怎么就摊在我头上？"

张书奇说罢心里不是滋味。心说：露茜说得妙，可不等于事情就妙。爱太难了。自古忠孝难全，我看爱情和孝也难全。

露茜摊开手对张书奇说："我就这些，简单得很。不像你一波三折。不过这三折里我至少占二折。你知道，对于暌别多年的恋人，恋人最感兴趣的是恋人的感情生活。"露茜说时脸上抹过一抹顽皮的笑意，"所以我一直问你后来呢。"

张书奇低声咕哝说："后来可想而知，你是医生。就那一回，她怀孕了。"张书奇说罢偷偷用眼瞄了下露茜，旋即低下头，等露茜的下文。

"太好了！太好了！"露茜语气沉静发自内心地连说。

露茜的话大出张书奇所料。张书奇没想到露茜会这么愉快欢欣地祝福。照他的想法，露茜听到会伤心难受，谁知相反。这不能不叫张书奇心存疑惑，他惊异地看着露茜，想从她的神情里看出她说的话是正意，还是反话。

露茜迎着张书奇怀疑的目光，笑说："上帝把'爱'从小就刻在我心里了。"

"你是天使化身。"张书奇异常激动地说。

只听露茜问："后来呢？"

——1942年10月13日晚上12点，王淑君在公教医院很不顺利地生下了龙凤胎。

那天晚上有惊有险，多亏接生医生沉着冷静，临床经验丰富，待母子情况稳住后，医生才跟张书奇说："张先生，后怕。"

张书奇想起李地生说的"儿先生，娘后死，阎王路上隔层纸"。张书奇不由得倒吸冷气。

张书奇对女医生揖让道谢！

"不必客气。凭我们都是露茜大夫的同门弟子这一层，我也要倾尽全力保证她们母子安全的。不顺中的顺就是万幸。"女医生说罢微笑着俯身看着躺在襁褓里的，攥紧的拳头挥来挥去，闭着眼啼哭的小生命，就像春天从土里刚拱出来的小嫩芽。医生一脸欣慰笑说："多么可爱。上帝的天使。真叫人眼气。这年月，生一胎的都很少，你这龙凤双胞胎。祝福你，张先生。"

张书奇一脸欣慰，满眼谢意地看着医生郑重地说："回头定重谢。"

女医生连连摆手，说："罢了罢了。我这医术都是露茜大夫教的。要谢该谢她。你忘了，那次上课，我在你的旁边坐。当时露茜老师讲'莘莘学子'的'莘'字，我从前老是念'辛'。还有那句俗话'生就鸡抱命，不应学那鸭鸭跩'的'跩'，都是你教我的。"

张书奇点头微笑。心说这件小事过去这么多年，竟记这么清。他想医生说要谢露茜的话。他心说：我的孩子本该露茜生的，可现在，咳！冥冥中的安排就如宝钗说的"可巧"二字。此刻，尽管张书奇心里打翻五味瓶，但他如释负重，总算完成父亲布置的"孝"作业。

张书奇想起父亲说的"借腹生子"，想来跟牲口差不多。连狗猫都不如，猫狗见了面还要相互绕到对方的后部闻闻是否对味儿，可王淑君……想到这里，张书奇提不起劲去安慰躺在床上睡去的王淑君。要是露茜，张书奇肯定心疼肚疼地又亲又吻，说她是功臣。露茜会跟他畅想女儿长大中英文一定都不得了。他说像她妈妈一样才貌双全。露茜会说像她爸爸一样能干。张书奇说富养女儿穷养儿。露茜说女儿的修养一流，气质高贵。张书奇会说这家想出俗人都难……

张书奇正胡思乱想，病房外一阵脚步声。张宪成老婆轻轻推开门，蹑手蹑脚，提着饭盒走进病房。张书奇赶紧迎上前，用嘴朝床上一努。问：“宪成呢？”

张宪成老婆指了指门外。张书奇出来一看，天麻麻亮，就语气中夹着感谢和不安地说：“这么早就来了，外头的枪声很吓人。”

“他打他的，咱生咱的。恭喜弄璋弄瓦双喜。”张宪成打躬作揖向张书奇道喜。

张书奇若有所思笑道：“谢几位帮助，借几位福佑。”可张书奇心里却淡得很。

“咋着，叫通讯员去通知老人家和老家人吧。”张宪成征求张书奇。

“路上怕不安全。”张书奇犹豫着劝阻说。

张宪成老婆轻轻喊醒王淑君起来吃喝鸡汤，羡慕地说：“咦吔，瞧那乖样儿，长得一样。眼窝像他爹。睁开了，睁开了。”张宪成老婆目不转睛瞅着孩子激动地连说。“还是双眼皮，俩都是双眼皮。小高鼻。龙生龙，凤生凤。”张宪成老婆喜不自禁地恭维，“唵，孩子生下来最先见到的是谁？”张宪成老婆问王淑君。

王淑君边吃边想说：“我睡了好大会儿。除了医生，你是第一个进来的。”王淑君说时，像突然想起什么似的担心性急地问。“先见谁有什么关碍？”

张宪成老婆连忙安慰说：“没事没事。有个说法，说孩子生下来第一见到谁，将来就会跟谁一样。”

王淑君这才哦一声放下紧张的心，她实在经不起紧张。在今天生孩子的鬼门关前，她受尽了罪。每个母亲都会教导女儿，身为女人要把“女人修肚”这一门课修好，这一点她和所有女人一样努力用功。为的就是这一关。实践表明，她这门课修的仅是及格。不管咋着，此时此刻，问她还想生不想，她会说可不生了。可过不了几年，生孩子的滋味淡去后，就不顾一切地挺胸扛肚。难怪形容女人生孩子是“铜心铁胆，不敢不敢还敢”。王淑君知道张书奇不会给她铜心铁胆的表现机会。切切实实地说，俩孩子是她的命根儿，是她心中的太阳，太阳驱散了一直萦绕她心头“空袋子立不起来”的云翳，从她怀孕那天起，她就立起来了。“俩太阳”着实来之不易——说好听点儿，俩孩子是“孝”的结晶。说难听点儿，是她死乞白赖赖上的。张书奇幸她一回，没想到真的就变成幸福了。悲尽喜来。

想到这里，她心里千万遍谢“孝”字，有必要对“孝”磕头作揖。这个字叫她站到人前头了。所以，怀孕 6 个月时，她回清镇娘家，富富态态，挺着大肚，特意看望几个嫂子，她叫她们瞧瞧她的肚，嫂子们抚摸着她 6 个月跟她们快生时的肚，猜说：双胞胎。与之前拍着她的扁肚说的“肚鼓不起来，说不起嘴”判若两人。她不卑不亢，就在心里骄傲的同时，也不得不趾高气扬。因肚太大，没法前倾表达她的谦虚。她嘴不说，但她要叫她的嫂子们知道，产子虽晚，但效率高。

她为自己的功劳陶醉。她欣赏自己的能耐。她认为她有资本在张书奇面前撒娇或轻狂一回，哪怕一回都中。可她每看到他视她不见的神情，她内心所有的想法统统化为乌有，就像空气一样握不住。那次“孝”作业完成后，张书奇再也不理她了。她心里清楚，这俩孩子是张书奇第一次幸她，也是最后一次幸她。想到这里，她心里多少有点凄凉，但一看到孩子，她就什么烦恼都抛到脑后了。孩子能给女人壮胆。孩子是女人身体上的另外一种意义上的胆。

但她心里还是不停地假如如果，假如张书奇脖上没有“孝”轭套着，如果张书奇跟她爹她哥那德行一样，那么，张书奇的孩子无论如何轮不上她来生。想到这儿，她对自己说该知足了。能生张书奇的孩子是当时清镇多少闺女的愿望。如此想来，她笑得应是最灿烂的人。

这时，张宪成老婆从病房出来，看见张书奇跟张宪成在走廊的长椅上说话，就插话说：“唵，老弟，传传经，咋生的？俩孩都是双眼皮，大眼睛，像你的眼睛。美，帅。”

“掏学费吧。保准你再生的都是大眼睛双眼皮。”

"真不能跟你们这号人说话。"张宪成老婆咬着牙根恨地笑说，同时举拳头朝张书奇的肩上捶去。张宪成在一边绷嘴笑。

"咱这双眼皮可以说人见人爱，没法。迷倒多少美女。"张书奇说时故意冲她眨巴眨巴他的大眼睛。

"那是呀，咱这能耐，连洋美女都迷上了，还用说土丫头？屁股后还不是跟一群，是不是？"张宪成老婆两手握成筒小声打趣，脸还朝王淑君的病房瞅了瞅。

送走了张宪成俩口，张书奇一个人在连椅上呆想：和露茜说好的，孩子的眼要像她。这辈算扯豁了。女孩有一双漂亮的眼睛就是财富。张书奇在心里为女儿的选择能力打九十八分，并祈愿她在今后生活中的选择能力也有九十多分。反正这一切都没法更改了。可心里的假如仍在不停地转想：要是露茜生的，肯定是聪明漂亮，清秀绝俗的混血儿，至少那双眼是世界上最美丽的眼，加之芭蕾演员的身材。张书奇正想得出神，突然一阵激烈的枪声把他美妙的幻想吓没影了。他惊慌地抬起头听动静，心里祈祷可别有意外。张书奇心疼儿女生逢战火，初降人世，两耳饱受枪声的刺激。脆弱的小生命，嫩如春天刚从土里拱出来的绿芽，纯净得不容染指。张书奇越想越皱眉，不由得叹了口气。

女医生惊异地看了眼愁容满面的张书奇，羡慕不解地说："先生儿女双全，多好的福气。"

张书奇点头称是。"嗳，先生，如果玛格丽特·露茜医生什么时候来了，可叫我见见。她年纪轻轻的，就恁有学问，手术台上，不管碰到多么凶险的产情，露茜都会用她的高超医术化险为夷，排除无数个'儿先生，娘后死，阎王路上隔层纸'的悲剧。有一回，产妇的家人给露茜跪地磕头，说她是福音神仙。只可惜她的课没教完就突然走了。有的人说她匆匆回国，是去找她的心上人了。时隔这几年，我们心里仍惦着她，她实在是位难得的好医生。公教医院的妇婴医术是 Z 州这几家医院最好的，露茜给这一带妇女带来大大的福气。我多次听露茜老师愤愤指责中国人重男轻女的观念和做法，比如把生孩子的女人说成血腥鬼什么的。”女医生心直口快地说。张书奇眼看着女医生，可心飞到伦敦哈利街。

女医生小声说：“张先生，这几年你一直没有露茜医生的音信？”

张书奇这才把心思从伦敦拽回来，猛一惊地眨巴下眼，哦了声说：“没有。”说时，不由得看了眼躺在床上的王淑君，心头的怒火腾地下就点着了。张书奇想起罪恶昭彰的王淑君的父亲和他哥。张书奇心说：爱屋未必及乌。

女医生抱着女儿到小暖间洗澡时，张书奇趁机掰开女儿紧攥着的小手展开端详，手形跟王淑君的短粗一样，尤其是小指没长过四指指梢的骨节，钢琴家做不成了。这孩子要叫露茜生，就不会出现这等不如意的结果。遗传从不看面子。由女儿的手指联想露茜弹琴，仿佛看见露茜的手指在琴键上飞跳。他松开女儿的手轻轻叹了口气。怪道人常说选好了媳妇就如同择到理想的孩子。初为人父的张书奇心情并不爽朗。

父亲和王淑君的母亲来了。父亲抱着他的孙子在脸上亲了又亲，笑得合不拢嘴。问张书奇给孩子起个啥名？

“超然，芳草。”张书奇语气平静地说。

父亲嘴里重复“超然，芳草。”点点头说：“好好。弄璋弄瓦双喜临门。”父亲笑脸上堆起无数细密的皱纹，像绽放的肉蕾。父亲心里说：孙男孙女。孙女孙男。噢哦，清镇，如果不是小日本天天捣乱，定要唱三天大戏，普镇同庆，普天同庆。

淑君妈在一边喜笑提醒说：“他爷，小心你的胡碴扎着孩儿。”

父亲一听“他爷”二字，眼也笑成一条缝。超然、芳草就像一服中药中的甘草，调和药与药间的克冲，但调和不了张书奇心中对露茜的思念和对王淑君家人的痛根。

沉默多年的四合院回旋起父亲噢嗬哈苍老的笑声和婴儿的天籁啼哭声，谱成一首天伦之曲。两极是相通的。父亲的梦圆了，如释重负，可张书奇的梦成了永远的残梦。

淑君妈踮着小脚忙里忙外，洗尿布。阴天干得慢，她就用从家带来的竹熥篓放在煤火上熥干，做事麻利，有条不紊。得眼一看就知道不是平凡老太太。她这些年攒着劲儿等伺候她闺女，今天终于等上了。她精明的眼神里透出她持家的致知格物。她的家能成为镇上数一数二的富户，与这老太太的持家有方和精明密不可分。但她三个儿子干的坏人坏事，不知她怎样看。

她富而好礼，和父亲一样不好说嘴，但他们相同的一点是在心里说。这几年她女儿不生孩子，她没啥好说，于是就选择缄默，她知道镇上人在骨子里嘲笑她，她心里万般不是滋味，这滋味就像哑巴吃黄连。当通讯员回家传信，说叫她去伺候她闺女坐月子时，她脸上的皱纹顿时舒展，七十来岁的硬朗老妇乐得走路都忘了抬脚。但她的脚还是去那些曾在背地嘲笑过她闺女不生孩的人家去买鸡蛋，其实她以买鸡蛋为名，目的是婉转告诉镇上人她要给闺女坐月子用。

炫耀尽在平静中。说得不留痕迹不露声色，才是说嘴高手。

这一点她闺女大大逊于她妈，她妈把她的风光全占了。不管怎地，淑君妈脸上的笑意，完全将这几年来心底的愁病和没有展开过的眉头统统抵消。她为她快三十的闺女头胎生了龙凤胎而且顺利感到欣慰。她一进家就叫张道理写个牌位，烧香磕头祈祷，保佑全家平安。

父亲高兴得合不拢嘴，可张书奇却绷紧着嘴不说话。父亲指指东屋问张书奇放的啥？张书奇说放的琴书什么的。父亲一问，惹得张书奇心里更思念露茜。张书奇心中无时无刻不在拿露茜与之对比，越比心里越憋屈。露茜是上天给他定做的女人，可天那么大的胸怀，也会生妒。有缘无姻，怕是感情世界最残酷的刑法。

因而，初为人父的张书奇没有激动与兴奋。这个家，除了孩子不清楚外，父亲心里清楚，王淑君心里清楚，王淑君妈心里也清楚。所以会说话的人没人敢说他用脸打人。他们情愿挨他的打。

他长长叹口气心说：和自己不爱的人生孩子……

“书奇，别这样。我理解你，同情你。俩孩子，我视为己出。我爱他们。”露茜用安慰的语气袒露自己的真实心思，“俩孩子长得肯定很好。唵，你给我说说他俩的乖事。我想听。”露茜说时把头枕在连椅靠背的楞上，这个姿势似乎像要听一个很长的故事。露茜笑容伤感，深情濡湿的眼睛看着头顶的树枝在秋风中微微颤动。她觉得树跟她的心一样伤感。心绪影响着眼中的外物。

张书奇哼了声叹口气，垂下眼帘，说：“我不管心里多难受，我都没叫影响孩子的情绪。我从没当着王淑君的面逗孩子。我领着芳草、超然去一边玩，这样我可以放开自己，尽情袒露一个父亲的爱。我给他俩学蛤蟆蹦，学狗叫，学树上的鸟叫，学水里的鱼游，我趴在地上叫他们当马骑，直逗得他俩笑出一串奶声奶气的笑声。那是世上最美妙悦耳动听的笑声。”

芳草嘴巧，八个月就奶声奶气地喊爸爸，九个月会自呼芳草。超然嘴笨，比芳草晚两三个月学会喊。我逗芳草说：“谁乖？”

小芳草奶声奶气自信地说：“我乖。”

我再问：“谁坏？”

她说：“爸爸坏。”我故意颠倒着问她，可她从没回答颠倒。我会情不由己地在她的小脸蛋上亲一口。我看着她心说：真是个小精灵。这么小就能分辨出好坏，那小心里到底想的什么？大人永远不知道。因为大人小时的大人也不知道孩子想的什么。三岁前的记忆是空白，一代一代的谜。所以，我一直记日记，等他俩长大读给他们听。这样人生的记忆就完整了。

俗话说：从小看大，三岁看老。看得出芳草长大一定是聪明灵性的乖乖女。超然大小事都好。太乖的孩子往往经不住打击。追求完美的孩子，往往苛求，达不到心中的要求，就往往生气。

他俩五岁多，我开始把你教我的弹钢琴的微末弹技传教他们。芳草的小指不够长，超然倒是天生的弹钢琴的手，但他没有芳草的音乐悟性好。弹柴可夫斯基的《云雀之歌》，春天，我领他们去邙山的树林里听鸟叫——啾唧啾啾，啭——啭，唳呖——，唳——，不绝于耳，鸟鸣林更幽。芳草高兴得又蹦又跳又唱，她说她听懂了春天的旋律——鸟歌。她把她自己的体会与曲谱的要求结合起来，把春天树林中鸟的嘀溜鸣转表现得自然悦耳。弹《甜梦》、《马祖卡舞曲》、《夜神》时，我把当时你讲的如童话一般的曲子讲给他们听，从而让他们领略了曲子的灵魂，那么多经典的曲子，百弹不倦，百听不烦。

露茜，你知道我教他俩时心在想什么？我想孩子要是你生的，他俩就会是天下最有福的孩子。我也不用费这力气。这一点，孩子算没福。可他们能弹着你留下的琴，他们又是最有福的人。

这时，只见露茜眼角淌出的泪水顺着鬓角滚落下来。张书奇伸手轻轻抹去露茜脸上的一行清泪。“你非叫我讲。嗳，不哭了。”

“我这是喜泪。多亏当初教你些弹技，要不然琴就成了摆设了。我想听他俩弹琴。”露茜坐直身体，“现在他俩弹得咋样？”

“现在，他俩……”张书奇吭哧吭哧说不出话。

“我想见见她俩。”露茜情急地说。

张书奇吭哧说：“眼下你见不着他俩。”

“为什么？都在外地？还是有什么事情在作梗？”露茜说时盯着张书奇的眼睛问，“俩孩子今年该二十八了？”

“嗯。在外地。”张书奇慢吞吞地说。

露茜目不转睛地看着张书奇，用眼睛质问：“他们在很远的地方？”

张书奇欲言又止。心想：不说，她不明白，会追着问。说吧，俩孩子的糟糕情况也都跟她有牵连，怕她难受。张书奇故意抬头看天，太阳偏西了，问她的行程。心想：她走了就省得说了。

露茜似乎看透他问话的深意，就双眉颦蹙沉重地笑说：“我一时半会不走。”露茜眼里闪过一团疑惑。张书奇的心思叫露茜说破，不自然地苦笑说：“过去的就让过去吧，一说就长了。说家听家都不中受，不是太傻？”

“你傻说，我傻听。”露茜哄说，“说出来我能替你分担忧愁。”露茜几句宽慰话如阳春化开了张书奇冷冻的心脉，他那双大眼睛里濡湿温润。他怕露茜看见他感情的脆弱，就把脸扭一边，佯看远处墙上“反对崇洋媚外”的大标语。可这一切没能躲过露茜的眼睛。露茜就用大人哄小孩子的语气哄张书奇说。

张书奇朝她点点头。眼睛深处闪过一场场幕景……

——1951 年开始“三反”“五反”的日日夜夜，张书奇可谓天天提心吊胆。可世上就有比编的还巧的事。1952 年，高梦仪和丈夫调到河南，张书奇像吃了颗定心丸，总算敢放心睡踏实些。

1953 年夏天的一个下午，快要下班时，张书奇接到高梦仪打来的电话。张书奇从高梦仪的声音中判断肯定是于他不吉利的事。

果然。高梦仪把老刘拿回家的一封告张书奇“里通外国”的匿名信递给张书奇。张书奇一看顿时心跳加快，脸色苍白，一身虚汗。只感觉浑身肌肉僵硬，眼睛似乎都不会眨了。

高梦仪看着张书奇吓得魂不附体的样儿，就安慰说：“不要紧张，张哥。老刘把信压下来了。至少眼下没事。”张书奇半天才缓过神，感激地连连点头，嘴里小声嘟囔说：“里通外国？”

“嗳，个别别有用心的人混水摸鱼罢了，无非是想整掉你。即使整不垮你，也叫你心里发毛。信里说的里通外国，明显是说你跟露茜姐的事。”高梦仪说时又摇摇头，思索着说，“按说那是解放前的事，跟现在没牵连。但这是个欲加之罪，何患无辞的年月。”

张书奇像个惊弓之鸟，惊魂不定地对高梦仪点头称是。他知道有人嫉妒他，嫉妒最能转化成仇恨——恨不得置你于死地而后快。

高梦仪说：“这跟战争一样可怕，这年头好多事就是碰着谁谁倒霉。打油诗损过的人也得当心。自打有了文字，文字狱里总住有人。小心不得错。”

张书奇僵硬地笑了笑。“官场凶险，如履薄冰。官场是利害得失的场地。做官就像走平衡木，平衡了就掉不下来。否则，阴阳双剑直接封喉。”高梦仪说时不禁打个寒颤，她亲历老刘险于出事的前前后后，感觉就跟王熙凤害贾瑞一样慢慢治死人。

“一言折尽平生福。从解放前一直到现在，省邮局局长这顶乌纱帽一直戴在你头上，其实有很多不忿者。再者，时代变了，思想也得变。别光想那利润，反正是都姓‘国’。”张书奇点头表示明白。他眼前的高梦仪可不是以前只会画画思想单纯的高梦仪了。

高梦仪用严肃的表情说：“政治是生命线，政治能叫你生命色彩艳丽，也能叫你生命黯然无光。”

高梦仪的话叫张书奇茅塞顿开，大有点破窗户纸的感觉，他头一回明白眼下的政治决定着他的生与死。他感激地说：“谢谢你家老刘。”

高梦仪嗳一声笑说：“别见外。既然坐上这个位，就要学习政治斗争。谁告你有反党言行，你死不认账，只要抓不住你具体的证据，就告不倒你。邮政局长，管一大摊，肯定得罪人。人是不完美的，从来人心叵测。咱们间的关系千万保密。”高梦仪像长辈交代晚辈一样悉心细致。

张书奇点点头，感激地说：“贵人相助，逃过一劫。”

“上天安排我来管你哩，我要管好。将来露茜姐来了，我好交待。哎，谁知道露茜姐的情况怎样？任何场合任何人都不要提起你和露茜姐。保证不吃眼前亏。”

张书奇点点头。

“你早就把露茜姐忘到天边了。”高梦仪语气毫不委婉地责备说。

张书奇垂下头，摇摇他那一头浓密的头发，嘟哝说：“没啥说。”

“孝字面前，谁都没啥说。”高梦仪的口吻虽是理解。可张书奇听来却觉着是反话。

“你知道吗？那时我听书坤说了你的事，我的肺都气炸了。我恨不得跑到你跟前给你一枪。我曾跟书坤说你是个懦夫。在我心里你和露茜姐的爱情是最完美的。也因为你，我为爱叹息。爱情抗不住孝，战不过现实，敌不过世俗，搁不住时间檐下的滴水穿石。从你和露茜姐的爱里，我怕了。怕爱情，怕人，怕世事无常，不再相信世上有真爱真情。可我又一想，这事怎么能全怨你？你是家中的老大，要有担当的。再一想，如果河清海晏，你们的爱不会出岔。我知道你做到了大丈夫相时而动。你是君子。君子的爱情往往是苦涩的。书奇哥，我知道你心里苦。可外头还得装出一副甜样儿。你天天做梦梦见露茜姐，一醒来，脑子里的梦还在晃浮，面上还得装副若无其事的样儿，笑脸对家里老小，扮演儿子、丈夫、父亲、局长的角色。我替你难受，替你不容易，替你活得累。累还没处说。总之，我虽理解你，但恨你。”高梦仪恶狠狠且充满理解的责怪，就像妹说哥那样无忌无束，直吐为快，句句切中张书奇内心深处感情的肯綮。张书奇开始掏手帕轻轻沾去眼上的泪水，擤了擤鼻子。

愤怒往往会叫人更愤怒，而宽慰的理解，就像红炭化冰，使从不当着人面掉泪的张书奇泪水盈盈。张书奇像个受了太多委屈的孩子猛然听到善解他的嗔护安慰，就想埋下头痛快哭出心中的郁闷。张书奇赶忙低下头，强忍着没叫泪水涌出来。

屋里静得只剩下座钟有节奏的滴嗒嘀嗒声。停了老半天，张书奇才从痛苦中反省过来，苦笑着小声说：“你的话句句切中我感情的穴位。这些年来我头一回听到直捣我心窝的话。此刻我就是死了，心里也舒坦。梦仪妹，我诅咒自己背信弃爱。你的理解对我来说太过奢望。

梦里梦见露茜她总是不理睬我，可三天两头梦见她，梦醒后像害病一样难受。这些年来，就这样在梦的痛苦煎熬中熬了一天又一天。”张书奇语气轻柔伤怀。

“昨天，我独自跑到福音堂，福音堂里空荡荡的，但我仿佛听见露茜姐讲课时的声音，听见她的琴声。福音堂就是首空间音乐，晚上就做梦梦见露茜姐给我治病……”高梦仪一脸的思念。

张书奇两眼茫然，思绪霎时飞到了英国。莫非只能在梦里相见欢？

“这年头什么都得小心。咱们说的这些话要烂到肚里。”高梦仪说这话时声音放得低且神秘，就像有人在偷听似的瞅了眼门窗。张书奇从梦仪的神情里看出她内心的敏感和怯懦。

“搞阶级斗争，你不如老刘。弄英语和《红楼梦》，老刘不如你。他读《红楼梦》，旨在学王熙凤的权谋阴招。床头放的最多的是马克思主义理论和哲学类的书。”梦仪玩笑里透着真意，“从人所读的书中可以读人。张哥，适者生存。你也得从凯特的影子里走出来，用马克思主义理论指导工作实践，思想就不会掉队。至少不吃眼前亏。”

张书奇从梦仪家出来，一路走一路回味梦仪的话。他神不守舍食不知味地喝了碗玉米糊，就没精打采地坐在书房，点起戴罩灯，把信细看一遍，看笔迹不熟悉。当然告状人没那么简单。他想是得罪了谁，跟他过不去？他索性躺在柳圈椅里，把右腿搭在右边的椅把上，仰脸看着房顶叠出的几个圆灯影。心思乱无头绪。

张书奇内心祈盼这个运动过后，叫思想休养生息，大显身手干一场。就在张书奇惊魂未定之时，1956年12月底，老刘又收到一封告张书奇的信。告的内容，跟1953年的那封信一样，就连字迹也没变。老刘回家跟高梦仪说：“看来这个人跟张书奇干上了。就如蚌夹着鹬的长嘴，任你怎么甩就是死不放。只要来运动，张书奇就不要指望安生。一有风吹草动，虫虫就出来恶心恶心你。”

高梦仪把信交给张书奇。张书奇心说：过了一关又一关，心中好似滚油煎。张书奇心里祈祷：老天，不要再有政治“运动”了。运气差，一动就有事。可“运动”就像有意跟他过不去似的，张书奇还没顾得上喘口气，老刘又喊他。书房里，老刘拿出个内参叫张书奇看：“……最近这个时期，在民主党派中和高等学校中，右派表现得最坚决最猖狂……右派的特征是他们的政治态度右。……右派先生们，何去何从，主动权在你们手里……”

张书奇看完不由得倒吸一口凉气，眨巴着眼睛，神色紧张地把目光移向正在看他的老刘。“看清了吧？弄事哩。反‘右’开始了。你这个无党派人士，要特别小心。记着，装哑巴。如果太想说，就唱赞歌。分不清左右时，还装哑巴。像你这种受过洋人训练，深得洋人重用的人，思想观念跟现实的距离远，对有些事，别的先不说，天天与业务和利润无关的会和学习，你思想上就不适应，转不过筋。所以说‘适者生存’四字太有哲理了。你戴上眼罩，就跟那牲口戴上碍眼，眼不见心不烦。”老刘像一个经验丰富的长辈悉心开导要出门的小孩子一样。

张书奇点头佩服的同时，又皱着眉头说：“欲擒先纵。鼓励人交心的。”

“交命哩。”老刘补了句，“谁信以为真，把心掏出来，摆在祭祀台前，那是割驴屌敬神，驴疼死了，神也得罪了。”

张书奇看着老刘只咧嘴笑，并且越想越可笑。心下思忖：老刘讲粗话水平跟他的马列理论水平一样高，张书奇心里的老刘跟说这句话的老刘高低对不上号。温文尔雅的高梦仪跟说粗话的人在一起生活会是什么劲儿？当然男人在一起不说粗话就不正常。张书奇嘿嘿笑着说：“这招阴得很。不讲信用。正如文中说等鱼浮到水面上来，好一网打尽，”张书奇指着内参文说，“真替鱼们捏把汗。”

“傻鱼。一万年也学不乖。致命的一点是随便往嘴里吞东西。”老刘责怨说。

“越往深处想越觉着可怕，也越觉着有意思。”张书奇思考着说。

“那是。先叫你说足说够，吃饱喝足，之后，晒你干滩上，叫你永远不说。倒给你钱也不说。像动物中唯一不会叫唤的鱼那样默默无声地死去。”老刘指着茶几上内参，道出了其中的终极目的。

张书奇不由打了个冷颤。“天下没人好听不入耳的坏话。‘逆耳忠言利于行’只用来训诫别人。”

“温柔的刀架脖子上了。历史上类似的事多了去了。左宗棠一句话害死自己。慈禧办他的时候，就没问他说那句话的真正意思，也没给他解释的机会，更没想起来去看看中国版图，念及他收复新疆的功劳。而是半点不犹豫，下手不容情，利利索索，硬办。”老刘告诫张书奇说，“斗争你死我活。那左宗棠后来叫说都不会说。嘴，掌管福祸和命运。”

张书奇点点头，下意识地把食指压在嘴上。老刘看着张书奇的孩子样儿，禁不住又是摇头又是后仰哈哈大笑。

露西两眼咸湿地望着远处，嘴里喃喃地说：“这日子？！”

张书奇一手罩在额前遮光，目力可及处的墙上写着大大的黑体字“坚决惩治里通外国反革命分子！扫除一切牛鬼蛇神”的标语，张书奇刚才来到公园时，就偷看一眼那标语，可是每次都慌乱地收回视线。

露西顺着张书奇的眼神看去，目击远处墙上的标语，又把目光移到张书奇的眼上，“大街小巷的墙上都是标语。看上去确实很刺激人。难免心情不爽。”

“嗷，是不爽。”张书奇心下思忖。

“真的很不爽？”露西好奇地追问，“后来呢？”

——1959年，惊心动魄的反“右”运动落下帷幕，张书奇长吁一口气，看着自己昔日的同僚，朋友，成了“右派”分子，不是妻离子散，就是蔫头耷脑，总之落寞沮丧。张书奇心里庆幸自己没有在这场惊涛骇浪中溺水，心里无比感激老刘的救命之恩，并在心里祈愿消停消停，过几年平稳日子。

歇一歇的念头还没闪完，张书奇就接到高梦仪的电话，说老刘调走了。张书奇手握电话像雕塑愣了半天没吭，手心渗出冷汗。大气不敢出，大有天塌之势。

高梦仪在电话那头，想得出张书奇的心情和神情，就说你现在来我家一趟。张书奇明白他虽是邮局局长，可由于电话技术不发达，电话中的话也墙外有耳。

张书奇一进门，高梦仪就宽慰他说："接替老刘的这个人，虽说是从外省刚调来的，但以前跟老刘搭过班，俩人私交很好。老刘把你的情况给他交代了。这人也好看《红楼梦》，你俩有共同语言。放心。老刘说这两天叫你跟那人一起坐坐。"

张书奇这才把心放进肚里，眼珠才缓缓生动起来。高梦仪电话里叹说："这样有魅力的一个人，叫运动和斗争弄得心神不宁，焦虑不安，魂不附体。这种心思还能用到业务发展上？"张书奇无奈地苦笑摇摇头，低声叹息说："弄一天是一天。我深感不安。长此以往，天知道会是啥样。我思想改造还有差距。一直恋念旧世界时的利润。迟早要被淘汰的。嗳。"

正说着话，老刘从洗手间出来。对站在沙发跟前的张书奇微笑说："看你紧张得像末日来临一样，不要紧。只要没有什么意外事，国家对你这样身怀绝技的人视为国宝。"老刘说着示意张书奇坐下，"我走了，可天塌不了。我跟接我班的人说了你的情况，他感觉跟你神交已久似的，迫不及待想见你。我这边，有什么新动向及时向你通报。你哩，还照着这几年的做法去做就可维持。至于你和那个洋姑娘……"没等老刘把话说完，张书奇就说："那是旧社会的事，现在不是都跟旧社会决裂了么？那就不——"没等张书奇说完，老刘就接过话说：

“——不该再说那事是吧？我说你有时很理想也很天真。社会很现实，看你不顺，就找你毛病整倒你，至于找的事说是事就是事，说不是事也就不是事，看人怎么看了。就如告你状的人，他明知道你和洋女郎是旧社会的事，更没有损害国家利益，但是，他就是不叫你安生。面对此情此景你能怎样？只有小心维持。”

张书奇心说：爱情原来也是事儿。

“你想，那两封告你的信要是落别人手里，会是什么结局？就说查查没事，可影响总不好。你说？”老刘往前欠了欠身，端起茶杯喝一口水。

“我想起来就一身汗，遇上你真是大福。”张书奇说时的声音噤若寒蝉。

露西眉眼欢喜地看着张书奇问说：“往后可该安生了吧？”

张书奇鼻子嘴里长长哼了一声，一脸凄然地说：“往后？往后不但没安生，还一事接一事……”

——1963年李地生大陆之行，带走张书奇写给露西的信，到香港后转寄给露西，露西把寄给张书奇的信也寄给李地生，李地生再转寄给张书奇。曲折的书信路中，李地生成了中国张书奇和英国露西的中转站。张书奇非常清楚出入境信是要经过严格检查的。因此信中的每一个字他都拿出贾岛“僧敲月下门”的精神，捏着个笔想了又想，拨了又写，写了又拨，千言万语，只能化成简单的问候和大白话，露西看了心里又失望又沉重，心说爱情经不起时间消磨，山盟海誓都是哄人的话。张书奇伸伸脖咽下露西的误会。但有一点叫张书奇宽慰的是露西理解同情他的孝。露西信中除了对张书奇相思抱怨，就是回忆她在中国做的事和她所到之处留下的足迹——从Z州福音堂，公教医院，华美医院，卫辉的惠民医院，K地看戏，Z州郊区吃杏，到博爱的竹林，道清铁路，英国人在太行山开的矿，和在焦地看香砟等。公安局检查信的人员看来看去，还为露茜在中国做的好事颇受感动，对张书奇和露茜的通信定性为国际爱情和恋人间的往日旧事。

1964年，开始清理阶级队伍和阶级异己分子，打击反革命分子的运动在全国细排搜查。张书奇紧张地对照文件，觉得自己没啥。但心里也不踏实。

张书奇心里渴盼的安宁不但有意躲着他，相反，出乎他意料的革命风雷在头顶炸响。

那个告张书奇“里通外国”的人，又一次看到革命的契机，便抓住时机，告状信一封接一封发给邮局主管领导和有关部门。分管邮局的赵副省长把张书奇叫他到办公室，跟张书奇谈告状信的内容以及应对策略。张书奇一看信的内容比以前多了个李地生，并说去年李地生来大陆是带着特务任务来的，搜集大陆情报，并说那人是张书奇英国学习时的同学。

张书奇心里异常惊异。他心说李地生来大陆跟他一起玩的事，除了外事局的人知道外，就只有马绥成知道，莫非是他？张书奇心里打个大大的问号。张书奇向赵领导说清缘由。赵领导说：“有人想混水摸鱼，趁宁可错抓一千，也不放过一个的政策想整倒你。不稀罕。”赵告诉张书奇说：“如果公安局或有关单位来我这里调查，你放心，我叫压住。”

张书奇像感激老刘一样感激赵领导的体贴。可张书奇还是没敢将告他的人锁定。可他又疑不到别的人头上。若真是他？他哪点得罪他了？凯特走后，张书奇破格提拔他当发行处处长。张书奇想他对马绥成是有恩的人，他会这样一次次往死里整他？前时，张宪成来Z州看他姐姐，专门去看张书奇，两人谈了很多，张书奇并把几年来告他状的事跟张宪成说了说，张宪成提醒他说：“人心隔肚皮，虎心隔毛尾。小心身边的人。身边人就像人说的灯下黑。”

张书奇把身边的人挨着想了个遍，觉得个个都像告他的人，又觉得个个都不像是告他的人。

露西惊异地看着张书奇急得说不出话，掏出手帕急躁地扇风缓解情绪，用眼睛问："大鼻子马绥成？后来呢？"

"后来马绥成就露马脚了。"张书奇语气诙谐。

——1966年6月14日早上一上班，只见邮局大院贴满了打倒张书奇的大字报。一夜间大字报像变魔法似的，铺天盖地。

张书奇走进机关大院，看大字报的人把同情的眼、担心的眼、幸灾乐祸的眼、事无关己高高挂起的眼齐刷刷地移到他的脸上。他像平素那样朝他们微笑点头，并从容走到大字报前，几个人赶紧闪开个缝。映入张书奇眼帘的内容是：张书奇是帝国主义的走狗汉奸，里通外国的反革命分子。要踏上一万只脚，叫他永世不得翻身！张书奇名字上用粗红笔打的红叉叉。

而看大字报的人，把目光聚在聚精会神不动声色看大字报上张书奇罪行的张书奇身上。大字报前安静得只有呼吸声。张书奇用眼上下左右一扫视，就像是欣赏一幅黑白风景画，像是看别人的大字报一样平静地走开，并微笑着跟周围表情僵硬的人摆摆手。大字报前寂静无声，人们默默目送张书奇的背影，饶有兴趣地猜测张书奇的内心，以及叫白眼狼咬了后的感受，以及张书奇无可奈何却没有窘迫的神色。想像他看了白纸黑字上中楷大楷沁出的墨迹。人们都听说张书奇见多识广，心理承受能力强，但百闻不如一见，今天可算是亲眼目睹张书奇"泰山崩于前而不惊"的气度以及有其父"湿衣不乱步"的从容。

张书奇不是不害怕，因为害怕没用。对于没用的事还不如正视，坦然接受。此前的几天，市法院、市教育局几个部门的大字报不但机关院里有，机关院外的墙上也贴满了。一时间整个城市的人就像一齐患上精神错乱症，人心慌乱，不知道要咋哩，也不知道会咋，更不知道最后会是啥样？

张书奇凭这些年革命经验隐约感到，这场革命就像闰年，不会很快就过去，长短都无所谓了。读着自己的大字报，麻木得就像读别人的大字报。倘或没有他的大字报，他还会觉着不正常。究竟是正常还是不正常，他自己也糊涂了，再加上大喇叭里昼夜不停地唱“……拿起笔杆去战斗，牛鬼蛇神要肃清。向反党黑线开火，革命路上当尖兵……”张书奇知道自己就是那个要肃清的牛鬼蛇神。这个城市晕了。

邮局同事目睹了张书奇看大字报时就跟江姐赴刑场一样从容不迫，传到马绥成的耳朵眼里，马绥成一阵心慌，但他马上镇定下来，他心说：这一招没有挫伤他的锐气。马绥成的大鼻子一揪，心说：我是革命人，我造反有理，我怎么能让里通外国的反革命气焰所吓倒？我得稳住神，不能叫几个跟他弄张书奇的人失去信心。他心里发狠道：“张书奇，我看你还能挺几天？”

1966年6月16日，象征吉祥顺意的六六顺，恰是张书奇最不顺的一天。这一天晌午，由公安局改换名称的军管小组派人抄了他的家，把他下狱。

露西猛地“啊”了一声，惊喊：“下狱？”露西本来靠着椅背，这时正襟危坐。手里的手帕停下不扇了。

“看把你吓得，又不是下地狱。”张书奇神色平静地说。

露西站到张书奇面前，上下左右打量他。张书奇看着一脸骇然的露西说：“你跟坐山雕打量杨子荣一样，不认识啦？”

“不是。我看见你第一眼，就觉着你的头发你的脸不对劲，还有你身上监狱的霉味儿。”露西不眨眼地看着张书奇说。

“眼好毒。”

“罪名就是里通外国？”

张书奇平静地点点头。

“证据是什么？”

“曾跟你好过。”

“这怕是天底下头号荒唐罪名。”露西气愤咻咻，胸脯因为气愤一起一伏。

张书奇看着露西的样儿，不由得仰天大笑，伸手拉她坐回在椅上。张书奇的哈哈笑声，惊得旁边树上的鸟都扑愣愣飞走了。露西侧弯身瞪大眼看着张书奇，轻轻拉拉他汗津津的胳膊，小心翼翼地问：“你不是疯了吧？”

半天张书奇才止住笑，清了清嗓子里的气痰，说：“你放心，我要疯早疯了。我只是想起那天太可笑。那天我就是仰天大笑出门去。”

“那你的顶头上司不是跟你说要保你的么？”露西情急地问。

“他泥菩萨过河，自身不保，还能保我？他几乎跟我同时被批倒批臭了。”张书奇用释然的语气说。

“你没跟老刘联系，叫他想想法救你？”露西追问。

“他？嗳！自打梦仪死后，没再跟他联系过。再说后来全乱套了。人人自危，腊月羊各顾各。”张书奇觑着眼想，“就在我下狱的前两天，法院院长精神崩溃，跳河寻无常了。教育局长下狱了。其他几个单位的头头，下场大同小异。我还创了省里的第一，省头号‘里通外国’的政治要犯。你成就了我。哪怕把牢底来坐穿，因你自豪。”张书奇自嘲。

“这是啥话？！”露西白瞪张书奇一眼。

“审讯人问我，你跟英国女传教士玛格丽特·露西是什么关系？我说师生关系。审讯人皮笑肉不笑地说，告状信里说你俩是男女暧昧关系。我苦笑着摇了摇早已大三号的头，说：‘那信上说与事实不符。那叫作贱人，是诬蔑，’我心说男女后边最怕跟关系二字，就跟大小后不能用便字一样。但我嘴上婉转地说：‘还有爱情关系。’”

“你是叫鞋里的沙子磨破了脚，竟浑然不知。大鼻子诬蔑，捏造，无中生有，捕风捉影，全凭想象。就跟《红楼梦》中王夫人诬陷晴雯跟贾宝玉好一样。用晴雯的话说我可是担个虚名呀。你说？”露茜问。

张书奇垂下头不吭气。

“马绥成视你为他的眼中钉肉中刺，你咋得罪他了？”

——审讯张书奇的人是位年龄约四十来岁，面相像年画上那个骑鲤鱼的娃娃，白里透红且丰满圆润的脸上，大眼睛双眼皮，可爱喜人。一张口浓重的怀腔扑面而来，他对张书奇说他叫王永忠。速记员说他姓吴，称他小吴，小吴年龄二十郎当岁。

张书奇朝他俩点头回敬，表示知道。

王永忠慢悠悠地说：“张书奇，热们告你吔，嘲说你和英国锅喏那个女依传教士玛马格个丽梨特哦·露路茜欠里通外国，跟她通的甚么，到底图的啥？”

张书奇一听这口音实在顺耳。但他掩饰内心的激动，他没想从口音上得到安慰和奢想。张书奇用怀腔说：“我教她学汉文，她教我学英文。希望把书译好，叫外国人知道中国有《红楼梦》。”

王审讯一听张书奇的口音，心里一惊，这就对上景了。他从卷宗中了解到张书奇的籍贯，心说都是博爱人。但他表情没有表露。语气平淡地接着往下问：“怎么会想起译这本书呢？”

张书奇心想这话问的叫咋回答？为什么不可以想呢？天下这么多事任天下这么多人想，由天下人做。译书也不是啥稀罕事。张书奇一副难为情的神情看着王审讯，一字一字地说：“是上天叫我译的，译书人是众神的信使，就像谁叫你审讯我……”

“我审讯你是工作，是缘分。”王审讯蛮横地打断张书奇的话，“信上告你崇洋媚外，是帝国主义的忠实走狗汉奸，你说说吧。”

张书奇嘿嘿冷笑一声说：“我这算崇洋媚外？哼！你说，马克思是哪国人？”

王审讯觑着眼，半天说不出话。他知道马克思主义是中国革命的灵魂。可马克思是英国人法国人还是德国人，他弄不准。反正不是中国人。他没想到张书奇这一反问竟跟抠着鱼鳃一样。对于敏感问题，得绕着走。但他得为自己找个台阶下，就对张书奇横眉冷对：“你不应跟我绕弯，咱就事说事。”

张书奇心里知道他不知道马克思是哪国人，更知道他避实就虚。心里鄙视，眼里更鄙视，就说：“好，就事说事。告我的人跟我一样拿过洋人发的薪水。都是英国人办的邮局的职员。那是不是帝国主义的走狗汉奸？”

王审讯一拍桌，厉声喝说：“你是罪犯，哪有罪犯反审审讯人的？你要明白你现在不是邮政局长，这里不是你作报告的地方，你是我的审讯对象。换句话说是无产阶级专政对象。我问你啥你说啥，要不然没你的好果子吃。”

张书奇心说：动高腔的人，跟高声大笑的人一样都是心灵空虚的表现。他知道跟他这人说不清，现在是糊涂人审清楚人，说不清就不说。他开始在心里唱京戏《文昭关》里伍子胥的唱段。

审讯人问张书奇：“你凭什么叫那个传教士相中你？”

这时张书奇正唱得带劲，只听审讯人问，就把心里正唱着的戏唱出声来——“过了一关又一关，心中好似滚油煎……”

王审讯看了眼张书奇，他从张书奇刚才所问非所答中看到张书奇感情的破绽。王审讯左手支着头，心想，他欣赏张书奇这位不好审的对象，征服这样的人，很简单，跟他说他的爱好，跟他说他刚才唱的戏。因从前审讯过的人，几乎都成了他的朋友。办张书奇的案，实在是可遇不可求的差事，是上天给他安排的莫逆之交。

但碍于速记员，王审讯还是要摆摆样。于是，他换右手支着额头，佯装左手翻案宗。目的是想叫张书奇把心里的戏唱完。人唱开头，感情上来，你不叫他尽兴尽情地唱完，就会难受。屋里静得只有呼吸声。约摸停了七八分钟，只听王审讯缓缓抬起头和颜悦色地问："唱完了吧？"

张书奇点点头，反倒不好意思起来。

"《文昭关》这出京戏，杨宝森演伍子胥。你唱的'一轮明月照窗前'很符合你此时的心情。"审讯人理解加同情地说。

"你懂戏？年轻人很少知道这些老戏的。"张书奇态度声音都友好平和了许多。

王审讯投其所好地与张书奇沟通，就势说，唱完了咱接着往下说：抄家抄了你几箱日记，我看了很吃惊。从你记日记的时间来看，你是从初中开始记日记的，一直记到你入狱的那一天。几十年如一日。你可是一本大厚书。你是我审过的人中最像书的一个人。我从心底佩服你的才华，你的毅力，你好读书的好习惯。

张书奇叫王审讯这几句话弄得莫名其妙，他不知道他这番话的话外意，只是表情平和地看着王审讯。

"你的恋爱信，出乎意外地没有亲爱的、卿卿我我的肉麻字，多是讨论《红楼梦》的。从而可以知道你们的爱是纯洁的，不像告状信里说的男女关系。我为你们的执著精神鞠躬。你们心中筑起译书的意志和信念的大坝，就是天河决口也冲不垮的。也因此，你们的洋恋爱才遭人妒。"王审讯一番话说得张书奇直眨眼。张书奇心说：这人葫芦里装的啥？千万不要再碰上大鼻子那样的人。

"像你这没有证据的里通外国罪，将来判刑就没具体标准。再加之上头政策是宁可错抓一千，也不叫漏抓一个。总之，没法没度的事是最说不准的事。"王审讯像是自言自语，又像是对他的专政对象说。

张书奇说："英国司法准则是'宁可让九十九个犯人逃脱法网，也不能错判一个无辜者有罪'。"

王审讯冷笑一声没吭。张书奇听出他这声冷笑背后有太多的意思。

“你的这个老乡审讯人挺有意思。你看你身上发生了这么多跟我有关的事，我能不问吗？后来呢？”

——张书奇入狱的第二十天，马绥成以邮局革命委员会主任的身份去监狱探望张书奇。马绥成哭丧着脸用同情的哀腔说：“我来迟了，请老同学老领导谅解。嗳，真没想到变化这么大。我谨以省邮政局革命委会主任的身份前来探监。”马绥成说时把重音落在“探监”二字上，就像一句话中的着重号和加点字。“哎，世事难料，世态炎凉啊。在咱们相处长达近半个世纪的时间里，咱们一直都是好朋友，是不是？咱们——”

“——咱们还一直都是好兄弟是吧？”张书奇表情极其平静地截挡着马绥成的话反问。“我成为狱中人，全仗好兄弟成全。我不怨别人，只怨自己，怨我把狼当成羊。不过，监狱从来就不是只关坏人的地方。”张书奇平视马绥成的眼睛慢声慢气地说。

“披着羊皮的狼，一时半会分不清，等你分清也迟了。”马绥成皮笑肉不笑。

“不迟。一辈子认清一个人，也值。老天叫我为我用错人付出代价。以前看书上说狼狡诈，凶残，总不以为然，这会儿亲身经历之后，才知道你具备狼的所有本事。说是狼，其实也是条喂不熟的狗。狗和狼是近亲。”张书奇眨巴着眼睛微侧着脸诡秘一笑。

大鼻子一听，先是大鼻子一揪，脸上掠过一丝狰狞笑容，但瞬间消失，快得就如一点水滴进热沙堆里，继而仰脸哈哈狂笑：“哦噢，那咱挑明说吧，从1953年起，我就开始告你，一直把你告到狱里头。如果不是这场史无前例的运动，我这个太阳还升不起来呢！哈哈，你遮挡我近半个世纪。原先我心里老想这一辈咋就遇上你了？就像周瑜碰上诸葛亮。心里窝憋，得，现在我的心好畅快。”大鼻子说罢又是一阵狂笑，“实话跟你说吧，告你的信是我用左手写的。”马绥成痛快酣畅。“不管你说我是得志就猖狂的狼，还是说我是什么小丑，我都不会计较，因为用我身上都不过分。”大鼻子不无自嘲地说。马绥成往前探身，压低声音跟张书奇说：“因为不这样，我永无出头之日。”

马绥成嘴里的一股洋葱味儿叫张书奇用手掩鼻，并嗡声囊气地说：“是龙是虫，要看结局。是龙成不了虫，是虫成不了龙。”张书奇鄙夷觑视大鼻子一眼。大鼻子心里不由打个寒颤，心头的怵意泛了出来。他怵惯张书奇了。心理上翻不了身，就像四脚朝天的龟。马绥成为了掩饰内心的心虚，接着又是一阵狂笑。“哎呀，老同学，老同事，这些年，我总是从马前、牛后走过，所以才没叫马踢着叫牛角顶伤。我心里等这一天等了很久了，终于成了！成了！”马绥成狂笑的样儿就跟是骡子套上马挽具，摇身一变终于成了名正言顺的马似的——成了人物了。那抑制不住的笑声听起来像是墓地里魔鬼的笑，目的是要把张书奇的精神打垮，好叫他马绥成翻身并骑在张书奇的背上，成为骑张书奇马的马绥成。

大鼻子说到这里，情绪激动，满含热泪，禁不住振臂高呼：“毛主席万岁！万岁！万万岁！”

马绥成喊口号时的鼻子夸张得像橡皮做的假鼻子。张书奇不动声色地看着如中了魔的马绥成，忍俊不禁，笑得泪都流出来了，前仰后合。想起在K地一高时，看班里一个女生学马绥成的扁平脚一拧一捏的姿式，实在太滑稽太形象了，全班人一齐哈哈大笑，笑得东倒西歪，肋骨都笑拧了。张书奇就是前仰后合，笑岔了气。

大鼻子愣怔地看着狂笑的张书奇，莫名其妙，不知所措。但还不无幽默自我解嘲说：“你看，谁能像我这样给你带来欢笑？”

“既如此，唵，老同学，你告诉我，我哪些地方叫你何以至此？”张书奇的大眼睛逼视着马绥成细长而虚茫的眼睛。

马绥成不加思索地说：“今天就敞开心扉说吧。我对你的不满要追溯咱们在K地一高时。”马绥成长长叹了口气，眼神遥远——高二上学期，有一天上罢夜自习，熄灯铃响过后，寝室几个男生刚躺下，就听马绥成的鼾声响了起来。张宪成小声说：“瞧人家大鼻子的呼噜没忧虑。”

一个叫李彰的男生说：“唵，高二三班那个女生的鼻子也不小，不知她打不打呼噜。”

那个叫成根的男生接着就边咦边说：“那女生的鼻子难看得像口痰。她的鼻子跟咱马绥成的有一比。”

李彰畅想说：“叫他俩结婚生娃娃，那鼻子不知会怎样？”

成根说：“唵，你好心撮合撮合，成全一桩美事？看看会是啥样？”

张书奇张口就说：“垂似一宝塔，倒挂两烟囱。楼上打喷嚏，楼下雨蒙蒙。”

话音一落，寝室里猛地爆发一阵哈哈狂笑，有的嫌躺着笑不过瘾，就坐起来，边笑边捶床。有的翻过身伏在枕上边捶枕头边笑。岔气的岔气，捂肚的捂肚。张宪成笑得歪在大鼻子的床上，指着马绥成的鼻子说不出话。大鼻子也叫笑醒了。值勤人过来嚷了顿，才都憋着不敢笑。

第二天，K地一高的校园里都争相传诵。都说打油诗高妙之处在虽说的是鼻，却没有用一个“鼻”字。高三高一的人也都争相来一睹大鼻子的大鼻。后来高二大鼻子女生见了张书奇寝室的一律白眼瞪黑眼剜。张书奇心里既好笑，又后悔不该脱口而出，拿人家生理特征开玩笑。嘴上逞能其实是最不能的，但话一出口就如水泼地。

有一回学校评比卫生。卫生班长要求把手用胰脂洗几遍。下午，班里先自查。卫生班长查到马绥成跟前，指着马绥成的手，问他说：“你没洗？”

“洗了。”

“这是洗了？你看肉纹里的黑油污，这是洗了？要不是‘授手不亲’，我就拿着你的手去洗洗，保准上三分地。”

坐在马绥成左边的张宪成指着马绥成的桌头说：“班长，你看，这桌头上抹的是啥？”

班长往后退步弯腰低头，只见马绥成的桌头上黏附着很多棕色干疙巴。班长皱着不解的眉问马绥成说：“这是啥？”

马绥成晃了晃头没好意思说。班长扭过身问张宪成是啥？张宪成也只笑不语。他们越不说，班长越好奇，就又追问马绥成这到底是啥？马绥成用食指在鼻子慢慢拧缓缓钻，抠来抠去，只见食指尖上黏块半干不湿的鼻屎，食指跟大拇指轻轻捏巴来捏巴去，黏黏的，像欣赏手里的泥捏一样。之后，恋恋不舍地将鼻屎抹在桌头的挡板上，一干就成疤了，像人身上的肉猴。

班长恍然大悟地哦噢一声说：“原来是鼻疙渣。”班长盯着马绥成的鼻子皱眉苦笑说：“你老大不小了。玩鼻屎是小孩子的事。你，你叫我咋说你哩？”

“K 地一高独一无二的风情。一般人玩不出来。”张书奇似褒实贬的话逗得人只捂嘴笑。“大鼻子指头抠鼻子，指头尖上粘鼻屎。干鼻屎软鼻屎，干软鼻屎抹桌子。近看肉猴子，远看……”，张书奇没说完，班里人异口同声哈哈大笑。笑声持续足有三分钟。马绥成也笑了。只见马绥成咧着嘴，鼻子也跟着笑颤动。

高二下学期有一天，秋雨连绵，中午饭后，同学们都去教室做作业，准备备战期中考试。马绥成趴在桌上打呼噜。马绥成的同桌，从鸡毛掸上揪个鸡毛，在马绥成的脖子里转痒痒。马绥成感觉脖子里有东西，轻轻扭扭脖子，接着睡。

坐在后边的张书奇，随手在演草纸上写了句“只觉后头人戏弄，有心回头看个清。只因舒服不想动，鸡毛痒痒催入梦”的打油诗掖在马绥成的衣裳领里。拿鸡毛的同学展开一看，就轻轻念开，静悄悄的班里，听得清晰。本来潜心做作业的同学，手捏着笔停下来侧耳听，趴着的也抬起头，目光聚在正睡着的大鼻子身上。等同学们回过神来，爆发出一阵哄堂大笑。

这时，马绥成终于也被笑醒了。见同学们瞅着他笑，他不解地来回张望。那个同学把写打油诗的纸放在马绥成眼前。马绥成一看，笑着挥拳朝桌上张书奇的胳膊打去，张书奇猛一抬起，马绥成的拳头砸在桌子上，由于用力过猛，只听嘭一声，马绥成边哎呀边龇牙咧嘴甩着叫桌顶的生疼的手。班里人又是一阵大笑。

“大家记着，是我带给大家笑声。一个人忘不了和你一起哭过的人，更忘不了和你一起笑过的人。不是我，张书奇的打油诗无用武之地。”马绥成深情诚恳地说。

“不好意思不好意思。”张书奇向马绥成连连道歉，“我看着你不知咋的就来灵感。堵都堵不住。嗳，还是不好意思。不过也真有意思。将来老了咱们坐下想想，有意思。”

“有意思的人意思多。”马绥成嘟噜一句。

……

高三临毕业前，俩人一起考进省邮务局，都成了凯特的部下。

刚上班第二天，马绥成就迟到五分钟。邮递班长婉转提醒马绥成要有时间观念。马绥成不好意思点头。

马绥成马马虎虎弄丢邮包，隐瞒不报，客户不依，省城人就跟都城人一样，你看上去平平常常，说出身世吓你一跳——皇家后裔，皇家亲戚，不好惹。客户直接告到凯特那里。凯特弄清情况后，逮着 K 地邮务局长批了一顿。K 地局长一气之下要开除马绥成。马绥成找张书奇，张书奇找到 K 地的局长说情，这才算是留下来。但没想到留下结怨仇。

马绥成相中一个女职员，死乞白赖缠着不放，那女的就对他说：“咱丑话说头，你再打扰我，有你的好看。”马绥成不相信。结果挨了姑娘哥的一顿痛打。邮局人在大街上挨打，凯特好没面子，跟张书奇说要开除他。张书奇知道凯特这个英国佬做事雷厉风行。张书奇暗地对马绥成说："这回我帮不了你，你亲自去找凯特，要痛心疾首，不要顾及膝下黄金之面。"张书奇教马绥成说："看在上帝的份上，用你博大的爱宽容一个不谙世事的人吧。因为老娘有病，需要看病。弟弟上学也得管。"

凯特听他说的可怜，心软了。就说今后再出丑事，卷铺盖走人。

马绥成回来就给张书奇打电话说："谢谢帮了我。"但心里很是不忿张书奇深得凯特信任和赏识，他心里的嫉恨叫他心里不能平静。他还一直蓄意找张书奇的岔。

第二年，张书奇下到马绥成所在的投递班体验工作，要修订制度。马绥成一看机会来了。他把一个邮包据为己有，栽在张书奇头上，企图整倒张书奇。

凯特可不是谁轻易就能糊弄的。待真相大白后，凯特把马绥成陷害张书奇的行为悄无声息地冷处理，反而更加信任张书奇，迅速提拔。而马绥成在凯特心中成为心术不端的害马。凯特看着马绥成和张书奇俩人关系仍然很好，他心里宽慰安稳。一直到最后，凯特都没有给他俩挑明。马绥成曾试过张书奇，可他没试出来，他才知道张书奇不知道。但心里也权当张书奇不知道。他只道张书奇比他强，还强得太多。

有一天，马绥成在 K 地都一处请张书奇吃饭，俩人喝了几杯后，马绥成叫张书奇给他指点不能提拔的迷津。张书奇说他开始把印象弄糟了。修复印象要比修复雕像难，需要付出脱胎换骨的代价。生存就是与人打交道。跟谁在一起，切忌推过揽功。因为事情总会弄明白的。不要把该干的事当成功劳摆。这号人别说人不愿与之相处，就是魔鬼也生厌。

马绥成点头说："不错，谁谁就是有这个毛病。"

张书奇仍语重心长地交代："做事既扶辘轳又扶井绳，到关键时刻就有人扶你。"张书奇说叫他拿出学数学的才气，来读社会这本书，一定能成。马绥成一听兴奋得像个受了老师表扬的学生。

马绥成感叹“混个人真难”。

“没听说谁谁混得不错。混字里头有大学问。”张书奇说，“你一副贵相贵气，有混头。”

马绥成若有所思地点点头：“有混头。”

“出色优秀的人，首先是得活在周围人的心里。要不然他的优秀没人认可。敬一人而安千万的道理就在此。”

马绥成信服地点点头，看着张书奇抱怨说：“你要是早说我，我不是就不迷了？”

“你看你看，还没离开就又抱怨起来了。改一个毛病比养成一个恶习难。”

马绥成摇摇头不自然一笑：“哎，咱们一起考进来的几个人都比我强。”

“一切都在变。说不定将来你比谁都强。你努力做好，叫我能替你说话。”

临走时，张书奇拍着马绥成的肩说：“自助者人助。”

马绥成心说：“好个张书奇，这话的意思不就是说他马绥成自己不中，而不是你张书奇不伸手拉。等着瞧，别瞧你张书奇把风光占尽——你官当得大，你有洋恋人，等有一天非叫你头朝下看景致。”

张书奇用抱歉的语气对马绥成说：“在学校给你带来的伤害，向你道歉。”

“像马绥成这样心里阴暗的人一旦咸鱼翻身，就会疯狂报复。这人不够朋友。他心里只有他自己。不过，你损人家，人家记你的仇，也不亏你。谁叫你嘴上逞能。”露茜笑着怨说，“不管咋着，马绥成说到办到了，是个人物。现在马绥成呢？”

“嗨！”张书奇摇摇头笑说：“打油诗成了打倒自己的祸根，开玩笑就如玩火，玩不好就烧着，报应。我昨天出来时还跟他打个招呼。”

“怎么？也住了？因为什么？”露茜急切地问，“他和张宪成打赌说我要成家，我得叫他看看我，他大鼻子输了。”

张书奇淡淡一笑：“军婚罪。”

露茜脸上没有表情的冷笑，鼻子嘴里似哼似哈：“他老婆长得很难看？”

“青海红脸大嘴巴肿眼泡。不管怎的，他自己把自己搞垮了。”

“短脖男人。”露茜嘟囔说，“你说她媳妇长得一般？”

“很一般。”

露茜问：“后来呢？”

——芳草大学毕业分配到大学教书。她的男友朝阳分到了团市委。这时，那个朝阳妈叫朝阳往省团委调。调动要政审，政审他所有亲戚的政治面貌。结果政审不过关，说朝阳女友的父亲是里通外国的罪犯。朝阳妈急得叫朝阳跟芳草断绝关系。朝阳说他宁可不调工作，也不跟芳草分手。朝阳妈一计不成又生一计。他妈背着朝阳来跟芳草说，她就一个儿子，不能叫政治前途毁了，叫芳草跟朝阳主动提出分手。芳草答应了。当中隔三天，芳草不吭一声去了五台山。家人以为她在学校，学校说她请了几天假，朝阳去学校找去家找，都没找到，急得像热锅上的蚂蚁。王淑君疯了。

第四天，芳草的同学才把芳草写给家和朝阳的信送了过来。朝阳一看说芳草到五台山出家了，回家跟他妈大吵一架，拔腿往五台山去了。王淑君在家哭着叫超然带她去找女儿。

时间的戏台上，每个角色都要登台演自己的情。爱情让人为之纯粹，也让人为之疯狂。

芳草殉情出家，与其父张书奇心里念念不忘露茜一样，只是表现形式不同而已。有其父，必有其女。爱情浓厚的夫妻生的孩子，往往赋有爱情的特色——温柔、活泼、快乐、高尚、热心。

而芳草是张书奇借腹生子感情支配下诞生的一个生命，先天情感残缺不全。缺这补那，芳草聪颖过人，悟性极高。在1962年大学十分难考的情况下考到北大，实在是凤毛麟角。张宪成还打趣张书奇说："这要是露茜生的个个都拿诺贝尔奖了。"

张书奇心里一直默默担心芳草的完美主义，因为上天讨厌完美主义，也从没成全任何人的完美主义愿望。可芳草这一点偏偏就重，和她父亲一样，不背叛自己的爱。父亲是用心。女儿是用行动。

张书奇感慨：悲剧呀，人世间又多一出爱情悲剧。张书奇心说这是哪辈子得罪情神了，要不然，他的悲剧没谢幕，女儿又匆匆登场。

芳草妈在家放声痛哭，又是烧香，又是祈祷，边哭边说都怨女儿识字太多，咬牙切齿地恨说："哪个龟孙发明爱情？爱爱不爱！"边磕头边诅咒朝阳妈，说她个老货害了她女儿。

朝阳寻到五台山，芳草不见，只写了"尘缘已了"四个字叫人捎出去给朝阳。朝阳看着芳草写的"尘缘已了"四个字，禁不住趴在地上失声痛哭。哭着哭着转为笑，接着大声呼叫"了"了，"好了歌"唱上了。他的家人一看这样，知道朝阳病由心生。他家人劝他说天下处处有芳草，赶紧给他找了个和芳草长相颇像的女孩，但他连看都不看。他说他心里只有那个芳草。他不思茶饭，情绪失常，平日一双机灵的大眼睛失神无光。病势控制不住，不得不住进医院。医生说可惜了，这么好的年轻人，叫爱折磨得精神错乱。朝阳妈还不想叫送进精神病院，怕别人说精神病，名声不好，影响前途。

医生狠狠瞪朝阳妈说："你是要人还是要名声？你早知道名声不好，就不要叫他得这病。丑病还怕说？人都成这样了，还讲究名声？像你这样的母亲就不配当母亲。"

张书奇一急之下，就说："朝阳妈是害人精，机关算尽太聪明，自私自利心太胜，葬送孩子好前程。"他说朝阳妈比王熙凤都脸酸心硬。

有因就有果。现在她是走进泥泞地，粘着鞋，拔出脚，却带不出鞋。你朝阳妈嫌精神病院名声不好，难道精神病院比寺院还不好？受爱刺激的一对当事人，一个进寺院，一个进精神病院。

寺院里的人是理智过了头的冷静疯子，精神病院的人是失去理智的狂躁疯子。朝阳妈打掉牙往肚里咽。可心跟针鼻大的朝阳爹受不了打击，郁闷而疯。坐在那里一晌一晌不动，像雕像。朝阳奶见儿子和孙子都疯了，她也吓傻了，两眼痴迷不瞪，口水流得老长。叫吃就吃，不给吃的也不知道要吃，傻了。傻跟疯一样难治。

而最难治的是看起来正常，可做的事却像疯子的人。由此及彼，张书奇想起他下狱前，邮局机关几个年龄差不多的女同志摽着劲儿生孩子的事，就有点失去理智。有一天，机关一位女同志挺着大肚，光想用手捧着要坠下的肚，迈着雄鹅般的步子，一副理直气壮的神态走进张书奇办公室。张书奇一看赶紧搬过椅子让她坐下，笑说："嫂子，请假？"

"请假。"女干部趾高气扬地说。

"这是老六还是老七？"

"老七。今年是闰年，很快就会过去的。"

"像这种情况可以向处长请。"

"那下回吧。"女干部颇不以为然地说。

"老八还等着哩。"张书奇打趣说，"这下俺哥又该忙活哩。"

"他自找哩。"女干部说罢又补充说，"当然也是我情愿哩。"又接着说："我们哩，腰酸肚疼，一百身汗才能养下娃娃。"那女同志说时头一歪眼一斜，嬉皮着脸不好意思小声嗔驳。

张书奇哈哈笑说："我哥调教得好，我哥中。"

"去！中个屁中。"女干部嗔怪笑说，"你可把你媳妇揳搁板敬起来。孩子少得像四年一回的闰年。你不懂'养鸡不成群，耽误一个人'。"

张书奇边朝她点头边说："小叔大侄儿喽噢，见面一拳头。一代人来疯，造人肚不停。疯，形形色色的疯。"

想到这里，张书奇也禁不住同情朝阳妈。可怜天下父母心。朝阳妈一心为孩子好，可芳草金子般的心，也是为朝阳好，谁晓好好得坏，就像负负得正一样。上天布施公平时，也忘记了一个重要问题就是投鼠忌器，这事不怨朝阳，朝阳是个好孩子，善良真诚，矢志不渝。可偏偏，哎！张书奇心底禁不住涌出无限同情和酸楚。朝阳是为芳草疯的。俩人为对方不计自己，倘或朝阳妈跟她的儿子那样做事先为对方多考虑，就绝不会自己把自己逼到绝境。顺境逆境，旦夕转化，其因是朝阳妈想顺境中更顺，可万没想到有些事是有定数的。朝阳睡起来一直睡，笑起来没头，把朝阳妈吓得不知所措又是哄又是哭。儿笑母哭。自己酿的苦酒自己吞，咽不进，吐不出，这滋味才叫难受。

朝阳妈去监狱找张书奇，叫张书奇给芳草写信叫她回来，好叫朝阳病好。

张书奇没有表情地说："女大十八变，心事大过天。女儿为爱为情敢于牺牲自己，比我强。我们芳草从小出门总是'出必面，返必告'。这回可是出不面，永不返。我如花似玉的乖女儿，因你这个刁婆婆而遁入空门，人不报天报。"

朝阳妈见说不动张书奇，就扑通一声给张书奇跪地上，求他写信。

张书奇冷笑一声说；"你这一招在我这里不灵。你走吧，我这罪犯——！"张书奇话没说完，连看也不看她一眼，掉头走开。

朝阳妈那双天生献媚的一双大眼，一眨眼一个点儿——张书奇不好对付。她回家去找芳草妈。对，芳草妈老实，用不了几句话就哄转心了。

朝阳妈直奔上街找芳草妈。谁知轻手轻脚推开门，只听芳草妈正在烧香大声咒骂朝阳妈。朝阳妈一听差点背过气。她赶紧扶着二门墙。脸顿时黑丧下来。芳草妈听见外头有动静，出来一看正是自己诅咒的人，张口就来："你个日天大本事的不要脸浪母马，你，你逼走我闺女，逼疯你儿子，逼傻你男人，你，你还想来逼疯我是不是？你撅头竖脸算啥货物？你不是好舍你那X脸上，这你恁能咋不把你儿的病治好哩？老天爷看不中你那X脸。活该！你个活孬孙！"王淑君平时在家不说话，骂人就更不用说了，但不等于不会说不会骂。骂人不用大人和老师教，无师自通，就是淑女一旦被惹恼，都会情不由己地骂。王淑君长这么大没有骂过人的嘴，这会儿不结巴不咬舌，就她所掌握的诟骂词汇，能用的统统用上，就像在嘴边挂着哩。一句比一句难听，骂个朝阳妈瞠目结舌，没有还口的份儿。

朝阳妈一听说到她儿的病，不由打个冷颤，就像刚愈合但没长牢的疮疤不小心又揭了起来，疼得钻心。还没等朝阳妈的疼劲下来，就听王淑君接着骂："你不是说你八字里占尽了福和富，你不是说你人走哪儿发哪儿，在娘家发娘家，到婆家发婆家，到单位发单位，到地里发谷苗。呸！你还会叫你家人发疯，发你一家疯，妈了屄疯完才好。"这几句话像锐锥戳在朝阳妈的心上，但她眨巴眨巴眼伸伸脖咽了，为了儿子，先咽下。一辈子耍刁玩人办巧事，左右逢源，哪有过叫人刮擢脸骂得狗血淋头。她心说她征服过多少有头脸有能耐的女的男的，就不相信征服不了一个大门不出二门不迈的小脚妇女，她没想到她比张书奇还难对付，这实在出乎她的意料，但她还是要试试。想到这里，她仰起了她的宽下巴。她笑看王淑君，想用她一贯的笑容来缓释王淑君对她的憎恨。

"老姐妹，你骂够了消消气？咱还是坐下来说说俩孩子的事吧。"朝阳妈笑着压低声像哄小孩似地说。

"你个白眼狼，你狗嘴里吐不出象牙。你说人话不办人事，看你穿得跟人似的，办起事恶血尿脓，天下头号孬孙，你个臊狐狸精。老天爷看你哩，天下巧事不能叫你一人干完了。哪个龟孙还会信你的鬼话，更不会中你的诡计。你见你妈的鬼去吧。"王淑君越说越气。是呀，她能不气？她这一辈就生过一次，不知道的人以为她不生了，岂不知道是张书奇没再叫她生。如果不是张道理拿“孝”压着张书奇，他可是不会叫她王淑君给他生孩子的。她本以为张书奇的“孝“会叫她笑开怀，实现她最喜欢看的《抬花轿》中张凤莲说的“秋葫芦晚瓜，一嘟噜俩仨，一嘟噜俩仨”的愿望。谁知想早了，吓跑了。一“孝”了之。张书奇从此没再理过她。她不奢想他理她，因她生芳草和超然时的难产多么不容易，张书奇也没有一句安慰关切的话给她。话说不说都中，只要能叫她生儿子，多生几个。而张书奇就好像是专门刁难她心中的想法，根本就没把家当家，他总是在办公室读书。她总觉着他的心不知在哪儿飘着，是不是跟那个洋女人在一起？对，一定是。他的心肯定跟她走了。几十年，一辈。她虽不出门，但她懂政策，她知道共产党对犯男女关系的人统统不客气。她知道张书奇心里只有那洋女人。东屋就是个例子。这么多年，她没敢进过那屋。早先俩孩子弹琴，弹完就出来。她没敢进过。她心里认为那屋有鬼。

她总是想，管他呢，反正我有孩子。俩孩子都遗传他和她的长处，聪明漂亮，够了。你张书奇心里再有洋女人，可她总不能跟你生娃娃。

王淑君有了孩子，就等于有了靠山。俩孩子是她的魂，是她的命。她见朝阳对芳草那么好，她心里高兴，但一跟朝阳妈接触，她心里就觉着不对劲儿，有几回话努到嘴边想对芳草说朝阳妈可不是个省油的灯，但转念一想闺女又不是跟朝阳妈过哩，就把话咽回了。她后悔当时没说。结果弄成这样。面对把她女儿逼进活坟墓里的仇人，她恨不得一刀杀了她。

“你打你骂任你，中不中芳草娘。这一切都是我不好，求求你给芳草写个信叫她回来，俩孩好了咱还是亲家，中不中？”朝阳妈求芳草妈说。

“滚你远远的，快些滚！省得我一会不当家杀了你。”王淑君瞪眼怒目，脸红脖粗，用豫西怀腔大声喊嚷。

朝阳妈那双天生献媚的大眼里布满了从来没有过的惊愕、畏惧、无助，她脸色憔悴，一下老的比她的实际岁数要多得多，她的深蓝色平纹卡叽裤巴着饭疤，她瞪着双迷糊的眼神张着嘴看着芳草妈，嘴里嘟囔着，慢慢退着往外走，她生怕一转身朝阳妈在后头掂刀追上猛不防给她一刀，她退到二门外才转过身一溜小碎步走了。

而芳草捎给她妈的信上说：

——妈，原谅女儿不孝。我走时，没敢跟你说，我怕我看见你走不了。妈，该我尽孝了，可我却走进这座活坟墓。但这里清静，可以不再叫五花八门的人为灾难弄得心烦。妈，我就是想图个心静。

妈，你和爸都是我的最爱。我哪里舍得离开你和爸，但我面临的事都叫我难以接受。本来说入党是我，可政审不过关，拒之门外。接踵而来的是朝阳的调动。我一听，当时心就直往下沉。我知道朝阳死也不肯同意她妈的意见的。但为了成全朝阳，我只有牺牲自己。因为朝阳是我从高中到大学的同学，这是我的初恋，初恋纯洁无瑕，是人生最难忘的。我怕我这一辈是不会再爱别人的，更不会违心亵渎我的真爱，我希望他幸福，我只有选择出走。

妈，把墙上我的相片都取下来吧，省得天天看我生气。可我还是要跟妈说我走的前天晚上，我做梦梦见我发烧了，你搂着我给我喂药。妈，你缝的衣裳是全校最好看最时样的，同学们羡慕眼气，都说我有个巧妈妈。我们班几个同学们照毕业相都向我借衣裳，可我永远不能再穿妈缝的好看衣裳了。哀莫大于心死。

……

王淑君叫超然把这封信给她读了好几遍，掉了无数泪珠。

露西眼里噙着泪花，哈了口气说：“悲哀辛酸的故事总比快乐幸福的故事长。这么说家里就剩王淑君和超然了？”

张书奇少气无力地摇摇头，满眼凄凉。“因我里通外国，连累他不能入党，组织上叫他跟我断绝父子关系，才批准他，他就宣布断了。可后来组织也没叫他入。眼看着招工参军推荐上大学都没他的份，他就自己写歌解闷。我在牢里，听隔壁一个年轻人唱‘为什么看不到你的笑脸？为什么没有你的陪伴？年轻的姑娘在嘲笑着我，说我是一个流浪汉。啊，流浪汉有谁来可怜，有寂寞又有愁闷漂流在人间。叫一声亲爱的朋友，请你不要把眼泪流。世上的人们都是这样，时而欢乐时而忧伤，啊，抬起头，挺起胸，苦水也能化美酒。……’我听着曲词都好听，就问那男孩子这歌是谁写的？他说是他们青年队里一个叫张超然的写的，还说这首歌在知青中很流行。我怕重名，就问他是哪里青年队，这人家是哪里？长啥样？他一说，就对上景了。”

“完了？歌有几段？”

“四段。”

“你唱唱。”露西轻轻拉拉张书奇的胳膊央求。

张书奇一脸的难为情。“怎么，没气唱？还是没心唱？”露西猜疑地问。张书奇点点头。

露西哦一声心疼地说：“歌词透出孩子心中对美好生活的向往和追求。”

“其实也表达这一代人对美好生活的渴盼。”张书奇感叹。

“唱一段，就唱一段，我听听好听不好听。”露西央求。

张书奇看着露西，微笑点头。清了清嗓，目视前方。露西目不转睛地欣赏张书奇。她眼前浮现他们在福音堂共同演奏《二泉映月》和《夏日的玫瑰》的情形。张书奇圆润清亮高亢的嗓音一直在她耳畔萦绕。唱完一段，露西情不自禁地鼓掌。嘴里连连赞叹：“太好了，太好了。现在你没事了，赶紧叫孩子回来。”

“可不是？我没事了，不用划清界线了。对，你不提醒我就想不起来。思维惯性误事。”张书奇兴奋地说。

“王淑君在家？”露西关切地问。

“我昨天回到家，门是锁着的。邻居听见，把钥匙给我，并说超然妈去她娘家了。”张书奇语气平淡。

“书奇，我害得你妻离子散。”

“不，孤情难鸣。是我运气不好。你这样自责，我心里会不安的。怨我自己。其实1950年有件事本可以避免后来的不幸，可一念之差。不过说也没用，算是聊以自慰吧。世上没有后悔药。”

“什么事？”露茜追问。

——1950年美国打朝鲜，其实是项庄舞剑，意在沛公。中国人民志愿军跨过鸭绿江，抗美援朝，保家卫国。这时国家急征懂英文的人去朝鲜。张书奇回家跟父亲说他想报名。可父亲张道理说：“书周解放上海，就地扎根了。书坤留在乐山了。你要是再走，家里老的老，小的小。再说，你现在是邮政局长，共产党这么重用你，你不应该撂下走。自古忠孝难全。”

父亲一番话，把张书奇打算报名的想法打消了一半。孝和忠在脑海里打架——国家百废待兴，特别需要他这种技术型管理人才。可朝鲜战场同样也需要。嗳，真想变成三头六臂。

后来一想，打仗的事没准，没了命再大的本事都枉然，人才不能死。忠孝难取舍。孝是他的生命。最后，一大堆理由促使他坦然地放弃报名赴朝。放弃归放弃，可他心底深处终不能平静。他内心小心批判父亲把他当成“孝”算盘上的珠，使他不能像书周、书坤那样在天地间的大算盘上驰骋。

他心里不满父亲偏心偏到连书周的错误也袒护。书周J县中学毕业，去K地考一高，谁知他是“朝游相国寺，暮游禹王台”。抱着“今年考不取，明年我还来”的思想，结果那年差三分没考上。可一向好讲道理的张道理，既没批评书周，也没给他讲道理。张书奇还跟他妈悄悄说，这要换他没考上，父亲可不会依他。

当张道理听说张书奇要去英国学习时，还跟凯特说中国规矩是“父母在，不远游”。凯特婉转回绝，并说张道理是口头派，光嘴上支持儿子，还批他那套思想太老。

张道理毕竟是个见过世面的人。特别是经历土匪绑票，丧偶和之后改朝换代，他明白党的政策，就把家里的房、地和当铺三下五除二地弄光了，该交公的交公，其境界是他从前“冬舍棉，夏舍单，设粥棚，行善盈利两不误”没法比的。正是这种明智，他成了贫下中农。而张道理的亲家王中田，守财不放，结果得了个地主成分，最后看人家分他的财产，生生气死了。镇上人说张道理可比王中田精明一百倍。

张道理一人在老宅子里，也不大出门，常常自己坐那儿想心事，一坐一晌。猛一看人就像庙里的泥塑，只是泥像不会老。张道理这个镇上有名的“铁嘴妖”的嘴，也塌进坑里，如果不说话也就寻不着嘴在哪儿。

父亲老了，老成一个孩子。俗话说老换小。“小”的是需要“大人”照管和呵护。

后来张宪成报名赴朝。走那天，张书奇去车站送张宪成。张宪成胸戴大红花，喜气洋洋。张宪成郑重地对张书奇说：“我报名赴朝，想法简单，就是想去高丽国看看，等老了，好跟小孩们一遍又一遍啰嗦我当年出过国。小孩子跟他的小朋友们显摆时也有啥说。”说罢俩人抚掌哈哈大笑。

可张书奇笑得不自然，他心里可比张宪成复杂得多。张宪成幽默地说：“在老同学面前自诩一回，我是国家的人才。”说罢俩人哈哈大笑。“其实，吃几块馍喝几碗汤，我给你提鞋也不中。没想到就这一瓶不响，半瓶晃荡，就要去朝鲜游说说英语的美国人，万没想到美国佬还给我出国跟他们学习的机会。嘴也是武器。嘴也能气死人。我从小就羡慕晏子那张嘴咋长的？单舌战群雄。千年千叹的晏子，永远是颗叫人仰慕的明星。”

露茜不苟言笑地说："就是没有马绥成，说不定会出来个牛绥成或熊绥成。纵然马绥成离你远了，但他是个睚眦必报的人，你走哪他都跟到哪。"

张书奇惊愕地看着露茜，心就像叫点破的窗户纸一样透了，心服口服地点头。唉，活到老学到老，一样不会不算巧。

"你人生的节骨眼上，你自己没当过自己的家，你把你全部交给你父亲了，交给'孝'字了，孝就是委屈。"露茜委婉地说。

张书奇用脚尖蹉地上的蚂蚁，不说话，半天才嘟噜说："命不好。忠孝难全。"张书奇说罢仰起头，似乎摆脱羁绊。

"张宪成无所求，可上天慷慨给他机会。从此，一个海阔天空，一个阶下囚。张宪成从朝鲜回来就去做外交了？"

——1953年秋的一天，张书奇正在办公，只见一个瘦高个笑眯眯地走了进来。张书奇眼睛一惊，霍地站起来紧走几步上前，一把拉住张宪成的手，上下打量，如释重负又欣喜地喊："回来了。'晏子'回来了。往后可是大福大贵。"

张宪成合不拢嘴笑说："美国佬走了。咱都回来了。"

"看到很多风景。"张书奇故意提起他临走时说的话。

"景美，人美。高丽国的姑娘温柔善良。故事一时半会说不完。"

"那不要紧，放以后当下酒菜。中午咱去解解馋。"

"确实馋得想把舌头咽了。不过上午叫我把调动手续办了。"张宪成平静无奇的语气。

"不用问，宪（现）成的风光。"张书奇嘴里恭维眼里问。

"调北外了，教书匠。从朝鲜没回来，就接到通知，回国迅速办调动。"张宪成表情平淡。

张书奇惊呼："那可是外交官的摇篮。"这时的张书奇心里确实后悔。他心中一直向往的就是在大学当个学者，两耳不闻窗外事。他的愿望落空了之后，就想叫俩孩子成学者，成大学教师。

张宪成一脸不好意思："我十个捆一起也不顶你一个。吃几块馍，喝几碗汤，老同学你清楚。我这也是此地无朱砂，红土为贵。当时一听说调我去教英语，我第一就想到你。我生怕误人子弟。哎，要不是这里离不开你，咱换换。"

"哪里话？可别这样说。人都在进步。这几年你在朝鲜把美国佬都说得放下武器回家了，还有你什么不能对付的？你是凯旋归来的功臣和英雄。"

"瞧咱俩把自己都捧上天了。"张宪成拍拍张书奇的胳膊。俩人哈哈大笑。张宪成笑得弯下他那瘦高细腰，笑得投入，笑得感染人。

"语言就是生命。过去咱们在学校学的是伦敦发音，可这些英国后裔的美国人，一挪地方就把祖宗的话说转音了，开始耳朵不习惯，没几天就行了。要是你在那儿，会比我强一万倍。"

"罢罢罢，从K地一高出来的人一个是一个。远的咱不说，光咱身边的，你数数，哪个不是才子才女？今后得向老同学请教。"

"光你肚里的东西就得会儿掏哩。我是没出国门的土造，你是留过洋沾了洋气的洋造。你的英语可是得真传。露茜可是实打实地教你。"张宪成神秘的表情，勾起张书奇心底情感的沉疴。他苦笑，眼一翻，一摊手。他想说又不想说。

"你俩的轶闻趣事多得能写一本书。光翻译《红楼梦》，这一辈就够用了。我真想跟你换换，你去教书。可我坐不了你这把椅，人才就是人才。"张宪成羡叹，"盼解放，心想形势稳定下来，你俩的梦该圆了，可眼下，你看老天爷扎的无形的篱笆，硬是叫人跳不过来。梦都生苔了。"

"梦只能叫人更苦恼，更烦。"

"你忘了，咱去看大鼻子老婆坐月子，一看那娃娃长得净拣大鼻子和他媳妇的短处长，实在丑上加丑。我说大鼻子可不应担心种不纯。你皱着眉头边笑边摇头。我说又不是你的孩子，看你愁的？随后我跟你商量，叫你和露西生他十个八个的混血儿。你说有俩感受天伦之乐，完成孝任务就行了。我说我有私心，叫你给我一个。你说现（宪）成里有。可你犹豫一下说还不知是啥样？聪明不聪明？我说个个诺贝尔奖。才女加才子，难得的优良品种，应多繁殖，要对社会做贡献。……”张宪成说罢，张书奇一摊手，“这可不能怨我言而无信。我也急。梦里生的又带不到尘世。”

“说说过过嘴瘾算了。今生今世，你是她想忘都忘不掉的人。”

“哎呀，老同学的爱情理论，可当菜下酒。好多年没有这么痛快地说话了。”

“旧人叙旧，才可叙出新意。”张宪成拉了拉张书奇的胳膊，“哎，这么好的露西，不知好过哪个龟孙了。”张宪成一脸惋惜地说。“她在那里肯定也会说，张书奇不知叫好过哪个龟孙了。”说罢，俩人哈哈大笑。

“命里的风景自然是有数的。从前，我提拔快得跟坐飞机一样，出国学习，称得上一步一景。我妈临死时提醒说，你太顺了，得小心。后来，这一切不都应验了？”张书奇思忖着说，“一切不顺，我都无所谓，现在连累的你——，嗳，我无法面对你。”张书奇眼神不安。“所幸的是战后你的生活一直很平稳。”

“国家平稳，小家就平稳。不像你，五花八门的灾难。”

“说得是。”

“你俩在一起啥都说。”露西想着张书奇的话不由自主一笑。“唵，张书奇你好过哪个龟孙了？”露西把脸凑到张书奇脸前打趣质问。张书奇看着露西湖蓝色的大眼使劲一眨巴，“咱不说那没劲事。”

“混血儿，等下辈子咱们一定生几个混血儿，给张宪成一个。”露茜自我安慰的乐观中透着凄婉。

“下辈子？哦，虽遥远，但希望中的希望。”

“自己不宽慰自己，叫气死？”露茜自己反说自己，一边说一边弯腰撩起裙子细长指头在左腿外侧轻轻抓挠，嘴里说：“要变天了。”

“你有什么预感？”

“我的腿告诉我说了。变天前老伤隐隐痒疼。”

“老腿伤？”张书奇撩开露茜的手，说：“叫我看看，腿咋了？”

“在前线抢救伤员，德机丢下一枚炸弹，命虽没丢，但弹片丢进腿里了。虽说取了出来，但一遇阴天，我就想起伦敦的空战。”

“哦。腿上留下个疤痕，这比心灵的伤疤还难愈合。”张书奇轻轻摸时，手不由自主停了下来，像想起什么似的说：“我做过你腿伤的梦，梦见你的腿上都是血。把我吓得使劲喊你，结果自己喊醒自己，心腾腾跳。这个梦我日记里有。”

“我要看看那篇日记，是真的话，我就是世上最幸福的人了。至于舞，这么多年我的脑子里一直为你翩翩起舞——《时间之舞》。”露茜想从张书奇的脸上找到感情回应。

张书奇热血上涌，要不是光天化日之下，一定亲亲她。他抑制住激动，眼睛一笑，嘴上说：“三十年，心不离不弃。气得时间倒气。”

“那我想去看你的日记，我想看看世上有那样准的梦？”露茜说时打个哈欠说，眼眶里涌出泪水。

“打哈欠眼流泪，你困了。”张书奇抬头看天，“影都偏了，饿了。”张书奇想说去吃饭，可他没钱。他想说回家吃，可家是凉灶冷水。就对露茜说：“我没钱。”说时拍拍裤兜。

“不说也知道。”

他脑海里想着抄家抄走的书和几箱日记，现在都在哪儿？审讯人还说那些日记能写一本书。估计他知道下落。可时隔几年，又乱糟糟的。一想到这些没底事，张书奇不由打个冷颤。露茜敏锐警惕地问：

“你打个冷颤还是尿颤？”

张书奇不好意思地小声说：“是冷颤，但也想方——”，说罢方字，他想起露茜曾批他最讨厌“方便”一词，就赶紧用手捂住嘴没叫后边的‘便’字出来。

露茜捂住嘴小声咕咕笑，说：“想方便？憋尿不好。那边有公共厕所。”露茜说罢捂嘴笑，“嗨，好记性，那次‘便’字批判还记忆犹新噢，看来那回是批你个隔年怕，况且一隔三十多年。不过，我心里高兴，骄傲。因为无意中测出我在你心中的分数。”

张书奇小心地咧嘴一笑，摇摇头：“大千世界只有你，换个人是不可能的。能叫大不列颠的才女训教的几十年如一日铭记在心，实在是老张的荣幸。”

露茜憋不住，松开捂嘴的手哈哈笑出声。“咱们去德华街有天饭店吃蘑菇饺子吧。”露茜跟张书奇商量说。

“有天永远成了你记忆中吃饭的地方。现在都改成国营饭店。那可不是从前你吃啥饭店有啥，现在是饭店有啥你吃啥。至于蘑菇，我好多年都没见过。”张书奇提醒她说。

“哦，人家有啥咱吃啥不就得了。就一餐饭，对付饱算了。就近找个饭店也行。”露茜站起来想走。

“我的饥饱痨快犯了。”张书奇说时眼睛都快睁不动了。“说话累得大脑都转不过筋了。”

他俩出了公园门往东走，露茜像看西洋景似地来回瞅看。“大街小巷的墙上不是‘阶级斗争一抓就灵’！就是‘备战备荒为人民’，再者就是‘深挖洞，广积粮，不逞霸’，‘把反帝反修革命进行到底’！‘打倒封、资、修’，‘美帝国主义和一切反动派都是纸老虎’，‘加强无产阶级专政，坚决镇压反革命’，这些标语表明全民革命深入人心。人们天天耳濡目染，能不像中魔一样？”

“我们看得眼都麻木了。”

来到花园路上，远处看见挂着黑底白字牌的国营饭店。他俩像沙漠中看见绿洲一样，快步直奔而去。露茜皱着眉跟张书奇说：“这是饭店？门可罗雀哩。”

“是，牌上写着呢。”

饭店餐厅的玻璃门上油灰像花纹玻璃。玻璃上巴着如蝇屎的黑点。推门进去，只见挨窗户的餐桌上趴着一个女的，头枕着胳膊侧着脸睡。窗户上巴着几只苍蝇，有两个叠压在一起，像在搞腐化。里边俩女的脸朝里，一边打毛线一边说闲话，另外还有俩男的正全神贯注看棋对弈。张书奇轻轻喊了声：“服务员，吃饭。”见没反应，就又喊了声。打毛线的女的转过身不耐烦地问说：“过点了呀。”

“才一点来钟，我们吃的简单。”张书奇说好话央求。

睡着的服务员睁眼一看还有个外国女人正用想不通的眼神盯着她，就不情愿地站起来，“过点了，我去看看还有饭没有？”

他俩目送服务员往里边去。她路过门口的一张餐桌，惊动本来伏在油桌上跟人一样懒洋洋的苍蝇，它们飞了起来，等她过来那苍蝇又落在原地。露茜看了直皱眉头。她小声跟张书奇说：“咱去你家吃饭吧。”

张书奇哄她说：“太远，饿得走不动了，咱在这儿凑合一顿吧。难道还能比监狱差？只是你看着就饱了。”

服务员高声问喊：“嗳，刚好有两碗米饭，可是没菜。”

“服务员，炒个鸡蛋西红柿，要快。”张书奇低三下四求说。

“哎呀，一过点，火都封了，炒一个菜再捅开火。这样吧，我跟厨师说说。”服务员神情怏怏往里走。

“你俩哩，等一等。”服务员从里边探出头对他俩说。没一会工夫，服务员托个油腻腻的木头条盘，上放两碗饭，一碗鸡蛋炒西红柿端上来了。服务员用她那黑长指甲大拇指头抠着碗沿从条盘上把碗端到桌上。露茜看见她的根根指头的指甲都黑长黑长，手上肉纹渗透了油汁泥，像是生下来就没洗过手一样。露茜盯着她的手皱着眉头。

张书奇拿起两双筷子跑到水管跟前，冲了又冲，可摸摸筷子还是油的。张书奇手里边甩筷边往餐桌跟儿去。递给露茜一双，露茜皱着眉头掏出她的净手帕捋了捋筷子，展开手帕一看，白手帕上两道油泥印迹，把手帕凑到张书奇眼前。张书奇叹气摇头，小声说："饥不择食，吃吧。等会儿我给你做《红楼梦》里好吃的。"露茜皱着的眉头展开了些。她拿起筷子夹菜里的鸡蛋，发现一具苍蝇尸体，她把碗推到张书奇跟前看。张书奇没好气地喊服务员："你弄错了吧？我没点西红柿鸡蛋炒苍蝇，你换碗菜吧。"

女服务员一看，摇着头说："我当咋了？夏天就这样，将就吧。不干不净吃了没病。"

张书奇一听气得差点背过气，心说这等人不但没有愧疚之意，态度还刁钻蛮横。他坐直身子指着碗说："喂，不干不净吃了没病，这碗菜送你吃。"

女服务员脸一黑绷，眼一翻。转过身，嘟噜说："你爱吃不吃。"

露茜心说吃几口白饭压压饥算了。刚用筷子撮了点米送嘴里，只听咯嘣一声，露茜随即连饭带米呸呸吐到脸前的桌上。服务员扭过脸斜瞪露茜，露茜指着米中的碜叫服务员看——米里有小炉渣，碎了一嘴，半天吐不净。张书奇大惊失色地看着吃出米碜的露茜，又看看服务员，怒不可遏地低声说："这饭是存心不叫人吃。"

服务员眼珠一转头一仰，一副无赖神色对张书奇说："爱吃不吃。也不是谁请你来了。你换换地方连这饭也吃不上。别要饭的不要枣花。一看你的样就知道是从旧社会过来的臭老九，不适应也得适应。"

"这么说，饭钱也是爱结不结。"张书奇毫不客气地还她一句。那服务员气哼哼地走了。下棋的和打毛线的都停下来瞪大眼睛看。

露茜摆摆手示意叫张书奇不要再跟她说。露茜叹口气说："都改朝换代了，怎么还有碜。"

“我说这位同志少挑刺，今天你能吃上这米饭也是高看你了，六一年那会儿，要是能吃上碜饭和蝇菜也不会饿死恁些人。”下棋当中一位年纪稍长的慢声慢气地说。

“能跟清楚人打一架，也不跟这糊涂人说句话。碜脐带是用无形的肉缆拧成的永远剪不断的魔绳。”张书奇自嘲说。露茜会意一笑。她的笑意中透示三十年前俩人为碜争执为碜不愉快的情形。

“不顺，这饭吃得不顺。”张书奇自言自语说。

“跟有天饭店没法比。像这样的饭店不是早该关门歇业了？可为什么还开着门？”露茜不解地问。

“只要姓‘国’，哪怕一天不卖一碗饭，到月照样拿工资。”打毛衣的一个女的接过话说。

露茜听得瞠目结舌，一脸疑惑。她小声不解地咕哝说：“那说明‘抓革命，促生产’没落实在行动上。”

“咱去商店买点心吃，总会好些的。”张书奇建议。

“中。”露茜苦笑点头。饭撂桌上，钱没付。俩人走了。服务员没吭，诧异不满地目送张书奇和露茜走出饭店。

他俩走进跟饭店相邻的副食品商店。看着柜台里盛点心的木箱里大敞着口，有几个蝇神态悠然地飞来飞去。张书奇隔着柜台指给露茜看，“你想吃哪一样？方酥、筋骨条、糖角、鸡蛋糕，一样买点儿尝尝？”

露茜看得直皱眉头。张书奇看见里头货架上的罐头，心说那干净，就对露茜说：“吃罐头干净。”

露茜对张书奇点头，“行。”露茜看着服务员放在柜台上的鱼罐头，隔着玻璃瓶，见里边的鱼，就像个小停尸房。想着赶紧走开。就和气地对服务员说：“换瓶水果罐头。”

服务员一听露茜跟她说中国话，很激动很热情友好地拿下瓶水果罐头轻轻放在柜台上。几个服务员眼睛齐刷刷盯着露茜，像看外星人一样。心里揣度：这一男一女会是什么关系？夫妻？朋友？同学？恋人？咋看咋像。咋看咋不像。费思量。

“书奇，买二斤点心，”露茜拉了拉张书奇的胳膊。

张书奇和蔼恳求地跟服务员说：“去底下撮。”

服务员不解地问：“上面的不中？”

“不想吃苍蝇的嘴巴。”张书奇边朝服务员点头边喜笑讨好。

“不干不净吃了没病。作坊里的苍蝇比这多。”中年女服务员一脸傲慢，一脸不屑，一脸好奇地瞟罢张书奇，接着又瞟露茜，那眼神像水中的水撇，断断连连。

“谢谢啦，去膈应病。”张书奇陪着小心说。

服务员用称盘拨拉开上头的一层，往箱底下撮。把称好的点心倒在一直铺放在柜台上的黄草纸上。另外一个女服务员跟着包。她将点心纸折了几下，像包粽子一样，有角有棱。服务员左手按着点心包，右手从柜台下摸出张正方形大红油光纸红笺封压在点心包口处，不加思索地抬起右手拉着吊在柜台上的牛皮纸色的纸绳，一手按着点心包，一手捏着纸绳转捆，系好后，右手捏着纸绳顺着劲轻轻一捻，猛一扽，纸绳无声地断了。顺劲拧，往过处拧，世间多少感情如此。

服务员手中的两根纸绳头并着挽了个结，提着点心递给张书奇时，却拿眼看露茜。眼神里全是好奇惊异。

露茜提起点心包歪头欣赏。黄草纸，红封笺。心说：这纸干净吗？不干不净，永远的信奉，就如米中永远的碜。出了门，张书奇站在路边说吃个再走。露茜说没洗手没法吃。张书奇叫她用纸垫捏吃。露茜捏了一块方酥，咬了口，硬。

张书奇看露茜的表情，心说是露茜的牙不行，还是方酥硬？他下口咬，怎一个“硬”字了得。怪不得人们形容食品厂的“点心砖瓦窑的砖，把点心和砖放到水里泡三天，捞出点心捞不出砖”，该硬的不硬，该软的不软。

“糕点师能把软面团做成跟砖一样硬的点心，着实是技术。”

“取长补短。你这老传教士有义务把此技术传给你们英国。”张书奇边嚼边说。

“不虚此行。光说点心，英国跟中国的差距岂止孙悟空一个跟头的十万八千里。跟《红楼梦》里的点心差的距离是孙悟空的两跟头。”

“怪不得 52 岁的露茜同志倒像 25 岁。我们 25 岁像 52 岁。唵，我们的报纸，大喇叭小喇叭，几乎天天都在喊，要把你们从水深火热中拯救出来。现在一看你的气色，倒是得倒回来。”

“哦哈，张书奇同志，咱说大话也不怕闪着腰，上帝，还叫我在‘水深火热之中吧’。”露茜说着把张书奇腮上巴着的一粒白糖拨拉下来。

“人的肤色和面相就是日子好坏的一面镜。”

张书奇一抬头，指着眼前的青砖灰瓦房说：“到了，家。”露茜驻足观望。一字一顿地说：“家。”

“福音堂。”

张书奇开开街门，前院一棵足有六七把粗的的龙爪槐枝叶茂盛，雨后的树叶碧绿油光。树上的蝉还在知了知了地叫，越发显得院落清净。树下一片没有墁砖的地上有几个蝉窟窿眼儿。长满青苔的砖墁地缝里长着七高八低的野谷苗，野米谷菜。树坑周围幠满了半人高的灰灰菜和狼尾巴棵。二道门的砖墙上，粘贴着的蜗牛就像人脊梁上的肉猴，还像墙痣。蜗牛身后留下的泛着白光的印迹像一个攀登险峰不达目的不罢休的足印。露茜转身扭头四下察看，小声说：“好久不住人了。”

张书奇推开二门。木头门发出低闷的咯吱声。院里砖墁地青苔上稀疏几个脚印。是张书奇的。东西屋前两棵石榴树上挂着稀疏的石榴。地上一地沤黑的石榴花。露茜心说，至少从五月份到现在这院里没人来过。

张书奇先开开东屋门，扑脸的陈霉味涌向门口。张书奇退到院里，相继开开堂屋门，西屋门。露茜好奇地朝东屋张望，惊呆了。她不顾霉味，一脚跨过门墙，站直观望，心里惊呼“福音堂”。

她人真像回到了三十多前的福音堂。她坐在上午张书奇刚刚抹过的柳圈椅上，把身子躺靠在椅架上，那是彻底地放松。她看见钢琴，掀开琴罩，心里不由得啊了声，琴没老，跟她的心一样年轻。她的心就停在福音堂那个连阎王爷都羡慕的年龄。

“书奇，福音堂。”她自信撒娇地说。张书奇连连点头。“你走后，日本大规模进攻内地，你的同事们都陆陆续续走了。琼尼把你屋的钥匙给我。福音堂没人管了，你的东西也不好往K地运，琴太沉，就只好在这里买了房。把你的东西原样不动摆这屋。嗳，这房等了你三十多年，房都等老了。”张书奇慨然长叹。

张书奇说罢从钢琴下边很隐蔽的小角落里拿出个小牛皮纸包轻轻抖开：“这是我在马尼拉给你买的檀香护身符。三十多年后，才算交到要交的人手里。”

露茜托在掌心，颠来倒去地细看。屋里静得只剩他俩的心跳。“护身符护不了我和我的梦。”张书奇没啥说。

“我听高梦仪说过你给我买的这个。你给她买的笔筒，她也一直带在身边。”露茜若有所思地看了张书奇一眼。张书奇从中读出一串意思——高梦仪的爱像小人鱼一样隐忍，而张书奇你的爱永远为不变的《时间之舞》而舞。

露茜看着手里的护身符，像是自言自语，又像是对张书奇说：“我不迷信，但为了爱，掉地上的针，我从来不拾。”

张书奇愧疚难当转过脸：“我心中的梦没有走样。”

“我知道你的心一直跟着我。我很幸福。我给你弹《时间之舞》。”露茜坐在琴凳上。福音堂又回旋美妙的琴声。张书奇从墙上摘下琴盒，拿出二胡，调好弦。

“来，《二泉映月》，《夏日最后的玫瑰》。”露茜跟张书奇说。

僻静多少年的院里回荡悦耳的琴声。操琴人忘了，忘光了，忘记时间早已过去三十多年。琴声停了下来，他们的心却停在三十年前的福音堂。

张书奇神情凝重，轻声说："我的精神妻子，我拿什么给你？"

"够了，看看孩子的照片。"露茜看着张书奇眼睛问。

"堂屋。"张书奇扶着露茜的肩膀出来。

张书奇从墙上取下相框，找个抹布擦去厚厚的灰土。上面露出一张张稚嫩年轻漂亮的脸庞。屋里光线弱，露茜拿到院子里看。"俩孩子长得相像。"露茜看了眼张书奇，又看看相片，"他俩脸上都印有你的影迹。"露茜把脸贴在相框上亲了亲。

张书奇叹口气垂下头，眼含热泪："我一生都在错过。"

"不管是错过还是过错，都过去了。把他们都喊回来。"露茜对一脸惊异夹着喜悦的张书奇说。话音没落，只听见门吱一声，有脚步声进来——一位花白短头发，皮肤细白，大眼双眼皮，略微四方脸的富态太太样的女子，上身穿件戴襟盘扣半截袖，被缠的变形的脚套在千层底黑平绒方口戴袢鞋里，鞋面叫弓隆的脚撑起多高，一拧一摇走了进来。当她看见张书奇跟个洋女人站在院里时，窘迫地停下她那双中国妇女病态美的脚。眼睛不知所措地瞅着地，两手不自然地捏着衣裳角，此刻，她不知道自己是谁，怀疑自己走错门了。她做的梦准，说他出来了，这个没有正眼看过她一眼的男人的确从狱里出来了，可眼前这个洋人从何而来？她来干什么？她还走不走？她将何去何从？一大堆问号在她脑海里盘旋着跳了出来。

张书奇看着站在二门跟前的王淑君，心说：生活中充满无数可怕的事件和巧合。Z 州多斜街，上街地势邪。说谁有谁。

张书奇左手轻轻拉拉露茜的胳膊，右手朝王淑君的方向伸指，说："我给你介绍一下，这是王淑君。芳草、超然娘。"张书奇对低着头的王淑君说："超然娘，这位是露茜。就是你哥用恐吓信撵走的福音堂的英国传教士，公教医院的女医生。"院里气氛一片沉寂，最紧张的人就是王淑君了。

从王淑君慌乱的眼神里可以看出她内心的绝望无助，像当年露茜接到恐吓信时的心情一样。王淑君像雕像僵在那里。她心说：“完了，完了。她来了，我该走了。”

鹊巢里的鸠毕竟心虚。因父兄所为，这几十年她在张书奇面前一直理不直，气不壮。这个家不再是她的了。报应来了，她默默站在那儿等待命运的裁判。

就在王淑君对前途陷入绝境时，露茜走到王淑君跟儿，轻轻拉起王淑君垂着的手：“王姐姐，你替我完成了孝事，尽了孝心。我感激你。向你致谢！”说罢向王淑君深深地鞠了一个九十度的躬。

王淑君不知所措地看着露茜。露茜拉着她的胳膊往屋里让。小声对她说：“书奇没事了。明天叫去把俩孩子喊回来，平平静静过日子。”

说到孩子，王淑君的泪泉涌般地泻了出来。抹了把泪花花的眼，疑惑地看着露茜。心说：“今天是碰上菩萨了？”

站在一边正发愁不知该如何应对这突如其来局势的张书奇，看到露茜的举动，不由得惊呆了！他愣愣地看着眼前比虚构还要奇妙的事情时，心里向露茜鞠躬。

露茜边哄边安慰王淑君止住泪，并柔声气和地对她说：“刚才就说明天去叫你回来，话音没落你就来了。可巧。”

王淑君胆怯地用博爱口音小声说：“惹厄做个梦，嗍说芳草爹回来了。惹厄就来了。”

“你的梦可准。”露茜安慰鼓励说，往后都是好运气。

这会儿如梦初醒的张书奇，走到露茜跟儿，庄重地说：“你的大爱福音，当跪着听。”

王淑君听出张书奇的话外意，就对着露茜扑通一声跪下，小声泣说：“惹厄没想响到你这（真）好。”说罢朝露茜连连磕头。

露茜赶紧拉起王淑君，用沉重而自责的语气对王淑君说：“我给你家带来那么多不幸，我为你们祈祷。”

“你吔原谅仇噢人，你真好。”

“那是你父兄所为。有些错事就是一闪念铸成的。说不定后来他们心里都后悔了。”露茜帮她搬开压在她心头像太行山一样大的石头。

“露茜，你的话像春风，吹化我心底几十年来郁结着的恨。”张书奇语气欣然明朗。

“一切跟爱比起来都微不足道。”露茜神态从容释然，“你俩都是冯玉祥将军心仪亲笔命名的‘博爱’人。而我是上帝博爱的使者，替上帝播洒福音。爱爱得爱。上帝不记仇。”露茜和颜劝导。

“博爱！”张书奇轻声念叨。

“‘博爱’不是‘不爱’，别说转音了。”露茜纠正张书奇发音。

“博爱，如醍醐灌顶。有些时候，看似过了知天命的年龄，可仍有好多事想不通透。”张书奇由衷慨叹。

“爱是生命的永恒主调。”露茜说的语气坚决，肯定。

一直以来认为“爱”字是她不得开心颜的祸根，加之芳草叫爱害的出了家，总之，“爱”是家里不幸的祸根。可当她听了她心中一直仇视的人说的“爱”，跟以前她心里想的“爱”不一样了。此时此刻，心里一直恨“爱”字的王淑君，才算看清“爱”的真实面貌，才弄懂爱的原意——爱原来是世上万能的字。爱就是爱。想着想着嘴里就嘟囔出：“爱。”

露茜听王淑君嘴里吐出“爱”的心声，心下释然，笑说：“每当我托起一个呱呱坠地的小生命，我的心就为之震颤。那如天籁之音的啼哭是爱的福音。爱是天下最最宝贵的东西。”

张书奇心里清楚露茜的心里有多苦。一辈子接生过无数的新生命，可最后自己的生命没有延续。想到这里，心疼地说：“我拿什么给你？”

露茜把两只手的大拇指对大拇指，食指对食指，做成个心型放在她的心前。“这就够了。”

而得到爱安抚的王淑君，精神焕发地忙生火，烧水，收拾。她先搬俩小板凳抹了抹放在石榴树下。露茜说声谢谢，就坐下。“书奇，叫看看你的日记。你的译稿我带来了，叫我看看你修改的译稿。”露茜情急且语气缓和地问。

张书奇推开西屋门，见砖墁地上堆得乱七八糟，除了灰尘还有灰尘上老鼠作乐留下的脚印，房上的梁檩间蜘蛛网连蜘蛛网，墙角垂着灰穗穗。

王淑君站在西屋门口，低着头说：“你下狱第二天，军管会来抄家。抢了堂屋抢西屋。书柜里的书，几箱写字的本，影集，画，祖传的一对玉佩和一对玉雕牛他们都拿走了。”

张书奇心说：“东屋怎么好好的？”

王淑君看出张书奇的心思，就说：“他们要去搜东屋，我说里头不干净，常闹鬼。搜的人你看我我看你没人敢去。”

张书奇张着的嘴半天说不出话。可露茜拉着王淑君，朝她深深揖拜：“谢谢你救了福音堂。”她摸摸兜里张书奇刚才给她的护身符。

“书稿不会遗落地上吧？”露茜指着灰尘下边乱七八糟的东西充满希望地问，“书奇，我们‘爱情的结晶’孕育了三十年还难降生。我能准确地算出无数妈妈们的预产期，可算不出自己‘孩子’的临产期。什么时候才能看到一个完美的爱情‘结晶’？”她的蓝眼睛里流露蓝色的苦涩。

“把书弄到院里，吹吹风，弹去灰，看看再说。如果没有，我就得赶紧去找审问我的王审讯，叫他帮我找。昨天王审讯去通知我出狱。我问他我刑期不满为什么就叫出来了？他说：‘傻！你本来就不该住的。赶紧去找有关部门给你平反，恢复工作，补发工资。’”

我问他我的日记和书也是不是也要还？王审讯说这可说不了。他叫我出狱后去找他，他知道书都在哪儿。他说抄家抄来的古玩，局长以各种名义据为己有。他还说我装日记的樟木箱，局长弄他家了。

我气得直瞪眼没啥说。

“我对他说我最担心的是译稿。他说你把心放肚里，那个一万个不会丢。他说你想，不要说你写的是没人认识的字，就是认识，也没人拿。这年头中国人谁还把书当书？要是有用就不会当四旧破了。纵观横察，谁家书多，谁家的倒霉事多。你这不是典型的例子？那后院放书的屋门老开着，他在里头拿过不少书。”张书奇说时语调充满希望。

“但愿如此。”露西的眼里一半是希望，一半是失望。

“当初学习莎翁‘对于想要做的事，应该一想到就做……’译书的事做了。就是凯特建议咱们举行婚礼的事，只想没做。本想用一个浪漫的方式，没想到，空浪漫一回。还是莎翁说得对。等待中有太多难以预测的希望和失望。早知有这么多意外？嗳。犯了个没有时间和机会改正的错误。由此想提醒世上的人，太阳底下五花八门的灾难太难缠，对于想到的事，不应等。因为人生不知道下文的事太多。”张书奇的声音远得就像在三十年前。

露西苦笑说：“咱们能见着，就是最大的福。”

“露西，天快黑了。”张书奇仰脸看天提醒说，“黄昏，人一天中情绪最脆弱的时候，能跟你在一起，我心里很安宁。三十年来从来没有过的安慰。”

“我也是。书奇，我不回英国了，我要去峨眉山。”

张书奇愕然疑惑地看着露西湖蓝色深不见底的眼，用眼问她说：“这不是梦话吧？”

露西神情恬静，一只手抠着石榴树皮，眼里泛起浅浅的清漪，故意避开张书奇的眼睛，用沉实的语调说：“不是梦话。‘哪里活得好，哪里就是祖国’。”

张书奇微微一怔，深重地点了点头。他的心已到了峨眉山……